民國文學與
文化研究

李怡、張堂錡　主編

第三輯

《民國文學與文化研究》

創刊：2015 年 12 月
出刊：2016 年 12 月

通訊地址：台北市文山區指南路 2 段 64 號政治大學中文系
E-mail：minguo1919@gmail.com

【本刊「專題論文」與「一般論文」均送請兩位學術同行進行匿名審查通過】

民國文學與文化研究　第三輯

目　次

觀念交鋒

我看「民國文學」

■李瑞騰

作者簡介

　　1952 年生於台灣南投，中國文化大學中文系博士。曾任中央大學中文系主任、圖書館館長、文學院院長及商工日報副刊主編、文訊雜誌總編輯、台灣文學觀察雜誌發行人兼總編輯、台灣文學館館長。現為中央大學中文系教授兼文學院院長、九歌文教基金會董事長、中國現代文學學會理事長（台灣）。著有文學論著《台灣文學風貌》、《文學關懷》、《文學尖端對話》、《文學的出路》、《晚清文學思想論》、《老殘夢與愛》、《新詩學》、《詩心與詩史》等，及散文集《有風就要停》、《你逐漸向我靠近》，詩集《在中央》等。

一

　　傳統中國史學以「朝代」為歷史分期，這有其方便性，也符合民間傳統改朝換代的認知。準此，在「清」之後，理當就是「民國」了；在大陸，「民國」之後，即「共和國」；但是 1949 年中共在大陸建政之後，中華民國沒有消失，而是遷移來台，即是所謂「中華民國在台灣」。

　　所以說，「民國文學」在大陸是指中共建政以前民國時期的文學，接續晚清；在台灣是指國府遷台以後的文學，在時間上，亦可上推到 1945 年，接續日本時代。

　　這是兩個不同空間的「民國文學」，在大陸，過去跳過辛亥革命和民國建立，把五四當作現代的起點，「民國文學」比較接近過去的「中國現代文學」，但有幾年的時間差，而既稱「現代」，則舊體文學就似乎有不加理會的正當性了，不過，在「民國文學」的架構下，舊體沒理由排除。

　　在台灣，在「台灣文學」未獲得正名以前，比較能代表官方主流論述的是尹雪曼總編纂的《中華民國文藝史》（1975），柏楊在 1960 年代編過兩年文學年鑑，稱「中國文藝年鑑」，在 1980 年代之初再編文學年鑑時，則稱「中華民國文學年鑑」；余光中擔任總編輯的三套大系，在 1970 年代稱「中國現代文學大系」，1980 年代以後稱「中華現代文學大系」，另標明時間及地點「台灣」。一般是不大用「民國」這個概念，但史學界是有「民國史」的。

二

　　要深入探討民國文學，首先要了解晚清，包括維新和革命等政治運動、新興都會（通商口岸）與文藝傳媒的發達、由東西洋引入的文學觀念、白話與淺語等書寫媒介的普及等，對文學的變化產生極大的影響，它們如洪流湧入民國，終與五四狂潮匯流，成為民國文學的主潮。

　　這本來就是一個現代化的過程，如何面對傳統？在新與舊當中如何調節？在文言和白話之間如何融裁？在向內探索和往外奔馳之間如何掌握？都值得放進時局中去看去想。進一步說，留學生在其中扮演什麼樣的

角色？大學之於文學提供了什麼樣的助力？政治的糾葛、軍閥的混戰、外來勢力的蠶食掠奪、文學社群的駁辯激盪、文化產業如摸石過河，諸多因素對文學產生什麼樣的影響？

大陸學界過去把歷史割裂成近、現、當代，是有問題的，近代當然不只反帝反封建，現代當然不只魯郭茅巴，當代也不只十七年文學、十年浩劫過後就撥亂反正了，於是而有 1980 年代中期的重寫文學史運動。但不管怎樣，相關的既有研究成果其實很多，包括台港澳及海外華文文學（現在叫「世界華文文學」，最近幾年出現把中國「包括在外」的「華語語系文學」），許許多多的研究成果，民國文學的研究者都可以消化吸收。

這不應只是一場「熱」——民國熱，而是回到常軌，民國從建立到它在中國大陸本土消失，這是一個客觀的史實，當我們在談文學的時候，它曾有過什麼？為什麼會是那個樣子？都應該全面清理，還原其本來面貌，給予合情合理的歷史解釋與評價，和政治之間錯綜複雜的關係，尤其必須疏瀹，使之脈流清晰；而且不只要往上溯源，也要往下追蹤。

三

那不是一件容易的事，要真正完全擺脫國共糾葛，時間的距離可能還要更長；而在台灣，本土浪潮席捲下，兩黨鬥爭 30 年所積壓的怨和恨，要去除談何容易，「民國」和國民黨被等同起來，因之現階段要談民國是需要勇氣的。

以目前的情況來看，有人不想談「民國」，當然不能勉強；如果要談，要怎麼談，這見仁見智，以最寬廣的說法，除大陸時期（1912-1949），還得包括 1945 年（或 1949）以後在台灣的中華民國，甚至 1949 前後從大陸去歐美及從台灣去歐美的留學生或移民。

但真正的難題是，怎麼看大陸時期的民國文學？民初的遺老遺少文學、新文學之產生、反新文學的陣營在反什麼？各門各派的文學，乃至於30 年代文學、抗戰文學、左翼文學等等，特別是為數龐大的反國民政府作家群，如何定性定位等，都必須處理；而國共合而又分，大撤退時期文人如何抉擇去留的問題，都該有所處理。我們應該有綜攝上述議題的一部大陸時期民國文學史。

四

　　把焦點移到台灣，既有中華民國在台灣，它的文學，也就是台灣文學的一個時期，也許可以稱為台灣文學的民國時期，之前是戰後初期，更上則是日本時代、清領時期、明鄭時期。

　　台灣文學的民國時期有兩個源頭，一個是從中國古典文學發展到現代文學的這個傳統，一個是日本時代漢語詩文和新文學傳統，大概就是「中國」加「東、西洋」。不過，場域是台灣，「台灣」島嶼時空因素的加入，以及兩岸長期的互動、國際潮流的沖激，都有各種不同程度的影響。

　　這樣看來，要有一部統合兩岸文學史實而且體大慮周的民國文學史，實非易事了；不過，我想這是可以期待的，首要之務可能是呼喚同道，營造研究的環境和氣氛，然後在文獻上儘可能拾遺補缺，把許許多多被遺忘或遺棄者找出來，放進歷史的脈絡，而這特別需要各方面的合作。

　　歷史的詮釋本來就是艱難的事，特別是現當代，但只要我們心胸開闊，也有耐心，應該可以有一些成績出來的。

漢字繁簡的再審思

■周質平

作者簡介

　　周質平，1947 年生於上海，1970 年畢業於東吳大學中文系，1974 年獲東海大學中國文學碩士學位，1982 年獲美國印第安那大學中國文學博士。現任美國普林斯頓大學東亞系教授。研究晚明文學與中國近現代思想史。著有《現代人物與文化反思》、《光焰不熄──胡適思想與現代中國》、《胡適叢論》、《現代人物與思潮》等，以及英文著作 *A Pragmatist and His Free Spirit*、 *Yuan Hung-tao and the Kung-an School* 等書。主編有《胡適早年文存》、《胡適未刊英文遺稿》、《胡適英文文存》等。

　　《漢字簡化方案》是 1956 年 1 月正式公布的，至今整 60 年。生活在中國大陸 60 歲以下的人，絕大部分視簡化漢字為當今中國人書寫的通用字體，基本上做到了「書同文」。但在台灣、香港和海外的華人社會中，簡化漢字遠沒有達到「一統」的地位。因此，這個在國內已經不再熱烈議論的話題，在海外、台、港還不時有人提出討論。這最足以說明，文字是文化中最保守的成分。60 年來億萬人的使用依舊改變不了兩三千萬人對當年舊物的依戀。

　　這種對簡化字抗拒的情緒，有的源自政治上的敵對情緒，有的來自文化上對傳統的捍衛，也有的只是舊習慣的延續，當然也有不少是三種情緒的混合。且不論這種抗拒情緒究竟源自何處，有一點是可以確定的。從早年的「勢不兩立」漸漸發展到了「和平共存」。

　　因此，近年來有所謂「識繁寫簡」的提法。最近又有人提出「識楷書行」。也就是「認讀楷書，而書寫行書」的建議。這一提法，在我看來，與所謂「識繁寫簡」或「識正書簡」，沒有任何本質上的不同。而這些提法最大的「盲點」，是無視於現代科技的進步，已經使「以手握筆」這一行之數千年的「書寫」技能，隨著筆記型電腦和手機的快速普及，瀕臨幾乎「滅絕」的困境。「寫字」，（不只是寫漢字，英文和其他文字也都包括在內），對絕大多數人而言，已經被「打字」所取代。而今「寫漢字」只是少數書法家的藝術活動，而不是人與人之間賴以溝通的日常技能了。

　　換句話說，「識字」和「寫字」的距離，幾乎已經不存在了。任何一個能用電腦輸入漢字的人，只要能「識」漢字——從同音字中，選出對的漢字來——，也就能「打」出這個字來，於是便完成了所謂「書寫」的任務。在這個情況下，「行書」也就不「行」了。更何來「行、楷」之分呢？

　　正因為工具的改變，使原本握筆書寫的技能成了手指和鍵盤的配合。在地鐵裡，看到小學生、初中生埋頭運指如飛，我們必須瞭解，他們正在「寫」信。雖然此「寫」已非「筆寫」，但其為「寫」則一。對他們來說，那裡還有什麼楷書、行書、草書之別呢！

　　如以上之分析不誤，「提筆忘字」的人勢必與日俱增，但只要一打開手機、電腦，所忘的字，卻都一時湧入眼簾。從這個角度來看，我們所期盼的「書同文」，與其從字形入手，不如從語音入手。換言之，以現在漢字輸入法來說，「語同音」其實是「書同文」的先決條件。除了台、港兩

地，十三四億中國人最常用的漢字輸入法是拼音輸入法。「老師吃飯」是「laoshichifan」，而不是台灣國語的「laosicifan」。南方人的普通話，在發音時，或許分不清 zhi/chi/shi 和 zi/ci/si，但在他的腦海中卻不能沒有翹舌和平舌的分別。否則在打漢字的時候，就會遇到意想不到的困難。所以，在提倡「書同文」的同時也不能忽略「語同音」的重要。

台、港兩地有不少捍衛方言的仁人義士，視台語、粵語為兩地文化認同的根基，因而提倡漢字台語化或粵語化。寫出來的漢字，在字形上容或做到了「書同文」，但在字義上卻全然不能與普通話互通。這一現象所造成的隔閡，遠比繁簡體的不同嚴重得多。用漢字寫方言，與其說是「母語化」，不如說是「孤島化」。

海峽兩岸關心漢字發展的人士在論漢字的演變時，基本上還是圍繞著字形的繁簡而言，而沒有意識到，繁簡的不同，就時間的先後來看，也就是古今的差異。台、港地區至今使用的繁體字，對廣大的大陸人民而言，與其說是「繁體」，不如說是二十世紀中期以前，中國人所使用的「古體」。這一「古體」只有在書法作品或刻印古書時使用，在平日報刊雜誌或電郵往返中是不常見到的。這樣的敘述是符合當前中國大陸十三四億人書寫漢字的實際情況的。

台灣、香港的語文現象，和大陸相比，一言以蔽之，即「古意盎然」。不僅字體為然，台灣的拼音方式依舊是民國初年制定的「注音符號」，而從上到下，由右至左仍然是許多書籍報刊的排印格式。甚至於標點符號也一仍舊貫。「古意盎然」，一方面，固然能給人一種「有文化」的錯覺，但另一方面，不免也是「孤島現象」一定的體現。在不知不覺之中，正應了「禮失求諸野」的古訓，這句話的精義是：就文化和制度發展而言，邊緣往往較中心更保守。許多在「中原」和「京畿」已經失傳的禮儀，在邊陲海隅還保存得相當完好。就像清末民初的婚嫁儀式，在紐約唐人街，偶爾還能看到。這時，我們大概不能說「花轎迎親」是比較「中國」的；我們只能說，「花轎迎親」是比較古老的。

因此，「禮失求諸野」的另一個意義是：越「古」的未必越「正宗」；台灣人喜歡把「繁體字」叫做「正體字」，正是「越古越正宗」的心理最好寫照。如果「越古越正」，那麼，「正體字」應該是「甲骨文」，即使退而求其次，至少也得是《說文》中的小篆，無論如何也輪不到「隸定」

之後的「楷書」。《說文》中「古文作某」的例子比比皆是，卻從無「正文作某」的例子。就漢字的發展而言，「小篆」取代了「大篆」，「大篆」成了「古體」，而小篆取得了「正體」的地位；同樣的，當「隸書」取代了「小篆」，「小篆」又退居成了「古體」，而「隸書」成了「正體」；「楷書」取代「隸書」之後，「楷書」成了「正體」，「隸書」又不得不退居而為「古體」。而今「簡體」取代了「繁體」，「繁體」當然也就成了「古體」，而「簡體」反而成了「正體」。

反對現行簡化字的人總喜歡提到《荀子·正名》中的「約定俗成」，並視之為文字發展的自然規律。「約定俗成」固然有它緩和漸進的一面，但也不能忽略它有將錯就錯，積非成是，多數壟斷的一面。因此，「約定俗成」的精義是語文的議題只論「已然」，而不論「應然」。當多數人把「滑稽」說成「華稽」，你卻堅持說成「骨稽」，那，你就真有些「滑稽」了。當十三四億人都把「愛」寫成「無心」的「愛」，而二三千萬人卻堅持寫「有心」的「愛」，結果是「有心」的「愛」，反而不「愛」了。這也就是《荀子》所說「異於約則謂之不宜」。「宜」與「不宜」，端看多數人怎麼說，怎麼寫，而不論其字源本義。「眾口鑠金」，「隨波逐流」是語文發展「約定俗成」最後的判斷。任何頑抗式的「中流砥柱」，都不免是自絕於多數的反動！

套句黑格爾的話來瞭解荀子的「約定俗成」，也就是「存在的是合理的」，或至少「是有道理的」。從這個角度來看語文發展，有些反對簡化字的人所擔心的「政治力不當的介入」，其實，是無的放矢，不足為慮的。1951 年，毛澤東說「文字必須改革，要走世界文字共同的拼音方向」。可是往後的改革卻只能是「簡化」，而不能是「拼音化」。這並不是因為毛的權力不夠大，更不是因為提倡不力。而是漢語漢字經千萬年的發展，億萬人的使用，漢字和漢語的搭配是「合理」的，也是「有道理」的（這一點不是本文所能詳述的）。這個合理性並不因毛的個人意願而有所轉移。莫說一個毛澤東做不到用拼音來取代漢字，即使有千百個毛澤東也不可能廢滅漢字而以拼音代之。政治力的介入使繁體字在短時間之內成了簡體，並為億萬中國人所接受使用。這恰好說明了它的「合理」性，而不是「不合理」性。

　　反對簡化字的一些人一方面承認：「文字演化天生要走『民主』之路。」既是「民主」，那就得少數服從多數。然而另一方面，似乎又無視於「多數」的存在。對十三、四億人已經使用了 60 年的簡化漢字，始終不能坦然面對這個「舉世滔滔」的真實存在，而認為是「徒勞無功」，「治絲益棼」，對當年舊物表現出無限追懷。

　　必須指出：不喜歡的東西並不是不存在，大陸目前通用的簡化漢字，是十幾億人每天寢饋期間，賴以溝通的書面文字。60 年的實踐證明，簡化漢字並沒有造成溝通上的障礙。幾個常被台、港人士拿來取笑的同音字的合併，也並沒有混淆視聽，譬如：「他靠理发发了財。」「在單位裡干了30 年的干部，退休下來賣餅干。」文義是很清楚的。如果「頭髮」的「髮」和「發財」的「發」，合併為「发」之後，真的引起混淆，這個字是不可能通行到今天的。「干」字亦然。

　　從 1892 年盧戇章提出「切音新字」，到 1954 年「中國文字改革委員會」成立，62 年期間，中國人嘗試過多種文字改革的方案，其中影響較大的有「世界語」（Esperanto），「國語羅馬字」，「拉丁化」，「中文拼音」等方案。除了「中文拼音」「存活」下來，成了漢字標音的輔助工具以外，「世界語」和「拉丁化」雖然也曾風光過一陣，並得到「黨和國家」大力的支援，但都不旋踵就成了歷史的陳跡。這是政治力的介入不能違背語文發展內在規律的最好說明和例證。

　　和上舉的這些改革方案比較，「簡化字」是所有方案中最保守，最溫和，也最符合華夏遺風的改革。但這一改革，卻因為兩岸三地政治上的分治，簡化字在台、港兩地始終未曾實施。因此，島上的兩三千萬人，多少有種錯覺：簡化字是共產黨「暴力干預」之後，老百姓不得已的一種「屈就」，「簡化字」只是暫時的過渡，只要政治干預稍有鬆動，老百姓都願意「起義」歸向「繁體字」。這種想像是一部分台、港地區人民的「中國夢」，和蔣介石當年「反攻大陸」的宏圖，有異曲同工之處。

　　有些人對秦始皇的「書同文」備至推崇，但對共產黨的簡化字則多有責難。其實，「書同文」也無非就是兩千多年前，由政府發動的一個簡化字運動。司馬遷在《史記》〈秦始皇本紀〉及〈李斯列傳〉中簡略的記載了這段歷史。許慎在《說文解字》序中，有比較詳細的說明：

> 始皇帝初兼天下，丞相李斯乃奏同之，罷其不與秦文合者。斯作《倉
> 頡篇》，中車府令趙高作《爰歷篇》，太史令胡毋敬作《博學篇》。
> 皆取史籀大篆，或頗省改，所謂小篆者也。是時秦燒滅經書，滌除
> 舊典，大發吏卒，興戍役，官獄職務繁。初有隸書，以趨約易，而
> 古文由此絕矣。

在這段簡短的記載中，特別值得注意的是「或頗省改」四字。據段玉裁注：「省者，省其繁重；改者，改其怪奇。」因此，秦始皇的「書同文」，也無非就是簡化字運動：將大篆簡化為小篆，再將小篆簡化為隸書。

許慎所記載的「書同文」改革，似乎不像有些人所敘述的那麼漸進、溫和、博采眾議。而是相當武斷的由李斯、趙高、胡毋敬少數人制定規範。至於「燒滅經書」，「滌除舊典」，是符合以「焚書坑儒」而知名千古的秦始皇的作風的。在短短幾年之內，「古文」因此而「絕」。其雷厲風行的程度似不下於中共的文字改革。六十多年過去了，繁體字在中國大陸並沒有因推行簡體字而「絕」。其「暴力」的程度似乎還不及秦時的「書同文」。對「書同文」大加讚歎美化的人，和他隔著兩千多年來看當年舊事，大有關係。試想當年寫了一輩子「古文」的六國遺民，在「始皇帝初兼天下」之後，改寫小篆、隸書，其不適應之感，當不在許多台、港人士對簡體字的惡感之下。同樣的，兩千年後的中國人再來審視二十世紀的簡化字運動，大概也能看出它的成功。

1933 年，林語堂在《論語》上發表〈提倡俗字〉一文，對當時國民政府教育部在這個議題上，不能當機立斷，提倡簡體字，感到相當不耐，他說：

> 這種比較澈底的改革，非再出一個秦始皇、李斯，下令頒佈，強迫
> 通用，不易見效。如果有這樣一個秦始皇，我是贊成的。

林文發表之後，不到 20 年，他所說的「秦始皇」真的出現了。林語堂是反共的，但他對簡化字的改革是贊成的。

1923 年，胡適為《國語月刊漢字改革號》寫〈卷頭言〉，將語文發展的沿革歸納出一條「通則」：

在語言文字的沿革史上，往往小百姓是革新家而學者文人卻是頑固黨。

由此還得出了一條「附則」：

促進語言文字的革新，需要學者文人明白他們的職務是觀察小百姓語言的趨勢，選擇他們的改革案，給他們正式的承認。

這兩條通則很扼要的說明了漢以後兩千年來，「俗體」、「破體」、和「異體」字的發展沿革，是一種由下而上，緩慢漸進的演變。1930 年，由劉復、李家瑞合編的《宋元以來俗字譜》就為這個演變作了最好的整理和說明。但在漢字發展史上規模和影響最大的秦始皇的「書同文」和上世紀中期由中共主導的簡化字運動，卻是由上而下，由語言文字學者主其事，而由「小老百姓」來作認同的工作。

從兩千多年漢字演進的歷史來看，由下而上的演進，和由上而下的變革，這兩股力量始終互為消長，互為修正。文字的演進，正如語言的改變，永遠沒有「終點」。任何不合理，不適用，不與時俱進的成份，終將被淘汰。所有的語文改革，其成敗的最後判斷只是適用。

2006 年 3 月 24 日，聯合國發布了一條新聞：2008 年以後，聯合國在漢字的使用上，只用簡體字，不再繁簡兩體並用了。這條新聞說明了國際社會對漢字發出了「書同文」的要求。

「薄命詩人」楊華的〈女工悲曲〉
與趙景深〈女絲工曲〉的關係

■許俊雅

作者簡介

　　許俊雅，台灣師範大學國文學系博士，現任該系系主任。著有《日據時期台灣小說研究》、《台灣文學論——從現代到當代》、《見樹又見林——文學看台灣》、《瀛海探珠——走向台灣古典文學》、《低眉集：台灣文學／翻譯、遊記與書評》、《足音集：文學記憶·紀行·電影》等22種，單篇論文有〈重寫魯迅在台灣的迴響：關於殖民地時期台灣文學與魯迅的評述〉、〈日治台灣「小人國記」、「大人國記」譯本來源辨析〉等。編有《王昶雄全集》、《黎烈文全集》、《翁鬧作品選》、《台灣小說·青春讀本》、《全台賦》、《台灣日治時期翻譯文學作品集》等。

一、問題的提出：模仿、創作還是抄襲、剽竊？

　　日本統治時代的台灣詩人楊華於 1926 年在文壇初露頭角，以〈小詩〉和〈燈光〉兩篇分獲《台灣民報》白話詩徵求的第 2、7 名，1927 年因被疑違犯治安維持法而遭捕，於監禁中撰寫〈黑潮集〉53 首後未見訊息，直到 1932 年至 1935 年，陸續看到其新詩、小說，詩有〈心絃集〉52 首、〈晨光集〉59 首，小說有〈一個勞働者的死〉、〈薄命〉，〈薄命〉後為胡風選入《山靈——朝鮮台灣短篇集》，乃日治時期台灣小說首度被介紹至中國的作品之一。由於貧病交迫而輕生的他，文壇遂多以「薄命詩人」目之。

　　楊華初被討論的過程，大多認為其小詩受日本俳句、泰戈爾影響，有清雅平淡、機智風趣的風格，在詩句語氣及比喻手法上，亦受中國作家謝冰心、梁宗岱等人的影響。尤其對其〈女工悲曲〉評價甚高，近年許舜傑則有〈同文下的剽竊：中國新文學與楊華詩歌〉一文，指證楊華剽竊中國新文學詩作的六種方式，如取其意涵另用詞彙改寫、取其詞彙另寫意涵不同的一首等等，並以楊華剽竊中國新文學詩歌作品對照表羅列，由於筆者近年處理了不少台灣報刊作品對中國文學的轉載、摹仿與改寫、摹寫等等，不輕易以「抄襲」、「剽竊」用詞下斷語，深知其中的複雜性，尤其中國文學習性在譯寫、集句等態度上，不能不考慮進去。

　　再者，其中的《黑潮集》是楊華過世後，友人整理遺物發現的未發表稿，這 53 首小詩的連作原是 1927 年 2 月 5 日，楊華因治安維持法違犯被疑事件，遭捕入獄，監禁於台南刑務所的獄中稿。友人將詩稿《黑潮集》寄交《台灣新文學》主編楊逵，編輯人覺得「集中有幾節在小生看來，於表現上很覺銳利，怕把紙面戳破。」因而抽出第 26、27、29、34、36、38、41 等 7 首，其餘 46 首刊登在《台灣新文學》2 卷 2 期、2 卷 3 期（1937 年 1 月和 3 月）。楊華生前未發表的緣由，恐怕不能僅以政治忌諱解說，其中應也有自覺轉化尚不足的疑慮，因此對其作品的評價在這方面也得納入考量，才能比較客觀評價其詩作。

　　舜傑是非常優秀的作家兼研究者，2010 年修我課時所繳交的報告即是以楊華詩作為對象，他對楊華有嫌疑詩作皆以「剽竊」視之，當時我認為

宜慎重。後來擬刊《中外文學》時，他寄來重新修改過的論文，其時我對文中若干說詞依舊感到不安，但仍尊重他的研究成果，我感覺他受毓文（廖漢臣）影響過多，似乎因之對楊華評價稍苛刻。今年（2016）6月他來我研究室說發表《中外文學》時還不知道楊華〈女工悲曲〉也是「剽竊」趙景深之作，我一聽「剽竊」又告以楊華熟讀中國詩人詩作，有時不免詩句相似，當晚我想起十年前開始整理黎烈文之作時看過類似之作，因此寄了趙景深〈女絲工曲〉刊《文學週報》的圖檔給他，他回信說：

> 老師：謝謝您找到《文學週報》上這篇〈女絲工曲〉，太好了！我是在趙景深的詩集《荷花》中看到的，但楊華卻只抄了這首詩，其餘《荷花》的詩皆未抄襲，也表示他是看到《文學週報》而不是《荷花》，看來楊華可能還抄了《文學週報》更多詩，我還未比對過。先前我登在中外文學的楊華論文，尚不知道楊華抄襲了〈女絲工曲〉，以為〈女工悲曲〉是楊華原創，有機會的話我那篇文章應當再改過。但近期我沒有時間再寫短篇的論文，老師近期如果有適合寫到這件事的文章，就把〈女絲工曲〉、〈女工悲曲〉的來龍去脈告訴大家吧！
>
> （2016年6月8日）

　　這次回信他以「抄襲」看待，但我認為是模仿之作，而且超越了原作，實不宜以「剽竊」、「抄襲」看待。我在 2011 年發表了〈與契訶夫的生命對話：巫永福〈眠い春杏〉文本詮釋與比較〉一文，證成〈眠い春杏〉如何在接受契訶夫啟示之餘，經過剪裁梳理，加以創造性的發展，形成自己鮮明的獨創性。如以簡單的模仿之說來解釋這種現象則是不妥的。現在我對楊華〈女工悲曲〉也是抱持這樣的態度。近年評論界對楊華詩作逕以抄襲、模仿評議，對其文學定位不免有衝擊，但以〈女工悲曲〉對照趙景深〈女絲工曲〉，趙詩帶有喜劇色調，與楊華此詩對勞工們真實生活的反映，楊華詩作可謂後出轉精，以「剽竊」、「抄襲」評述〈女工悲曲〉，無乃太沉重乎？

二、趙景深〈女絲工曲〉與楊華〈女工悲曲〉

　　趙景深 1926 年 2 月 8 日所寫的〈女絲工曲〉，刊該年度《文學週報》
第 219 期，〈女工悲曲〉是楊華 1932 年的作品，發表於《台灣文藝》2
卷 7 號，1935 年 7 月。楊華書寫時間晚了六年，距刊登又遲了九年多，楊
華此作究竟該以模仿或剽竊視之？如以許舜傑在〈同文下的剽竊：中國新
文學與楊華詩歌〉一文的研究，楊華是「透過同文下的剽竊進行詩歌的文
本混生實驗」，所有有嫌疑之作，全視為「剽竊」，然而在此文發表時，
他視楊華〈女工悲曲〉為獨創性作品，因此得出「生活在殖民處境下的台
灣詩人如何從剽竊走向創新，在『中國白話文派』與『台灣話文派』相持
不下之際，嘗試融合兩條路線，寫出具台灣特色的中國白話文學詩歌。」
有意思的是，當得見〈女工悲曲〉乃模仿〈女絲工曲〉事實後，筆者卻認
為這結論才直指核心，得見楊華在鄉土文學台灣話文論戰之際，他如何汲
取中國新詩的養分寫出具有特色的台灣新詩。

　　以下，先羅列對照這兩首詩，再進一步說明二詩之異同優劣：

趙景深〈女絲工曲〉， 《文學週報》1926 年第 219 期	楊華〈女工悲曲〉， 《台灣文藝》2 卷 7 號，1935 年 7 月
星稀稀，風凄凄， 玉盤的月光洒著伊； 伊搓了搓杏眼， 以為是太陽光熙熙。 伊心想，這是上工時候了。 急忙忙便把寒衣披。 到絲廠，鐵門深鎖， 沒個人，方知受了月光欺。 待歸去，夜半戶誰啓？ 不歸去，野風寒侵肌。 這時節，靜悄悄沒有行人過， 冷清清迷離荒草低， 風颼颼直吹到心裡， 樹疏疏月影斜掛未橫西。 伊冷呀，冷呀凍得瑟瑟的，	星稀稀，風絲絲， 凄清的月光照著伊， 搔搔面，拭開目睭， 疑是天光時。 天光時，正是上工時， 莫遲疑，趕緊穿寒衣。 走！走！走！ 趕到紡織工場去， 鐵門鎖緊緊，不得入去， 纔知受了月光欺。 想返去，月又斜西又驚來遲； 不返去，早飯未食腹裡空虛； 這時候，靜悄悄路上無人來去， 冷清清荒草迷離， 風颼颼冷透四肢，

忽看見地上有個石磨機。 伊搖呀，搖呀偏身冒熱氣， 你看，伊豈非，著皮衣？ 直搖到月落，雞啼，鐵門微開，迎著晨曦， 伊這才微笑嘆聲：「噫～～～～」	樹疏疏月影掛<u>在樹枝</u>。 <u>等了等鐵門又不開</u>， 陣陣霜風較冷冰水， 冷呀！冷呀！ <u>凍得伊腳縮手縮</u>，難得支持， 等得伊身倦力疲， 直<u>等</u>到月落，雞啼。

　　趙景深〈女絲工曲〉寫得很輕快，描繪一個錯把月光當晨曦而慌忙趕到工廠上工的女工，發現鐵門深鎖，她只好在街上藉著搖石磨機來抵禦外頭的寒冷。直到鐵門開了，她才微笑地走進工廠。此詩並未醜化女工，相反地寫出了女工美好的感情，此詩也沒什麼特別象徵的意味，讀者並無法以此得到詩人批判資本家剝削勞工的情感，反而帶有些喜劇的色調。〈女絲工曲〉發表不久，收入詩集《荷花》，葉聖陶佚文〈新詩零話〉就說：「趙景深詩集《荷花》的自序裡說我的詩缺乏狂暴的熱情，所以題名《荷花》，以顯出我作風的清淡。雖也做過〈園丁的變相〉、〈老園丁〉、〈女絲工曲〉、〈花仙〉等描寫農工的作品，總還是在做著童話般的好夢。這是有自知之明的話。從感情說，所謂轉變應是可能的事；或許從實際說，也並非不可能。然而這決不是容易的事。要滌蕩一切的習慣，要排棄一切的薰受，恐怕比苦行頭陀要下更多修煉工夫吧。」[1]可見題材雖觸及女工，但仍抱有童話般式的美好[2]。當時徐子蓉更直說「〈寄暢園〉、〈女絲工曲〉等都有些像『市本』裡的歌曲。」[3]甚至有人說「〈女絲工曲〉又像是大鼓調」[4]，另有評論家徐調孚說「〈女絲工曲〉我覺得太短，止少得寫過百來行。」[5]可能即是對作者選擇勞工題材，但未能進一步呼應社會現實，因此對作者有所期待。

[1] 葉至善、葉至美、葉至誠編：《葉聖陶集 第10卷 文學評論2》（南京：江蘇教育出版社，2004年12月），頁13、14。

[2] 趙景深從小酷愛文學，尤其喜歡童話。他18歲時就在當時的《少年雜誌》上發表童話處女作〈國王與蜘蛛〉，1919年在天津南開中學讀書時，開始陸續翻譯、出版《安徒生童話》。1925年到上海後，趙景深開始一邊當中學教員，一邊主編《文學週報》。

[3] 徐子蓉：〈中國新詩作家批評〉，《光華附中》1936年第4-5期。

[4] 1928年8月16日《獅吼半月刊》第4期，未署名。

[5] 轉引自谷葦：《文壇漫步》（長沙：湖南人民出版社，1985年9月），頁170。

　　楊華〈女工悲曲〉則是書寫女工生活的辛苦及緊張心情，深恐上班遲到的女工，在淒清的夜光下醒來，便趕穿上衣服，頂著寒風匆匆趕到紡織工廠上班，發現紡織廠鐵門深鎖，才知道誤把月光的明亮，錯為「天光」（天亮），她想回家，又怕回家後來不及上班，只好忍受飢餓、寒冷，獨自一人等到天亮難啼。這首詩以溫和委婉的方式，把生活背後驅迫人的無形的壓力，用迂迴的方式表現出來，較直接控訴、批判手法更讓人動容。作者不正面寫女工上班時所受的欺凌、壓榨與剝削，而把焦點放在上工前那一段驚悸、趕路、徘徊的心情上，這緊張驚懼的心情刻畫，正暗示了上工後所遭遇的苦況。詩作深受當時台灣話文的影響，其中台語的運用圓轉自如，聲韻和諧，如目睏、天光、趕緊、入去、來去等，而「走！走！走！」（閩語「跑」），聲音短促，三字貫串而下，更特寫出女工怕遲到拚命跑的情境。句末用低沉哀吟的齊齒音，在不斷的押韻、叶韻聲中，顯得格外淒慘，讓人動容。詩中「荒草」、「月影」、「霜風」等意象，鋪陳出一片淒風苦雨的背景，女工單薄的身影、心情的焦急矛盾，構成一幅勞動階級的受壓迫圖，相當鮮明生動。

　　做為新詩萌芽、成長的民國時期，讀者經常可讀到類似這樣的話語：英國詩人史文朋（1837-1909）崇尚希臘藝術，詩作受雨果和波特萊爾、莎茀影響，20 世紀 30 年代的中國詩人邵洵美其詩歌主題和創作精神又深受史文朋、莎茀的影響，有些詩作極為相似。甚至趙景深本人詩作在當時也曾引發一些質疑，傅彥長〈金屋談話七則：趙景深不至於抄襲罷〉[6]就指出：

> 最近有人寫了一封信給我們，裡面說：「讀《獅吼》第四期『介紹批評與討論』欄內〈荷花〉一文，謹誦一遍，覺得貴刊所讚美的幾段的確是該集中最好的幾段。但最近讀英國台維司 w · H · Davis〈冬火〉（*Winter Fire*）一詩，最後四句極與〈荷花〉中的「爐」相像。大概趙景深不至於是抄襲台維司罷？否則未免太欺人了。」我們接到了這封信，便也去一讀台維司的那首詩，的確很像；但天下不乏

6　《獅吼》1928 年復刊第 12 期，頁 29-30。又見傅彥長：《十六年之雜碎》（金屋書店，1928 年 4 月）。趙景深《瑣憶集‧朱湘》提到最近讀《杜甫一個詩人的傳記》，「每一翻閱，就不由得想起朱湘來。他又自比為『一個行乞的詩人』台微司（w · H · Davis），可見他的生活之潦倒了。」（北新書局，1936 年），頁 126。

　　巧合的事情，何況兩者都是寫詩的，加之中國也有和外國一樣的火
　　爐。同時我覺得摹仿（抄襲二字太不雅觀）並不一定是欺人的事情；
　　世界各國近代詩中時常有許多地方把希臘拉丁諸大師的名作譯了
　　引在裡面。史文朋的詩中便有許多莎菲的例子。所以我說即使趙君
　　摹仿了台維司，也未必是太欺人吓。

　　當時即以趙景深摹仿了台維司看待，同時認為抄襲二字太不雅觀，摹
仿並不一定是欺人的事情。以此檢視楊華〈女工悲曲〉一作，筆者亦認為
是摹仿之作，且青出於藍更甚於藍。

三、小結

　　日治台灣文壇曾發生多起疑似抄襲模仿之爭議，如李獻璋質疑朱點人
〈蟬〉之剽竊，對於作者朱點人而言，實為難以承受之重，他也力予澄清
曰：「凡是我的作品，無一篇不是從我的經驗中得來的。尤其是『蟬』，
是我的孩子入院當時的實記錄，也可說是我做父親的真情底流露。所以，
我敢斷言：『蟬』的任那一節絕對不是你所說的什麼剽竊、更不是什麼模
仿人家的」[7]，楊守愚在日記表達了他不贊同李獻璋之說，日記有這麼一段
話：「台新十一月號，中有點人君呈給獻璋君的關於剽竊問題的一封公開
信。引張資平『三七晚上』和他的『蟬』各一段以對照。讀後，覺得點人
君因平時喜讀張氏作品，不知不覺間受其影響。……但，照蟬之主題、結
構、技巧，那麼完整的一篇力作，即有一小部分是拾取張氏意，那也無傷
於『蟬』之真價，何況是不大重要的部分，何況是拾其意而重新寫過呢？
獻璋君也無乃太吹毛求疵了。」[8]其後李獻璋應亦有所理解，因而蒐錄於《台
灣小說選》。楊華新詩亦受少岳和毓文等人指出暗含或抄襲之嫌，然而當
我一頁頁地翻讀著楊華的詩，心裡不免有一絲絲感傷與難受、惋惜，文學
史將如何評價楊華其人其詩？我們不能忘卻那是 1920、1930 年代，台灣

---

[7]　朱點人：〈關於剽竊問題——給獻璋君的一封公開信〉，《臺灣新文學》1 卷 9 號
　　（1936 年 11 月），頁 75-77。

[8]　許俊雅、楊洽人編：《楊守愚日記》（彰化：彰化縣立文化中心，1998 年 12 月），
　　頁 87-88。另頁 124 對「蟬是否模仿？秋信是否剽竊？」楊守愚亦言「我不視為剽
　　竊」。

在日本殖民統治下的歷史，新文學的出發，本來就帶著學習模仿的道路前進，「接受外來影響」、「模仿學習」並不能否定其獨創性，恰恰相反的是從某一種文學間的接觸能引發出作家勃發的創造力。模仿、影響從本質上來說，表現的是文化上自我更生的能力，它並不是亦步亦趨，或者退一步說，即使是亦步亦趨，其中依然隱藏著不易覺察的新東西，因為模仿者也會藉助於模仿對象而進行自我改造，成為被模仿者的變異體。今日回頭觀看 20 世紀台灣文學時，筆者認為對此一現象應更謹慎評估。

附錄

女絲工曲

趙景深

星稀稀，風淒淒，
玉盤的月光洒著伊；
伊搓了搓杏眼，
以為是太陽光照照。
伊心想，這是上工時候了。
急忙忙便把寒衣披。

到絲廠，鐵門深鎖，
沒個人，方知受了月光欺。
待歸去，夜半戶誰啟？
不歸去，野風寒侵肌。

遠時節，靜悄悄沒有行人過，
冷清清迷離荒草低，
風颼颼直吹到心裏，
樹疏疏月影斜掛未橫西。

伊冷呀，冷呀凍得惡惡的，
忽看見地上有個石磨機。
伊搖呀，搖呀偏身冒熱氣，
你看，伊登非，著皮衣？
直搖到月落，雞啼，鐵門微開，迎著晨曦，
伊迎緣微笑的嘆聲：「噫～～」

文　學　週　報　（第二二九期）

一九二六，二，八。

趙景深〈女絲工曲〉圖檔

1949 年之後的台灣文學
是否屬於「民國文學」？

■周維東

作者簡介

周維東，1970 年生，陝西白河人。文學博士。現任四川大學文學與新聞學院副教授、《現代中國文化與文學》集刊編輯部主任。出版有學術專著《中國共產黨的文化戰略與延安時期的文學生產》、《民國文學：文學史的「空間」轉向》等。

　　當「民國文學」的討論引入台灣，一個尷尬的問題變得非常現實：如何面對 1949 年之後的台灣文學？

　　在大陸，儘管「民國文學」的提法尚未落定，但有一點基本達成共識，「民國文學」的外延特指 1912-1949 年間「中華民國」轄區（名義上）內發生的文學。對於 1949 年之後的台灣文學，在大陸學科劃分中歸於「華文文學」，而「民國文學」屬於「中國現代文學」學科內出現的新視野，因此「民國文學」不考慮 1949 年之後的問題似乎十分自然。

　　但這只能說是理論缺陷。「民國文學」作為一種獨立的文學史視野，不能囿於所謂「學科」的局限。所謂「學科」，不過是現代學術生產的組織結構，一種理論如僅適用於某個學科，就值得警惕它存在的合理性。「民國文學」提出後，必然要考慮到 1949 年之後中華民國遷台後出現的文學，無論它是否屬於「民國文學」的範疇，理論家應當從學理的角度給予它充分的說明，否則民國文學理論只能說還有待完善。這是大陸「民國文學」宣導者值得反思的地方。

一、大陸學界的「浪漫民國」

　　大陸學界對「民國文學」的定位大致可分為兩類：一類是將其視為中性的時空概念，以避免中國現代文學中「現代」多義性的困擾；一類依舊將其視為具有本質內涵的概念，「民國」可視為「現代」的補充或替代。如果將 1949 年之後台灣文學天然視為「民國文學」的一部分，兩種認識都有難以自圓其說的部分。

　　將「民國」視為一個中性的時空概念，前提是「民國」已經終結，唯有如此才能形成一個比較確定的時空結構，而考慮到 1949 之後「民國」依然存在的事實，「民國文學」提出者所希冀的「中性」和「確定」首先在理論上就不能自圓其說。然而問題還不僅僅在理論上。「民國文學」作為一個中性概念，有意針對「現代」特指「新文學」的偏執，以便更大限度地恢復這一時期的「文學場」。在大陸，「中國現代文學」的構成有著人為建構的過程，它不僅僅是一個時期所有文學的總稱，而是有所選擇建構出一套「現代文學」的神話。當然，建構宏大歷史敘事是現代社會普遍的毛病，隨著「多元」史觀的出現，研究者都希望擺脫宏大敘事的束縛，

更自由地進入到文學的現場。在「民國文學」提出之初，文學史家想像的民國便是如此，它就是一個原生態的場域，研究者可以自由在其中馳騁。

　　然而民國文學真的可以無所不包嗎？若簡單將「民國文學」理解為中華民國轄區內的文學，將 1912-1949 年間的大陸文學與 1949 年之後的台灣文學聯繫在一起，「民國文學」也可以形成一套體系，但 1949 年之後出現的大陸文學，也就是與「民國文學」對應的「共和國文學」，如何去解釋它的源流就成為一個問題。換個思路，如果考慮到「民國文學」與「共和國文學」的分歧，花開兩朵、各表一枝，在 20 世紀中國文學中擇取如「國民黨文學」、「三民主義文學」、「民族主義文學」等右翼文學，將之與 1949 年之後的台灣文學聯繫在一起建構「民國文學」，再將左翼文學與 1949 年之後的大陸文學聯繫在一起，建構「共和國文學」。這樣固然可以解決「共和國文學」的源流問題，也妥善解決了 1949 年之後台灣文學的歸屬，但「民國文學」因為強烈的黨派色彩，原初設想的「中性」和「包容」都無從談起。

　　將「民國」視為一種精神資源，是許多民國文學宣導者的重要考慮，如陳丹青先生提出的「民國範」，其中的「民國」便是一種精神氣質的載體。在大陸談「民國範」、「民國精神」和「民國氣質」有得天獨厚的條件，中華人民共和國建立後，「天翻地覆慨而慷」[1]，人民的生存方式、語言方式，包括生活習慣都發生了極大的改變。因此，雖然民國的歷史並不久遠，但在大陸普通民眾的心目中，它恍若隔世、充滿傳奇，這為知識分子想像民國創造了廣闊空間：只要民國想像符合了大眾的心理需求，並沒有脫離基本歷史常識，結論是否具有史學的嚴謹性並不為大眾重視。然而，如果考慮到 1949 年之後的民國，「民國」與其代表的精神資源之間是否一定能劃上等號值得重估，譬如今天念念不忘的民國人物及其風範，不僅在大陸消失了，在台灣也已經鳳毛麟角，如若如此，作為精神資源的「民國」，是不是僅僅是一種懷舊的情緒呢？再者，大陸學者將民國視為一種精神資源，多少有一種浪漫的情懷，陳丹青談「民國範」在中國大陸

---

[1]　語出毛澤東創作的七律〈人民解放軍佔領南京〉：「鍾山風雨起蒼黃，百萬雄師過大江。虎踞龍盤今勝昔，天翻地覆慨而慷。宜將剩勇追窮寇，不可沽名學霸王。天若有情天亦老，人間正道是滄桑。」其中「天翻地覆慨而慷」一句，頗能概括中華人民共和國建立後中國社會發生的翻天覆地變化。

消失，無不包含一絲惆悵和失落。然而，如果考慮到「民國」在台灣的遭遇，不談因為「外省／本土」矛盾形成的民國偏見，僅看台灣「解嚴」前後民國發生的變化，就知民國歷史上的浪漫與傳奇，只是歷史過渡時代的特殊產物，並不是民國的必然結果。

說到底，「民國」在大陸就是一個過往、一段傳說，歷史是任人打扮的小姑娘，它在當下被廣泛提起，是因為它充當了大陸現行制度下的「他者」。所以，大陸學者談民國也並非毫不保留，他們更願意談及民國知識分子的風骨、民國學術的自由、民國包含的關於進步的種種可能，關於民國的陰暗面，如軍閥割據、腐敗橫行、獨裁統治等等，都鮮有提及——即使有時無法迴避，但也是一筆帶過。大陸學界對民國有浪漫的想像，也可以理解，1949 年之後很長時間，因為「冷戰」的原因，大陸主流媒體對民國的宣傳都擇其陰暗之處，近年來隨著學術環境的寬鬆，學者們發現了另外一個民國並將其展示出來，是文化傳播過程中的自然消長。而在世界範圍內，想像歷史、借古諷今也是常見的行為，知識分子想像民國文人的風骨與大陸犬儒主義盛行有莫大的關係，在任何時代，知識分子的風骨都是寶貴的精神遺產，儘管民國文人的風骨是否屬於民國值得商榷，但這種自我反思的精神依然有值得肯定之處。

只是從學術的角度，如何將民國時期存在的精神資源，合理的落實到歷史當中，是學術家們值得謹慎而為之的一項任務。浪漫的民國，固然可以為當下提供許多精神寄託，但並不利於社會的真正進步，只有將歷史中的寶貴精神資源清晰地確定了出處，才可以長久讓後人警醒歷史、追求進步。從這個角度而言，1949 年後的台灣文學對「民國文學」起到解構的作用，有其重要的價值和意義，因為它的存在，大陸學界「民國文學」獲得了一次反思的機遇。

二、變異的民國

如果說大陸「民國文學」研究因為忽略 1949 之後的台灣文學，顯得過於浪漫，台灣學界因為身在「民國」之內，對「民國文學」反而難有從容的態度。記得在 2014 年的一次民國文學研討會上，台灣大學黃美娥教授提出一個有趣的問題：誰在研究「民國文學」？這個問題實質是：為什

麼要提出並研究民國文學？在大陸關於民國文學的會議上，台灣學者提出這種問題，讓大陸學者略感詫異。對大陸學者而言，提出民國文學還有點闖「禁區」的感覺，創新愉悅與政治隱憂並存，本以為碰到台灣同胞能獲得共鳴，卻遭遇到與大陸學界一樣的茫然。當然，台灣學者的茫然與大陸學者又略有不同，大陸學界對「民國文學」的茫然主要因為學術，在情感上並不排斥，今天大陸鋪天蓋地的民國暢銷圖書大概能說明部分問題；台灣學者對民國的茫然主要出在情感，在學術上並不十分排斥。如會議上提出疑問的黃美娥教授，《台灣新文學史》編纂者陳芳明教授，都是「台灣文學」研究的翹楚，但對於「民國文學」的學術意義均給予充分肯定。大陸學界的茫然可以概括為學術茫然，其癥結是文學觀念的危機，通過學術討論和交流，危機可以得到化解。台灣學界的茫然則是情感茫然，是自我認同出現的危機，這種危機很難短時間化解。

自「民國文學」提出之後，兩岸學界有較多交流，因此對台灣學者的「民國」情緒也有所瞭解。對很多台灣學者而言，「民國」與兩蔣統治緊緊捆綁在一起，與黨禁、報禁、不民主、不自由的記憶糾纏在一起，是情感上不堪回首的過往。因此台灣學者對於「民國」保持警惕不難理解，警惕民國在某種程度上可理解為珍惜當下。不過從學理的角度，1949 年之後的「民國」只是民國歷史中的一個部分，而且是有巨大改變的一部分，用一部分民國經驗來替代整個民國，缺少了歷史認知的科學性。然而對於有半世紀割讓歷史的台灣，「民國」記憶的建立始於 1945 年——而非 1912 年，而且這個政權也非當初的母國政權，所以雖然民國建立在中國歷史上是濃墨重彩的一筆，但對於當時已經被割讓的台灣，實在難以找到情感的共鳴點。

台灣學界的「民國」感受，在文學世界中有更直觀的表達，雖然台灣在法理上依然屬於民國，但「民國」同時也成為了一個「他者」。台灣詩人陳黎的〈二月〉，生動的記錄了「民國」在其心目中成為他者的一刻：

　　槍聲在黃昏的鳥群中消失

　　失蹤的父親的鞋子
　　失蹤的兒子的鞋子

在每一碗清晨的粥裡走回來的腳步聲
在每一盆傍晚的洗臉水裡走回去的腳步聲

失蹤的母親的黑髮
失蹤的女兒的黑髮

在異族的統治下反抗異族
在祖國的懷抱中被祖國強暴

芒草‧薊草‧曠野‧吶喊

失蹤的秋天的日曆
失蹤的春天的日曆[2]

　　「槍聲在黃昏的鳥群中消失」是具有象徵性的一刻，雖然日常生活依然繼續，但槍聲改變了一切。失蹤的父親、失蹤的兒子、失蹤的母親、失蹤的女兒，既是記錄屠殺造成的慘劇，更寓示台灣與祖國之間正常倫理關係的「失蹤」，無論是「父／子」、「母／女」，都找不到了自然的感覺。當「民國」已經成為「他者」，讓台灣學界將 1949 年之後的台灣文學視為「民國文學」的一部分，自然心有芥蒂。

　　當然，1949 之後台灣文學的「台灣意識」也並非一開始就非常強烈，至少在很長時間內，主宰台灣文壇的作家都是「民國遺老」，台灣「解嚴」以前的文學可否認為是「民國文學」的一部分呢？其實也很難這樣認為。1949 年之後，雖然有不少民國作家來到台灣，但相對於 1949 年之前的民國文壇，遷台作家只是滄海一粟。而即使遷台的作家，1949 年前後的心境與創作格局也大不相同。台灣政治大學尉天驄教授著《回首我們的時代》，生動地描寫了 1949 之後的台灣文壇，其中涉及人物有遷台作家也有本土作家，他們的所思所想與 1949 年之前的民國作家已大不相同。《回首我們的時代》選擇的第一個作家是遷台作家台靜農，這位在大陸文學史中冠以「鄉土小說家」的作家，在尉天驄教授的筆下是另一種風範：

2　陳黎：《陰影的河流》（北京：人民文學出版社，1993 年），頁 137。

他雖然生活在一個如莊子所說的「無可奈何」（或者過之）的時代，卻依然保持著他的自在和誠懇，無論從哪一個方面來說，都是一代的典範。特別在一九四九年以後，經由生活的陶鎔，他的思想和寫作都提升到他的同輩作家所未達到的高度。古人所說的「不以物喜，不以己悲」，就在它的書藝的純淨境界中也讓人見得出來。就此而言，他所顯示的風格便有了時代的意義。因之，他在中國文學史、特別是魏晉、晚明等大變動之際的認識，也就有了前人未及的深刻。[3]

中國早期的「鄉土小說家」，多少都受到魯迅的影響，「啟蒙」是創作的重要動機之一。所以，作為「鄉土小說家」的台靜農不能說心懷天下，但至少是外向型的形象。但在尉教授的筆下，借書法和古典文學傳遞幽情，雖然境界上升到前所未有的高度，但指向是向內的。一外一內，就能看出 1949 年前後「民國文學」的變化。

三、「民國文學」：文學建構的民國氣象

如何處理 1949 年之後的台灣文學與「民國文學」的關係，反映出「民國文學」建構中的一個基本問題：「民國」與「文學」是一種怎樣的關係？在大陸學者的潛意識當中，1949 年之後的台灣文學必然是「民國文學」的一部分——在實際研究中，很多學者忽略了它的存在，純粹是因為要解決這個問題十分麻煩，並沒有在心理中改變這種認知。大陸學界至今沒有給出 1949 年之後台灣文學是否屬於「民國文學」的確切理由，主要原因是前文所講的諸種困境，然而造成這種困境的原因，恰恰是他們認為 1949 年之後的台灣文學必然屬於「民國文學」。這是一個循環的困境，而「破局」的關節點恰恰是：用「民國」來概括文學史，依據何在？

大陸學界忽略這個問題，根本原因是忽略了民國的多義性，僅僅將它理解為一種政治結構，自然要面臨諸多問題。作為政治結構的「民國」，

---

[3]　尉天驄：《回首我們的時代》，（台北：INK 印刻文學生活雜誌出版公司，2011年），頁 15。

外延和內涵都具有不確定性，如前文所言，「民國」的稱號在台灣被持續使用，「民國」內涵在這個政權遷台前後發生了流變。所以說，僅僅將民國視為一種政治結構，它並不具有文學史命名的合理性。但民國具有多義性，大陸學界想像的民國，主要不是作為政治結構的民國，而是一個文化共同體的民國。在中國歷史上，「民國」是一個新生事物，它在今天給人留下深刻記憶和清晰形象，是一代代民國精英不斷努力建構的結果。在1912-1949 年間，「民國文學」與其說是民國政體決定了文學的景觀，不如說是這一時期多元的文學營造了民國氣象。這也是「民國文學」最有意義的地方，作為一個文化共同體，它創造了一種堪稱「標本」的文學形態，這種文學形態不僅在 1949 年之後的大陸消失了，在台灣也不復存在。

　　1949 年之後，「民國」並沒有終結，甚至很多歷史當事人都未曾發生變化，為什麼文學發生了變化？主要原因是「空間」發生的變化，這裡的「空間」既是客觀也是主觀：就客觀來說，「中華人民共和國」的出現改變了「民國」作為中國唯一合法政權的地位，「民國」政權偏據台灣，所轄疆土與之前天壤之別；就主觀來說，身在「民國」當中，作家以天下為己任的感受不得不受到檢視，此時的「民國」才真正與國民黨、蔣政權捆綁在一起。因為「空間」的變化，1949 年前後的「民國文學」，格局大不相同。也是從這個角度，「民國文學」的外延才能得到明確的界定。

　　具有明確外延的民國文學，與過去的「中國現代文學」相比，意義也才能得到彰顯。「中國現代文學」研究在大陸出現很多問題，主要原因是「現代」是個抽象的時間概念。所謂「抽象」，即在於它沒有確定的邊界，在大陸學界「中國現代文學」的外延充滿彈性，起迄時間經常變動。因為研究對象搖擺不定，很難對一段歷史有深入的把握。「民國文學」的確定性，正有效地解決了這個問題。

　　將「民國文學」視為一個特定時期的文化共同體，1949 年之後的台灣文學是否屬於民國文學就不言自明。雖然同在「民國」的名義下，但「民國」所包容的文化空間已經發生了很大的變異，大陸學者不必被它綁架，台灣學者也不必為之介懷。

專題論文
國民黨文藝政策
與民國文學

主持人語

■姜飛、封德屏

　　談到文藝政策的時候，我們想到的是合法性問題和規範性問題。現代民主國家可以通過實踐主權在民的原則、普選的原則和福利國家的原則確立自身的合法性，無需特意通過文藝的方式修飾國家的合法，自然也無需通過政策的方式確保文藝的修飾。然而現代專制國家傾向於意識形態立國，傾向於徵用文藝以實現對其意識形態的感性論證，傾向於制定文藝政策以確保其文藝徵召的效果，當然，也確保對文藝逆反的懲處。一言以蔽之，從國家的合法性焦慮，推導出文藝的規範性要求。

　　文藝政策正如任卓宣所言，包括「文藝思想」，「輔助辦法」，以及「文藝的專司機構」。從蘇聯到德國，從台灣海峽西岸到東岸，歷史經驗似乎表明：文藝政策意義上的所謂「文藝思想」，是將專制國家的官方意識形態化約為文藝的追求和規範，所謂「輔助辦法」，往往是溫和的條件滿足、利益吸引的導向性規範，至於所謂「專司機構」，則常常是嚴肅的堵截性和制裁性規範。

　　然而，焦慮其合法性的政權缺乏正義，匍匐於規範性的文藝缺乏價值。

　　不過，我們卻不因一般性地否定文藝政策的規範性而連帶否定相關研究的合法性，何況文藝政策也可能在客觀上製造出超越官方意識形態的副產品，正如封德屏考察台灣「軍中文藝」之所見，「『軍中文藝』、『大兵文學』卻是台灣文學發展過程中特殊的一段歷程，它對作家的養成、文學風潮的興起，都有相當的貢獻」。崔末順也論及此，在 1950 年代的反共語境中援引的古典文學作品，在讀者那裡「容易成為褪去現實意義的審美對象」，化入記憶而長存。徵諸歷史，「民族主義」徵用「古典文學」，不僅在 1950 年代「反共抗俄」之時為然，在稍早的「戡亂救國」和更早的「抗戰建國」之時，率皆如此——牟澤雄老師在檢閱《文藝月刊》的時候便曾提及。

　　文藝政策的規範性目標是在思想上實現一元化的設計，不僅徵召文藝實現對其合法性的感性論證，而且試圖通過文藝影響人民，實現讓人民對其政權和意識形態的認同和持久的忠誠。不過，事情總有複雜的一面，譬如傅學敏研討抗戰時期的劇本審查，便偵悉了在規範運作過程中的全部複雜性，包括素質問題，腐敗問題，等等。有趣的是，「進步人士」通過行賄的「落後」方式而實現其「進步」追求。此外，文藝政策的複雜性還體現為執行者對文藝運動的名號或者文藝刊物經營策略的精密計算，正如錢振綱、洪亮和牟澤雄帶著博弈論色彩的對策分析式的研究所揭示的那樣。文藝政策還有一重複雜性，那就是使人不能直面自身的歷史，譬如任卓宣在 1960 年代修改其 1930 年代的文學論文，令其服膺總理學說的時間大幅度前移——姜飛的文章對此有所揭示。

任卓宣與左翼文學思潮

■姜飛

作者簡介

姜飛，生於 1974 年，四川資中人。文學博士。四川大學文學與新聞學院副教授，主要從事民國文學、文藝理論以及中國當代詩歌研究。著有《感性的歸途》（2003 年），《經驗與真理》（2010 年），《國民黨文學思想研究》（2014 年）等。

內容摘要

任卓宣是台灣 1950 年代反共文化運動和文藝政策的贊助者和執行人，然而從 1920 年代末到 1930 年代中，任卓宣的文學思想卻屬於中國左翼文學思潮。或許由於任卓宣呼喚和就範的文藝政策的強大存在，在其 1966 年出版的文集《文學和語文》中，他篡改了當年的左翼痕跡。

關鍵詞：任卓宣、左翼文學思潮、文藝政策、篡改

　　在共產黨與國民黨的政治競爭史和意識形態戰爭史上，任卓宣是一個特別的人物，也是一個特別有影響的人物。任卓宣曾是國民黨所倚重的來自共產黨的意識形態專家，也是共產黨所認定並宣布的投向國民黨的戰犯[1]；同時，他還是一個在文學思想方面有特別表現的理論家和批評家。

　　海峽兩岸的學者在文學論域提及任卓宣，大抵是將其視為 1950 年代反共文化運動和文藝政策的贊助者或執行人[2]：有事可徵，他做過國民黨中宣部副部長、代部長、台北市文化運動委員會主任委員，倡立中國文藝協會，志在反共[3]；有文可查，他寫過〈今後的文藝路線〉，〈三民主義與文學〉，〈戰鬥文學底問題〉，旨在反共[4]。任卓宣的「反共鬥士」[5]形象確立之後，他的複雜性即被遮蔽，但他的確是複雜的，不論是哲學和一般思想經歷，還是政治和整個人生履歷。尤其是任卓宣的文學思想歷程，其間不僅有人們習焉不察的遮蔽，也有任氏有意為之的遮蔽。而被遮蔽的事實便是：從 1920 年代末到 1930 年代中，任卓宣聲援了中國共產黨人主導的左翼文學運動，甚至他的文學思想本就屬於左翼文學思潮。

　　任卓宣雖在歷史上與左翼文學思潮有深刻的關係，但在台灣戒嚴時期，在其自己也擁護的文藝政策[6]之下，他又幾乎是不露痕跡地篡改了那段歷史。

一

　　任卓宣原名啟彰，主要筆名是葉青。1896 年 4 月[7]出生於四川南充三會鄉，1990 年 1 月 28 日病逝於台北中和。早歲家貧，依靠族人幫助而在

1　郭廷以：《中華民國史事日誌》第 4 冊（台北：中央研究院中國近代史研究所，1985 年），頁 830。
2　陳芳明：《臺灣新文學史》（台北：聯經出版公司，2011 年），頁 266。古遠清：〈「為政治而文學」的葉青〉，《武漢文史資料》第 8 期，2001 年。等等。
3　任卓宣：〈我底文學撰述之回憶〉，《文訊月刊》第 7、8 期合刊，1984 年。
4　任卓宣：〈今後的文藝路線〉，《中央日報》，1950 年 3 月 24 日。葉青：〈三民主義與文學〉，《文藝創作》第 28 期，1953 年。葉青：《戰鬥文學底問題》，《文藝創作》第 47 期，1955 年。
5　潘壽康：〈共產主義的剋星——葉青〉，《新聞評論》第 25 期，1951 年。〈贊反共鬥士任卓宣〉，《民族晚報》，1955 年 3 月 27 日。王黎明：〈反共思想鬥士任卓宣先生〉，《國魂》第 147 期，1957 年。等等。
6　任卓宣：〈文藝政策論〉，《文壇季刊》第 4 號，1959 年。
7　任卓宣的生日有兩種說法，均在 4 月：其一為「民前十六年農曆的三月六日」，即

任氏祠堂的私塾初受舊學教育，後來在張瀾創辦的南充中學接受現代教育。任卓宣屬於典型的寒門志士，憤時勢而憂天下，早在中學時代，雖腹內常有飢餓之感，而胸中長存豪傑之念：「蓋目擊滔滔之日下，孰不欲砥柱乎中流」，「現在之犖垌亂石賴孰人廓清，將來之國民幸福賴誰氏增進，前途遼遠，後顧茫茫，肩斯任者，非我輩少年學子乎」[8]。1918 年北上北京，考入法文專修館，學業完成後，赴法國勤工儉學。任卓宣先是在巴黎近郊一家工廠做學徒，繼則成為正式的鉗工。此後的人生，任卓宣將其分為三個段落：起初因「同情工人」，故參加法國共產黨，參與建立旅歐中國共產主義青年團，從巴黎到莫斯科，從莫斯科到廣州，從廣州到長沙，致力於共產主義革命（直到 1928 年第二次被國民黨抓捕）；然後是「脫離共產黨」而「從事文化工作」，「偏於哲學」、「不談政治」（1928年自首獲釋以後，到 1935 年）；最後則是「投入國民黨懷抱」，從事三民主義研究、宣傳和理論鬥爭（1935 年以後，但正式加入國民黨是在 1939年）[9]。任卓宣在共產黨陣營的職業革命生涯是以被捕、不屈和槍決結束。然而行刑隊 1928 年 1 月 22 日在長沙瀏陽門外執行槍決時，卻未擊中其要害，致其傳奇般地生還[10]。僥倖得命的任卓宣不久之後再次被捕，然後自首，最後則是反共。

　　任卓宣長於思想反共，以此「立言」，以此「立功」，並「因功受賞」。反共成效顯著，1949 年，共產黨方面將其「超擢」為「老百姓戰犯」（吳曼君語）[11]，或曰「白丁」戰犯（尉素秋語），如其自述：「共產黨看重思想，看重理論」，「所以把我拿來與黨政軍各方面的要人相提並論，指

陽曆的 1896 年 4 月 18 日。任卓宣：《任卓宣少年習作手稿》（台北：帕米爾書店，1985 年），頁 1。其二為 4 月 25 日，據李敖日記所引《中央日報》1986 年 4 月 24日的消息：「明天是大思想家任卓宣教授九秩榮壽，蔣總統經國先生特別題贈『教績延麻』五尺長壽軸向他祝壽。」李敖：《李敖大全集‧李敖秘藏日記》（北京：中國友誼出版公司，1999 年），頁 130-131。

[8]　任卓宣：《任卓宣少年習作手稿》，頁 18、29、30。

[9]　葉青：〈我怎樣做三民主義底理論事業〉載於《任卓宣評傳》（台北：帕米爾書店，1965 年），頁 32。任卓宣：〈我為什麼反共〉，載於《任卓宣評傳續集》（台北：帕米爾書店，1975 年），頁 1-2。等等。

[10]　徐業道：〈刑場生還憶往事——記與任卓宣先生一席談〉，載於《任卓宣評傳》（台北：帕米爾書店，1965 年），頁 285-287。

[11]　吳曼君：〈關於任卓宣先生〉，載於《任卓宣評傳》，頁 218。

為『戰犯』」[12]。而國民黨也在風雨飄搖之中任命其為中宣部副部長，並一度令其代理部長職務。隨國民黨敗退台灣之後，不論任事任教，任卓宣繼續做「理論建設的勇士，思想鬥爭的先鋒」[13]。在思想反共的整體格局中，任卓宣的文學思想及其政策主張，也佔有一席之地。

　　1966 年，任卓宣將其有關文學和語文的文章整理成書，在序言中談及文學研究的歷史，稱其「最早的一篇」文章是〈文學與思想〉，「發表於三十七年前之民國十八年」[14]。1983 年 11 月，任卓宣再次提及，「我談文學，早在民國十八年」，「時在成都創辦並主編《科學思想》旬刊，在其第十二期（同年三月三十日出版），有題為〈文學與思想〉一文，不長，因我之涉及文學方開始也」[15]。至於最初「談文學」的那些文章，是否有政治傾向性，以及是傾向於共產黨還是國民黨，任卓宣並不提及，但他特意說到 1930 年代中期在《世界文學》雜誌發表的一些文學論文遭到了「共產黨」的「反對」和「批評」，從而暗示出他當年的文學思想與共產黨似非一路。

　　然而檢閱文獻可知，任卓宣對其文學撰述的事後回憶和收集並不可靠，有刻意修改歷史之嫌。其實，任卓宣「最早的一篇」文學論文，不是「民國十八年」發表的那篇「不長」的〈文學與思想〉，而是長文〈語絲派底阿 Q 時代存在說與思想界底科學觀點〉[16]，分為上下兩部分發表於《科學思想》「民國十七年」第 6 期和第 7 期。相形之下，不論是搜索之廣還是思慮之深，其 1928 年發表的那篇長文都遠逾次年發表的次要短文〈文學與思想〉。那麼，為何任卓宣反而厚待後者而無視甚至否定前者的存在？推其緣由，或許是那篇長文整體性的共產黨觀點在台灣的語境中顯得過分突兀，且根本無法改為中性文字，而如果重刊該文，也可能讓人對其多次宣稱的在 1928 年便「脫離了共產黨」一事產生疑問。在整理文學論文集的時候，博聞強識的任卓宣收羅了不少既無思想價值也無史料價值的文

---

[12] 任卓宣：〈我是怎樣成為「戰犯」的〉，載於《任卓宣評傳》，頁 76。

[13] 張雲漢題字，載於《任卓宣評傳續集》，頁 150。

[14] 任卓宣：《文學和語文》（台北：帕米爾書店，1966 年），序頁 1。

[15] 任卓宣：〈我底文學撰述之回憶〉，《文訊月刊》第 7、8 期合刊，1984 年。

[16] 青鋒：〈語絲派底阿 Q 時代存在說與思想界底科學觀點〉（上）、（下），《科學思想》第 6 期、第 7 期，1928 年。

章，卻將更早發表也更有深度的文字遺忘於文集之外，似乎不欲人知。對
於離開共產黨，投奔國民黨的文人而言，任卓宣此舉，實非孤例。任卓宣
的同鄉和妹夫，國民黨的文藝理論家王集叢，在 1930 年代曾以王集叢、
林子叢等署名發表過共產黨立場的文學論文[17]，也翻譯過日本共產黨人的
論文，甚至，據羅瑞卿、沙汀等人回憶，本名王義林的王集叢早在 1928 年
離開四川去上海之前便已經是共產黨人，且曾參加共產黨的祕密行動[18]。
可知王集叢曾是有共產黨人身分的「左翼作家」。然而在台灣時期，王集
叢的這段重要經歷卻修改為與共產黨之間絕無葛藤纏繞，而是歸然獨立：
「『九一八』前夜，中日關係緊張，背叛國民革命遭到慘敗的中共，在上
海租界裡拉攏『左翼作家』，搞『普羅文學運動』」，「王集叢亦注意其
活動，但終有自己見地，不接受其宣傳、引誘」[19]。既然如此，《王集叢
自選集》自然也就不選其 1930 年代前半期在上海所寫的文字，任其湮滅，
似乎也望其湮滅。

　　任卓宣在 1928 年第二次被國民黨抓捕之後，儘管新聞報導其為「自
首帶路」的變節分子[20]，共產黨中央也認定其為叛徒[21]，但細讀資料可知，
從 1920 年代末到 1930 年代中，任卓宣的哲學和文學思想依然是取共產
黨的立場、觀點和方法。有歷史當事人回憶，任卓宣 1928 年下半年到成
都之後，曾給中共川西特委投萬言書解釋其自首行為，要求重回共產黨，
雖未被接納而徘徊於黨外，但也未被嚴厲拒斥。任卓宣表示願意在文化
方面把畢生精力奉獻給共產黨[22]。揆諸《科學思想》旬刊上的文字，當事

[17] 林子叢：〈藝術──其本質、其發生、其發展及其功用之理論的說明〉，《二十世
紀》創刊號，1931 年。林子叢：〈藝術與科學〉，《二十世紀》第 2 期，1931 年。
王集叢：〈一年來中國文藝論戰之總清算〉，《讀書雜誌》，1933 年增刊。

[18] 點點：《非凡的年代》（上海：上海文藝出版社，1987 年），頁 27-36。沙汀：《沙
汀自傳》（太原：北岳文藝出版社，1998 年），頁 86-91。

[19] 王集叢：《王集叢自選集》（台北：黎明文化公司，1978 年），頁 2。

[20] 〈湘省軍政要訊〉：「現被懲共法院捉獲共黨省委會常務任卓宣，秘書蔡增准，因
自首帶路，破獲要案數起，除免死刑外並任為偵緝員。」，《申報》第 9 版，1928
年 4 月 5 日。

[21] 中共中央文獻研究室、中央檔案館：《建黨以來重要文獻選編（1921-1949）》（北
京：中央文獻出版社，2011 年），頁 218。

[22] 《劉披雲同志憶在四川地下黨工作情況談話紀要》，載於《四川文史資料選輯》第
26 輯（成都：中國人民政治協商會議四川省委員會文史資料研究委員會，1982 年），
頁 46-47。鄒隱樵：《任卓宣在長沙槍斃未死》，載於《永川文史資料選輯》第 10

人的回憶應屬可靠。甚至也可以認為，1928 年之後的任卓宣，在相當長的時間內，雖然在組織上不是共產黨人，但是在思想上卻很難說不是共產黨人。

二

在 1928 年下半年和 1929 年間，任卓宣身在成都，密切關注上海的文化和文學動向，既細讀共產黨人主持的創造社和太陽社的《創造月刊》、《文化批判》、《洪水》、《太陽月刊》，也細讀非共產黨人的《北新》、《語絲》之類，由此捕捉到了發生於上海的革命文學論爭的相關資訊。在上海發生的論爭中，郭沫若、成仿吾對文學進步的唯物辯證法和歷史唯物主義解釋[23]，以及成仿吾和錢杏邨對魯迅《阿 Q 正傳》的時代意義和小資產階級趣味文學的否定，認為中國農民大眾已經覺醒、進步和革命了，從而「阿 Q 的時代」和「《阿 Q 正傳》的技巧」都「已經死去了」之類的觀點[24]，蔣光慈所謂「革命文學應當是反個人主義的文學，它的主人翁應當是群眾，而不是個人，它的傾向應當是集體主義，而不是個人主義」[25]的觀點，李初梨模仿辛克雷爾（Upton Sinclair）提出的所謂「一切的文學都是宣傳，普遍地，而且不可逃避地是宣傳，有時無意識地，然而常時故意地是宣傳」的觀點，及其對北新書局、周氏兄弟閒暇、趣味的攻擊，對無產階級文學作為「鬥爭的文學」、「由藝術的武器到武器的藝術」的斷言[26]。凡此等等，不僅在當時喚起了任卓宣的戰鬥衝動，而且在以後深刻影響甚至塑造了任卓宣的文學思想，即便他的政治立場從共產黨走到了國民黨，也只是換了意識形態和「中心思想」，但理論結構未變：強調文學

輯（永川：中國人民政治協商會議四川省永川市委員會文史資料委員會，1994 年），頁 107。陳離：《我與辛墾書店的關係及其活動的經過》，載於《文史資料存稿選編·文化》（北京：中國文史出版社，2002 年），頁 391。

[23] 沫若：〈文藝家的覺悟〉，《洪水》第 2 卷第 16 期，1926 年。郭沫若：〈革命與文學〉，《創造月刊》第 1 卷第 3 期，1926 年。成仿吾：〈從文學革命到革命文學〉，《創造月刊》第 1 卷第 9 期，1928 年 2 月。

[24] 仿吾：〈完成我們的文學革命〉，《洪水》第 3 卷第 25 期，1927 年。錢杏邨：〈死去了的阿 Q 時代〉，《太陽月刊》第 3 期，1928 年 3 月。

[25] 蔣光慈：〈關於革命文學〉，《太陽月刊》第 2 期，1928 年 2 月。

[26] 李初梨：〈怎樣地建設革命文學〉，《文化批判》第 2 號，1928 年 2 月。

的宣傳功能，為政治而文學，為反共而文學；強調「思想正確」，為三民主義而文學，反對個人主義等等。

1928 年論爭初起時，任卓宣在長沙已經被捕，論爭激烈和延伸時，任卓宣已在黨外，他無法得知這場論爭是否與共產黨中央的文藝政策和指示有關。任卓宣只能在成都讀到數月前甚至是 1926 年的上海雜誌，他從郭沫若、蔣光慈、成仿吾、李初梨等一大批參與者的共產黨人身分，文章援用的馬克思主義思想資源，文章表述的無產階級（即所謂「第四階級」）革命文學主張，以及這些共產黨文人突然地成規模地展開對所謂資產階級、小資產階級文學家的激烈批判等等事實，揣測這應當是共產黨方面號召的有組織的文化行動。任卓宣既然表態願為共產黨的革命文化事業「奉獻」，於是在成都以《科學思想》為無名陣地，獨力聲援遠在上海的無產階級革命文學陣營。然而任卓宣的判斷並不準確，共產黨中央處於國民黨嚴峻的軍事壓力之下，當時並無組織革命文化、革命文學的政策和指示[27]。

然而，上海的革命文學論爭畢竟影響到了共產黨與魯迅等人的關係，終究導致中共中央派員干預[28]。當年 9 月，馮雪峰發表了〈革命與智識階級〉[29]，批評創造社等人對魯迅的攻擊是「狹小的團體主義」，對革命不利。然而任卓宣並未注意到馮雪峰的文章，他身在黨外，也無由得知黨內指示，他看到的都是過期雜誌，而且不全，於是從 1928 年底到 1929 年，任卓宣依據自己的判斷，持續攻擊魯迅等人的「保守」、「閒暇」和「趣味」。

正是為了聲援錢杏邨等共產黨人在 1928 年 5 月對魯迅《阿 Q 正傳》時代意義的否定，任卓宣在 1928 年 12 月撰寫了〈語絲派底阿 Q 時代存在說與思想界底科學觀點〉。其實任卓宣只是讀了《語絲》各期，並未看到錢杏邨發表於《太陽月刊》的文章，他只是依據《語絲》對錢杏邨文章的引用和回應，而對當時的中國是否處於阿 Q 時代的問題發表議論。任卓宣認為阿 Q 時代問題的爭論「是中國革命深入文藝界所顯示出之革命主義和

---

[27] 夏衍：《懶尋舊夢錄》（北京：三聯書店，1985 年），頁 139。馮乃超：〈革命文學論爭‧魯迅‧左翼作家聯盟〉第 3 期，《新文學史料》，1986 年。

[28] 馮夏熊：〈馮雪峰回憶中的潘漢年〉，《新文學史料》第 4 期，1982 年。武在平：〈潘漢年與中國左翼作家聯盟〉，《新文學史料》第 4 期，1991 年。

[29] 馮雪峰：〈革命與智識階級〉，《無軌列車》第 2 期，1928 年 9 月。

保守主義底抗爭」，「在錢杏邨們，因為阿Q時代過去了，所以文學應該革命，破壞舊文學，建設新文學」，「在魯迅們，因為阿Q時代還存在，所以反對革命文學，主張保守」。任卓宣首先清晰界定「阿Q已死」、「阿Q沒有死」的意義分野：「《阿Q正傳》是用阿Q代表中國農民來描寫辛亥革命時代中國農民如何受封建思想封建勢力底壓迫，如何沒有覺悟否認革命，如何被動地捲入革命漩渦」，「說阿Q已死，阿Q時代過去了，就是說中國現在的農民有了覺悟，他的智識，組織，對政治底瞭解，對革命底態度，都不像從前，總括一句，中國底時代是進了步，已到『黎明之前』，我們的革命任務因而也是向前走去」，「說阿Q沒有死，阿Q時代沒有過去，就是說中國現在的農民仍然與從前一樣，對於時局，也就認為與從前一樣，我們就沒有新的任務和希望」，「阿Q時代存在與否底問題，是中國革命底問題，關係於中國的前途與我們底人生觀，中國底歷史進程與我們底努力方向」，這是「民主革命派與社會革命派」的分歧所在。在此，所謂「民主革命派」是就魯迅等人反封建而言，所謂「社會革命派」則是就共產黨領導的社會主義革命而言。

解決阿Q時代的存否問題，任卓宣主張用所謂「科學的思想」，首先，從「革命科學」的觀點看，「被統治階級不能同時間同程度一致覺悟起來」，「有創造歷史任務底被統治階級，必需其覺悟部分底領導」，「被統治階級底解放，只要其中相當數量底份子，即可完成」，「被統治階級參加革命與否，不是智識多寡底問題而是覺悟有無底問題」，「估量被統治階級，要注意全般的實際，不可只注意片面的事實」；其次，從「歷史科學」的觀點看，「歷史是前進的，不會有什麼停留」，「歷史是日新月異的發展，決不重複」，「在平常時代觀察歷史底演進要注意經濟，在革命時代則當看重階級關係底轉變和政治底屬性」等等。其實任卓宣的所謂「科學的思想」，在國民黨反共的歷史語境之中顯得含混不明，他的本意是將馬克思主義的唯物辯證法和歷史唯物主義視為「科學的思想」，認為中國農民中出現了覺悟份子，而歷史是前進的，新的經濟基礎會導致覺悟份子只會越來越多，從量變到質變，農民終將在自身的進步中實現自身的解放；同時，在覺悟的先進分子領導下，參與政治革命，會加速自身的解放。《語絲》社諸人持形式邏輯：即便中國南方有一些農民進步了，但是中國農民的大部分依然愚昧、迷信、落後、沒有知識，而只要中國農民中還有阿Q，阿

Q 時代就遠未過去。任卓宣則持辯證邏輯：中國既然有了覺悟和進步的農民，阿 Q 時代就已經過去了。

任卓宣呼應遠在上海的左翼文人一年前對魯迅等人「閒暇」文學、「趣味」文學的攻擊，也對處身其間的成都文學界的「『閒暇』人底『趣味』文學」施以批判，認為成都文學界「思想乾枯平凡，因而也就無精透的，系統的和繼續不斷的作品」，只能「眼睜睜地看著人家講『普羅列塔利亞特文藝』」，「成都底文學青年」不應該學習《北新》和《語絲》那種「為文學而文學」，「只重形式不重內容」的作風，而要「追隨時代潮流，研究科學的革命理論」[30]。在此，任卓宣所謂「科學的革命理論」，也就是所謂「否認了私產權，舊禮教和民主主義」的「北歐底新精神」，即馬克思主義理論，青年人應當「明白這種革命化底現象和非資本主義的趨勢，才不致成為思想落後者」[31]。

在《科學思想》旬刊上，從 1928 年到 1929 年，任卓宣一直在諷刺以魯迅等為核心作家的《語絲》和《北新》，認為他們「形式雖有，內容卻無，實不能再有革命作用」[32]。據任卓宣講，1929 年 9 月 28 日，他「到西御街與祠堂街之間某新書店去買書」，「賣書人說，『北新底書不好賣』」。由此，任卓宣想起，「成都自去冬迄今共添有八九個新書店，都不見代售有甚麼北新底書」，而成都「去冬方成立底北新書局，不久改為長江書局，代售北新以外各新書局底新書」。於是，任卓宣斷言：「這是個人主義文學崩解底表示，那位賣書人居然指示出來了成都讀者底嗜好，成都文化底傾向。小布爾喬亞汜底文學領袖──魯迅們底市場，居然為一年多來之普羅列特利亞特底文學戰士們所佔領了。」[33]然而這裡存在一個問題，既然任卓宣批判的成都文藝界熱衷「『閒暇』人底『趣味』文學」，那麼，「閒暇」而「有趣」的《語絲》和《北新》便有其市場，為什麼成都的書店反而不賣《語絲》和《北新》的書？此且不論，然而任卓宣在《科學思想》時期，其文學作為的確是在聲援上海的左翼文學思潮，並試圖推動成都文化界和文學界的「進步」。

---

[30] 亦鳴：〈文學與思想〉，《科學思想》第 12 期，1929 年。
[31] 亦鳴：〈世界青年思想底革命化及其趨勢〉，《科學思想》第 11 期，1929 年。
[32] 編者：〈文學與思想〉，《科學思想》第 4 期，1928 年。
[33] 冷眼〈「北新底書不好賣」〉，《科學思想》第 41 期，1930 年。

　　然而在一篇〈由上海到成都〉的文章中，任卓宣寫道，「上海到成都有好幾千里路」，「上海在太平洋岸上，交通十分便利，而成都是在巴山岷山和五嶺底包圍中，如像偏僻地方一個鄉村式的都市」，「於是上海成為文化的中心，成都就成為無思想的枯寂地了」[34]。任卓宣大約不想再看過期雜誌，在 1930 年春天，希望能夠東行，「由成都到上海」。

三

　　許多年以後，任卓宣回憶道：「我從民國十九年春夏間到上海，係應友人王集叢約，參加辛墾書店，任總編輯。」[35]然而更多當事人的說法則是，任卓宣的同鄉，共產黨人楊伯愷在親共的川軍將領陳離的支持下創辦辛墾書店的時候，邀請任卓宣同往上海，後來任命其為《二十世紀》和《研究與批判》的主編。對任卓宣的安排，楊伯愷曾徵詢中共四川省委的意見，四川省委允許任卓宣到辛墾書店從事翻譯和寫作。辛墾書店是左翼文化機構，其成員多為共產黨人，最初王集叢等人曾反對任卓宣加入，只因考慮到四川省委的意見，方才接納，但給出的條件之一是，不得參加實際政治活動[36]。

　　在辛墾書店時期，任卓宣勤於研究、翻譯和著述，在哲學研究甚至科學研究方面漸有成就和名聲，隨後，不但與文學界的伍蠡甫等人有所交往，而且違背與共產黨的約定而與國民黨人陳立夫、康澤等有所來往[37]，參與了國民黨方面策動的〈中國本位的文化建設宣言〉的起草[38]，他的學術思想也受到了共產黨方面的艾思奇、周揚等人的批判。除此，或許還有其他緣由，導致任卓宣與共產黨漸行漸遠甚至以共為敵，在抗戰前夕發表的攻擊共產黨「分裂割據」的長文〈統一救國的途徑〉[39]，之後又出版《中

---

[34] 勉之：〈由上海到成都〉，《科學思想》第 2 期，1928 年。

[35] 任卓宣：〈我在上海反共之回憶〉，載於《任卓宣評傳續集》，頁 10。

[36] 沙汀：《沙汀自傳》（太原：北岳文藝出版社，1998 年），頁 93。沙汀：《楊伯愷與辛墾書店》，載於《四川文史資料選輯》第 40 輯（成都：四川人民出版社，1992 年），頁 3。

[37] 陳離：〈我與辛墾書店的關係及其活動的經過〉，載於《文史資料存稿選編·文化》（北京：中國文史出版社 2002 年），頁 391。

[38] 葉青：〈〈中國本位的文化建設宣言〉發表的經過〉，《政治評論》第 8 卷第 11 期，1962 年。

[39] 葉青：〈統一救國的途徑〉，《文化建設》第 3 卷第 5 期，1937 年。

國共產黨的存在問題》、《毛澤東批判》等反共著作。有共產黨人認為那是任卓宣對共產黨的「又一次叛變」[40]。

　　從 1930 年到「又一次叛變」之前，任卓宣在文學方面的成績主要分布於 1933 年到 1935 年間，出版了《胡適批判》，其中包括〈在文學方面的胡適〉，發表的重要文學論文有〈文學與哲學〉、〈文學與政治〉、〈世界文學底展望〉，以及文學批評〈徐志摩論〉和〈郁達夫論〉，等等。任卓宣這一時期的論文，確定了他的基本文學思想，他給文學的定義是：「文學是含有藝術意味的，它用美的技巧來從具體的事物上表現思想和感情。」他認為文學包括三個要素：「（A）藝術的美；（B）經驗的事實；（C）思想。」只有思想，則是哲學；只有事實，則是科學；文學除了思想和事實，還要美，任卓宣關於美的觀念略有機械唯物論的色彩：「美是實在的，客觀的，不能離開感覺，文學上的美，首先就是感覺」，「描寫出來的故事，讀者看了就像親歷其境」，「人物則傳達其個性，風景則觀照其情勢，無不逼真，活像，這就叫做美」，「要具有描寫之美的文學作品，才能抓著讀者底感情，使他受其感染」，「至於句子底漂亮、痛快等，雖屬必要，卻是枝節」[41]。在任卓宣寫作文學批評的時候，他的基本考察方法和評判標準，不外乎此。不過，任卓宣的這些觀點，也是當時一般的觀點，與胡適等人並無太大差異。在考察文學史的時候，任卓宣比在《科學思想》時期更加準確和熟練地運用了馬克思主義的唯物辯證法和歷史唯物主義，顯示出左翼文論家的深刻思想和解釋能力，理當歸入郭沫若、成仿吾等人構成的左翼文學思潮序列。需要特別說明的是，在文學的思想問題和功能問題上，任卓宣明顯受到了 1920 年代末、1930 年代初流行於中國左翼文藝陣營的日本共產黨人藏原惟人、青野季吉等人的影響，譬如，他認為是未來文藝發展方向的所謂「新自然主義」或「新寫實主義」，他所謂的「組織社會生活」、「指導社會生活」，以及所謂從「自然生長」到「目的意識」等等，無論觀念還是術語，幾乎都是來自藏原惟人的〈作為生活組織的藝術和無產階級〉、〈普羅列塔利亞寫實主義的路〉、〈再論新寫實主

---

[40] 沙汀：《楊伯愷與辛墾書店》，載於《四川文史資料選輯》第 40 輯（成都：四川人民出版社 1992 年），頁 3。
[41] 葉青：〈文學與哲學〉，《文學》第 4 卷第 2 期，1935 年。

義〉[42]，以及王集叢翻譯、辛墾書店出版的青野季吉的《普羅列塔利亞藝術概論》[43]。凡此足以證明，在 1930 年代，任卓宣確曾加入左翼文學思潮的合唱，雖然他在組織上與中共和「左聯」沒有關係。

在 1935 年以後，任卓宣十餘年間幾乎未曾論及文學，其 1943 年發表的〈關於三民主義文藝獎金辦法〉雖然收入文集《文學和語文》，但不成其文，更不成論。1946 年他有過一次〈關於詩〉的演講，由他人記錄發表[44]，但未收入文集。雖國民黨敗退台灣之後，自 1950 年起，至 1981 年止，任卓宣又發表十數篇文章，基本是在三民主義、反共文學的範圍裡轉圈，即便是談到「鄉土文學」也是如此[45]。台灣時期的任卓宣呼喚文藝政策，也就範於文藝政策，黨國文藝政策的核心是反共，任卓宣對此多有論述，而蔣介石 1953 年發表的〈民生主義育樂兩篇補述〉也在談及文藝的時候聲討「匪共」，認為他們「把階級的鬥爭的思想和感情，藉文學戲劇，灌輸到國民的心裡」，使「中赤色的毒」[46]。既有反共的文藝政策，任卓宣在 1966 年編訂其《文學和語文》的時候，便大量修改了 1930 年代的文學論述，今是昨非，與時俱進。譬如，在 1933 年批判胡適的文學進化論的時候，任卓宣的原文是：

> 中國底經濟進化，我以為是採取如此的辯證歷程：「古代資本主義
> ──中世封建經濟──近代資本主義」。所謂古代，是由西周到漢
> 武，可統稱為奴隸時代的。由西周而春秋而戰國，雖可細分為三期，
> 但在其與中世封建時代相對而言，可就其最高的資本主義的戰國期
> 來說，並且資本主義在春秋也發生作用的。所謂中世，即漢武到清
> 道，可稱為封建時代，胡適雖在談政治主張時說「封建制度早已在
> 二千年前崩壞了」；可是在論文學歷史時，還處處表明漢以後有貴
> 族統治底存在。所謂近代，即清道光以後迄今，是中國以外在的原
> 因而促進其內在的發展，重上資本主義，可稱為資本時代的。不過

---

[42] 藏原惟人：《新寫實主義論文集》，之本譯，上海：現代書局，1933 年。

[43] 青野季吉等著：《新興藝術概論》，王集叢譯，上海：辛墾書店，1930 年。

[44] 果人：〈關於詩〉，諾逸（筆記），《華僑學生》第 6 期，1946 年。

[45] 任卓宣：〈三民主義與鄉土文學〉，《夏潮》第 17 期，1977 年。

[46] 蔣介石：〈民生主義育樂兩篇補述〉，載於《三民主義》（台北：三民書局，1965年），頁 52。

這個資本主義異於古代，以「近代」為特徵。前者是原始的而後者
是高級的。

因此，與經濟相應的文學，它底分期和進化也完全相應。就工具和
體裁而言，在散文是：

古代語體文──中古文言文──近代語體文。[47]

1966 年修改以後的版本是：

中國人民生活底進化，我以為是採取如此的辯證歷程：「古代社會
──中世社會──近代社會」。所謂古代，是由西周到漢武，相當
於歐洲古代奴隸時代的。由西周而春秋而戰國，雖可細分為三期，
但在其與中世封建時代相對而言，可就其最高的戰國期來說，並且
工商業在春秋也發生作用的。所謂中世，即漢武到清道，注重農業，
普通稱為封建時代，胡適雖在談政治主張時說「封建制度早已在二
千年前崩壞了」；可是在論文學歷史時，還處處表明漢以後有貴族
統治底存在。所謂近代，即清道光以後迄今，是中國以外在的原因
而促進其內在的發展，注重工商業，趨於近代化的。不過這種工商
業異於古代，以「近代」為特徵。前者是原始的而後者是高級的。
因此，與時代及其生活相應的文學，它底分期和進化也完全相應。
就工具和體裁而言，在散文是：

古代語體文──中古文言文──近代語體文。[48]

任卓宣 1933 年的版本運用了馬克思《政治經濟學批判》序言[49]的歷史
唯物主義分析方式，已經濟基礎解釋文學演變；而對經濟史和文學史，均
使用辯證法正反合三階段的解釋模式。綜合起來，可以認為是唯物辯證法
的解釋方法，這是 1930 年代左翼文學思潮中的基本方法。然而在 1966 年
的修改版中，所有馬克思主義的術語都被替換了，剩下「辯證」一詞，任
卓宣可以辯解為黑格爾的術語而不專屬馬克思主義[50]，但是「古代資本主

[47] 葉青：《胡適批判》（上海：辛墾書店，1933 年），頁 974-975。
[48] 任卓宣：《文學和語文》，頁 197。
[49] 馬克思：《政治經濟學批判》序言，載於《馬克思恩格斯選集》（第 2 卷）（北京：人民出版社，1972 年），頁 82。
[50] 任卓宣：《我為什麼反共》，載於《任卓宣評傳續集》，頁 4。

義──中世封建經濟──近代資本主義」有明顯的辯證法三段論色彩，而
「古代社會──中世社會──近代社會」則毫無意義，莫名其妙。至於把
「中國底經濟進化」改為「中國人民生活底進化」，把「資本主義」改為
「工商業」，則是顯然試圖讓人朝民生史觀的方向理解，只是術語雖然替
換，而唯物論的解釋架構卻依然存在，如同士兵換上迷彩服，依然是人形。
然而，任卓宣有的術語替換卻意味著對自身歷史的澈底修改，譬如，任卓
宣曾認為世界文學在未來必然走向「新寫實主義」，而「新寫實主義」的
思想，1934 年的版本是這樣：

> （A）在人生哲學方面集體主義，史的物質觀，科學的社會理想；（B）
> 在一般哲學方面物質論──認識上，感覺論、經驗論、實踐論；本
> 體上和宇宙上，新的物質一元論。[51]

1966 年的修改版是這樣：

> （A）在人生哲學方面集體主義，歷史的民生觀，科學的社會理想；
> （B）在一般哲學方面綜合主義──認識上，感覺論、經驗論、實
> 踐論；本體上和宇宙上，物心綜合論、進化論。[52]

　　在 1930 年代國共敵對的情勢之下，在國統區的公開出版物上，所謂
「史的物質觀」，即是唯物史觀，或者歷史唯物主義。所謂「物質論」，
即是唯物論。然而任卓宣將其分別換成了所謂「歷史的民生觀」和所謂「綜
合主義」。雖然文末注為 1934 年發表，然而已非原有的文字和思想。如
果依據《文學和語文》研討任卓宣的文學思想，有可能認為任卓宣在 1934
年已經澈底拋棄了一元論的唯物史觀，而接受了毛澤東批判其為「二元論」
的民生史觀，雖然任卓宣一直懷疑孫中山所謂的「民生」作為「史觀」能
否成立[53]。於是，任卓宣的「三民主義文學思想」，從 1930 年代到 1980
年代，可謂「一心一德，貫徹始終」，而與左翼無涉。
　　也許篡改歷史乃是無奈之舉，然而基本無用。

---

[51] 葉青：〈世界文學的展望〉，《世界文學》第 1 卷第 1 期，1934 年。
[52] 任卓宣：《文學和語文》，頁 105。
[53] 青鋒：〈「民生史觀」論評〉，《科學思想》第 14、15 期，1929 年。

主要參考文獻

《三民主義》，台北：三民書局，1965 年。

《任卓宣評傳》，台北：帕米爾書店，1965 年。

《任卓宣評傳續集》，台北：帕米爾書店，1975 年。

《建黨以來重要文獻選編（1921-1949）》，北京：中央文獻出版社，2011 年。

《馬克思恩格斯選集》，北京：人民出版社，1972 年。

王集叢：《王集叢自選集》，台北：黎明文化事業股份有限公司，1978 年。

任卓宣：《文學和語文》，台北：帕米爾書店，1966 年。

任卓宣：《任卓宣少年習作手稿》，台北：帕米爾書店，1985 年。

艾曉明：《中國左翼文學思潮探源》，北京：北京大學出版社，2007 年。

李敖：《李敖大全集·李敖秘藏日記》，北京：中國友誼出版公司，1999 年。

沙汀：《沙汀自傳》，太原：北嶽文藝出版社，1998 年。

林偉民：《中國左翼文學思潮》，上海：華東師範大學出版社，2005 年。

青野季吉等：《新興藝術概論》王集叢譯，上海：辛墾書店，1930 年。

夏衍：《懶尋舊夢錄》，北京：三聯書店，1985 年。

郭廷以：《中華民國史事日誌》第 4 冊，台北：中央研究院中國近代史研究所，
    1985 年。

陳芳明：《台灣新文學史》，台北：聯經出版公司，2011 年。

葉青：《胡適批判》，上海：辛墾書店，1933 年。

點點：《非凡的年代》，上海：上海文藝出版社，1987 年。

藏原惟人：《新寫實主義論文集》之本譯，上海：現代書局，1933 年。

國民黨來台後軍中文藝的推展

■封德屏

作者簡介

　　封德屏，淡江大學中國文學系博士。現任文訊雜誌社社長兼總編輯，紀州庵文學森林館長，台灣文學發展基金會董事長。長期主編文訊雜誌，曾主持《台灣文學年鑑》、《台灣作家作品目錄》、《張秀亞全集》、「台灣現當代作家研究資料彙編」、「台灣文學期刊史編纂暨藏品詮釋計畫」等編纂計畫。曾獲中興文藝獎、中國文藝協會文藝工作獎、行政院新聞局金鼎獎最佳編輯獎、金鼎獎特別貢獻獎。著有散文集《美麗的負荷》、《荊棘裡的亮光──文訊編輯檯的故事》；學位論文《台灣地區年鑑編纂體例與分類之研究》、《國民黨文藝政策及其實踐（1928-1981）》。

內容摘要

　　文藝政策的建立，固然要有理論系統的依據，但文藝政策的推動，更需要透過宣傳的潛移默化，作家、藝術家才能經由創作出版及社團活動，自然而然的將政策的精神傳播開來。政策發起者、執行者，透過嚴密的組織，分層發起文藝運動，號召各個階層的民眾參與。獎助創作出版，組織文藝社團，籠絡作家等，國民黨自大陸開始就有類似的經驗，退守台灣後，如何利用執政的優勢，掌握新聞傳播、媒介傳播，透過學校教育、社會教育，來達到推動文藝政策的目的。其諸多項文藝政策中，和以往大陸時期不同，和當下時空背景自然連結，而產生效果最為特殊的，要屬「軍中文藝」的推展了。這個過程的歷史進程，執行方式，組織架構，關鍵人物，以及對文藝社會，產生什麼效果，對台灣文學發展形成什麼樣的影響？都值得我們逐一觀察及研究。

關鍵詞：軍中文藝、革命文學、軍中作家、國軍新文藝運動、國民黨文藝政策

前言

　　國民黨在國共內戰失利，退守台灣，檢討起來，覺得思想及文宣失敗。於是加強思想裝備，號召「文藝到軍中去」，並推動軍中文藝，以圖文藝、武藝皆備。儘管思想戰爭、武力戰爭數十年來都無用武之地，而當時為發展軍中文藝所灌溉的心力、扎下的基礎，以及對台灣當代文學產生的影響，成為國民黨的文藝政策中，最為特殊的一部分。

一、播種期（1949-1954）

　　1932 年 3 月 1 日，在蔣中正的授意下，賀衷寒、鄧文儀、康澤等人，在南京發起成立「三民主義力行社」。「力行社」由黃埔主要幹部組成。其外圍組織分兩層，一是「革命青年同志會」和「革命軍人同志會」組成的「青會」。另一個實際推動工作、執行任務的是 1929 年 4 月 1 日成立的「復興社」。其成員是下級軍官、學生和政府機關職員。「復興社」標榜一個主義、一個領袖、主張「鐵血救國」，主要是吸收各界青年。

　　1932 年初，力行社成立不久，在蔣中正的贊助下，CC 系的陳果夫、陳立夫兄弟[1]，以國民黨中央黨部為中心，成立另一祕密組織「青白社」[2]。自此，CC 系遂成為文官部門的主管力量，與黃埔軍系為主的力行社，一文一武，一屬黨部、一屬軍方[3]，始終為擴充影響而鬥爭、競爭。[4]

---

[1]　1929 年 11 月，國民黨在陳立夫、陳果夫兄弟主導下成立「中央俱樂部」（central club），此即該派俗稱「CC 派」的原因。阪口直樹著，宋宜靜譯：《十五年戰爭期的中國文學》（台北：稻香出版社，2001 年），頁 198。

[2]　青白社，領導幹部除了陳果夫、陳立夫兄弟外，尚有余井塘、張厲生、葉秀峰、徐恩曾、張道藩等，是「國民黨中央組織部黨務調查科」於 1932 年以非公開方式設置的「特工總部」，1938 年正式成立「中國國民黨中央執行委員會調查統計局」（簡稱中統），由陳立夫與朱家驊兼任局長。阪口直樹著，宋宜靜譯：《十五年戰爭期的中國文學》，頁 201。

[3]　1934 年 4 月，蔣中正將「復興社特務處」和「南昌行營調查課」合併為「軍事委員會特務處」，由戴笠擔任處長。1938 年 8 月，「國民政府軍事委員會調查統計局」（簡稱軍統）正式成立。同上。

[4]　「中統」的組織以國民黨的黨務機關為主，在黨內政治機關、文化團體以及大學、中學等據點展開活動；「軍統」的主力多是黃埔軍校、警官學校及中央各軍事學校

　　1949 年底，國民黨政府撤退來台，1950 至 1952 年實施全面、深入的「改造運動」，此為國民黨政權在台灣全面的扎根、滲透的轉捩點。陳果夫、陳立夫二陳的 CC 派，在此次改造中，被追究失敗的責任，因此勢力大為減弱。1950 年，蔣經國出任參謀本部改組政工局為總政治部，為第一任主任，整編「力行社」，形成日後軍隊中的「政工」系統。

　　事實上，國民黨的政工制度，起源甚早，在黃埔軍校成立之初，蔣介石心目中對軍校政治部主任人選的標準，是吳稚暉、戴季陶，足見其對政治工作的重視。抗戰期間，如谷正綱、黃少谷、倪文亞、袁守謙、鄭彥棻等人，都擔任過國民黨的政戰工作。[5] 蔣經國當然更了解文藝的力量，也從過去慘痛的經驗中體驗出教訓，深感軍隊的精神武裝比什麼都重要。所以他一方面在軍中建立政工制度，一方面以克難運動的方式，將文藝的種籽播入軍中。1950 年開始，軍中播音總隊和空軍廣播電台，經常邀請社會和軍中知名作家，舉行座談和專題廣播，提倡「文藝到軍中去」，主題有「軍中文藝克難運動」、「喚起官兵文藝思潮」、「展開軍中寫作競賽熱潮」、「如何推進軍中戲劇工作」等。[6] 並將內容詳加整理，由各報刊發表，充分達到傳播的效果，對軍中官兵學習文藝，接觸文藝的鼓舞，也產生了莫大的作用。

　　1951 年元旦，國軍克難英雄聚會於台北，總政治部邀請了社會知名作家和軍中文藝工作者，在中山堂光復廳舉行「克難英雄訪問大會」，會中畫家、音樂家、小說家、劇作家、詩人等當場為國軍克難英雄畫像、作歌、吟詩、寫文章，會後陸續發表了一百多篇文學作品，對軍中官兵和社會大眾，發生了很大的影響。這一年五月，國防部總政治部發表了「敬告文藝界人士」，號召社會上知名文藝作家支持「文藝到軍中去運動」，希望藉作家的鼓勵、指導，一方面培植軍中的文藝人才，一方面採用軍中克難戰鬥事蹟作為寫作題材，社會作家紛紛響應，情緒極為熱烈。[7]

特別訓練班的職業軍人。1937 年 4 月「中統」、「軍統」合併，但實際上還是各自獨立的，一直到 1938 年 7 月三民主義青年團成立的同時，「中統」「軍統」再次合併，但更加深其激烈鬥爭。阪口直樹著，宋宜靜譯：《十五年戰爭期的中國文學》，頁 199-209。

5　尼洛：《王昇・險夷原不滯胸中》（台北：世界文物出版社，1995 年），頁 251。

6　國軍文藝大會專刊，《青年戰士報》，1965 年 4 月 8 日，第 4 版。

7　陳紀瀅：《文藝運動二十五年》（台北：重光文藝出版社，1977 年），頁 41-42。

　　1952 年 6 月，國防部總政治部舉辦「軍中文化示範營」，提出了「兵寫兵、兵唱兵、兵演兵、兵畫兵」的口號，邀請社會文藝作家輪流授課，分組座談，這段時間，對軍中文藝的倡導，厥功至偉。[8]當年 10 月，總政治部就收集了軍中現職愛好文藝的海陸空勤官兵美術作品 1800 多件，在台北舉辦了一次規模龐大的「國軍反共抗俄書畫展」，[9]並聘請社會名家擔任甄選評審，分別頒發獎金獎狀，對軍中文藝的鼓舞，收效甚大。

　　1953 年，「軍中文化示範營」擴展到陸、海、空、聯勤、憲兵司令部，各軍種中具有文藝素養和愛好者，受到莫大的鼓舞和重視。社會上知名的作家，紛紛被各軍種爭相邀聘，禮遇有加。國防部總政治部乃從該年起，每年 10 月，將各軍種官兵從事文藝創作的成果，擇優匯集到台北，舉辦「國軍文化康樂大競賽」，項目包括歌唱、國劇、話劇、繪畫、書法、出版作品等，由社會上的名家、專家擔任評審，優勝者頒發獎金獎狀，蔚成一年一度軍中文康競賽的高潮。[10]

　　1954 年元月，國防部總政治部出版《軍中文藝》月刊，成為後來軍中官兵吸收寫作模式的媒體。這一年不但繼續舉辦「國軍文化康樂大競賽」，而且還舉辦第一次軍中文藝獎金徵文，錄取小說、散文、歌詞、獨幕劇等 40 多篇。[11]中國文藝協會會員曾多次組成軍中訪問團，到南部三軍基地、金馬前線去參觀訪問，和軍中的文藝愛好者舉行座談，或個別交換意見。訪問團中多位負責報紙副刊和文藝雜誌的編輯，紛紛向軍中的文藝愛好者約稿，對這些軍中寫作愛好者，產生了很大的鼓舞。

　　蔣經國於 1954 年離開國防部總政治部，接掌「中國青年反共救國團」，但這五年間，他對國軍政工制度的建立，以及軍中文藝的開拓及扎根工作，貢獻不小。

---

[8]　「對文藝運動的努力」，《文協十年》（台北：中國文藝協會，1960 年），頁 52-53。
[9]　同前註。
[10]　同前註。
[11]　同前註。

二、萌芽期（1955-1957）

　　1955 年，蔣中正提出「戰鬥文藝」號召文藝工作者。國防部總政治部立即以行動配合響應。諸如舉辦戰鬥文藝座談會，《軍中文藝》舉辦戰鬥文藝事務，各軍種自師級以上均有鉛印周報，團級辦有油印報，刊登官兵文藝作品，各軍級均有康樂隊、政工隊，演出戰鬥劇、唱反共歌曲，並擴大舉辦軍中文藝獎金徵稿，分為官佐與士官兩組，評審錄取小說、詩歌、獨幕劇、多幕劇、散文五類作品共一百多件。1956 年繼續舉辦「軍中文化康樂競賽」，還擴大軍中文藝獎金徵稿，按進修級、高級、中級和初級四個軍中隨營補習教育的層次，分別錄取了小說、散文、歌曲、詩歌、獨幕劇五類作品 136 件。[12]因體會到戲劇對大眾人心的鼓舞作用，另外更以高額獎金公開徵求多幕劇、街頭劇、廣播劇、電影劇等 18 部作品，使軍中許多愛好文藝的後起之秀，尤其是政工幹校有關新聞、戲劇、音樂、美術科班出身的年輕軍官，可以有機會充分展現他們的才華，在歷次徵文徵稿中，脫穎而出。

　　1956 年，《軍中文藝》月刊改名為《革命文藝》月刊，由趙友培、王藍、王平陵、王集叢、李辰冬、林適存、陳紀瀅、郭嗣汾、郭衣洞等為編輯委員。1957 年這一年，「國劇」在軍中刻意輔導下，空軍的「大鵬劇團」還遠赴菲律賓、泰國去宣慰僑胞，並組成「中華民國國劇演出團」，前往歐洲演出。本年開始，軍中文藝獎金獎額大為提高，項目分為長篇小說、理論、散文、詩歌、戲劇五類。並從 1955 年起，開始創辦「軍中文藝函授學校」，如此，對軍中有志於文藝的官兵，又多了學習的機會。[13]

　　1958 年，「八二三」金門砲戰驚天動地，這一年的軍中文康大競賽停止舉辦，而由軍中和社會的文藝作家組成「文藝作家前線訪問團」，於 12 月中旬前往金門戰地訪問，在砲聲隆隆中與金門駐軍的文藝作家和官兵舉行座談，然後轉經澎湖，再回台北，此行的作家事後撰寫很多作品，在各

---

[12]　國軍文藝大會專刊，《青年戰士報》，1965 年 4 月 8 日，第 4 版。

[13]　封德屏：〈穆中南與《文壇》雜誌〉，《台灣文學傳播全國學術研討會》（台中：國立中興大學台灣文學研究所，2006 年），頁 393-396。

報刊雜誌大量發表，並印成《井與燈》小說集，[14]其中軍中作家作品佔了一半以上。

軍中文藝獎金創設於民國 43 年，徵選項目、對象雖迭有變化，但都大致不脫文學、藝術的項目。「文藝獎金」共辦了五屆，許多日後知名的文藝界人士：王慶麟（瘂弦）、王祿松、向明、李明、呼嘯、張永祥、張拓蕪、王牧之、趙玉明、孫家駿、沙宜琮（沙穗）等，都是當年得獎者，對他們日後的創作及投身文藝界，影響甚大。

三、成長期（1958-1964）

從民國四十七年（1958 年）八二三炮戰開始，軍中各項的文康競賽和文藝獎金徵稿暫告中止。1959 年初，國防部總政治部邀請社會和軍中作家，攜帶兩千多冊文藝書刊，訪問馬祖前線，與馬祖駐軍的文藝工作者舉行座談，返台後，將先後發表的作品彙集出版《海與天》專輯一部，[15]為《井與燈》的姊妹作。從這一年開始，報紙雜誌所發表的作品，大多數均以戰鬥文藝、軍中文藝為主。

1960 年，總政治部邀請了社會及軍中作家 86 人，在台北觀音山麓舉行座談會，與會作家環繞「以軍作家」的主題，創作了小說、散文、詩歌和劇本等作品百餘篇。接著，又邀請一批軍中文藝作家，採接力寫作、身體創作的新方式，完成了一部長篇小說《明天》。本年開始又恢復停了兩年的國軍文康競賽，陸海空三軍也分別舉行各項座談、畫展等活動。1961年，蔣中正發出「革新、動員、戰鬥」的號召。軍中文藝就以此項號召為創作之中心思想。《革命文藝》月刊舉辦九三軍人節徵文，亦以此為主題，應徵作品有一百五十餘件，此時戰鬥文藝的氣息達到高潮。

1962 年 3 月，《革命文藝》月刊改為《新文藝》月刊，[16]至此，軍中文藝的發展又向前邁進了一步，50 年代的革命及戰鬥氣息至此稍歇，但軍

---

[14] 郭嗣汾等撰：《井與燈》，台北：中國文藝協會，1959 年。

[15] 趙友培等著：《海與天》，台北：中國文藝協會，1961 年。

[16] 由《軍中文摘》、《軍中文藝》、《革命文藝》，1962 年 3 月演變為《新文藝》月刊，前期的編輯工作由編委會負責，後由王傳璞負責，主編時間也最長，1983 年 7月起併入《國魂》月刊。

中的文藝風潮卻被點燃而蔓延。1962 年總政治部首次舉行「康樂文藝獎金」，使這一年文康活動達到高潮，戲劇推廣運動亦非常熱烈。1962 年10 月，在台北舉辦為期五天的國軍文藝展，展出書畫、金石、彫塑、攝影、工藝等 3425 件，均為各軍種從官兵及眷屬的作品中，逐項逐級選拔出來。

　　除了軍中文藝獎金外，自 1953 年開始至 1963 年，除 1958 年因「八二三」砲戰停辦一次外，年年舉辦的全軍性的「文化康樂大競賽」，自國防部到基層連隊，幾乎是全體動員。競賽項目有歌唱、國劇、話劇、繪畫、書法、出版品等，將基層官兵，以及各階層藝工團隊的創作成果和演出成果，逐級選拔出優異者，齊集台北舉行全軍性的大決賽，對最後的獲勝者發給獎金及獎狀，入選者皆認為是一項殊榮。除此外，各藝工大隊更培養、發掘了許多優秀的影劇人才，日後這些優秀的影劇人才，紛紛被社會一般的影視單位網羅，對 50、60 年代的影劇界，貢獻不少。

　　1963 年，軍中文藝工作者首次參加國慶閱兵的行列，由李奇茂、金哲夫、胡奇中、焦士太、端木滌生、方錫清等 26 位軍中畫家，以巨幅宣傳畫接受大閱官蔣中正親校，事後再將作品配合文康訪問團，巡迴到各地展出。1963 年 11 月，三軍作家再組成文藝工作隊，訪問金門前線，後出版《金馬故事》專集[17]。

　　1964 年，總政治部主辦「文化列車」，元旦自台北出發，巡迴全島展出 56 天，參觀人數高達一百四十萬一千五百人。3 月 29 日起，又組成「軍中文化服務團」，從台北出發，赴全島各地和外島，到 11 月 24 日結束，巡迴軍事單位約 300 個，眷村 139 村，地方單位 25 個，民眾地區 16 處。節目包括數來寶、街頭劇、團體舞蹈、軍歌、朗誦詩、評書、宣傳畫、資料展覽等項目展出，所有項目及內容均為軍中作家所創作。年中，軍中作家再組成「中華民國文化友好訪問團」，訪問查德、馬拉加西、中非、喀麥隆、達荷美、加彭、多哥、賴比瑞亞、獅子山、上伏塔、奈及爾、尼日等 14 個國家，歷時三個月又十天。軍中話劇團、合唱團，自 1964 年開始分赴各大專院校演出。自此時起，軍中文藝已漸成熟，脫離只在軍中服務、演出，開始往社會展開回饋及服務，軍中作品也漸漸透過演展及出版，面向社會。

---

[17] 《金馬故事》（台北：國防部總政治作戰部編，1964 年），計 116 頁。

四、新文藝運動階段

　　論及軍中文藝工作，除蔣經國外，王昇是另一位重要的關鍵人物。

　　王昇自「江西青幹班」時即與蔣經國結下師生情誼，在蔣經國的領導下，參與「建設新贛南」、青年遠征軍，復員後又到上海「打老虎」，表現優異。來台後，又在國民黨的改造中負責「政工改制」的重責大任，最直接最重要的工作就是創辦「政工幹部學校」，建立了政治作戰的理論與制度；在這同時，蔣經國又派王昇兼任「石牌訓練班」的副主任，負責情報工作的整合與重建。[18]1960 年 5 月，王昇奉調國防部總政治部副主任，1975 年升總政治部主任。國軍新文藝運動的發起、倡導與推行，皆與王昇有密切的關係。

　　國軍新文藝運動，是有計畫的循序漸進。在創辦復興崗政工幹校培養人才的同時，再進一步支持並健全軍中的藝工團隊。軍中的文藝工作，經過 1950-1964，15 年的努力耕耘，已有明顯的成果，而整個社會也逐漸開放，應該是進入「新文藝」階段的時候了。於是，王昇所帶領的國防部總政治作戰部，開始研擬「國軍新文藝運動推行綱要」。從「國軍新文藝運動推行綱要」的推行準則及要求中觀察，國軍新文藝運動有相當強的任務取向與戰鬥意味。希望由軍中帶動全國的文藝風潮。[19]於 1964 年 8 月 11 日奉蔣中正核定實施。據說王昇第一次簽呈提倡國軍新文藝運動，就被一位長官批示「軍中講武藝，何必搞文藝」，經過多次申述溝通，才批准進行。[20]

　　民國 54 年（1965 年），4 月 8、9 日兩天，在北投復興崗政戰學校舉行第 1 屆「國軍文藝大會」。大會開幕式由蔣中正親自主持[21]，邀請軍中文藝工作者及社會上文藝人士計五百餘人參加。蔣中正不但親臨致詞，並揭櫫國軍新文藝運動 12 項文藝工作的推行綱領，[22]勉勵與者。此次文藝大

---

[18] 尼洛：《王昇——險夷原不滯胸中》（台北：世界文物出版社，1995 年），頁 165-218。
[19] 同前註。
[20] 同前註。
[21] 國軍文藝大會前三天，官邸通知總統已有外賓約會，無法參加，但當蔣中正看到簽呈，立即取消原有約會，親臨主持開幕典禮。原來不準備出席的軍事首長、部會首長及各級長官皆紛紛出席。
[22] 12 項工作為，一、發揚民族仁愛精神，二、復興革命武德精神，三、激勵慷慨奮鬥

會中，除了研討 3 項重要的中心議題，就文藝評論、小說、新詩、散文、影劇、美術、音樂、民俗藝術、廣播、文宣，分別議決了 10 項專業議案，和 20 項一般提案。將出席第 1 屆國軍文藝大會的五百位軍中及社會文藝工作者，分成文藝理論、小說、散文、詩歌、影劇、音樂、美術、廣播、民俗藝術、後備軍人作家、軍眷作家及文藝工作人員等 11 組，包括在役官兵、後備軍人、軍眷，以及軍校在校生等，也對 1949 至 1964 年的軍中文藝，做了檢討，並討論通過訂定了「國軍文藝獎金像獎設置規定」、「國軍新文藝工作輔導委員會組織規程」、「國軍新文藝執行計畫」、「國軍新文藝運動工作進度表」、「國軍新文藝金像獎五十四年評選作品要點」。[23]

第 1 屆國軍文藝大會後，該年七月開始徵選國軍文藝金像獎的作品，10 月 16 日到 27 日，舉行「國軍康樂大競賽金像獎公演大會」，分國劇、話劇、歌劇 3 類。10 月 22 日，公布第 1 屆文藝金像獎小說、話劇、影劇、音樂、美術 5 類的創作得獎人，作品分別在各報副刊及文藝性雜誌上發表，並在頒獎典禮後，舉行了文藝座談會，檢討了軍中文藝政策，並釐訂修改了第二年國軍文藝金像獎的評選要點。

被稱為「國軍文藝金像獎之父」的王昇，是整個國軍新文藝運動的靈魂人物，在他的大力推動下，自民國 39 年至 53 年原已日趨式微的話劇、歌劇、國劇，又因金像獎及軍中康樂大競賽的舉辦，延續了它們的藝術生命。國軍的 22 個劇團康樂隊，對台灣話劇、國劇、歌劇、影劇的提升及影響，文康人才的普及，發揮了相當大的功能。那段時間，可由各級學校爭相成立話劇、國劇社團的盛況，了解其影響所及。

民國 55 年（1966 年），「中華文化復興運動」展開，國軍新文藝運動立即響應，遴選軍中優秀青年及文藝工作者，組成「文化工作服務團」，深入鄉里、遍及廠礦、學校，足跡遍及本島及外島，運用各種書報、圖片、電影、幻燈、歌唱、舞蹈文藝工具，展開文藝宣傳與藝術服務。第 3 屆國

精神，四、發揮合群互助精神，五、實踐言行一致精神，六、鼓舞樂觀無畏精神，七、激發冒險創造精神，八、獎進積極負責精神，九、提高求精求實精神，十、加強雪恥復仇精神，十一、砥礪獻身殉國精神，十二、培育成功成仁精神。《國軍新文藝運動的回顧與展望》（建國七十年國軍文藝大會，國軍新文藝運動輔導委員會，1981 年 8 月 2 日），頁 2。

[23] 國軍新文藝運動輔導委員會專題報告，〈國軍新文藝運動的過去、現在、與未來〉，《青年戰士報》，1975 年 10 月 22-25 日，第 5 版。

軍文藝大會（1967 年）後，總政治作戰部將前三屆得獎官兵們，依其專長，分別納入文藝理論、小說、散文、詩歌、音樂、美術、廣播、報導文學、影劇、國劇、民俗等 11 個工作隊，每個工作隊設隊長一人，定期聚會，互相研討創作，轉達宣傳政策，有計畫的提供稿件和設計主題，支援中央文藝會談文化服務團書刊講稿等。1968 年起，多次改選隊長，並將每年各項得獎之官兵補充加入各隊參與活動，各隊成員越來越充實，發揮了相當機動的文藝力量。若干年後，這些當年各文藝隊的隊員，在回憶的文章中，或相互聚首的場合裡，都看到、聽到他們說：「當初我們散文隊」，「他是我們小說隊」、「××加入了詩歌隊」，頗有同儕一心的感覺。[24]

　　除了國防部總政治部外，三軍各總部，也自民國 57 年起，先後成立新文藝輔導分會和戰鬥文藝工作隊，由各總部自籌經費設置各軍種的文藝獎，計有陸軍「金獅獎」、海軍「金錨獎」、空軍「金鷹獎」、聯勤「金駝獎」、警總「金環獎」、憲兵「金荷獎」，各軍獎邀請軍中知名作家，擔任指導或評選，再擇優參加總政治部的國軍文藝金像獎，使新文藝的推展工作，產生了深入底層，遍及軍營的影響。

　　國軍新文藝運動推行以來，從蔣經國的開啟發端到王昇的努力經營，對軍中文藝政策的推展、軍中文藝人才的培養，以及他們創作作品發揮的影響力，確實是不容忽視，而其具體的作為及成果，約略有下列各項。

（一）召開國軍新文藝大會及座談會

　　國軍文藝大會是制定重要方案、表決重要議案檢討工作成效的會議。自 1965 年第 1 屆國軍新文藝大會，至 1981 年（民國 70 年）舉辦過 16 次大會。[25]為確實掌握效果，在 1968 年 11 月 21 日，曾召開國軍新文藝運動檢討會，檢討第 1、2、3 屆文藝大會執行成效，以及歷屆文藝金像獎作品及演出部分應行改進事項。國軍文藝大會為不定期的會議，參與代表人數，最多是一千一百多人，最少也有四百人，開會的地點有六個地方：北投復興崗政戰學校、國軍文藝活動中心、台北市中山堂、台北市三軍軍官俱樂部、國父紀念館、木柵青邨幹訓班。

---

[24] 〈那一段可愛的歲月──專訪王明書〉，《文訊》270 期，2008 年 4 月，頁 10-18。
[25] 《國軍新文藝運動的回顧與展望》（建國七十年國軍文藝大會，國軍新文藝運動輔導委員會，1981 年 8 月 2 日），頁 3。

（二）設置國軍文藝金像獎

　　「國軍新文藝運動推行綱要」第七項第一條規定，國防部設置「國軍文藝獎」，每年評選優秀作品，頒贈獎狀獎金。承辦此項工作的是國防部總政治作戰部第二處，它每年擬定不同的「評選規定」，審議通過[26]，公諸報端，並轉達國軍各單位。

　　第 1 屆國軍文藝金像獎 1965 年舉辦，分小說獎：長、中、短篇，詩歌獎：史詩、朗誦詩，劇本獎：電影、多幕劇、獨幕劇；音樂獎：合唱曲、軍歌；美術獎：連環圖畫、宣傳畫等 5 類 13 項。入選作品 77 部，獲獎者80 人。[27]從第 2 屆開始，徵獎項目續有調整，包括有文藝理論、小說、散文、詩歌、影劇、美術、廣播、音樂、國劇、民俗等 10 大類計 52 項。[28]至1981 年止，應徵作品總計 39,432 件，入選獲獎作品共 924 人，總共發出獎金 11,953,000 元。

　　國軍金像獎至今仍每年舉辦一次，從未中斷。此一持續性的活動，不論是對文藝人才的發掘、培植及運用等，均產生了深遠的影響，從歷屆得獎名單看來，老將新秀，交相勝出。許多至今有名的作家曾多次得獎，足見其培育創作人才、引領創作風潮的功能。

　　國防部對得獎作品亦採取有計畫的運用，使「國軍文藝金像獎」的效用及功能，更能發揮。其採取的途徑有（一）送公辦、軍辦、黨辦的報刊及雜誌刊登。（二）拍攝成電視影集和電影或錄製廣播劇，編成義工節目。（三）出版專書，一方面對外發行，一方面納入國防部的「官兵文庫」，讓基層連隊官兵可以閱讀。

　　1949 年國民政府退守台灣的前兩年，當時台灣的情況，可用「亂」與「危」兩個字來說明。人心惶惶，社會動亂，學生罷課遊行，金融混亂，物價波動。而國際方面，美國對華白皮書發表，無疑宣告中華民國政府的死亡。因此，在重整軍備，提高生產、戰鬥力的同時，以「軍中文藝」普遍的推展，用文藝的無形力量，融合思想情感，創作出提昇力量、激發熱

---

[26] 曾慶華：《國軍新文藝運動之研究》（政治作戰學校政治研究所碩士論文，1883年 6 月），169-176。

[27] 同前註。

[28] 同前註。

情的作品，對國民黨文藝工作來說，這應該是重要的思想訓練工作。台灣當代作家中，擁有大量的軍中作家，而其中不乏優秀的有實力的創作者，顯見這一長期「軍中文藝」工作是成功的，它產生的影響，對軍中教育的提昇，對文藝作品風格及思潮的衝擊，在台灣文學的發展史上，算是一個比較特別的例子。

　　但也因為許多的力量、資源及焦點灌注在「國軍新文藝運動」上，使得台灣「軍中文藝」的發展，與社會文藝有點「各立門戶」的感覺。理想的「軍中文藝」和社會的文藝應該是相輔相成的，但為「軍中文藝」發表的軍方媒體報刊、雜誌也不少，致使軍中文藝作品尚有部分在「孤芳自賞」，不為社會賞識或了解而產生了距離及隔閡。

五、國軍新文藝運動的組織架構

　　國軍新文藝運動推動的時間並不算早，但其績效之所以後來居上，是因為有組織，有計畫，有相當的經費，有特定傳播的對象，有負責主要工作的人員，所以才能貫徹實施。事實上，「國軍新文藝運動」只是「軍中文藝」推展的一個高峰點，它的影響及擴散的效應，應是長期耕耘及醞釀的結果。而它的推展方式，也不只是舉辦「軍中文藝」獎金與「國軍金像獎」的設置而已，它藉著軍隊嚴密的組織、分工，將文藝工作，層層推展、傳播出去。

　　「國軍新文藝運動推行綱要」第五條規定，國防部成立「國軍新文藝運動輔導委員會」，負責策劃及輔導國軍文藝工作的推行。委員會由主任委員1人、副主任委員7至9人及委員若干人組成。另設執行委員1人（由副主任委員兼任），輔以總幹事1人、副總幹事2人，負責處理會務。委員會下設（一）組織組（二）聯絡組（三）服務組（四）研究執行組四組。研究執行組內再分設文藝理論、小說、散文、詩歌、影劇、音樂、美術、廣播、民俗藝術、舞蹈等10個小組，各設召集人1人。小組研究員則視任務及工作需要，隨時遴聘之，負責策劃及輔導國軍文藝工作的推行。

　　委員會的主任委員由國防部總政治作戰主任擔任，副主任委員則分由總政治作戰部執行官、主管文宣副主任及社會或文藝界名流擔任，執行委員則由總政治作戰部副主任兼任，總幹事、副總幹事分由總政治作戰部第

二處處長、副處長擔任。「輔導委員」是聘請社會及軍中文藝工作之名作家組成，均為無給職。

民國 56 年，國軍召開第 3 屆文藝大會時，通過「國軍戰鬥文藝工作隊編組運用實施辦法」，民國 57 年 5 月，正式組成「戰鬥文藝工作隊」，下設 9 個隊，民國 63 年 2 月，增設「理論隊」，民國 65 年，再增設「新聞隊」。民國 68 年 7 月，「國軍戰鬥文藝工作隊」更名為「國軍戰鬥文藝研究會」，同時積極向社會爭取作家加入行列。[29]「戰鬥文藝研究會」受「委員會」的指導。由國防部總政戰部第二處負責綜合、協調、聯繫。由國防部總政戰部第五處負責影劇研究會、國劇研究會、音樂研究會、民俗研究會的督導，新聞處負責新聞研究會的督導，二處同時也負責廣播研究會、理論研究會、小說研究會、散文研究會、詩歌研究會、美術研究會的督導。（見國軍新文藝運動組織體系表）

國軍新文藝運動組織體系表

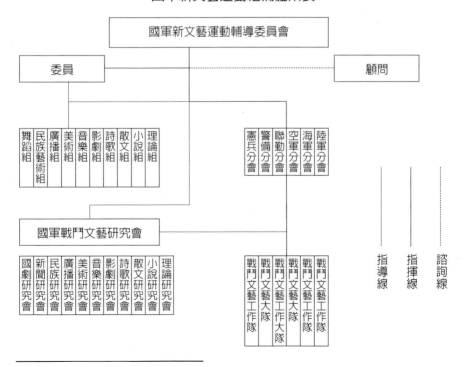

---

[29] 曾慶華：《國軍新文藝運動之研究》，（政治作戰學校政治研究所碩士論文，1983 年 6 月），頁 142-144。

　　各研究會的研究員包括現役軍人、後備軍人、軍眷作家及國軍文藝金像獎得獎人、海內外知名文藝獎得獎人、及從事文藝創作成績可觀者。研究會的研究員和輔導委員一樣，沒有任期的限制。研究員每年定期集中講習一次，各研究會每月舉行工作研討會一次，由總政戰部副主任主持，每三個月舉行綜合會議一次，由新文藝運動輔導委員會主任委員或副主任委員主持，各組召集人參加，研討各項活動方案，確定工作重點。各研究會所擬訂具體方案，提交「國軍文藝大會」決議，通過後再交付輔導委員會執行。[30]

六、國軍新文藝運動的活動內容

　　就「國軍新文藝運動推行綱要」來看，主要活動可分為三部分。（一）輔導欣賞。包括舉辦文藝講座、美術展覽、音樂演奏、詩歌朗誦、唱片欣賞、影劇演出、技藝示範、文藝廣播、作品研究、舞蹈表演、電影欣賞等。（二）輔導創作。鼓勵官兵個人或集體創作。（三）輔導活動。包括定期競賽、展覽、聯誼、訪問、講座、函授等。

　　因此，除了召開國軍文藝大會，舉辦國軍文藝金像獎外，國軍新文藝運動的推展，靠著健全的組織，得以有步驟、有系統地推展。如依實際的活動內容來區分，可以分為以下幾個主要項目。

（一）展覽

　　為了便利各項活動的推展，國防部於民國 54 年（1965 年）5 月 10 日收回位於中華路的「國光戲院」，改名為「國軍文藝活動中心」，同年 9 月 30 日正式開幕，作為國軍新文藝運動的主要活動場所。[31]除國軍文藝活動中心外，國父紀念館、台北新公園博物館、國立歷史博物館皆為當時展覽的重要場地。國防部配合各項慶祝與紀念活動，擇期舉辦「反共漫畫展」、「國民革命戰史畫展」、「全軍美展」、「國軍新文藝運動總展」、

---

[30] 同前註。

[31] 曾慶華：《國軍新文藝運動之研究》（政治作戰學校政治研究所碩士論文，1983 年 6 月），頁 142-144。

「國劇文物展」、「抗戰紀念郵票展」、「雙十國慶展」、「十大建設照片展」等，估計觀眾超過數百萬人次。

（二）演出

國軍文藝活動中心在最盛期（1965-1981），其戲劇廳平均每年公演國劇、豫劇、越劇、話劇、綜藝節目、電影、音樂演奏等活動 392 場次，全年觀眾達 75 萬人次以上。這種固定場地的演出活動，只是整個演出的一部分。據 1977 年第二次文藝會談，國防部總政治作戰部的報告，統計藝工團隊[32]平均每年演出團劇 526 場次、話劇 225 場次、豫劇 210 場次，歌舞劇 1,675 場次，電影 26,672 場次，其中多數是巡迴全省各地，各部隊所作的表演。

除了一般的音樂演出、詩歌朗誦外，對受到西方現代藝術衝擊的國劇和民俗藝術的保留、推展以及維繫，國軍新文藝運動在傳統國粹的貢獻上，亦居功至偉。

（三）廣播

廣播的力量，可以適時的彌補平面媒體或靜態活動的演出。1942 年，「國防部軍中播音總隊」成立於重慶，來台後繼續擔負國軍思想教育、政府政令宣導的責任。1977 年 11 月，軍中播音總隊，完成調頻廣播網的建立。以「軍中之聲」的節目為例，綜合調頻、調幅的節目相互交替，和國軍新文藝運動的主題搭配，諸如「莒光園地」、「軍民一家」、「黎明鐘聲」、「燦爛的今天」、「國劇欣賞」、「國樂選粹」、「文藝橋」、「大陸近況」、「華夏之音」等三十幾個節目。

此外，「國光廣播電台」與「空軍廣播電台」在廣播內容上，亦與「軍中播音總隊」密切合作。

（四）刊物與出版

談到軍中的出版，主要應包括三個部門。《青年戰士報》（《青年日報》前身）、新中國出版社、黎明文化出版公司。此外，國防部本身也有

---

[32] 前揭書，頁 182-183。

印製廠，專門編印官兵文庫、金像獎叢書。各軍種也有自己的報紙、刊物、印刷廠，但規模較小，又只限於軍中，影響力不及前面的三個部門。

1.《青年戰士報》及其報紙副刊

1952 年 10 月 10《青年戰士報》創刊，創刊初期，發行主要對象是三軍官兵和青年學生，1957 年元旦，為擴大影響力，於是公開對社會發行。它的副刊在官兵的心目中一直都占有很高的地位。尤其是新文藝運動發起之後。副刊的歷任主編依序是潘壽康、書道規、吳東權、胡秀、王賢忠、徐瑜及李宜涯。[33]無論在國軍新文藝運動前後，每位主編主掌的風格及水準，都讓「新文藝」有一番新貌，其適時的報導國軍金像獎徵獎及得獎作品，讓文藝金像獎活動傳播更廣。

1968 年 7 月 7 日，由「國軍戰鬥文藝工作隊」隊長羊令野主編的《詩隊伍》，每兩周一期定期在《青年戰士報》副刊出現。一直到 1983 年停刊，共出版 15 年。

2. 新中國出版社

為國防部期刊的出版機關，計有《國魂》、《勝利之光》、《新文藝》、《革命軍》、《奮鬥》、《吾愛吾家》等。[34]其中《新文藝》月刊屬於純文藝刊物。其他刊物多多少少都有文藝性的版面，刊載散文、短篇小說等文章。

《新文藝》的前身為《軍中文摘》（1950.6.1），1954 年 1 月，改名為《軍中文藝》，1956 年 4 月，又改名為《革命文藝》，至 1962 年 3 月，正式改名為《新文藝》。《新文藝》內容多元，精選的理論、小說、散文、詩歌、戲劇、攝影、繪畫，以及許多叫座的專欄。[35]在 50、60 年代，當時文壇的主要寫作者，十有八九都上過《新文藝》。

自《軍中文摘》到《新文藝》，整整 33 年，歷任主編依序是王文漪、馬璧、成鐵吾、洪士範、許如中、張永祥、王璞、朱西寧、柯青華。其中

---

[33] 編輯室：〈各報副刊歷任報紙主編名錄〉，《文訊》22 期，1986 年 2 月，頁 89-104。
[34] 張騰蛟：〈筆與槍結合的年代──簡述早期軍中文藝及文藝刊物之興起與發展〉，《文訊》213 期，2003 年 7 月，頁 36。
[35] 同前註，頁 38-40。

王璞兩次擔任編輯工作，前後十餘年，其開拓的胸襟，精細的編輯，對《新文藝》的貢獻最大。

3. 黎明文化事業公司

　　1971 年，國防部為加強國軍新文藝運動的推展，及積極進行海外文化工作，於民國 60 年成立黎明文化服務中心，後擴大為「黎明文化公司」。國軍文藝金像獎得獎作品，多由黎明輯印成書為「國軍文藝金像獎叢書」，發至連隊，並對外發行。黎明公司總經理為小說家田原，總編輯朱西甯，作家蕭白、女作家曾麗華都曾參與過一段時間的編輯工作。「黎明」最值得肯定的是，出版了上百本的作家個人選集。[36]對作家史料的保存，文學成就的肯定，貢獻良多。並且在 1973 年，在美國舊金山成立了中華民國第一個海外的文化公司，對台灣作家的引介、文化的推廣，做了先鋒的工作。[37]

　　此外，為加強官兵思想教育、鞏固官兵心防，「黎明」除編印各類思想教育專書外，並於 1975 年開始編印「國軍官兵文庫」一百多種，約百萬冊，分發至基層連隊。1976 年，國軍戰鬥文藝小說研究會，集體撰寫反共文學作品「一百個見證」，計一百萬字，獲第 11 屆國軍文藝金像獎的報導文學銀像獎，由「黎明」出版專書，在《青年戰士報》連載。救總、海外工作會及青年救國團，均大批訂購，分贈僑胞及中外人士。透過軍中龐大緊密的系統，對官兵思想確實有直接的影響。

　　除了以上三個主要的出版部門外，國防部為加強海外宣傳，特英譯「中國當代短篇小說選集」、「國軍官兵短篇小說創作集」，分贈外籍人士。此外，三軍各軍種都有其所屬刊物，如陸軍總部的「忠誠報」、「建國日報」，海軍總部的「中國海軍畫刊」、「忠義日報」，空軍總部的「中國的空軍」、「忠勇報」；聯勤總部的「忠勤報」、「中國聯勤」，警備總部的「後備軍人通訊」、「青溪文藝」；憲兵司令部的「忠貞報」、「中國憲兵」等，這些刊物也都有或多或少的副刊或文藝版面。[38]

---

[36] 巫維珍：〈開在槍桿上的花朵——黎明文化出版公司〉，《台灣人文初版社 30 家》
　　（台北：文訊雜誌社），頁 340-352。
[37] 同前註。
[38] 張騰蛟：〈筆與槍結合的年代——簡述早期軍中文藝及文藝刊物之興起與發展〉，

　　除了這些隸屬國防部的刊物及報紙外，另外還要提一下《文藝月刊》。《文藝月刊》不是一份軍中刊物，但軍中參與合辦。1969 年 7 月創刊，經費的來源有國防部政戰部、國民黨中央第四組、教育部、台灣省教育廳、台北市教育局等五個單位，由軍方主導。發行人是大陸問題專家曾敏，社長兼總編輯為吳東權先生，小說家姜穆亦參與籌畫及編輯。這份刊物文學性很高，社會評價亦佳。後由小說家尼洛接辦，作家俞允平亦參與編務多年，可惜後來由於一些難以克服的因素，這個刊物就於 1990 年 9 月停刊了。

（五）電影與電視

1. 中國電影製片廠：專門拍攝一些軍教片及軍聞片，1966 年，奉蔣中正手令，加強教育電影的攝製。至 1980 年，拍攝了「揚子江風雲」、「壯志凌雲」、「緹縈」、「血濺虹橋」、「女兵日記」、「古寧頭大戰」等，並支持中影公司，拍攝「英烈千秋」、「八百壯士」、「筧橋英烈傳」、「梅花」、「吾土吾民」等，主要為強化民族精神教育，加強精神戰力，堅定反共復國信念。

2. 中華電視台：1970 年，國防部為推行軍中政治教育，和教育部合作籌建「中華電視台」。1971 年 10 月 31 日，全部系統正式開播。1976 年元月 12 日，華視、台視、中視三台，聯合播出由國防部攝製的「寒流」影集，共 69 集。播出期間，分別邀請學者、匪情專家、文藝作家、反共藝士撰寫專稿及社論，計 900 餘篇，舉行座談 66 次，參加人數五萬多人，同時以美語、日語、韓語拷貝，發行海外。另外，還製播「西貢風雨」、「包公傳」、「一葉知秋」、「河山春曉」、「范園焱時間」、「風雨生信心」、「苦海餘生」等。

　　國防部同時在華視開闢的「莒光日」，每周六小時，分三次播出，這也是傳播思想建設的重要管道。華視同時亦擔任藝術工作總隊的「影片供應中心」，供應全島 330 個放映站，至 1977 年止，共放映了 454,784 場次，觀眾人數高達一億六千多萬人次。[39]

《文訊》213 期，2003 年 7 月，頁 38-39。
[39] 曾慶華：《國軍新文藝運動之研究》（政治作戰學校政治研究所碩士論文，1983 年 6 月），頁 142-144。

（六）連隊文康

1. 小型康樂：除了思想、文字、閱讀教育外，1971 年開始，國防部策動全軍，組成活動小組，訓練小型康樂指導人共 7,505 人，全面倡導「兵演兵，兵唱兵」的自娛風氣，結合「莒光日」為活動中心，普遍展開小型康樂活動。
2. 軍歌教唱及樂教發展：1971 年 4 月起，三軍各黨級以上單位，成立合唱團 552 個，拍攝電視軍歌影片 18 部，兩個電視軍歌現場節目，並特約作曲、作家創作愛國歌曲、歌詞。
3. 官兵文庫（連隊書箱）：從 1966 年起，印發第一期官兵文庫，至 1975 年共印發 11 期，計 386 冊，外加共黨問題研究叢書，共 486 冊，印行五百餘萬冊，其中約有 4 期，是國軍文藝金像獎得獎作品。對官兵的閱讀，文藝的提昇，影響頗大。

（七）輔導

1. 文化服務：國防部於 1966 年，成立文化服務團，實施國軍村里文化服務。民國 70 年，服務團工作總計 32 所學校、144 家工廠、325 個村里，舉辦了藝文活動 2655 場次，贈送各項宣傳資料、民謠小調錄音帶，共 55 萬本。
2. 基層訪問：1961 年 2 月，邀集軍中文藝工作者 22 人，分別前往各基層崗哨，訪問資深士官。將訪問所得，以文藝作品形式發表，並輯印《長青集》一冊，發給三軍各單位。
3. 成立各軍總部分會：1968 年起，三軍各地總部暨憲兵司令部，分別成立新文藝輔導分會及戰鬥文藝隊，負責推動文藝工作。各軍種並設置「文藝兵」，在國軍新文藝運動輔導委員會指導下，每年定期舉辦文藝競賽、輔導座談和展覽等活動。各軍種亦紛紛成立文藝獎：陸軍的「金獅獎」、海軍的「金錨獎」、空軍的「金鷹獎」、聯勤的「金駝型」、警備總部的「金環獎」、憲兵的「金荷獎」。
4. 辦理各文藝獎推薦工作：推薦軍中文藝作家參加國內各種文藝獎，共 98 位，其中「國家文藝獎」6 位，「中國文藝協會文藝獎章」64 位，「青年文藝獎章」5 位，「中山文藝獎」8 位，「嘉新文藝獎」

1 位,「教育部文藝獎章」9 位,「金馬獎最佳編劇」3 位,「金筆獎」2 位。[40]

(八) 文化作戰

1. 組織理論隊伍:配合大陸最新發展情勢,對中共展開理論攻勢,邀學者專家,組成理論隊伍,撰寫各項專稿。1976 年,得 50 萬字,分投中央文工會、新聞局等單位,運用海內外報刊登載,以清除、統一各種分歧思想。「清源專案」即針對國內紛歧的言論——中共的「島內革命」,被壓抑的本土作家倡導的「鄉土文學」。

2. 主動創作、專題研習:1971 年 3 月起,為增進文藝工作者素養、培育文運幹部,每月定期舉行專題演講、專題座談。參加人員為各報刊主編、戰鬥文藝研究會研究員,青年作協主要負責人。陸續擔任主講人、主持人的有 23 位,均為名方碩彥。

七、有關「青溪新文藝學會」

國防部除了推動「國軍新文藝運動」,也考量到國軍新陳代謝的問題。每年都有大量的軍官士兵,自軍中退役,然後再有新人加入。因此,1976 年 3 月 27 日「青溪新文藝學會」成立。[41]

在申請成立學會之前,為了符合內政部的「全國性民間社團組織法」規定,同性質的社團不得有一個以上,還頗有些波折,當時負責籌畫的尹雪曼,參加了好幾次的協調會,最後才終於獲得內政部的同意,准予成立。

「青溪新文藝學會」成立,除了發表宣言外,還揭櫫下列三大工作目標[42]:

(一)要把國軍新文藝運動再擴大、再加強、再延伸。

---

[40] 曾慶華:《國軍新文藝運動之研究》(政治作戰學校政治研究所碩士論文,1983 年 6 月),頁 199-200。

[41] 臧冠華:〈簡介青溪新文藝學會〉,《文訊》22 期,1986 年 2 月,頁 278-283。

[42] 尹雪曼:〈八年來的青溪新文藝學會〉,《文藝二三事》,尹雪曼的文學世界之五(台北:楷達文化公司,2006 年),頁 218-225。

（二）要推動三民主義的文藝建設，共同實現倫理、民主、科學的三民主義路線。

（三）要結合全國的後備軍人文藝工作者，匯合成文化建設、文化復興的主力。

　　除了結合龐大的「國軍退除役官兵」外，延續「軍中文藝」及「國軍新文藝運動」的力量，「青溪新文藝學會」也做了一些工作，舉例如下：

（一）創辦「青溪學會通訊」：為了加強會員間的聯繫，互相砥礪創作，於 1976 年 8 月 25 日，「青溪學會通訊」（月刊）創刊，32 開，每期 16 頁，至 1977 年 10 月 25 日改名為「青溪新文藝」雜誌，仍每月一期，出版至 22 期（1979 年 10 月 25 日）停刊。

（二）創辦《文學思潮》：為了執行國民黨的文藝政策，推動文藝理論研究工作，「青溪新文藝學會」於 1978 年 4 月再創辦《文學思潮》季刊，25 開，三百餘頁，文學理論與批評的雜誌，至 1984 年出版至 17 期。[43]

（三）出版《當前文學問題總批判》：1977 年 5 月、6 月，文壇掀起所謂的「鄉土文學論戰」，「青溪新文藝學會」匯集文壇反對的意見，由尹雪曼作序、彭品光主編一本約 20 萬字的書，內容分為七部分：（1）慎防文學統戰陰謀，（2）鄉土文學如何鄉土，（3）邪惡的工農兵文學，（4）認清 30 年代文學，（5）文學歪風不容滋長，（6）堅持正確方向努力，（7）附錄。此書可謂極右派反對鄉土文學的資料匯整，對鄉土文學展開強烈的批判，可謂為「鄉土文學」論戰極重要的歷史文獻。[44]

（四）出版《從怒吼出發》：1978 年 12 月 16 日，美國宣布與中華民國斷交，青溪新文藝學會配合政府「莊敬自強」活動，紛紛撰文發表，並於 1979 年元月將所有文稿集印成書，32 開，430 頁，約 30 萬字，先後行銷十幾刷。

（五）舉辦「文學主流座談」：「青溪新文藝學會」自 1979 年起，至 1983 年間，先後持續在北中南東四地區，舉辦文學主流座談。

---

[43] 尹雪曼，〈八年來的青溪新文藝學會〉，《文藝二三事》，尹雪曼的文學世界之五（台北，楷達文化，2006 年 3 月），頁 218-225。

[44] 同前註。

（六）舉辦「中韓作家會議」：自 1981 年開始舉辦「中韓作家會議」，
　　加強與東北亞作家交流。

「青溪新文藝學會」在開創的第一個十年中，確實做了一些文化工
作，並積極地創設分會，1983 年一年中先後創立了 18 個分會。[45]然而日
後因其思想觀念趨於保守，成員中重要幹部同質性相當高，未能與快速變
遷的社會現實接軌，未能掌握新的創作潮流，雖有資源，但組織人員仍趨
老化凋零。在 90 年代後，「青溪新文藝學會」在全國各地的活動日趨減
少，相對其影響力也日漸降低。

八、結語

1949 國民政府遷台，島上一下子就多了 60 多萬軍隊。經濟蕭條，百
廢待舉，中共並揚言「三個月血洗台灣」，使這些剛經歷過抗戰、國共戰
爭的軍人，再度飽受戰爭的威脅，因此人心惶惶。蔣經國在其國防部總政
治主任期間，就提倡「軍中文藝」，國民黨又分別提出「展開反共文藝戰
鬥工作實施方案」、「加強戰鬥文藝之領導，以為三民主義思想作戰之前
鋒案」，1965 年首屆國軍新文藝大會召開，持續舉辦「國軍文藝金像獎」，
成立國軍戰鬥文藝工作隊、編印官兵文庫、舉辦國軍文藝金像獎競賽、組
織文化工作服務團等，多年來持續發揮它的影響力。台灣軍中刊物、軍中
作家影響所及，在古今中外皆可算前所未見。雖有論者評，在軍中推動文
藝活動、出版文藝刊物，甚至還以政策指導創作方向，似乎不妥。也因為
過分強調革命性、戰鬥性，導致作品內容受主題的限制，形成部分作品的
宣傳意味大於藝術價值，容易使人產生一種口號文學的反感或副作用。

可是在一個特殊的時空下，採取這種作為及策略，自然有其背後的意
義。且不管它的政治意圖為何，它確實促進了軍中文藝與社會文藝的結
合，台灣多數作家語文轉換和現代文學尚未茁壯的時候，「大兵文學」繁
榮了文學的園圃，而在創作多元化、新的媒體紛紛出現、文化政策自由開
放後，軍中文藝的時代「任務」及特質已逐漸淡去，它的功能也逐漸消解，

---

[45] 彭品光主編：《當前文學問題總批判》（台北，中華民國青溪新文藝學會，1977
年），計 306 頁。

但不可否認的，「軍中文藝」、「大兵文學」卻是台灣文學發展過程中特殊的一段歷程，它對作家的養成、文學風潮的興起，都有相當的貢獻。

主要參考文獻

一、專著

丘為君、陳連順編：《中國現代文學的回顧》，台北：龍田出版社，1978 年。

尹雪曼：《中國新文學史論》，台北：中華文化復興運動推行委員會，1983 年
　　9 月。

文壇社：《再論戰鬥文藝路線》，台北：改造出版社，1964 年。

王凌霄：《中國國民黨新聞政策之研究》（1928-1945），台北：國民黨黨史會出
　　版，1996 年。

王集叢：《戰鬥文藝論》，台北：文壇社，1955 年。

江南：《蔣經國傳》，美國論壇社，1984 年。

阪口直樹著、宋宜靜譯：《十五年戰爭期的中國文學》，台北：稻香出版社，
　　2001 年。

林果顯：《「中華文化復興運動推行委員會」之研究（1966-1975）──統治正當
　　性的建立與轉變」》，台北：稻香出版社，2005 年。

國民黨中央黨史委員會編：《革命文獻》第 77 輯，台北：中央文物供應社，
　　1978 年。

郭嗣汾、陳紀瀅等著：《井與燈》，台北：中國文藝協會，1959 年。

陳紀瀅：《文藝運動二十五年》，台北：重光文藝出版社，1977 年。

彭小妍編：《文藝理論與通俗文化（上）（下）》，台北：中央研究院文哲所，
　　1999 年。

焦桐：《台灣戰後初期的戲劇》，台北：台原出版社，1990 年。

楊秀菁：《台灣戒嚴時期的新聞管制政策》，台北：稻香出版社，2005 年。

葛賢寧：《論戰鬥文學》，台北：中華文化復興委員會，1955 年。

趙友培：《文壇先進張道藩》，台北：重光文藝出版社，1975 年。

趙友培等撰：《海與天》，台北：中國文藝協會，1961 年。

劉心皇編纂：《當代新文學大系・史料與索引》，台北：天視出版公司，1981 年。

應鳳凰：《五〇年代台灣文學論集──戰後第一個十年的台灣文學生態》，高雄：
　　春暉出版社，2007 修訂版。

龔宜君：《「外來政權」與本土社會──改造後國民黨政權社會基礎的形成
　　（1950-1969）》，台北：稻香出版社，1998 年。

二、期刊論文

朱西甯：〈論反共文學〉，《中華文化復興月刊》，第 10 卷第 9 期，1977 年
　　9 月。

朱雙一：〈《反共文藝》的鼓譟與衰敗——兼論 50-60 年代國民黨的文藝政策〉，
　　《台灣研究集刊》第 1 期，1994 年。

張道藩：〈我們所需要的文藝政策〉，《仙人掌雜誌》12 號。

陳芳明：〈反共文學的形成及其發展〉，《聯合文學》199 期，2001 年 5 月。

三、專書論文

封德屏：〈穆中南與《文壇》雜誌〉，收錄於《台灣文學與傳播研討會論文集》，
　　台中：中興大學台文所，2006 年。

黃怡菁：〈五○年代前期國民黨文藝體系的建立與民族文化論述的轉變〉，「第
　　2 屆全國臺灣文學研究生學術論文研討會論文集」。

鄭明娳：〈當代台灣文藝政策的發展、影響和檢討〉，收錄於《當代台灣政治文
　　學論》，台北：時報文化出版公司，1994 年 7 月。

四、學位論文

曾慶華：《國軍新文藝運動之研究》，桃園：政治作戰學校政治學研究所碩士論
　　文，1983 年。

黃怡菁：《《文藝創作》（1950-1956）與自由中國文藝體制的形構與實踐》，新
　　竹：國立清華大學台灣文學研究所碩士論文，2006 年。

蔡其昌：《戰後（1945-1959）台灣文學發展與國家角色》，台中：東海大學史研
　　究所碩士論文，1996 年。

簡弘毅：《陳紀瀅文學與五○年代反共文藝體制》，台中：靜宜大學中國文學研
　　究所碩士論文，2003 年。

論抗戰期間「三民主義文藝政策」提出之原因

■洪亮

作者簡介

　　洪亮，1983 年生，黑龍江安達人。中國社會科學院研究生院文學系博士。現為山東師範大學文學院講師。主要從事 3、40 年代國民黨官方文學、抗戰文學研究。承擔國家社科基金青年專案、山東省社科規劃專案各一項，著有《三民主義文化／文學的宿命與救贖：以〈文化先鋒〉〈文藝先鋒〉為中心》。

內容摘要

　　抗戰之初，國民政府的宣傳部門並未提出明確的文藝政策，直到 1942 年才由張道藩提出了「三民主義文藝政策」。之所以以「三民主義文藝」而非在抗戰期間具有天然合法性的「民族主義文藝」為旗幟，其原因可能有二：一是中共為促成抗日民族統一戰線，曾宣稱在抗戰期間願意奉行三民主義，因此「三民主義文藝政策」的提出會讓左翼文人不敢菲薄。二是在 30 年代初，左翼陣營曾與「民族主義文藝」陣營有過激烈的交鋒，所以選擇「三民主義文藝」這一口號，也可能是為了避免重新攪起歷史上的恩怨。但是從具體創作來看，所謂「三民主義文藝」仍然要靠民族話語來樹立自身的合法性。

關鍵詞：抗戰、三民主義文藝政策、民族主義

　　在抗日戰爭的最初幾年裡，國民政府雖然比較重視文藝的抗敵宣傳功能，但是並沒有提出明確的「文藝政策」。比如 1938 年 3 月 27 日成立的中華全國文藝界抗敵協會，就是一個與國民政府有密切關係的全國性文藝團體[1]，老舍曾經直言不諱地宣稱文協「絕對受政府的支配，補助。受政府的委託，做政府要做的事」[2]，但其宗旨只是「聯合全國文藝作家共同反對日本帝國主義的侵略，完成中國民族自由解放，建設中國民族革命的文藝，並保障作家權益」[3]，從中幾乎看不出任何官方色彩。考察「文協」創辦的刊物、發起的文藝活動等等，也會發現其除了宣傳抗戰外，基本沒有體現過國民政府的官方立場或者國民黨的黨派意識形態，更沒有宣揚過任何形式的「文藝政策」。

　　如果說「文協」無論其官方色彩多麼明顯，在本質上畢竟還是一個民眾團體的話，那麼 1938 年 4 月 1 日成立於武漢的國民政府軍事委員會政治部第三廳，則是一個不折不扣的官方機構。然而第三廳不但由郭沫若擔任廳長，而且其主要幹部中還有陽翰笙、胡愈之、田漢、洪深、馮乃超等大批左翼人士，這說明第三廳雖然隸屬於軍委會政治部這樣一個聽起來黨派色彩異常濃厚的部門，但它實際上完全是抗戰期間國共合作的產物。直到 1940 年蔣介石下令改組政治部、郭沫若等人離任以後，第三廳才真正被國民黨所控制，在此之前第三廳雖然在抗敵宣傳方面卓有成效，但是和「文協」類似，它也從未進行過任何「黨化」宣傳，甚至還被認為有明顯的左傾色彩。總而言之，抗戰前期國民政府在文藝方面的工作，可以概括為有「文藝」而無「政策」。

　　直到抗戰已經過去大半的 1942 年，國民黨的「文藝政策」才正式出台。該年 9 月 1 日，國民黨中央文化運動委員會的機關刊物《文化先鋒》創刊，創刊號上登載了署名張道藩[4]的長文〈我們所需要的文藝政策〉，提

1　「文協」曾被絕大多數研究者視作左翼文化人士領導、控制下的團體，但實際上「文協」成立之初帶有很強烈的官方色彩，只是到後來才漸漸被左翼文人所控制。參見段從學：〈論文協在抗戰時期的歷史形象變遷——以歷屆常務理事為中心〉，《重慶師範大學學報·哲學社會科學版》第 4 期，2009 年。
2　老舍：〈抗戰以來文藝發展的情形〉，《國文月刊》第 14 期，1942 年 7 月。
3　〈中華全國文藝界抗敵協會簡章〉，《文藝月刊》戰時特刊第 9 期，1931 年 4 月 1 日。
4　按李辰冬的說法，該文實際是由他起草的，並經過了張道藩等人的討論、修訂（李

倡「三民主義文藝」。之所以在此時提出文藝政策，可能與抗戰期間國共兩黨關係的微妙變化有關，也有可能是被毛澤東〈在延安文藝座談會上的講話〉在國統區的傳播所刺激的結果[5]，但是與〈講話〉比起來，張道藩的文章作為「文藝政策」而言似乎不夠「貨真價實」。該文首先列舉了三民主義「與文藝有關的四條基本原則」：第一，三民主義是圖全國人民的生存，所以我們的文藝要以全民為對象；第二，事實定解決問題的方法；第三，仁愛為民生的重心；第四，民族至上。由此，作者推論出新的文藝政策，即所謂的「六不」和「五要」：不專寫社會的黑暗，不挑撥階級的仇恨，不帶悲觀的色彩，不表現浪漫的情調，不寫無意義的作品，不表現不正確的意識；要創造我們的民族文藝，要為最受苦痛的平民而寫作，要以民族的立場來寫作，要從理智裡產作品，要用現實的形式[6]。這其中的種種矛盾是顯而易見的，例如文章雖然名為「文藝政策」，但是行文中處處是與文藝界同仁商量的口氣，毫無「政策」制定者應有的權威性乃至獨斷性；作者雖強調「事實定解決問題的方法」，但又認為「總理已經將事實的材料擺在我們面前，我們從事文藝者只要在他的遺教裡汲引材料，解決問題就夠了」；在「六不」裡有「不專寫社會的黑暗」、「不挑撥階級的仇恨」，但「五要」中又出現了「要為最受痛苦的平民而寫作」，如此等等。對於這些矛盾，無論是當時與張道藩進行論爭的梁實秋，還是今天的研究者，都做過透闢的論述與分析[7]，因此本文不再贅述，而是試圖從另一個角度切入，即此時被提出來的為什麼會是「三民主義文藝政策」？至少從表面上

辰冬：〈抗戰時期文藝政策的訂立〉，原載《中央月刊》第 11 卷第 9 期，見李瑞騰編：《抗戰文學概說》，台北：文訊月刊雜誌社，1987 年）。不過即使此說屬實，既然該文由張道藩署名，且他也參與了修改討論，就必然會體現他本人的意見。退一步說，無論作者是誰，該文作為宣揚官方文藝政策的文本之屬性都不會改變。

[5]　〈講話〉不僅在某種意義上催生了〈我們所需要的文藝政策〉，且二者的內容也有相關之處。參見洪亮：《論〈講話〉與〈我們所需要的文藝政策〉之異同》，《抗戰文化研究》第 7 輯（桂林：廣西師範大學出版社，2013 年 11 月）。

[6]　張道藩：〈我們所需要的文藝政策，《文化先鋒》第 1 卷第 1 期，1942 年 9 月 1 日。

[7]　參見李怡：《含混的「政策」與矛盾的「需要」──從張道藩〈我們所需要的文藝政策〉看文學的民國機制》（《中山大學學報（社會科學版）》2010 年第 5 期）、姜飛：〈文藝與政治的合縱連橫──關於抗戰時期「文藝政策」的論戰及其他〉，《現代中國文化與文學》第 9 輯（成都：巴蜀書社，2011 年）、計璧瑞：〈張道藩與國民黨的文藝政策〉，《中國現代文學研究叢刊》，2012 年第 1 期。

看，國民黨在抗戰後期這一時間點提出文藝政策，以「三民主義」為旗幟似乎並不是最好的選擇，其原因有三：

第一，從國民黨官方文學的發展歷史來看，「三民主義文藝」的身世並不光彩。大約從 1928 年末開始，一些國民黨官方報刊的文藝副刊上便陸續出現了鼓吹「三民主義文學」的文章，其中鼓吹得最賣力的，便是上海《民國日報・青白之園》副刊。到了 1929 年 6 月，由國民黨中央宣傳部主辦的全國宣傳會議在南京召開，在這次會議上先後通過了一項「確定本黨之文藝政策案」，決議：一，創造三民主義的文學（如發揚民族精神，闡發民治思想，促進民生建設等文藝作品）。二，取締違反三民主義之一切作品（如斲喪民族生命，反映封建思想，鼓吹階級鬥爭等文藝作品）[8]。但是這一次「三民主義文藝政策」的出台，沒有給國民黨官方文學的建設提供任何實質性的幫助，全國宣傳會議之後僅僅三個月，一直作為鼓吹三民主義文學之最主要陣地的《青白之園》，就不得不關門大吉，而其原因竟然是：「因為報館裡要加增新聞的篇幅，所以把各類乙種副刊一律取消。我們的刊物是附在乙種副刊之一，當然不能例外」[9]。這群忠誠黨徒維護黨國意識形態安全的熱忱，竟然敵不過報紙增加新聞篇幅的需要。

1930 年 4 月 28 日，可能是受上月成立的左聯的刺激，國民黨上海特別市執行委員會宣傳部召開了第一次全市宣傳會議，重提「三民主義文學」，還通過了「反動文藝刊物充斥市面，除嚴行查禁外，應如何建設革命文藝以資宣傳案」[10]。大概是為了落實上述決議，從五月起，上海《民國日報・覺悟》副刊每隔一周或兩周，就會在週三推出一期關於文藝作品的專刊。不過無論是《青白之園》還是《覺悟》，都基本沒有刊登過什麼像樣的文學作品，充斥在它們上面的，多數是對於左翼和一些自由主義文學團體的謾罵式批評。此外也有一些呼籲國民政府儘快制定文藝政策、建設「本黨」文學的文章，不過所要建立的「三民主義文學」究竟是什麼樣子的，它應該包含哪些內容，就連提倡者自己也不甚了了，他們反覆說的，不過是要壓制、剷除不合於三民主義思想的文學，以及用三民主義來指導文學創作而已。討論來討論去，有的提倡者竟然乾脆坦白「文藝本來是不

[8]　〈全國宣傳會議第三日〉，《中央日報》，1929 年 6 月 6 日。

[9]　性初：〈青白之園暫行停刊〉，《民國日報》，1929 年 9 月 18 日。

[10]　〈第一次市宣傳會議之重要決議〉，《民國日報》，1930 年 4 月 29 日。

分派別的，加上三民主義四個字，不過是一種標榜罷了」[11]，對於「三民主義文學」慘澹的創作實績，他們也並不諱言：「現在的三民主義文學……還是只在肚子痛，孩子還沒有鑽出娘肚來」[12]。該文發表於 1930 年，距離三民主義文學最初被提倡已有兩年，看來它實在是難產得厲害。而就在這篇文章發表後不足兩個月，《覺悟》副刊由政治立場不那麼鮮明的文人姚蘇鳳接編，三民主義文學失去了最後一塊陣地，「還沒有鑽出娘肚來」的三民主義文學，就此胎死腹中。

與三民主義文學之慘澹收場形成鮮明對照的是，以 1930 年 6 月前鋒社在上海的成立為標誌而興起的「民族主義文藝運動」，卻一時間頗有風生水起之勢。以前鋒社為核心的民族主義文藝陣營，不僅創辦了《前鋒週報》、《前鋒月刊》、《現代文學評論》等刊物，而且團結了大批的盟友，像《草野週刊》、《長風》、《文藝月刊》、《開展》、《流露》等近 30 個刊物，都不同程度地參與到了民族主義文藝運動當中。後來「民族主義文藝運動」雖然因為前鋒社的無形解體而陷入低潮，但是在這場運動中畢竟出現了黃震遐、萬國安、李贊華等代表作家，他們的一些作品也達到了一定的藝術水準，至少和三民主義文學相比，其成就要高得多。既然如此，當張道藩等人在 1942 年重新提出「文藝政策」的時候，為何不繼承成功者的衣鉢，卻偏要步失敗者的後塵呢？

第二，「三民主義文藝政策」亮相的舞台是《文化先鋒》，該刊和稍後創刊的《文藝先鋒》同為國民黨中央文化運動委員會的機關刊物，它們也都是後來發表三民主義文藝作品的主要陣地。兩個《先鋒》與 1930 年創刊的《文藝月刊》，具有明顯的繼承關係：《文藝月刊》從創刊到 1941 年終刊，共持續了 11 年，是國民黨的文藝刊物中最「長命」的一個，而且就影響力而言，《文藝月刊》也遠非其他國民黨文藝刊物可比。1941 年 11 月《文藝月刊》終刊，此後不到一年，《文化先鋒》、《文藝先鋒》即先後創刊。兩個《先鋒》和《文藝月刊》一樣，都屬於國民黨中宣部系統的刊物，其主要編者之一王進珊，可能也曾參與過《文藝月刊》的編輯工作[13]，

---

[11] 陶愚川：〈我們走那條路〉，《民國日報・覺悟》，1930 年 8 月 13 日。
[12] 張帆：〈三民主義的文學之理論的基礎（續）〉，《民國日報・覺悟》，1930 年 10 月 29 日。
[13] 張仲謀：〈王進珊先生文學生涯七十年〉，《徐州師範學院學報（哲學社會科學版）》

甚至有文章稱，自從 1938 年起王進珊已經成為《文藝月刊》「不具名的主編」[14]。另外在《文藝先鋒》的創刊號上，除張道藩的發刊詞外，第一篇文章就是王平陵的《救治革命文學的貧血症》，而王平陵正是此前的《文藝月刊》的創辦者，他在兩個《先鋒》上亮相的頻率很高。就作者隊伍而言，兩個《先鋒》也與《文藝月刊》有相當一部分重合。由此大致可以肯定，作為國民黨的官辦文藝（文化）刊物，兩個《先鋒》的前身正是《文藝月刊》。

　　《文藝月刊》曾被認為是主張三民主義文藝的刊物，理由是三民主義文藝的後台是國民黨中宣部，民族主義文藝的後台則是中組部，既然《文藝月刊》是中宣部旗下的刊物，那麼必然會主張三民主義文藝[15]。但實際上這是一種誤解，三民主義文藝與民族主義文藝雖然確屬國民黨官方文學流派，但它們與國民黨高層的關係，其實遠沒有以往研究者所認為的那麼密切[16]。就《文藝月刊》的實際情況來看，它確實從未正面提倡三民主義文學，而是與民族主義文藝同調，趙偉就曾通過分析《文藝月刊》對一些熱點問題以及歷史事件的反映，令人信服地指出了民族主義話語在刊物上佔據的重要地位[17]。那麼，作為《文藝月刊》的繼承者，兩個《先鋒》為何沒有繼續打「民族主義」的牌，而是改弦更張，鼓吹「三民主義文藝政策」，也是值得尋味的。

　　第三，抗戰期間，國共兩黨時有摩擦，尤其是在 1941 年初皖南事變（國民黨方面稱之為「新四軍事件」）發生後，國共兩黨之間的關係變得越發微妙，但是雙方仍然至少在表面上小心翼翼地維護著「團結」，「統一戰線」儘管往往顯得很脆弱，卻始終存在。國民黨在思想文化領域，顯然也必須顧及這一問題。然而在這一前提下來看，「三民主義文學」是一個黨派色彩異常鮮明的口號，相比之下「民族主義文學」倒略為中性化一

第 3 期，1991 年。
[14] 胡正強：〈王進珊文藝報刊編輯故事摭拾〉，《編輯學刊》第 5 期，1997 年。
[15] 張大明：《主潮的那一面──三民主義文藝與民族主義文藝》（北京：中國社會科學出版社，2010 年 11 月），第 56-63 頁。
[16] 洪亮：〈「民族主義文藝」與「三民主義文藝」之關係〉，《宜賓學院學報》第 8 期，2016 年。
[17] 趙偉：《〈文藝月刊〉中的民族話語（1930-1941）》，新北：花木蘭文化出版社，2013 年 9 月。

些，而且在抗戰期間，「民族主義」具有顯而易見的天然合法性。既然如此，按照常理來說，國民黨內的文藝政策制定者似乎也更應該選擇「民族主義」而非「三民主義」作為旗幟，可實際情況為何恰恰相反呢？

要想解答上述疑問，就必須回到抗戰特殊的時代情境中。如前所述，統一戰線的存在，的確是我們考察抗戰期間思想文化領域中的諸問題時無法忽略的，但是不僅國民黨要顧及到這一問題，中共為了促成統一戰線，也付出了很大的努力，甚至一定程度上調整了立場。在盧溝橋事變剛剛發生後的 7 月 15 日，中共中央即向國民黨提交〈中國共產黨為公布國共合作宣言〉，此後經過國共雙方的一系列討價還價，該宣言被做了一些修改，並於 9 月 22 日由國民黨中央通訊社發表。其中鄭重宣布：

> （一）孫中山先生的三民主義為中國今日之必要，本黨願為其澈底的實現而奮鬥。
> （二）取消一切推翻國民黨政權的暴動政策，及赤化運動，停止以暴力沒收地主土地的政策。
> （三）取消現在的蘇維埃政府，實行民權政治，以期全國政權之統一。
> （四）取消紅軍名義及番號，改編為國民革命軍，受國民政府軍事委員會之統轄，並待命出動，擔任抗日前線之職責。[18]

稍後，毛澤東又進一步強調在抗戰期間「共產黨願意實行國民黨的三民主義」[19]。當然毛澤東對於「三民主義」也給出了自己的理解，但是無論如何，中共和毛澤東的反覆表態，還是使得「三民主義」獲得了比以往更加廣泛的合法性。在抗戰時期國共文人之間的歷次論爭中，國民黨文人屢屢拿來當做撒手鐧的，恰恰就是這種表態，因此，張道藩等人打出「三民主義文學」的招牌，自然會讓左翼文人不便加以菲薄。

另一個可能的原因則在於：30 年代初，民族主義文藝的提倡者不但和左翼陣營有過激烈的交鋒，而且也受到了傾向自由主義的胡秋原等「第三

---

[18] 〈中國共產黨為公布國共合作宣言〉，《解放週刊》第 1 卷第 18 期，1937 年 10 月 2 日。

[19] 毛澤東：〈國共合作成立後的迫切任務〉，《毛澤東選集》第 2 卷（北京：人民出版社，1991 年 6 月），第 367 頁。

種人」的尖銳批判；相形之下，當時的三民主義文學由於聲勢有限，反倒沒怎麼受到左翼或自由主義文人的關注。我們目前能看到的左翼文人集中批判三民主義文學的文字，大概只有思揚發表在《文學導報》1卷4期上的〈南京通訊──三民主義的與民族主義的文學團體及刊物〉，除此之外，在左翼的文學刊物上，甚至連「三民主義文學」的字眼都極少見到，似乎在他們眼中，「三民主義文學」根本就不值一駁。

　　然而到了左、中、右各方需要合作的抗戰時期，「三民主義文學」曾經的弱小反倒成了一種優勢。因為此時若重提「民族主義文藝」，恐怕難免會勾起往日論爭的當事人某些不愉快的記憶，甚至可能重新攪起歷史上的恩怨，而當年默默無聞的「三民主義文學」恐怕早已被人們忘記，這時被提出來幾乎就是一個全新的口號。再加上「三民主義」由於抗戰初期得到了中共的表態擁護而可以成為套在左翼文人頭上的緊箍咒，最終，才導致1942年提出的文藝政策被以「三民主義」而非「民族主義」命名。

　　當然，這一次「三民主義文藝政策」的提出，絕非十幾年前那一波「三民主義文學」的簡單迴響。單從聲勢上看，由張道藩親自掛帥、並以「中央文化運動委員會」的名義創辦的大型固定文藝刊物《文藝先鋒》，再加上綜合性刊物《文化先鋒》的一部分地盤，就已經足以令2、30年代之交那幾個鼓吹「三民主義文學」的小小副刊（即反對者所謂的「報屁股」）望塵莫及。另外兩個《先鋒》尤其是《文藝先鋒》的姿態也沒有那麼激烈，不像此前《民國日報》的幾個副刊那樣與一切異己的文學派別為敵，而是展現出與《文藝月刊》類似的平和態度，甚至在某種意義上具有更大的包容性，這也使它更容易為作者和讀者所接受。

　　而兩個《先鋒》在實踐「三民主義文藝政策」時，最突出的特點還是體現在它對於「三民主義」與「民族主義」之關係的處理上。這一波「三民主義文學」的提倡者，從來不會把「民族主義」視為自己的對立面，而是自覺地把「民族主義」納入「三民主義文學」的理論框架中，並且總是強調和突出民族主義。比如，張道藩〈文藝政策〉一文提出的「五要」中，第一條就是「要創造我們的民族文藝」，後面還有一條「要以民族的立場來寫作」，而其餘三條則為「要為最受苦痛的平民而寫作」、「要從理智裡產作品」和「要用現實的形式」，其中除了「要為最受苦痛的平民而寫作」可以聯繫到民生主義以外，另外兩條均屬創作方法範疇，而與三民主

義並無直接關係。由此,民族主義在「三民主義文學」中所受重視的程度即可見一斑。而從具體創作來看,兩個《先鋒》上出現最多的也是以抗戰為題材、鼓舞民族情緒的作品,而反映「民權」和「民生」的作品則寥寥無幾。不過在抗戰的背景下,大家對這種以「三民主義文學」之名行「民族主義文學」的做法都會心照不宣,絕不會有人出來指責兩個《先鋒》把「三民主義文學」變成了「一民主義文學」。

其實,民族主義本來就是三民主義的題中應有之義,「三民主義文學」與「民族主義文學」雖然在 30 年代初期也曾發生過「內鬥」[20],但那原本就是在特殊的歷史情境之中形成的一種非正常狀況,兩個《先鋒》只不過是恢復了二者之間本該具有的關係而已。而且在民族危亡的時刻,「民族主義」具有不言自明的意義,這時用「民族主義」來喚起社會各界的認同是極其容易的。可以說,以兩個《先鋒》為主要實踐陣地的「三民主義文藝政策」,正是由於成功「收編」並盡可能地利用了民族主義話語,才掩蓋了其自身內部的種種矛盾與裂隙,並在抗戰期間獲得了很大程度的合法性。

---

[20] 洪亮:〈「民族主義文藝」與「三民主義文藝」之關係〉,《宜賓學院學報》第 8 期,2016 年。

主要參考文獻

一、專著

毛澤東：《國共合作成立後的迫切任務》，《毛澤東選集》，北京：人民出版社，1991 年。

老舍：《抗戰以來文藝發展的情形》，《老舍全集》，北京：人民文學出版社，1999 年。

張大明：《主潮的那一面——三民主義文藝與民族主義文藝》，北京：中國社會科學出版社，2010 年。

趙偉：《文藝月刊》中的民族話語（1930-1941），新北：花木蘭文化出版社，2013 年。

二、期刊論文

〈中國共產黨為公布國共合作宣言〉，《解放週刊》，第 1 卷第 18 期，1937 年。

〈中華全國文藝界抗敵協會簡章〉，《文藝月刊》，1931 年 4 月。

〈全國宣傳會議第三日〉，《中央日報》，1929 年 6 月 6 日。

〈第一次市宣傳會議之重要決議〉，《民國日報》，1930 年 4 月 29 日。

性初：〈青白之園暫行停刊〉，《民國日報》，1929 年 9 月 18 日。

洪亮：〈「民族主義文藝」與「三民主義文藝」之關係〉，《宜賓學院學報》，2016 年第 8 期。

胡正強：〈王進珊文藝報刊編輯故事摭拾〉，《編輯學刊》，1997 年第 5 期。

張仲謀：〈王進珊先生文學生涯七十年〉，《徐州師範學院學報（哲學社會科學版）》，1991 年第 3 期。

張帆：〈三民主義的文學之理論的基礎（續）〉，《民國日報》，1930 年 10 月 29 日。

張道藩：〈我們所需要的文藝政策〉，《文化先鋒》，第 1 卷第 1 期，1942 年。

陶愚川：〈我們走那條路〉，《民國日報》，1930 年 08 月 13 日。

南京政府時期
國民黨文藝政策實踐的一種方式
——以南京《文藝月刊》為例

■牟澤雄

作者簡介

　　牟澤雄，1973 年生，雲南昭通人。華東師範大學文學博士。現為昆明理工大學國際學院副教授。主要從事中國現當代文學、跨文化交流與傳播的教學與研究工作。在研課題「近代留學生與晚清民國人文學術的現代轉型」，著有《國民黨南京時期（1927-1937）的文藝統制》、《文學經典與人生》（合著）等，在《當代文壇》、《新疆大學學報》、《民族論壇》等各類刊物發表學術論文 20 餘篇。

内容摘要

　　南京政府時期國民黨的文藝政策意圖以國家力量介入思想文化領域，以文藝為工具，完成國家話語統一的同時實現思想管控與國家建構的目標。這一目標儘管沒有完成，但在文藝政策的整個實施體系中，定期文藝刊物從創辦到運作仍不乏成功的範例，南京的《文藝月刊》就是其中一例。作為當時影響較大、辦刊時間最長的大型文藝期刊，它提供了一種特殊的運作模式，與同時期「同人」運作的「民族主義文藝期刊」相比顯得保守、包容。辦刊定位中的「自相矛盾」和編輯實踐中的「調和」都有著特別的政治用意，即利用大眾媒介進行意識形態控制和國家話語建構。在「相容並包」的編輯方針指導下，在十餘年的編輯實踐中，承擔著意識形態話語生產、穩固和延續的重要角色，在執行國民黨的文藝政策方面，發揮了極為重要的作用，營造了一個特殊的文學生產與傳播空間。

關鍵詞：國民黨文藝政策、《文藝月刊》、編輯實踐、意識形態

國民黨南京政府成立之後，受到蓬勃開展的「普羅文學」運動的影響與蘇聯、德意文藝統制的啟發，國民黨內廖平、紹先等人開始呼籲國民黨要「真真切切的注意到文藝方面」，「仿效蘇俄」制定文藝政策，建設「國民黨文藝」；[1]「運用國民黨的文藝政策」，「趕緊創造適於三民主義、富有革命性底民眾文藝」，以推進黨義宣傳工作，「剷除腐化民眾的舊的或新的惡劣文藝」。[2]

1929 年 6 月，國民黨中央宣傳部召開了「全國宣傳會議」回應了這種呼聲。這次會議通過了〈確定本黨之文藝政策案〉、〈規定藝術宣傳方法案〉兩個議案，從社團組織、刊物創辦、審核查禁幾個方面，試圖以國家力量介入思想文化領域，通過文藝這一工具，完成話語標準統一化的同時實現思想文化管控與民族國家建構兩個目標。這對於一個新生國家政權的合法性建設而言，當然是極其重要的。不過，國民黨的文藝政策方案出台之後，它所面對的是「30 年代」這樣一個多元化的文學生產機制和眾聲喧嘩的局面。由於國民黨南京政府無法短期內做到對政治、經濟特別是出版資源的全面統制，想要在思想文化領域樹立統一的話語標準就會比較困難。因此，文藝政策制定出來以後，如何實施就成為一個重要的問題。

從思路上，國民黨人將其分作「積極的」和「消極的」兩方面。積極的一面是組織作家，組建社團，創辦期刊雜誌，建設國民黨自己的文藝；消極的一面是嚴厲的審查登記與查禁書刊雜誌，「剷除文藝界中之腐敗種子」。[3]不過從實際的效果看，成效最顯著的仍然是舉辦文藝刊物，特別是定期刊物。國民黨人認為在大眾傳播媒介中定期刊物「具有超越普通報紙的威力，而此威力足以轉移社會觀聽，成為輿論中心」，[4]因此，在文藝政策出台後的兩年間，舉辦定期刊物成為了政策實施中建設「國民黨文藝」最切實的工作和推進「藝術宣傳」最有效的手段。粗略統計，除了報紙副刊外，上世紀 30 年代初國民黨各級黨部自身創辦和扶持的定期文藝刊物不下 30 種，主要分布在江浙滬地區，數量上與同時期的左翼文藝刊物不

[1]　廖平：〈國民黨不應該有文藝政策嗎？〉，《革命評論》（週刊）第 16 期，1928 年 8 月 20 日。

[2]　《民國日報·青白之園》（上海）（1929 年 3 月 24-4 月 14 日）。

[3]　庸：〈建立文藝政策的問題〉，《政治評論》第 95 號。

[4]　〈請中央宣傳部於國內各重要市區創辦定期刊物案〉，國民黨中執委宣傳部編印：《全國文藝宣傳會議錄》（1929 年 6 月），頁 132。

相伯仲。「左聯」週邊刊物《文藝新聞》在 1931 年總結中就曾感歎：一年來，「在統治階級的扶翼之下，產生了連名稱都不勝列舉的許多刊物」。[5]

刊物眾多，目標明確，但運作方式卻不盡相同。如果做一個劃分，大致有兩類：一類是「民族主義學期刊」，以上海「前鋒社」創辦的《前鋒月刊》、《前鋒週報》為代表。旗幟鮮明地以宣揚民族主義文藝，以推進民族主義文藝運動為主要任務和目標，撰稿者幾乎都是「社團同人」，辦刊時間較短，1932 年以後幾乎就悄無聲息；另一類是國民黨各級黨部主辦或有黨派背景的刊物，對外宣稱其「為藝術而藝術」的宗旨，辦刊方針相對包容，以南京的《文藝月刊》為代表。這兩類期刊分別代表了國民黨文藝政策實施中的兩種媒介運作方式。從刊物的容量和對文學的影響來看，《文藝月刊》要比其他國民黨文藝期刊重要得多，從文藝政策實施體系的局部而言，它是一個相對成功的範例。它每期容量在 15 到 20 萬字，「特刊」達 30 萬字以上，時間跨度達 11 年，是當時辦刊時間最長的大型文藝期刊。在這個刊物上發表作品的作家起碼在五、六百人以上，[6]其中不乏老舍、巴金、沈從文、梁實秋、李青崖等名家。抗戰期間「文協」成立，其宣言等文獻都是在該刊發表，可見當時國共合作後的文藝界也都大致認可這個刊物的地位和影響。因此，考察《文藝月刊》編輯立場和特殊的運作方式，有助於透視作為大眾傳播媒介的《文藝月刊》在意識形態話語生產、傳播和延續中所充當的角色，對深入認識 20 世紀 30 年代特殊的文學生產機制和文學空間，尤為重要。

一

從最初籌辦到真正出刊，《文藝月刊》的編輯立場經歷了一個非常明顯的轉變。主編王平陵晚年回憶：

> 民國十九年，共產黨宣傳階級鬥爭的「普羅文藝」，氣焰囂張，不可一世，青年們盲目附和，葉楚傖先生首先宣導「民族主義」的文

---

[5]　〈一九三一年之回顧〉，《文藝新聞》第 41 號，1931 年 12 月 21 日。

[6]　張大明：《國民黨文藝思潮——三民主義文藝與民族主義文藝》（台北：秀威資訊科技公司，2009 年），頁 73。

藝運動，力圖挽救頹風。我在他的指導下，擔任下列四項工作，一、
創辦大型文藝刊物——《文藝月刊》，……[7]

1930 年 7 月 4 日到 9 日連續刊登的《中央日報》上刊登的「中國文藝
社徵求社員」啟事稱：

> 本社鑒於現代中國文壇之消沉，民族精神之頹廢，爰為聯合愛好文
> 藝同志，創辦中國文藝社，冀以一往無前之勇氣，振起時代之沉局，
> 掃除一切混亂之思想，尋求新文藝之途徑，同好之士，願參加本社，
> 共作文藝之研究者，無任歡迎。[8]

由於初期的「中國文藝社」和《文藝月刊》是「刊社合一」，葉楚傖
當時又任國民黨中央宣傳部部長，他的提議當然對《文藝月刊》的創辦與
刊物定位至關重要。因此可以確定《文藝月刊》最初的定位是「同人刊物」，
為配合國民黨文藝政策而推進「民族主義文藝運動」的，「其組織的系統
和經濟之來源，完全和國民黨中央宣傳部有直接的關係」。[9]然而，在《文
藝月刊》真正出刊時，情況則有了變化。

與大多數同時期文藝期刊一樣，《文藝月刊》創刊號上也刊登了一篇
署名「本社同人」的〈達賴滿 DYNAMOND 的聲音〉，可以算是《文藝
月刊》的宣言。「宣言」開篇提出「文藝是人性自發的最天真的衝動」，
「文藝家的修養，就在於如何發揮真實的人性，文藝家的責任，就在如何
可以把這真實的人性用純粹的藝術方式表現出來」。並以此為據宣稱「文
藝的本質，絕無形成階級性的可能了，因為文藝既非有閒階級的消閒品，
也不是無產階級的洗冤錄」，「文藝家的立場，並沒有踏在人和階級的領
域上；所以文藝家的製作，是永久的普遍的流傳於全人類，為全人類所愛
好，所欣賞，所批評，而絕不僅是屬於某一階級的專利品」。在否定了文
藝的「階級性」同時，呼籲「青年們」、「文藝家」，不要受文藝的「階
級論」的蠱惑，「好整以暇地謳歌赤色帝國主義者的功德」，「死心塌地

---

[7] 袁道宏：〈王平陵之文藝生活〉，《王平陵先生紀念集》（台北：正中書局，1975
年），頁 162。
[8] 《中央日報·廣告欄》，1930 年 7 月 4-9 日。
[9] 辛予（潘子農）：〈一九三一年南京文壇總結算〉，《矛盾》（月刊）第 1 卷第 2
號，1932 年。

寄生在赤色帝國主義者的庇蔭之下，享受其做了奴隸，又自命為主人的恥辱的生活」，而且，「絕不應該喪心病狂，把金盧布掩蓋了天真潔白的人格，不惜發掘自己的墳塋，把自己幾千年來，一大段民族的光榮史，輕輕地撕去，反而崇奉宰殺自己兄弟姐妹們的毒蛇猛獸，讓他們高踞在寶座之上」。呼籲人們要認清時代的形勢，「大家走攏來些，手攜著手，肩並著肩，把自己最真實最寶貴的東西獻出來，為我們自己，為我們民族，為我們的國家」，去從事真正的文藝創造。這種文藝不在於「形式上的摹仿和捏造」，「只要是為著表示堅實的自信，為著暴露純潔的感動，為著宣洩大眾的憂鬱，為著鼓舞民族的自覺，……無論是描寫的什麼，無論你是用哪種文藝的方式，誰能說這些不是文藝呢！」

從邏輯上看，這是一篇前後矛盾的「宣言」。用文藝的「人性論」反擊文藝的「階級論」，堅持文藝不受任何外在目的的支配，似乎與同時期梁實秋等人的主張相似，但將文藝的「人性論」與為革命、民族、國家等論述結合在一起，又將其與梁實秋等人的「人性論」主張區別開來。將文藝與現實的「革命」相結合，並最終歸結於為「民族」這種想像的群體建構，必然使其在利用普遍的「人性論」攻擊「普羅文藝」是階級鬥爭工具的同時自身也陷入到矛盾之中。如果文藝不受任何外在的目的的支配，不能充當任何階級的工具，那麼，文藝也不能成為任何「民族性」構建的工具。二者前後矛盾不說，而且忽略了一個基本的事實，即民族和國家都是近代以來的產物，並不存在天然的「民族」和「國家」，自然也就無所謂永恆的「鼓舞民族自覺」的文藝。即使說「文藝是可以作為工具的」，只是「要顧及到藝術上應具的條件」，[10]也無異於將「文藝是人性自發的最天真的衝動」這樣的論點自我解構了。

不但如此，除了針對「普羅文藝」這一點沒有變化之外，這篇「宣言」的整個基調已經由推進「民族主義文學」運動轉變成了「為藝術而藝術」。在《文藝月刊》創刊六年後，主編王平陵在文章中也是將其與《小說月報》、《現代》、《文學季刊》等「純文藝」刊物相提並論。他說：「在六年前，中國的純文藝刊物……《小說月刊》停刊，繼起的《文學》、《現代》、《文學季刊》，還沒有創刊，在這一段將近兩年的空隙中，《文藝月刊》

---

[10] 〈通訊〉，《文藝月刊》，第 2 卷第 2 期，頁 145。

為這一般作家的發表的便利，以及不至於使技巧荒疏而有待於後來各種權威刊物的繼起，它就在這時期創刊了」。[11]

「宣言」前後矛盾，與籌辦時的定位有所不同，其編輯實踐似乎也和文藝政策的初衷背離。《文藝月刊》上幾乎很難找到鮮明地闡發其官方立場的文章。在稿件的選擇上，大量刊登的是已經成名的中間作家的作品，連社員的作品都很少刊登。對此，署名「辛予」者在《矛盾》月刊撰文批評說：「一般的直覺全都以為這組合必定是竭力在提倡『三民主義文藝』的。實在呢，事實到並不如此」，「從他們所有出版物的內質上看來，這種為藝術而藝術的態度直到眼前還是保存著並且有增無減」。這是「十分頑固地將自己脫出了社會的核心，退落到時代的水平線之最下層去了」。去「拉攏幾位偶像作家來裝幌子」，而使自己刊物上「十多期幾乎找不出幾篇是自己社員的作品」，「若是一個文藝社團的『同人雜誌』也這樣辦法，則未免太失去了這社團存在的意義了」，出現這樣的情況，「若非編輯者之過分崇拜偶像，則一定是刊物本身之側重於商業化」，「一本同人雜誌而如果染上了這兩種傾向之一，也已經是很可怕的病態了」。[12]面對批評，王平陵後來這樣解釋：

> 《文藝月刊》在創刊的時候，本想藉此結合幾個同時代的同好，辦作「同人雜誌」那樣的性質的。後來，感覺到所見太狹，而且有招兵買馬，自樹擂台的嫌疑，便無條件的把原來的主張揚棄了。……我們認定文化是公器，不但無人與人之間的障隔，而且沒有國與國間的區別；所以還是放寬門戶，歡迎大家踏進這塊園地裡來。[13]

《文藝月刊》在運作上摒棄了當初「同人雜誌」的價值定位，極大的消解了刊物的「民族文藝」特性，但其政治用意卻極其明顯。首先，吸引了不少中間作家優質的稿源。主編王平陵曾自豪地說，一些「小說集、詩集、劇曲等等，凡比較像一點樣子的作品，如巴金的《雨》、靳以的《青的花》、老舍的《大悲寺外》、王魯彥的《屋頂下》、孫毓堂的《海盜船》、

---

[11] 袁道宏：〈王平陵之文藝生活〉，《王平陵先生紀念集》（台北：正中書局，1975年），頁162-163。

[12] 辛予：〈一九三一年南京文壇總結算〉，《矛盾月刊》第2期，1932年5月25日。

[13] 王平陵：〈我與文藝月刊〉，《人言》（週刊）第2卷第2期，1935年2月2日。

臧克家的詩集、袁牧之的劇曲《母歸》等等，都是承蒙他們先把『初夜權』送給《文藝月刊》的」[14]；其次，整合了一批學者和中間作家隊伍。南京的不少青年作家特別是「中央大學」中文系和藝術系師生積極加入「中國文藝社」的活動，其中，范存忠、汪辟疆、徐中年、商承祖等教授還成為刊物編輯委員。丁諦曾回憶：「這一個時期（改組前）的《文藝月刊》，並不比後來的為多讓。名家撰稿極多，如老舍、何其芳、梁實秋、繆崇群、沈從文、黎錦明、魯彥、梁宗岱……等人皆常有作品發表」。[15]《文藝月刊》8 卷 3 期「編輯後記」也稱：「最近，我們請了一百位的特約編譯，都是文藝界的名人，——所謂：『名人』，乃是『名』『實』相符的人，——：於是乎，《文藝月刊》的陣容更整齊了，更堅固了。這幾個月中，外邊有不少的稿件投來。倘使諸位要問多到如何程度，那麼，我們不打謊的說：這三個月的投稿數目足以抵得上以前一年那麼多！」[16]第三，刊物的影響也迅速擴大，吸引了更多的讀者。9 卷 4 期「編輯後記」也說：「我們有一件事是堪以自慰的，就是投稿人的地域是很廣大，在國內，如雲南、貴州、甘肅都有稿來，在國外，法、比、英、日也有人寫稿來。」[17]在讀者方面，按《文藝新聞》的說法，該社「月有月刊，已出至 2 卷 1 期，格式頗似小說月報，聞每期約印五千冊左右」。[18]這個銷量在 20 世紀 30 年代已經是了不起的成績了。

　　由此可以看出，《文藝月刊》並非不想「自樹擂台」，也並不認為「文化是公器」，其灰色態度不過是特殊的政治鬥爭語境中的媒介運作策略。按法國理論家阿爾都塞的「意識形態國家機器」（ideological state apparatuses）理論，文化和媒體作為「意識形態國家機器」的重要構成，它充當著與「壓制性國家機器」（repressive apparatuses）一樣為統治者服務的職能，並且以一種無所不在的、非暴力的方式滲透到大眾的生活之中。[19]在媒介中，某些信仰和觀點通過不斷再現被合法化，被「製造成真實的」，從而最終

---

[14]　同上註。

[15]　丁諦（吳調公）：〈記中國文藝社〉，《新流》第 6 期，1943 年 11 月。

[16]　《文藝月刊》第 8 卷第 4 期，1936 年 4 月 1 日。

[17]　《文藝月刊》第 9 卷第 4 期，1936 年 10 月 5 日。

[18]　〈首都文壇新指掌〉，《文藝新聞》第 2 號，1931 年 3 月 23 日。

[19]　Louis Althusser, 「Ideology and Ideological State Apparatuses.」 *Ideology and the State*: London: Verso, 1984.

實現對個人的控制。然而，大眾並非完全是被動的接受者，由於媒介的非強制性，大眾完全有權力選擇對某種媒介資訊的接受或拋棄。因此，在選擇意識形態輸出媒介時，必然要考慮到媒介輸出和讀者接受之間的緊張關係，並最大程度來緩和這種關係。《文藝月刊》正是阿爾都塞所說的這樣一種媒介，承擔著「意識形態國家機器」的職能，同時在讀者接受和意識形態宣傳之間成為了緩解緊張關係的出口和閥門。20 世紀 30 年代，各種思想相互激盪、交鋒，國民黨文藝政策剛出台就招致各方批評，不但「左翼」作家，而且梁實秋、沈從文、潘子農等中間作家也專門發文表示異議。《文藝月刊》作為執行國民黨文藝政策的產物，也不得不考慮政策實施的策略，其前後矛盾、顧此失彼的「宣言」和相對「包容」的編輯實踐，也正印證了刊物編輯立場在政策文本到實踐在複雜的社會狀況下發生偏離後不斷調適的過程。它拉攏了中間作家，分化了左翼作家，擴大了刊物的影響，吸引了廣大讀者，這與刊物成立時立志與「普羅文藝」爭奪青年讀者以及國民黨文藝政策的初衷是合拍的。以往有研究者認為《文藝月刊》「基本上是屬於中間偏右的一份純文學刊物」，[20]甚至認為它「沒有濃厚的政治和意識形態傾向」[21]都是我們在觀察上的偏差。

二

為了進一步說明《文藝月刊》的看似「矛盾」編輯策略和運作方式，本文選取《文藝月刊》第 2 卷（共 12 期）作為樣本，[22]分析刊物如何在貫徹國民黨文藝政策與堅持「為藝術而藝術」的編輯立場之間調和，揭示大眾媒介是如何生產、穩固與強化意識形態主導觀念的。

---

[20] 倪偉：《「民族」想像與國家統制》（上海：上海教育出版社，2003 年），頁 74。

[21] 畢藍：《30 年代右翼文藝期刊研究》（湖南師範大學博士學位論文，2007 年），頁 87。

[22] 《文藝月刊》發文的總數達 2144 篇（包括抗戰期間的「戰時特刊」51 期，共 126 期，不包括「插畫」），創作占了 1776 篇。選取《文藝月刊》第 2 卷共 12 期作為統計的標本，一方面是為了簡便起見，另一方面是《文藝月刊》第 2 卷出版時間在 1931 年，而這年上半年正是民族主義文藝勢頭正盛的時期，下半年《前鋒月刊》停刊，「民族主義文藝」勢頭有所減弱，可《文藝月刊》並未因此而有所變化，考察《文藝月刊》第 2 卷基本能看出 1930 到 1937 年「抗戰」爆發以前的《文藝月刊》面貌。

一方面，《文藝月刊》編發了大量的中間作家的創作。第 2 卷（共 12 期）發表文章 147 篇（幅），總體狀況如下圖所列：

分類	插畫	論叢	小說	戲劇	詩、隨筆、小品
篇數	17 幅	22 篇	62 篇 （20 篇譯作）	9 篇 （譯作 7 篇）	37 篇 （譯作 1 篇）
合計	147 篇				

其中，插畫除徐悲鴻、林徽因、蕭俊賢各一幅，其餘是古代木刻及客莎拉蒂、米萊、愛德華・托歐、J・E・Burn 等外國藝術家的作品。

文藝「論叢」22 篇，17 篇是介紹國外作家作品及文藝現象的，5 篇介紹中國作家朱湘、劉半農等人的作品。其中，除「銘之」（疑為汪銘竹）不可考之外，其餘的作家全是中間作家、翻譯家及藝術家，主要有沈從文、韓侍桁（東聲）、韋叢蕪、馬彥祥、費鑒照、李樹化、林文錚等人。介紹中國作家作品的文章沈從文一人就占 4 篇。

以文學創作而言，一共 108 篇，除翻譯作品之外，一共 80 篇。作者除了徐子（左恭）、繆崇群（終一）、鍾天心、金滿城是「中國文藝社」成員、鍾憲民是國民黨中宣部國際科幹事外，其餘的幾乎全是中間作家。而且在這些作品中，繆崇群稍多一些，占 9 篇，徐子占 1 篇，鍾天心占 2 篇，金滿城 1 篇，鍾憲民 6 篇（全部是譯作），一共 17 篇，只占總數的 16%，真正的創作占 15%。而反觀其他沒什麼黨派背景的作家，陣容龐大，其中有已經成名的作家，也有還未走出大學校門的學生。名單可以列一長串，包括巴金、沈從文、施蟄存、袁昌英、凌叔華、袁牧之、李青崖、靳以、陳夢家、顧仲彝、王魯彥、卞之琳、方瑋德、洪素野、黃英、何家槐等。基本上有份量的作品都來自這些作家，如沈從文（甲辰）就發表了小說 4 篇，分別是〈廢郵存底〉（2 卷 5、6、7 期連載）、〈街〉（2 卷 7 期）、〈三三〉（2 卷 9 期）、〈燥〉（2 卷 10 期）；巴金發表了 5 篇，分別是〈生與死〉（2 卷 4 期）、〈最後的審判〉（2 卷 8 期）、〈未寄的信〉（2 卷 9 期）、〈我的眼淚〉（2 卷 10 期）、〈墮落的路〉（2 卷 11、12 期合刊）；李青崖占了 2 篇，分別是小說〈吉祥話〉（2 卷 5、6 合刊）、〈新家具〉（2 卷 9 期）。此外再加上施蟄存、靳以、凌叔華、

袁昌英、陳夢家、王魯彥、何家槐、袁牧之等人的作品，幾乎占到整個《文藝月刊》第 2 卷總數的 70%以上。

就以左恭、繆崇群、鍾天心、金滿城是「中國文藝社」成員的作品來看，左恭的〈金魚〉（2 卷 1 期）、金滿城的〈愛〉（2 卷 1 期）、鍾天心的〈一個新夢〉（2 卷 4 期）、繆崇群的〈勝利的人〉（2 卷 1 期）和〈過年〉（2 卷 3 期）、〈棋〉（2 卷 5、6 期）等幾篇小說也沒有直接宣揚「民族意識」的內容，而繆崇群的幾篇隨筆也與「民族文藝」無關。

但另一個方面，《文藝月刊》在期刊的〈編輯後記〉，時時不忘記提醒讀者此刊物的「民族主義」立場。在《文藝月刊》創刊號篇末，有一則編者的話：「本刊所載的〈環戲的一員〉，係鍾憲民先生根據世界語譯出。係弱小民族不可多得的代表作。我們要瞭解弱小民族被壓迫的厄運和艱辛，以同在暴風雨裡拚命掙扎的同伴們，對鍾先生的這篇譯稿，尤當怎樣的重視啊！」[23]在《文藝月刊》11 卷 1 期〈編輯後記〉末尾稱：「民族文藝之重要，在今日已成人人皆喻之事實。本雜誌素以嚴肅之態度，提倡民族文藝；但極力避免心不由衷的口號文學。希望諸位作者多多賜稿為感！」[24]

也就是說，從這些〈編輯後記〉裡，我們可以看出《文藝月刊》從 1930 年 8 月 15 日創刊到 1937 年「抗戰」爆發，其「民族主義」文藝立場是一以貫之的。這一點和王平陵的回憶中提到《文藝月刊》的創刊是因為「葉楚傖先生首先宣導『民族主義』的文藝運動，力圖挽救頹風」可以相互印證。

可是如何在編輯實踐中貫徹這種思想和立場呢？《文藝月刊》主要是通過刊發兩類文章來實現。

一類文章是介紹與翻譯作品。這類作品可以分為文學、音樂與繪畫雕塑等藝術門類。以《文藝月刊》第 2 卷第 4 號為例，共刊登文章 21 篇，其中翻譯和介紹外國作家作品占 12 篇，分別是：

---

[23]　〈最後一頁〉，《文藝月刊》創刊號，1930 年 8 月 15 日。
[24]　《文藝月刊》第 11 卷第 1 期，1937 年 7 月 1 日。

插畫	翻譯評論	翻譯小說	譯詩	作家介紹
〈小鳥之死〉J.P.Greuze 作	〈現代美國文學之趨勢〉開浮爾登著，鍾憲民譯	〈加拉諾夫〉伐佐夫著，惟生譯	〈夜之印象〉P.Verlaine 著，藤剛譯	〈梅特林克的〈蟻之生活〉〉銘竹
	〈漫想〉斯威夫德著，銘竹譯	〈良心的責備〉史特林堡著，銘之譯	〈牧童的夢〉P.Verlaine 著，藤剛譯	
	〈音樂是可以瞭解的嗎？〉W.Peters 著，銘之譯	〈山中之夜〉列尼葉著，李萬居譯		
	〈保加利亞文學小史〉S.Shtiplieva 著，惟生譯	〈一個變了的人〉哈代著，陳心純譯		

　　為了進一步說明這種狀況，我們再以前面所列《文藝月刊》第 2 卷共 12 期總目為例，作品一共 147 篇，外國繪畫作品、翻譯文藝作品及外國作家作品介紹就占了 57 篇（幅）。如下圖所示：

分類	插畫	論叢	小說	戲劇	詩、隨筆小品
篇數	11 幅	17 篇	20 篇	7 篇	1 篇
比例	64.7%	77.3%	32.2%	77.7%	2.7%

　　從統計資料看，翻譯文藝作品在《文藝月刊》中所占的比例非常大，而刊登每一篇外國畫作和文藝作品，其用意也比較清楚。刊登「弱小民族」的文藝作品，是因為和這些「弱小民族」有相同的際遇，所產生的文學有相似之處。不但可以瞭解和借鑒這些民族的文藝，而且認為可以從這些毫不遜色於其他大民族的文藝的經驗中尋找民族的自信。《文藝月刊》1 卷 3 期〈最後一頁〉說：

　　　　本刊海外的文藝介紹，過去似乎以弱小民族的方面為多，……因為
　　　　在弱小民族文學中，不但也有可以和強盛的國家的文學相頡頏的作

品，而且對於民族的解放，對於平等博愛自由的希求，對於人生的熱情和悲感，在她們的作品中，有時候表現得非常深摯動人。自然這是有她客觀的原因的，她們幾乎全體是經歷過或正還受著異族的壓迫，強國的侵略，因之，國民的生活，一班都陷於貧苦的悲哀。但是她們也不甘於受苦而不反抗，於是民族革命的呼聲，便深深的反映於文學中了。……在另一面，我們又可以看到令人非常注意的一點，就是她們在提倡民族革命的文學中，卻沒有國家主義的色彩，愛自己的民族，同時卻又愛人類。文學是表現人生，改造人生，創造人生；我們對於在厄運中掙扎的弱小民族的文學，真是值得無限同情與珍視的。……

而對美國、法國、英國等文藝家和作品的介紹，完全是為提倡「民族文藝」尋找理論根據和提供「民族文藝」的典範文本。在 1937 年 5 月 1 日出版的第 4、5 兩期合刊的「戲劇專號」裡，就刊有以下幾個翻譯劇作：

劇作及介紹		劇名	作者	譯者
劇作	〈詩人的愛〉	Rene Blum，Georges Delaquys 合著	方於
	〈賊〉	Tristan Bernard 著	包乾元
	〈老婦人 LA VIEILLE〉	莫泊桑著	李稚農
	〈白衣人〉	Sidney Kingsley 著	侯鳴皋
介紹	〈介紹梁譯莎翁名劇〉	秋濤（王平陵）	
	〈讀 le Cid 兩種漢譯〉	徐仲年	

在本期的「編輯後記」裡，交代了刊發這些劇作的動機是「要在域外已有的成果中，努力去搜集，學習」，對 1 卷第 4 號的一幅小「插畫」〈小鳥之死〉，編輯這樣說：「J.P.Greuze 的〈小鳥之死〉被移植到本刊上了；Greuze 是 18 世紀初期一個特出的風俗畫家，……他是很優美的法蘭西精神的所有者。」[25] 這種「法蘭西精神」，當然就是指「法蘭西民族」的精神。如果如此「名貴」的畫作〈小鳥之死〉承載著的就是全部的「法蘭西民族精神」，那麼，中國最偉大的文藝也應該承載著「中國」民族的

---

[25]　〈編後雜記〉，《文藝月刊》，第 1 卷第 4 期。

全部精神，〈小鳥之死〉不但是中國藝術家奮鬥的方向，也是成功的典範。
《文藝月刊》就是這樣通過對世界上其他「弱小民族」文藝的介紹，為中
國作家提供「民族文藝」的範本和理論指導，為「民族文藝」提供合法性
支持。

　　另一類是立足中國古代文化藝術的挖掘與介紹的論著與作品。作品的
創作主要以歷史事件、人物為題材，而評論與研究主要以中國古代文學藝
術等為研究對象。

類別	篇名	作者	刊期
論著	〈南宋時代陷金的幾個民族詩人〉	蘇雪林	第 5 卷第 1 期
	〈陶淵明考〉	聖旦	第 6 卷第 4 期
	〈宋代女詞人張玉娘〉	唐圭璋	第 6 卷第 4 期
	〈西崑詩派述評〉	程千帆	第 7 卷第 6 期
	〈美髯詩人蘇東坡〉	王德箴	第 8 卷第 6 期
	〈韓愈及其門弟子的文學論〉	羅根澤	第 9 卷第 4 期
	〈舊體閨情詩的研究〉	徐中玉	第 9 卷第 4 期
	〈石濤再考〉	傅抱石	第 10 卷第 6 期
	〈南宋民族詩人陸放翁辛幼安之詩歌分析〉	施仲言	第 11 卷第 1 期
	〈李後主誕生千年紀念〉	逸珠	第 11 卷第 1 期
創作	〈馬嵬驛〉（小說）	絳燕（沈祖棻）	第 8 卷第 6 期
	〈狄四娘〉	張道藩	第 8 卷第 6 期
	〈會稽之夜〉（小說）	吳復原	第 9 卷第 4 期
	〈北望〉（詩歌）	鄭康伯	第 10 卷第 6 期
	〈秦淮集〉（詩歌）	汪辟疆	第 10 卷第 6 期
	〈孝陵之春〉（詩歌）	瑟若	第 10 卷第 6 期

　　表面上看，這些論著和創作除少數幾篇外，其餘似乎都是一些極為平
常的藝術問題探討和歷史題材的創作。可是，將這一類文章放在特定的歷
史環境中，它便具有了《文藝月刊》編者所認為的「民族文藝」的意義。

　　在第 10 卷第 6 期「編輯後記」裡，編輯就這樣陳述：

　　　　文藝已漸漸向著民族方面去進展，這是年來一種可喜的現象；也是
　　　　現代文藝必定趨向的一條大路。但是我們認定提倡民族文藝，並不

僅僅是高喊著口號，是要把我們民族的祖先，在歷史上所遺留的「威武不能屈」和「獨立不拔」的精神，在現在「沉醉」和「享樂」的迷夢中，重新恢復到固有的地位，使人們加上一種「警惕」和「自信」。這才是民族文藝的真精神。本期所刊登的文章，……不必表現著劍拔弩張的氣概，實在能給與愛好民族文藝的讀者一種認識和暗示。[26]

　　將古老的歷史文化藝術與「民族」的建構聯繫起來，從今天的眼光來看，無疑是現代「民族」（國家）建構過程中一個極為重要的部分。如果我們說「民族是被感覺到的和活著的共同體，其成員共用祖國與文化」，那麼，民族至少要在相當的一個時期，在通過「擁有它自己的故鄉來把自己構建成民族」的同時，「為了立志成為民族並被承認為民族，它需要發展某種公共文化」，[27]這種「公共文化」很大程度上又是與民族的「歷史與記憶」聯繫在一起的。歐尼斯特・勒南（Ernest Renan）認為「英雄的過去、偉大的人物、昔日的榮光，所有這一切都是民族思想所賴以建立的主要基礎」。[28]這種歷史與記憶就屬於「公共文化」。這種不可替代的獨特的「文化價值」也就是韋伯所強調的「民族主義標記的信仰」。在這個意義上說，《文藝月刊》刊發這些文類的價值，包括對「古代詩人」、「藝術家」的緬懷與確認，對一切中國歷史上存在過的「昔日榮光」和「英雄過去」的「集體記憶」（文學藝術）的重新發掘，都暗合著構建「民族」所需要的最基本的要件──「公共文化」。它所包含的內容顯然也就被大大地延展了。

三、結語

　　綜上所述，《文藝月刊》所理解的代表著官方意識形態的「民族文藝」比起同時期上海《前鋒週報》和《前鋒月刊》所理解的來說要寬泛得多，

---

[26]　《文藝月刊》10卷6期，1937年6月1日。

[27]　[英]安東尼・史密斯：《民族主義理論，意識形態，歷史》（上海：世紀出版集團，2006年），頁12-13。

[28]　[英]安東尼・史密斯：《民族主義理論，意識形態，歷史》（上海：世紀出版集團，2006年），頁38-39頁。

刊物不願意將「民族文藝」表現出「劍拔弩張的氣概」，但「卻給愛好民族文藝的讀者一種認識和暗示」。[29]這樣的一種老成的編輯理念和運作方式，使得《文藝月刊》在提倡「民族主義文藝」時態度相對溫和，甚至顯得保守。主編王平陵就曾說：「《文藝月刊》在這時候，並沒有像此刻流行的刊物似的，為著取得讀者的激賞，把不當痛罵的人，無故痛罵了一頓，或者把不當恭維的人，平白地拍一陣馬屁；更沒有發明簡筆字，提倡大眾語；也沒有揚言要整理文學遺產；它壓根兒就不會打算到那一套，一切還是率循舊章，頑強地顯出學院式的傻氣。」[30]話雖有些自我標榜，但大概能概括其態度，被《開展》月刊批評為「可怕的病態」的「學院式的傻氣」事實上正是它的努力的方向。當時上海的「改組派」刊物《新壘》就敏銳地指出這一點：「《文藝月刊》的表現，是為文藝而文藝的，從不提什麼民族文藝，不知其背景的，且不知是黨派的文藝刊物。在黨派的立場，它雖是無功，但能如世故老人般，很安分守道，不生事端，沒有如《矛盾》那麼荒唐」。[31]這樣的觀察的確精到。

　　因此，《文藝月刊》無論是「宣言」中的「自相矛盾」和編輯實踐中的「調和」最終都指向一點，就是國民黨南京政府的利用文藝雜誌這種大眾媒介所進行的意識形態控制和國家話語建構。國民黨試圖在思想文化領域樹立「民族意識」這種主導的價值觀，從而取得義大利思想家葛蘭西所說的文化「領導權」（Hegemony），這一點與其他上海的「民族主義文藝」期刊並無二致。不過，《文藝月刊》提供了另外一種控制的方式，它不是以阿爾都塞所說的以「喚詢」（interpellation）或「召喚」（hailing）的方式進行，而是以葛蘭西所說的「通過展示自身是最好的、能夠滿足其他階級──甚至暗含整個社會──的利益和願望的組織來實現」。也就是說，它的控制是通過「贊同」而不是通過「強迫」來進行的。例如在「三民主義文藝政策」剛制定後，梁實秋就在《新月》發表〈論思想統一〉，竭力反對文藝需要有「政策」，堅稱「文藝至死都是自由的」。不過很快就在提倡「為文藝而文藝」的《文藝月刊》上發表了多達六篇作品。這一方面說明這種「展示」的必要性；另外一個方面，按葛蘭西的觀點，「贊

---

[29]　〈編輯後記〉，《文藝月刊》第 10 卷 6 期，1937 年 6 月 1 日。
[30]　王平陵：〈我與文藝月刊〉，《人言》第 2 卷第 2 期，1935 年 2 月 2 日。
[31]　李焰生：《黨派文藝的清算》，《新壘》月刊第 3 卷 1 期，1934 年 1 月 15 日。

同」也不是簡單、毫無疑問地達成，而是必須經過不斷地協商、重建。因為「無論統治階級在多大程度上呈現自身利益能夠容納從屬階級的利益，他們之間的利益也還是對立的」，所以，《文藝月刊》無論是「為文藝而文藝」到「為民族國家」文藝的「宣言」，還是從不刊發「劍拔弩張」的「民族文藝」作品的低調運作，都只是在主導意識形態範疇內的「協商和重建」，「從某種程度上吸收各種對立的因素，從而平息和安撫它們」。[32] 與此同時，我們也必須看到，《文藝月刊》作為大眾傳播媒介通過編輯運作所塑造的民族國家話語也並不總是壓抑性的，它還有生產性的一面，與民族國家建構密切相關。在大眾媒介中生產、傳播的「民族國家意識」，是引領從中華傳統帝國「臣民」走向現代民族國家「國民」的仲介，屬於國家現代性必不可少的重要一課。

---

[32] [英]利薩‧泰勒、安德魯‧威利斯著：《媒介研究：文本、機構與受眾》（北京：北京大學出版社，2008 年），頁 31。

主要參考文獻

一、專書

倪偉：《「民族」想像與國家統制》，上海：上海教育出版社，2003 年。

張大明：《國民黨文藝思潮——三民主義文藝與民族主義文藝》，台北：秀威資
　　訊科技公司，2009 年。

[英]利薩・泰勒、安德魯・威利斯著：《媒介研究：文本、機構與受眾》，北京：
　　北京大學出版社，2008 年。

[英]安東尼・史密斯：《民族主義理論，意識形態，歷史》，上海：世紀出版集團，
　　2006 年。

二、期刊論文

丁諦（吳調公）：〈記中國文藝社〉，《新流》第 6 期，1943 年 11 月。

王平陵：〈我與文藝月刊〉，《人言》（週刊）第 2 卷第 2 期，1935 年 2 月 2 日。

李焰生：〈黨派文藝的清算〉，《新壘》月刊第 3 卷 1 期，1934 年 1 月 15 日。

辛予（潘子農）：〈一九三一年南京文壇總結算〉，《矛盾》（月刊）第 1 卷第
　　2 號，1932 年。

辛予：〈一九三一年南京文壇總結算〉，《矛盾月刊》第 2 期，1932 年 5 月 25 日。

庸：〈建立文藝政策的問題〉，《政治評論》第 95 號。

廖平：〈國民黨不應該有文藝政策嗎？〉，《革命評論》（週刊）第 16 期，1928
　　年 8 月 20 日。

Louis Althusser, "Ideology and Ideological State Apparatuses." *Ideology and the State*:
　　London: Verso, 1984.

三、專書論文

袁道宏：〈王平陵之文藝生活〉，《王平陵先生紀念集》，台北：正中書局，
　　1975 年。

四、學位論文

畢豔：《30 年代右翼文藝期刊研究》，湖南師範大學博士學位論文，2007 年。

五、報刊史料

《中央日報・廣告欄》，1930 年 7 月 4-9 日。

《民國日報・青白之園》，上海，1929 年 3 月 24-4 月 14 日。

國民黨中執委宣傳部編印：〈請中央宣傳部於國內各重要市區創辦定期刊物案〉，
　　《全國文藝宣傳會議錄》，1929 年 6 月。

抗戰時期國民黨政府的劇本審查

■傅學敏

作者簡介

　　傅學敏，1970 年出生，四川宜賓人。四川大學文學與新聞學院文學博士。現為西華師範大學文學院教授、碩士生導師。主要從事中國現代文學與文化、現代戲劇研究，主持省級課題 2 項。著有《1937-1945：國家意識形態與國統區戲劇運動》。

内容摘要

　　劇本審查是國民黨政府戲劇政策的重要內容。抗戰時期，國民政府對劇本審查程式及審查標準予以規範，使劇本審查機構由分散到集中，並積極將專業作家納入審查機制，然而，劇本審查的目的是將戲劇演出置於政府意識形態控制之下，其中政黨地位的鞏固尤其是貫穿檢查制度的基本原則。《蛻變》的刪改說明，滲透國家意志、規範劇本思想傾向，是劇本審查的真正目的。

關鍵詞：抗戰時期、國民政府、文化政策、劇本審查

　　對於如何建構民國文學史的闡釋框架，李怡先生建議：應該以大後方為典型的民國文化格局的重新清理和分析為基礎。[1]戲劇運動是大後方最引人矚目的文化現象，劇作家和戲劇團體的努力常常是學界關注的中心，然而國民政府話劇政策的制定與實施也是大後方文化格局的重要構成，切實影響話劇運動的開展與深入。本文即以抗戰時期國民政府的戲劇政策為切入口，分析政府意志在大後方戲劇運動中的實際作用。抗戰時期，國民政府的戲劇政策分為限制與獎勵兩種。限於篇幅，本文著重探討抗戰時期的劇本審查。對權力部門來說，劇本審查的目的是將戲劇演出置於政府意識形態控制之下，既要求戲劇符合抗戰建國的基本原則，還要針對敵偽宣傳中淡化民族意識、篡改歷史的險惡用意進行揭露，更要在民主建國呼聲日益高漲的情形之下保障國民黨的執政地位，其中，政黨地位的鞏固尤其是貫穿檢查制度的基本原則。

一、劇本審查程式及審查標準

　　社會政治是文學機制的重要構成因素，文化政策則是其具體表現。「無一社會制度允許充分的藝術自由。每個社會制度都要求作家嚴守一定的界限。」[2]在現代中國，書報檢查並非自國民政府始，劇本檢查也可以往上追溯到北洋政府時期。

　　北洋政府時期，戲劇審查工作主要由教育部所屬之通俗教育研究會執行，該會於 1915 年成立，其研究事項分小說、戲曲、講演等三股，戲曲股負責新舊戲曲之調查及排演之改變事項、市售詞曲唱本之調查及搜集、戲曲及評書之審核、研究戲曲書籍之撰譯，以及活動影片、幻燈影片、留聲機片之審核，委員含魯迅等 29 人。通俗教育研究會是想在學校教育之外，通過社會教育幫助國家演進、民智健全，以使中國早日走上現代化進程，因此活躍於茶樓市肆的戲曲說書成為通俗教育的必要載體。1916 年12 月北洋政府通俗教育研究會制定《通俗教育委員會審查戲劇章程》，1920

[1]　李怡：〈「民國文學史」框架與「大後方文學」〉，載《重慶師範大學學報（哲學社會科學版）》2009 年第 1 期。

[2]　[德]菲舍爾・科勒克《文學社會學》，張英進、於沛編：《現當代西方文藝社會學探索》（福州：海峽文藝出版社，1987 年），頁 38。

年 9 月，北洋政府教育部又以通俗教育研究會制定的《改良戲劇議案》以及《修正戲劇獎勵章程》通報各省「審度情勢，切實辦理」，根據這些法令，被審查的劇本有三種處理方式，一是全部禁止，一是部分刪改，一是褒獎。「情詞淫邪，有傷風化，不能施以匡正」的作品在全部禁止之列，易卜生的《傀儡家庭》被禁演就是因為該劇宗旨被理解為主張婦女從家庭出走，擾亂家庭和有傷風化。其他如舊戲中《嫖院》、《剖腹驗花》、《逆倫報》等，僅從劇碼就可以知道其內容不符合現代社會倫理道德的建設。而獎勵標準則是「事實深合勸懲本旨，而唱白復不涉於鄙俗艱深者。」[3]1926 年 11 月，洪深的《第二夢》就因為「含哲學意味甚深」被江蘇省教育會劇本審查委員會予以獎勵。[4]北洋政府主要從社會風化和杜絕封建迷信思想出發審查劇本，尤其注重改造舊戲中的陳腐內容，不過這個龐大的文化工程涉及社會的方方面面，北洋政府執政期間兵禍橫行，權力部門哪能全心投入劇本審查與改良，而且政府的保守態度也往往不能容忍現代戲劇中進步的文化思想，易卜生的《傀儡家庭》被視為婦女解放運動的宣言書，1924 年 12 月北平上演該劇時，才演到一半，就被員警廳以傷風敗俗為由禁止了。

國民政府成立以後，劇本審查重點已經由社會風化悄然轉移至黨治宣傳。1928 年 12 月廣東教育廳在《改良戲劇規程》中將審查劇本分「改良」及「取締或全部禁止開演」。需要改良的劇本除了取材不妥或技術原因外，「背景」、「暗示」中有悖於國民黨黨義的劇本也被納入刪改範疇；而劇本取締及禁演的標準則是：有違黨義，有辱國體，有背人道，有傷風化，有礙進化，妨害公共秩序或其他重大事情者。[5]在以上具體規定中，可以發現，黨政意識形態的要求已經放到了人倫風俗之上，黨治文化統制漸露崢嶸。這與 30 年代國民黨壓制左翼文藝的文化大背景是一致的。

[3] 《教育部為推行改良與獎勵戲劇致各省長、都統諮》，中國第二歷史檔案館編：《中華民國史檔案資料彙編》第 3 輯「文化」（南京：江蘇古籍出版社，1991 年），頁 171。

[4] 洪深：《現代戲劇導論》，《洪深文集》第 4 卷（北京：中國戲劇出版社，1959 年），頁 93。

[5] 《廣東省教育廳戲劇改良委員會組織章程與改良戲劇規程》，中國第二歷史檔案館編：《中華民國檔案資料彙編》，第 5 輯第 1 編「文化」（一）（南京：江蘇古籍出版社，1994 年），頁 320。

　　抗戰開始以後，與劇本審查相關的法例頻頻出台。1938年7月21日國民黨第五屆中央常務委員會第86次會議通過了《抗戰期間圖書雜誌審查標準》，對具有謬誤言論和反動言論的圖書嚴加審查和控制，審查標準把重點放在兩方面：第一是強調國家利益，抗戰高於一切。除了對於敵偽宣傳和妖言惑眾進行管制外，也要求各民族各黨派在民族利益之前的團結一致，不得以派系私利為立場破壞團結；第二，對國民黨政治權威和意識形態基礎的高度維護。不容許違反或詆毀三民主義或政府政綱政策，不得抨擊國民黨領袖與中央一切現行設施，特別強調不得「鼓吹偏激思想，強調階級對立」。[6]以上規定雖然也有弘揚民族意識的考慮，但處處以維護國民黨的政黨權益為目的。這個時候，劇本審查是作為圖書雜誌審查的一部分，國民政府還未來得及將之特別對待。

　　抗戰進入相持階段以後，國共關係日趨緊張，國民黨在文化方面的控制日趨加強，劇本審查政策也開始規範化與細緻化。1939年1月21日，國民黨在重慶召開第五屆第五次中央全會，通過了《限制異黨活動辦法》，1939年2月10日在重慶成立了戲劇審查委員會，該會由重慶市黨部、市政府、警備部、憲兵三團等機構組成，主要負責重慶市戲劇審查及電影檢查取締、演員登記考核、劇場管理及指導。經過了重慶的試點，一年以後，國民黨正式開始對劇本審查進行規範：一是對劇本送審程式的規範，一是對審查標準的規範。規定送審程式的目的在於禁止演劇團體私自排演劇本、篡改台詞，以防患於未然。規範審查標準則體現了國民黨對於劇本思想意識的引導、控制。

　　從劇本送審程式來看，1940年頒佈的《戲劇劇本審查登記辦法》規定：劇本未經審核，不得排演，審核劇本若有違規，須按審查意見刪改修正，否則扣留沒收或查禁；上演時出範圍，即予禁止；排演劇本再版時，須將准演證登封面後正文前，未經審查而擅自排演者，處罰排演人。這個法規將劇本從排演到演出到出版的各個環節都做了嚴格的規定。1942年4月，中央圖書雜誌審查委員會在重慶市劇本審查檢查聯繫辦法會議上決定：劇本試演時由審查機關會同檢查機關核正演出與審定劇本原稿無訛，由雙方

6　《國民黨修正抗戰期間圖書審查標準》，中國第二歷史檔案館編：《中華民國史檔案資料彙編》，第5輯第2編「文化」（一）（南京：江蘇古籍出版社，1998年），頁553。

簽字始准演出；劇本演出時，由檢查機關每日臨場檢查，檢查證由社會局製備後發中央圖書雜誌審查委員會 2 張，市黨部 1 張，中央宣傳部 1 張，由社會局通知各戲院，指定固定座位接待。1943 年 5 月，中央圖書雜誌審查委員會進一步擬定《重慶市上演劇本補充辦法》，該辦法從劇本、送審、試演時間、地點和上演期間每日臨場審查送交辦法和座次，皆有強制性規定，對戲劇上演期間的隨機抽查更是給戲劇演出戴上了緊箍咒。1944 年，當局又相繼制定了《修正圖書雜誌劇本送審須知》、《出版品審查法規和禁載標準》，要求劇本出版須以原稿向中央圖書雜誌審查委員會戲劇電影審查所申請辦理。

　　從劇本審查內容看，1940 年 3 月頒佈的《戰時戲劇審查標準》對劇本審查內容有詳細的規定，該標準總共有五大點 28 個小點，其中如：鼓吹派系私利，足以妨礙民族利益；詆毀現政府措施，足以消滅政府之威望的；描摹戰時社會畸形動態，鼓吹階級鬥爭，違反勞資協調者；宣傳三民主義以外一切主義而有害黨國之言論等等，均在禁止之列。1941 年 5 月，國民黨中央宣傳部又明確指示戲劇中描寫頹廢以及暴露社會罪惡的作風亟應革除，今後戲劇家應著重表現理想生活及揚善方面。[7]1942 年 9 月張道藩創辦《文化先鋒》，並在創刊號上推出長文〈我們所需要的文藝政策〉，首當其衝的就是「不專寫社會黑暗」，雖然有人對此進行咬文嚼字，認為不是不讓寫，而是不提倡專寫，[8]但是國民黨對諷刺暴露作品的忌諱敵視是明顯的。對此，沈從文曾一針見血地指出國民黨文藝政策的實質，那就是要求作家「請莫搗亂」。[9]

　　劇本審查標準無形之中也對戲劇批評有所影響。那些以暴露諷刺為主的戲劇作品往往不能獲得官方和評論界的認可，同時，暴露黑暗通常被當作劇本的弊病加以指責，歐陽予倩就批評《亂世男女》和《殘霧》僅僅暴露黑暗，沒有光明的一面。[10]洪深的《飛將軍》中因有對英雄崇拜心理以

[7]　《國民黨中央宣傳部關於審查戲劇及電影劇本應注意取材與作風方面的意見》，中國第二歷史檔案館：《國民黨檔案史料彙編》，第 5 輯第 2 編「文化」（二）（南京：江蘇古籍出版社，1998 年），頁 13。

[8]　〈開天窗的手法〉，載《文藝先鋒》第 2 卷第 2 期，1943 年。

[9]　沈從文：〈「文藝政策」探討〉，載《文藝先鋒》第 2 卷第 1 期，1943 年。

[10]　〈《國家至上》《包得行》演出座談記錄〉，載《戲劇春秋》第 1 卷第 1 期，1941 年。

及飛行員墮落生活的批判和揭露，便有人表示不滿，認為「消極的揭發有時會成為罪惡的，只有積極的予以發揮空軍的革命精神才能收到正面的效果。」[11]內容上的種種限制使盲目樂觀主義的作品批量生產，這之中當然有抗戰初期樂觀情緒的反映，更有通過政治檢查的現實考慮。

作為文學生產的重要環節，劇本審查站在文本、演出和市場的必經要道，繁複的送審程式給劇作家的精神帶來極大的壓力，「編書作稿的人去送一回審，蓋個審訖的圖記，精神上就受著極嚴重的迫害。」[12]1942 年 4 月到 1943 年 8 月，「圖審會」公布的審查劇碼中被取締不准上演的就有 116 個劇本，還有大量劇本經過刪改、一拖再拖後才通過審查大關。劇本不能及時搬上舞台和進入讀書市場，必然挫傷作家的創作積極性，劇團沒有戲排，等米下鍋，老百姓看不到新戲，生活枯燥。有些劇作雖然能夠通過審查，也被審查機關刪改得大傷筋骨。過於苛刻的審查標準反而滋生了作家的消極對抗情緒，「出版檢查之嚴密，禁忌之多，使得作家們的寫作自由完全被剝奪，只許歌頌、不准暴露的官方文藝政策給作家們在下列二途選擇其一：如果不願閉目扯謊，那就只有迴避現實。當然還有第三條路，那就是擱筆。」[13]茅盾所言的三條路雖然不能涵括作家創作的全部心態，但苛嚴的檢查制度對作家創作題材與心態的影響卻是真實的。

二、審查機構及審查人員

政策措施需要具體的政府部門和辦事人員去貫徹和施行。一般來說，政策措施總是對現實進行干預和指導，而干預和指導的效果又往往與具體部門的設置以及辦事人員的素質有關。

「國民黨戲劇審查制度的建立經歷了一個由分散到集中的過程」[14]，此處所謂「由分散到集中」主要指戲劇審查機構由分散到集中。抗戰時期

---

[11] 杜秉正：〈現階段的空軍劇本〉，載《戲劇戰線》第 10、11 期合刊，1940 年。

[12] 葉聖陶：〈我們不要圖書雜誌審查制度〉，張靜廬編：《中國現代出版史料》（丙編）（北京：中華書局，1956 年），頁 75。

[13] 茅盾：〈八年來文藝工作的成績及傾向〉，《中國抗日戰爭時期大後方文學書系》第 1 編（重慶：重慶出版社，1989 年），頁 520。

[14] 馬俊山：〈論國民黨話劇政策的兩歧性及其危害〉，載《近代史研究》2004 年第 4 期。

話劇活動十分活躍，國民黨針對話劇的各種政策措施也層出不窮，國民黨中執委、中宣部、民眾訓練部、社會部、中央文化事業計畫委員會、中央圖書雜誌審查委員會以及國民黨政府內務部、教育部、軍事委員會等部門都先後制訂過相關的話劇政策，有時候是一個政策由幾個部門共同協商，再由一個部門或最高黨政機構宣布施行，例如關於劇院劇團的組織管理就是由宣傳部邀請社會部、內政部共同協商擬訂。涉足劇本審查的機構最初顯得比較凌亂，以重慶而言，當時進行劇本審查的機構就有重慶市「戲劇審查委員會」、中宣部「劇本審查委員會」以及「教育部教科用書編輯委員會戲劇組」，「國立編譯館社會組」。1942 年 2 月 16 日國民黨第五屆中央常務委員會第 195 次會議通過了《劇本出版以及演出審查監督辦法》，辦法規定：「所有戲劇劇本之出版或演出審查在重慶市統歸中央圖書雜誌委員會辦理，各地方由地方圖書雜誌審查處辦理。原有黨部政府或憲警機關附設或合辦之戲劇審查機構一律取消。」[15]至此，中央圖書雜誌審查委員會全面接管劇本審查工作，正式登上戲劇運動的歷史舞台。對這種文藝管轄權的轉移，儘管也有相關部門提出異議，但未能改變政府決議。

　　中央圖書雜誌審查委員會 1938 年 10 月 1 日成立於重慶，由國民黨中央執行委員會宣傳部、軍事委員會政治部、行政院、內政部、社會部、教育部共同組織，1939 年 7 月，三青團中央團部也加入其中。該會負責全國圖書、雜誌、演劇、電影的審查管制，並對各地方圖書雜誌委員會進行指導與考核。1942 年中審會全面接管劇本審查之後，起先並沒有附設專門科室負責該項工作，1944 年起特別增設了戲劇電影檢查所，由杜桐蓀任主任。劇本審查權集中在「圖審會」之後，對劇本審查和彩排演出各個環節的規定越來越嚴格，可以說，它掌管著劇作家辛勤耕耘成果的生殺大權。許多劇作家談「審」色變不是沒有道理。抗戰勝利後不久，在文化界人士的一再抗議下，該會被撤銷。

　　在政策措施的施行中，工作人員的業務素質和工作態度是政府執政水準的整體反映。劇本審查官員掌握著劇本的生殺大權，這種權力是政府權力的代表。實事求是地說，儘管劇本審查機構幾經變遷，但在劇本審查的

---

[15]　國民黨中央教育部檔案，中國第二歷史檔案館，卷宗號 5-11987。

部門內，總有戲劇行家的參與（此處所說的審查人員不限於「圖審會」這單一機構，凡在各行政部門有過劇本審查工作經歷皆包含在內），像田漢、田禽、徐霞村、胡紹軒、舒薇青、趙太侔、王勉之、羅學謙、甘雨耕、陳禮江、劉瑞、唐紹華等都曾參與過不同部門的劇本審查工作。由於戲劇專業人士的缺少，各組織部門還不惜向其他部門借調人員或請戲劇專家推薦人才，徐霞村、胡紹軒就是由教育部推薦給政治部劇本審查委員會的戲劇專家人選，熊佛西則向教育次長顧毓琇力薦田禽。他們中有些人已經是知名的戲劇家，如田漢。有些人在戲劇領域耕耘有年，小有成就，如田禽、徐霞村、胡紹軒。有的則在戲劇教育方面卓有成效，如趙太侔。這些戲劇行家的參與在一定程度上確保了劇本審查的藝術眼光和價值取向。

　　由於戲劇專家的參與，劇本審查機構體現出來的藝術取向和思想認識還是可圈可點。在教育部檔案中，《雷雨》的審查意見給人印象深刻。對於劇中涉及的亂倫與罷工情節，審查意見為「至於劇情中亂倫一點，作者亦認為罪惡，不惜加以沉痛的暴露，對門第觀念之結婚所能引起的不良後果，加以打擊，其作用在於襯托出社會上罪惡之現象與惡人惡勢力之必遭譴責。」「至於寫工人罷工一節，非本劇主題，其結果仍屬勞資協調之解決，亦似尚無煽動之意……」[16]實事求是地說，審查意見對《雷雨》的「亂倫」雖然未能從命運悲劇的角度加以闡釋，但也並非淺薄地將之與社會風化聯繫；對於罷工的認識不僅周到體貼而且超越了很多左翼作家囿於階級層面分析的局限性。此外，鑒於中國演員當時的藝術修養，審查意見以為：該劇本就出版方面而言，雖無大礙，而上演時如演員對劇的認識不足，難免予觀眾不良影響。聯繫電影版《雷雨》的廣告，這種擔憂並非多餘。[17]田漢曾負責過《獨幕劇》的複審工作，該書由董每戡編選，田漢在複審意見中對書中選編的作品在思想及藝術上作了十分精當的評點。[18]在這些專家

16　中央圖書審查委員會：「審查《雷雨》劇本意見」，中國第二歷史檔案館編：《中華民國史檔案資料彙編》，第 5 輯第 2 編「文化」（二）（南京：江蘇古籍出版社，1998 年），頁 27。

17　1938 年 9 月 23 日，影片《雷雨》在重慶上演之時，在《新華日報》刊出的廣告是「後母熱情──大兒子愧對父親；少女熱情──親兄妹幹下醜事，手足熱情──打出手原來無心；父母熱情──擋不住兒女欲火」。至少就廣告宣傳而言，影片的賣點設計確實不適合抗戰時期的時代氣圍。

18　《田漢關於董每戡編選的〈獨幕劇〉甲乙集的複審意見稿》，中國第二歷史檔案館

審查意見中，審美價值得到相當的看重，藝術水準的高低也在審查意見中獲得初步評價。

　　當然，政治傾向的把握才是劇本審查的重中之重。任何可能引發政治不安的情節、話語都會遭到質疑或刪改。在劇本《原野》中，當仇虎明知不可逃出以後，對金子說：「現在仇虎不相信天，不相信地，就相信弟兄們要一塊兒跟他們拚，準能活，一個人拚就會死。叫他們別怕勢力，別怕難，告訴他們我們現在要拼得出去，有一天我們的子孫會起來的。」審查者非常敏感地問到「所謂弟兄們究何所指？在牢獄之犯人不盡是委屈含冤者，何以要他們一塊兒跟他們拼？」要求作家對此進行刪改。[19] 1942 年郭沫若的《虎符》中的「魏國人民」、「趙國人民」一律被劇本審查委員會將「人民」改為「國民」，「舞台左翼」、「舞台右翼」一律改為「舞台左邊」、「舞台右邊」。夏衍《第七號風球》（又名《法西斯細菌》）在中央圖書雜誌審查委員會審查時，被要求將第二幕「在根深蒂固的官場裡」去掉，認為劇中汽車夫阿發盜竊公物經商、秦正誼擬與之合夥經營的情節結構，「似有鼓勵人們營私舞弊、投機取巧之嫌。」這種草木皆兵的心態是當局過於敏感而喪失了文化控制力的表現。在西南劇展的時候，《家》的演出起初不被通過，審查部門要求將瑞珏枕邊的書由《安徒生童話》改為《中國之命運》，[20] 要求文藝去和具體的、臨時的、直接的政治人物相結合，這是對劇本人物性格和戲劇旨趣缺乏起碼的瞭解和尊重。審查部門欲以矯正的方式露骨地體現意識形態內容，這種做法不僅會遭到作家的反感，也會使觀眾生厭。

　　儘管有戲劇專家的參與，但從整體看，政府機構審查人員的素質並不理想，戲劇專家所起的作用也十分有限，這是因為第一，戲劇專家在審查機構中比例不大。戲劇在中國是一個全新的藝術樣式，加之傳統觀念對舞台藝術的偏見，因此，受到系統戲劇教育的專業人員數量不多；第二，在各劇本審查委員會的人員構成中，不僅專家數量少，而且其他人員多是兼職，劇本多而人手緊，加之審查機構不統一，難免各執一詞；第三，戲劇

編：《中華民國史檔案資料彙編》，第 5 輯第 2 編「文化」（二）（南京：江蘇古籍出版社，1998 年），頁 23。

[19] 國民黨中央教育部檔案，中國第二歷史檔案館，卷宗號 5-11979。

[20] 田念萱：〈盛會中的一次小麻煩〉，載《抗戰文藝研究》1984 年第 1 期。

專家只能在藝術水準上進行把關，真正涉及到思想意識形態的地方，藝術的考慮就退居二線。

　　權力部門在劇本審查過程中的粗暴常常令演員和劇團怨聲載道。1942年陳白塵的《結婚進行曲》上演到十三場時，得到「圖審會」的停演令，若要演就得按「圖審會」刪節和代寫的本子演出，陳白塵不接受刪改條件，於是該劇被迫停演。1942年，田漢創作、洪深導演《再會吧，香港》在桂林上演，雖然獲得許可證，卻被禁演。陽翰笙《草莽英雄》雖被洪深力贊「沒有一個多的人物，沒有一個多的場面，也沒有一件多的事件，是一部很完整的藝術品」，卻被「圖審會」判為「抑黨人而揚幫會」而不准出版上演。[21]1943年在重慶演出陳白塵的《翼王石達開》（《大渡河》），開演當晚才拿到准演證，要求演出時須刪去第一幕第一場，還須刪去楊秀清和韋昌輝的對罵。這種「去頭挖肚」的方式令作者和劇團苦不堪言。作家辛苦勞動無法在舞台上展現，劇團的投資和演員的付出也被付之東流。劇本創作的目的就是為了演出，審查機構的翻雲覆雨使很多作家還未下筆就考慮到審查，甚至為了順利通過審查，還憑空添加一些有損劇情而又討好當局的細節或對話，張駿祥就說自己在《山城故事》中引用《中國之命運》的兩句話就是為了避免圖書雜誌審查委員會的麻煩，[22]雖然這種引用未必損害作品的藝術性，但是如果作家在創作起初就受到檢查標準的影響，其創作心態的自由度難免受到限制。

　　「作為民國專制政權的執掌者，他們試圖控制文學、壓抑創作自由的舉動不僅始終遭到其他社會階層的有力反抗，而且這些專制統治者自己也是矛盾重重。」[23]審查制度固然十分森嚴，在具體實行過程中往往也有周旋餘地。陽翰笙的《天國春秋》在送審時被改得面目全非，當他對此表達不滿時，辦事人員回答說：「我刪歸我刪，你演歸你演，沒有人拿著審查本子去看戲！」[24]1941年11月《天國春秋》在重慶國泰大戲院上演的時候，每當洪宣

21　陽翰笙：《陽翰笙日記選》（成都：四川文藝出版社，1985年），頁147-149。
22　張駿祥：〈回憶解放前我與黨的接觸〉，《張駿祥文集》（上冊）（上海：學林出版社，1997年），頁1068。
23　李怡：〈民國機制：中國現代文學的一種闡釋框架〉，載《廣東社會科學》2010年第6期。
24　陳白塵：〈陽翰老與中華劇藝社〉，董健《陳白塵論劇》（北京：中國戲劇出版社，1987年），頁338。

嬌覺醒後發出懺悔的呼喊：「大敵當前，我們不該自相殘殺！」觀眾都會報以熱烈的掌聲，但在 1944 年群益版的《天國春秋》中並無這段膾炙人口的台詞。[25]可見，劇本審查的苛嚴和戲劇演出之間並非一一對應，這自然歸因於戲劇團體的鬥爭策略，也與相關機構辦事人員的監查尺度有關，戲劇演出的不可重複性、現場性以及靈活性為劇本審查的實際效果打了折扣。

使劇本審查再打折扣的第二個因素是執法人員的素質。一些徇私枉法、素質低劣的執法人員既可以戕害劇作家的好本子，但是也可利用他們的弱點進行突破。西南劇展《家》的演出中，最後放在瑞珏枕邊的還是《安徒生童話》，這是因為經辦人員最後收取了劇團的大疊戲票。陳白塵的《升官圖》最後得以上演，也是戲劇檢查機關收了演出劇團的金條。[26]此外，多數捐客神通廣大，能將被宣判死刑的劇本復活，使其上演。陽翰笙的《草莽英雄》先後由劇審會、黨史會審核，最後被認為「抑黨人而揚幫會」，技術上亦欠斟酌，不准出版上演，最後還是捐客疏通關係，使這個劇得以搬上舞台。捐客的運作可將一個劇本起死回生說明審查機構內部至少意見不夠統一。但是，徇私舞弊和文化專制相比，前者更能說明執法機構內部的腐敗墮落。

國家權力的擴張需要有相應的比較健全的制度以及大批訓練有素的公務人員，這樣才能使國家權力在有效行使過程中樹立起權威和合法性。沈從文在〈「文藝政策」探討〉中將「出版物改良監察制度，檢查人員要提高素質」作為推進文學發展的一個要點，確係文人的中肯之言。[27]在理論建設和人才儲備不足的情況下，國民黨以國家權力強行推行的審查制度引發了劇作家的普遍不滿。當陳治策的《視察專員》被禁演後，有批評家直接對審查標準提出質疑，「三民主義的文化運動，我想是以排除舊和新的毒素而以向上建設為目的的，所謂舊的毒素，無疑的是舊社會中極端虛偽、荒淫與無恥的東西。《視察專員》這嘲笑、鞭撻舊的腐敗的東西的宣說，不正合乎三民主義文化運動的需要嗎？」[28]

---

25 石曼：《中國抗日戰爭時期大後方文學書系‧戲劇‧後記》第 7 編第 3 集（重慶：重慶出版社，1989 年），頁 2245。
26 陳白塵：〈《歲寒集》後記〉，董健《陳白塵論劇》（北京：中國戲劇出版社，1987 年），頁 158。
27 沈從文：〈「文藝政策」探討〉，載《文藝先鋒》第 2 卷第 1 期，1943 年。
28 楊平達：〈「嘲笑」與「憤怒」〉，載《戲劇春秋》第 1 卷第 6 期，1941 年。

三、從《蛻變》的刪改看國家意識的滲透

　　劇本在送審過程中被刪改是家常便飯。劇作家在構建社會藍圖時總帶有知識分子的純真願望和理想化色彩，文化的展望難免帶有超越現實政治的不切現實和烏托邦色彩，更難免乖離於政府所期待的政治立場。在這種情況下，審查機構的刪改就帶有強烈的國家意識的痕跡：消除戲劇對現實政治的消極表現，加強政府機構以及政府官員的正面形象，突出三民主義理論和國民黨黨徽等儀式性符號等等，以滲透國家意識、規範劇本思想傾向。

　　筆者將以「圖審會」1943 年對《蛻變》的刪改說明國民黨在劇本審查過程中對國家意識的強調。之所以選擇《蛻變》為個案說明國民政府審查劇本的特點主要基於以下理由：第一，1943 年 1 月，《蛻變》以「內容優良，意識正確，為有益抗戰之文藝作品」而獲得國民政府頒發的優秀劇本獎勵。這是在意識形態上獲得官方認可的劇作。「圖審會」在推薦《蛻變》的評語中說該劇「意義原極正確，修正本更覺明朗化」，[29]那麼，劇本突出的是什麼意義？是做了哪些修正才使意義更為明朗？評語本身為我們進入問題提供了一個角度。第二，劇作家曹禺無黨無派，儘管國民黨政府認為其「與本黨較近」，[30]在各個官方主辦的戲劇組織中也屢屢出現他的名字，不過曹禺在建國前主要屬於政治漩渦以外的知識分子。對於這樣的藝壇大師，國民政府對他作品的審查理當不具備個人的針對性。

　　《蛻變》寫於 1939 年，劇本借一家地方傷兵醫院在抗戰期間的革故鼎新，表達了「中國，中國，你是應該強的」的主題，對稱性的佈局和對比式的結構使劇本主題十分明朗。在大刀闊斧進行整頓之前，這家醫院衰憊、散漫、雜亂而荒唐，它集中了「歷來行政機構的弱點」，迫切等待政府毫不姑息地予以嚴厲的鞭撻、糾正和改進，劇中有兩種政府工作人員，一種以秦仲宣、馬登科、孔秋萍、況西堂為代表，他們敷衍應付，虛偽苟

---

[29] 國民黨中央教育部檔案，中國第二歷史檔案館，卷宗號 5-11976。

[30] 《國民黨中央宣傳部關於暫行禁止〈雷雨〉上演時覆軍委會政治部函》，中國第二歷史檔案館編：《中華民國史檔案資料彙編》第 5 輯第 2 編文化（二）（南京：江蘇古籍出版社，1998 年），頁 28。

且，任人唯親，自私貪婪，一種以梁公仰、丁大夫、丁昌、謝宗奮為代表，他們克己奉公，勤奮努力，最後前者被革職或監禁，後者受到尊重和重用，醫院風氣煥然一新。而促使風氣轉變的關鍵是一個由上級派來的「視察專員」梁公仰，他的深入基層、切實工作，任用賢能，剷除歪風邪氣、樹立積極的工作作風，戲劇從陰雨連綿的冬季寫到草長鶯飛的春天，傷兵醫院的嶄新面貌與前線的勝利消息使舞台上溢滿希望與樂觀的情緒。

有研究者認為，梁公仰的身分歸屬是這個劇本受到歧義的原因，他身為黨國官員卻有平民作風，是「國家化和市民化的兩種互相矛盾的思想傾向」在劇中的突出體現。[31]這種認識將《蛻變》的刪改與國家認同聯繫起來，可謂獨具慧眼。不過，此處有兩點值得商榷，第一，國家化與市民化一定是互相矛盾的思想傾向嗎？第二，類似梁公仰那樣平民作風的官員在戲劇中並非別無二家，袁俊《邊城故事》中的楊專員同樣親切可愛，為什麼《邊城故事》卻沒有引起歧義呢？筆者以為，問題不在於梁公仰的身分歸屬，而在於戲劇對政府機構體制的現實不滿，以及對醫院體制「蛻變」動力的政治歸屬含糊不清。

確切地說，曹禺的矛盾猶豫在這部戲裡是明顯的，一方面，他把「合理的制度，權責劃清，系統分清，勤有獎，惰有罰」視為扭轉政府機構人浮於事的關鍵，另一方面，他又有清官情結，把解決現實弊端的關鍵寄託給梁公仰這樣的「新中國的官吏」。究竟是體制的因素還是人的因素導致了渙散、沉悶的社會現實？積重難返的中國究竟需要注入什麼樣的血清以清潔體內的污毒呢？體制與人不可分，一定的體制總與特定的人相聯繫，革新體制就必須拋棄這些敷衍應付、因循守舊的人，而政治體制的革新並不僅僅是工作方法的革新，它內含著深刻的政治思想，它必然引起一個政府乃至一個時代內部的陣痛，這卻是處於政治漩渦以外的作家很難體會的課題，或者說即使能夠體會，在幾小時的戲中也難以深刻表現，曹禺最終按照文人的傳統邏輯方式把這個重大的政治課題轉化為道德問題，克己奉公的工作態度和愛國主義的真實行動成為「蛻變」的動力。

31　馬俊山：〈從《蛻變》的審改看抗戰時期國家認同的歧義性〉，載《中國現代文學研究叢刊》2004 年第 4 期。

　　對作家來說，這種處理方式無可厚非，因為過於現實的題材與思想文化的探索之間橫亙著一條潛沉思考的河流，診斷病根和治療沉疴之間的迅捷聯繫使作家的思想缺少了從容和深度，不過這仍然不愧是抗戰期間非常有代表性的作品，它反映的現實問題、塑造的人物形象以及整個劇作昂揚興奮的基調，都具有那個時代獨有的特點。雖然故事並無新意可言，但戲劇大師曹禺出手不凡，劇中人物塑造得極具個性化，生動而不呆板，因此該劇 1942 年 12 月由中國萬歲劇團搬上重慶舞台以後，受到觀眾的喜愛，1944 年獲得教育部頒發 1943 年度優良劇本獎以後，這個戲更是在國統區廣泛演出。

　　不過，有個需要注意的細節：《蛻變》轟動山城之前，早於 1940 年由國立劇專搬上重慶舞台，演出之前突生變故，當局因為該劇暴露政府體制弱點不予准演，國立劇專校長余上沅活動能力非凡，彩排時候將中宣部潘公展等人請來觀看，第二天被批准上演，但演出必須做如下修改：一不准提「偽組織」；二不准寫成「省立醫院」的事；三，丁大夫的兒子不准唱《游擊隊之歌》；四，劇中不許用紅色肚兜。該次演出或許是由於編排匆忙，並未引起較大反響，但這個小小插曲說明《蛻變》的現實批評力度和深度足令當局憂慮，但戲劇先抑後揚的總趨勢化解了政治風險。實際上，在《蛻變》引起轟動前後，直接暴露政府工作人員和政府機構弊端的作品還很少，老舍的《面子問題》算是一個，不過老舍的作品因為誇張而變形，即使正面人物也不招人喜歡，佟小姐固然虛榮矯情，秦醫生對這個女子的感情無動於衷原也無可厚非，但是將這個弱女子當做精神病症的研究對象，卻過於冷血。而且，老舍的諷刺針對的是長期當秘書而不得提升的佟秘書，在觀眾看來，此類人物不得提升對政府而言不是錯反是功。比較而言，曹禺的《蛻變》則直指國民政府的內在體制，拖遝渙散的工作作風危害抗戰建國，成為奪取傷兵生命的魔手，批判力度犀利得多。

　　社會改革要求政治立場，道德呼喚良知，這是兩個不同的課題。作家可把沉重的現實問題放到道德領域思考，政府機構卻不能。對政府來說，道德具有的社會感召力不可忽視，明確政治立場則更為關鍵。如果將人物道德評價與其政治思想背景或政治素質加以聯繫，表現出支撐人物行為的思想力量或精神支柱，則更為理想。《蛻變》的刪改據說是因為蔣介石觀看了該劇表演後，龍顏不悅，於是審查機關火速對象關內容進行了刪改。

這種說法目前難以找到確鑿的證據，但是有兩點是肯定的：第一，《蛻變》的刪改確乎在演出獲得成功以後；第二，〈《蛻變》審查刪改表〉1943年9月由「圖審會」發行，要求各劇團排演時執行。

〈《蛻變》審查刪改表〉共有33處刪改內容。[32]除了個別刪改有措辭乾淨精當的考慮外，其餘的幾乎都是國家意識形態的強調。

首先是對故事發生地點的改動。〈刪改表〉將原著中梁公仰所說的「政府派我澈底整理這個醫院改屬部立」，刪改為「中央派我澈底整理這個醫院改屬軍政部」。這個刪改將這個以前有著不良工作作風的醫院推出政府機構以外，又通過整理之而展現政府機構的行事作風，將「蛻變」的積極因素歸因於國民政府所屬之軍政部的努力工作，可謂一石二鳥。

第二是強調人物的政治歸屬。丁大夫的兒子丁昌在原著中參加了遊擊隊，並非中央正規軍，因為這個丁昌原是戰地服務團成員，並沒有經過正規的軍事訓練，進入中央軍原本不合情理，但是遊擊隊只能說明其軍事武裝，政治歸屬卻太模糊，〈刪改表〉將之改為「在中央部隊升了隊長」，這個改動將人物歸屬由模糊化而精確化，在這個人物深入人心的同時，也使國民黨的黨政教育深入民心。

第三是對國民黨政黨意識形態的強調。在原著中，對梁公仰的讚揚原本是「這才是中國的新官吏」，刪改為「這才是三民主義的新官吏」；梁公仰對醫生員工的教育原本是「存心時時可死，行事步步求生」，刪改為「在國民政府三民主義精神領導之下，我們應當永遠地奉公守法」，修改之後，語句冗長而缺乏生活氣息，教化色彩過於濃厚，已經極大的損傷了原著風格，從藝術上講有百害而無一利，修改者希望通過對三民主義的強調而將梁公仰的精神動力明確無誤地加以展示，同時也使這個不修邊幅的「老青年」政治身分明朗。

第四，對國民政府儀式性符號的強調。青天白日旗在修改中出現三次，第一次是在醫院辦公室右牆正中掛上了原著中並未出現的「色彩鮮明的黨國旗」，第二次是小傷兵的奶奶為丁大夫的兒子縫製的小肚兜，審查機關將之改為「國旗」，小肚兜為紅色，引發政府機構的敏感，將肚兜渲

染的親情轉化為以國旗來號召民意，審查機構的這一改動倒也不失靈機一動的後知後覺。這才順理成章有了丁大夫在結尾的時候「不住揮揚那面小小的青天白日布制的黨徽。洋台外面行列進行中，國旗招展，兵士們一排一排的刺刀尖迎著陽光閃耀著向前邁進。」全劇就此落幕，既昂揚情緒，又充滿對政府的信任和服膺。

〈刪改表〉處處強化政府的正面形象，用國家意志貫穿《蛻變》的精神命脈，但是，第一，過於生硬的刪改往往會有適得其反的效果，濃重的教化色彩反而讓人物成為政治傳聲筒，不僅不可親，也失去鮮活的藝術生命力。第二，過多的刪改中，作家的個人創作未受到充分尊重，成為了政治宣傳的附庸品。過於現實的政治題材本不是曹禺的強項，人物的政治身分弱化一方面是因為劇本現實針對性已經夠強，二是劇本人物個性化、性格化色彩更為鮮明，三來可能作家也無意因此掉入非此即彼的政治陣營。

國民黨政府劇本審查的著力點不言而明。從現實政治的角度，這種要求似乎無可厚非，從文學藝術的角度，對文藝的傷害卻非常顯著。當作家的題材空間被限制，文學想像力被規範，這就如同鳥兒折了翅膀，再也飛不上藝術的藍天。不過，正如李怡先生所言：民國時期的劇作家並未被國家的意識形態體制所馴服，「雖然他們不得不受到國民黨的獨裁統治的壓迫，也不得不面對軍閥混戰與日本侵略的種種災難，然而戰爭和準戰爭狀態下的『失序』倒也帶來了新的生存空間」。[33]這是另一個極有意思的研究話題，只是在本文論題之外，此不贅述。

---

[33] 李怡：〈「民國文學史」框架與「大後方文學」〉，載《重慶師範大學學報（哲學社會科學版）》2009 年第 1 期。

主要參考文獻

一、專書

[德]菲舍爾‧科勒克《文學社會學》，張英進、於沛編：《現當代西方文藝社會學
　　探索》，福州：海峽文藝出版社，1987 年。

石曼：《中國抗日戰爭時期大後方文學書系‧戲劇》第 7 編第 3 集，重慶：重慶
　　出版社，1989 年。

洪深：《現代戲劇導論》，《洪深文集》第 4 卷，北京：中國戲劇出版社，1959 年。

陽翰笙：《陽翰笙日記選》，成都：四川文藝出版社，1985 年。

二、期刊論文

田念萱：〈盛會中的一次小麻煩〉，《抗戰文藝研究》第 1 期，1984 年。

李怡：〈「民國文學史」框架與「大後方文學」〉，《重慶師範大學學報（哲學
　　社會科學版）》第 1 期，2009 年。

李怡：〈民國機制：中國現代文學的一種闡釋框架〉，《廣東社會科學》第 6 期，
　　2010 年。

杜秉正：〈現階段的空軍劇本〉，《戲劇戰線》第 10、11 期合刊，1940 年。

沈從文：〈「文藝政策」探討〉，《文藝先鋒》第 2 卷第 1 期，1943 年。

馬俊山：〈從《蛻變》的審改看抗戰時期國家認同的歧義性〉，《中國現代文學
　　研究叢刊》第 4 期，2004 年。

馬俊山：〈論國民黨話劇政策的兩歧性及其危害〉，《近代史研究》第 4 期，
　　2004 年。

楊平達：〈「嘲笑」與「憤怒」〉，《戲劇春秋》第 1 卷第 6 期，1941 年。

三、專書論文

茅盾：〈八年來文藝工作的成績及傾向〉，《中國抗日戰爭時期大後方文學書系》
　　第 1 編，重慶：重慶出版社，1989 年。

陳白塵：〈《歲寒集》後記〉，董健《陳白塵論劇》，北京：中國戲劇出版社，
　　1987 年。

陳白塵：〈陽翰老與中華劇藝社〉，董健《陳白塵論劇》，北京：中國戲劇出版
　　社，1987 年。

張駿祥：〈回憶解放前我與黨的接觸〉，《張駿祥文集》（上冊），上海：學林
　　出版社，1997 年。

四、報刊史料

中國第二歷史檔案館編：《中華民國史檔案資料彙編》，南京：江蘇古籍出版社。
國民黨中央教育部檔案，中國第二歷史檔案館。
張靜廬編：《中國現代出版史料》（丙編），北京：中華書局，1956 年。

論三民主義文藝政策與
民族主義文藝運動之矛盾及其政治原因

■錢振綱

作者簡介

錢振綱，男，漢族，1954 年出生於山東省萊州市。北京師範大學文學院教授，博士生導師。自 1985 年以來，長期從事中國現代文學研究。出版專著《走向新大陸——中國現代作家與中美文化交流》、《清末民國小說史論》。與他人合著《魯迅與胡適——雙懸日月照文壇》。主編《20世紀中國文學名作導讀》、《矛盾評說八十年》等。至今已在《文學評論》、《中國現代文學研究叢刊》、《文史哲》、《魯迅研究月刊》等刊物上發表學術論文數十篇。

內容摘要

中國國民黨中央宣傳部在 1929 年 6 月制定了三民主義文藝政策，但成效不大。而在第二年 6 月，國民黨的實權派——蔣陳派卻暗中支持發動了長達 7 年之久的民族主義文藝運動。政策和運動之間存在著明顯的矛盾。而矛盾背後又隱藏著深刻的政治原因：三民主義文藝政策的制定是孫中山思想影響和國民黨政治慣性運動的結果，而民族主義文藝運動的發動則是國民黨實權派政治意志的曲折體現。

關鍵詞：民國時期、國民黨、三民主義文藝政策、民族主義文藝運動

　　1929 年 6 月，中國國民黨制定了三民主義文藝政策。但第二年 6 月，還是這個黨卻又支持發動了一次長達 7 年之久的民族主義文藝運動。政策與運動之間存在著明顯的矛盾。這一問題以往並沒有引起學界的注意，當然也就沒有人探討其背後的政治原因。而在筆者看來，這些都是重要的文學史問題，是很值得研究的。

一、三民主義文藝政策的制定及其政治原因

　　中國國民黨對於宣傳活動一向是比較重視的。但在遭到中國共產黨的文藝活動的攻擊之前，它對於文藝這種宣傳方式卻有所忽視。

　　1928 年初，以共產黨人為主體的創造社和太陽社宣導發動了頗有聲勢的無產階級革命文學運動，公開主張文藝的階級性，主張作為上層建築之一的文藝要成為無產階級解放鬥爭的一翼。在經過一段時間的內部論爭之後，左翼作家聯合了起來，並於 1930 年 3 月成立了中國左翼作家聯盟。共產黨人的這一系列活動在意識形態領域對國民黨的統治造成了一種威脅。國民黨驚呼這是共產黨的「文化暴動」。在這種情況下，國民黨也開始重視文藝的宣傳作用。

　　1929 年 6 月 3 日到 7 日，國民黨中央宣傳部在宣傳部長葉楚傖的主持下召開了全國宣傳會議。會議檢討了國民黨以往宣傳工作的缺陷，認為以往的宣傳「散漫而不統一」。會議做出決定：（一）今後要「創造三民主義的文學」，（二）要「取締違反三民主義之一切文藝作品」。並宣布：「發揚民族精神、開發民治思想、促進民生建設等文藝作品」，就是三民主義文藝；而那些「斲喪民族精神、反映封建思想、鼓吹階級鬥爭等文藝作品」，則是「違反三民主義的文藝作品」。會議還明確規定：扶植「三民主義文藝」為國民黨的「文藝政策」。[1]三民主義的文藝政策就這樣被制定了出來。

　　三民主義的文藝政策既已制定，接下來的自然是對於這一文藝政策的宣傳。1930 年 1 月 1 日，國民黨中央的機關報《中央日報》在《元旦增刊》上發表了葉楚傖的〈三民主義的文藝創造〉。接著，王平陵又寫了〈三民

---

[1]　1929 年 6 月 6 日、7 日南京《京報》。

主義文藝的建設〉一文。此後，宣傳、闡釋三民主義文藝的文章陸續出現。據《三民主義文學論文選》一書的編者王集叢說，到 1942 年，他「所見到的三民主義文學論文已在百篇以上」。[2]另外還出現了一些宣傳、闡述三民主義文藝的論著，如趙友培的《三民主義文藝創作論》、王集叢的《三民主義文學論》和《怎樣建設三民主義文學》等。

　　然而，「只打雷，不下雨」，除了這些文章和著作之外，三民主義文藝政策幾乎沒有結出什麼果實：不僅沒有三民主義的文藝運動，也很少見到三民主義的文藝創作。曾參加過國民黨全國宣傳會議的金平歐在一年後寫文章說：「我們知道三民主義的文藝，在一年前的全國宣傳會議裡，即有人提議，而且經大會通過。可是到了現在，只有少數人發表關於提倡三民主義的文藝的論著。而實際上去努力三民主義的文藝，可以說是絕無僅有。」[3]一年內的情況如此，後來也沒有多少改變。1930 年春夏之際，國民黨人曾創辦過一些帶有明顯官方色彩的文藝刊物，如中國文藝社編輯的《文藝月刊》、線路社編輯的《橄欖月刊》、流露文藝社編輯的《流露月刊》、陳穆如編輯的《當代文藝》等。40 年代他們又創辦過《文藝先鋒》等刊物。這些刊物雖然大都卷帙浩繁，但它們或者根本不以「三民主義文藝」為號召，（如《文藝月刊》、《橄欖月刊》、《流露月刊》、《當代文藝》）或者雖然標舉「三民主義文藝」的旗幟，卻並未見有成功的三民主義的文藝創作。（如《文藝先鋒》）總之，除了一定數量的理論文章和著作外，三民主義文藝政策只是一朵謊花。

　　三民主義文藝政策沒有促進三民主義文藝的發展，而是成為了國民黨在文藝領域獲取話語霸權的一種話語標準。當時國民黨獨霸政權，實行「黨外無黨」、「以黨治國」的專制主義。為了抵制其他黨派和民眾通過包括文藝在內的各種話語方式爭取自己的政治權利，他們在思想文化領域也實行專制主義，剝奪其他黨派和民眾的話語權利。而要剝奪其他黨派和民眾的話語權利，就需要一個冠冕堂皇的政治話語標準，以便以此標準決定話語的被禁止與否。於是，「創造三民主義文學」、「取締違反三民主義之一切文藝作品」，就成了他們在文藝領域實行專制主義的一種話語標準。

---

[2]　王集叢：《三民主義文學論文選·序言》，江西：時代思潮社，1942 年。
[3]　金平歐：〈文藝與三民主義〉，見吳原編：《民族文藝論文集》（杭州：正中書局，1934 年），頁 226。

總歸沒有一個獨立的第三者來做仲裁，這標準的解釋權仍然在國民黨手中。所以有了這樣一個三民主義文藝政策，國民黨就有了控制文藝、剝奪民眾文藝創作自由權利的政策根據。這種剝奪主要是針對「鼓吹階級鬥爭」的左翼文藝陣營的，但又不限於此。凡一切有礙於國民黨一黨專政、蔣介石個人獨裁的文藝都在被取締範圍之內。正因為此，三民主義政策制定之後，就不僅受到左翼文藝界的抨擊，而且也受到其他文藝派別的反對。例如，新月社的梁實秋於 6 月 6 日「在報紙上看到全國宣傳會議第三次會議的紀錄」後，就立刻在他正在撰寫的〈論思想統一〉一文中做出反應。他說：「以任何文學批評上的主義來統一文藝，都是不可能的，何況是政治上的一種主義？由統一中國統一思想到統一文藝了，文藝這件東西恐怕不大容易統一罷？」「我看還是讓它自由的發展去罷！」[4]

　　但這裡就存在著一個問題。當時國民黨提倡的為什麼是三民主義文藝，而不是他們後來所提倡的民族主義文藝，或者其他文藝？也就是說，他們當時為什麼會制定三民主義文藝政策？我認為，這是孫中山三民主義政治綱領影響的結果，是國民黨政治慣性運動的結果。當時的國民黨要麼不對文藝的政治內容公開提出要求，如果要公開提出要求，那就只能以三民主義為標準。因為孫中山雖然已經逝世，蔣介石雖然已經掌握了國民黨的實權，但三民主義是孫中山為國民黨制定的最基本的政治綱領，而孫中山在當時的中國人民心中，尤其在國民黨黨內，依然具有最高的政治威望，包括蔣介石在內的國民黨人，是不敢公開反對或者公開拋棄三民主義的。而且三民主義又被許多國民黨人認為是一個不可割裂的整體，只強調其中的一個或者兩個主義，也是很難被認可的。對於三民主義的不可分割性，孫中山曾在 1924 年 3 月發布的〈致全黨同志書〉中強調過：「吾黨主義，析言之固為民族、民權、民生，至其致用，實是一個整的，而非三個分的。」[5]國民黨的一些早期理論家，如朱執信、戴季陶、胡漢民等人也都強調過三民主義的整體性。其中，胡漢民是以強調三民主義的連環性著名的。他認為民族主義、民權主義、民生主義三者具有連環性，是相輔相成，相需相濟的，「理論上固不可分離，實行上也必須並籌兼顧。」他為

---

[4]　見《新月》月刊第 2 卷第 3 號，該刊表明的出版時間是 1929 年 5 月 10 日，但實際出版於 6 月 6 日之後。

[5]　見《孫中山全集》第 9 卷（北京：中華書局，1986 年），頁 540。

此於 1928 年專門出版過一部書即《三民主義的連環性》。因而,沒有特別理由,也少有國民黨的頭面人物敢於公開以其中的一民主義代替整體的三民主義。再從當時國民黨最高權力層的人員構成來看,蔣介石要公開拋棄三民主義也有相當的困難。蔣介石雖然是實權派,掌握著國民黨的最大的軍權,但相對於國民黨的一些元老而言,他的政治資歷當時並不算高。(他是 1908 年經陳其美介紹加入同盟會的)在當時複雜尖銳的政治、軍事鬥爭形勢下,在非常看重政治資歷的國民黨內,為了獲得較多的政治上的支持,他對一些國民黨元老的意見表面上還是要尊重的,尤其是胡漢民的意見。當時胡漢民是國民黨中央常委、南京國民政府立法院院長,是當時國民黨政務的主要負責人。而他是特別強調孫中山三民主義理論的連環性的。所以國民黨在當時制定三民主義文藝政策而非制定民族主義文藝政策,是一件順理成章的事情。

二、民族主義文藝運動的發動及其政治原因

如上所述,國民黨雖然制定了三民主義文藝政策,但並沒有真正花力氣從事三民主義文藝活動。不久,他們反而發動了一個聲勢不小的民族主義文藝運動。

1930 年 6 月 1 日,朱應鵬、潘公展、范爭波、傅彥長等人在上海集會,組織了前鋒社。他們於 6 月 22 日創刊《前鋒週報》,並在該刊第 2、3 期上連載〈民族主義文藝運動宣言〉。〈宣言〉主張中國文藝應當以「民族主義」為中心意識,反對「鼓吹階級鬥爭」的左翼文藝和其他派別的文藝。這是民族主義文藝運動的開端。同年 8 月,開展文藝社在南京創辦了《開展月刊》,徐慶譽在南京創辦了《長風》半月刊。同年 11 月,初陽社又在杭州創刊了《初陽旬刊》。這些都是民族主義文藝運動前期的刊物。1932年以後,又有矛盾出版社的《矛盾月刊》、黃鐘文學社的《黃鐘》週刊(後改為半月刊)、汗血書店的《民族文藝》月刊和《國民文學》月刊、江西民族文藝社的《民族文藝月刊》等後期民族主義文藝運動的刊物出現。這一運動一直持續到抗戰爆發。

民族主義文藝運動與三民主義文藝政策之間存在著明顯的矛盾。首先,民族主義文藝運動孤立地提倡民族主義文藝,而不提倡民權主義文藝

和民生主義文藝，這本身就是對民權主義和民生主義的一種忽視或者拋棄，因而也就是對於三民主義文藝政策的一種違背。其次，民族主義文藝派在宣傳民族主義文藝時，並不都是按著孫中山的平等型民族主義來解說其民族主義的內涵，其中一些文章，特別是刊登在《黃鐘》上的一些文章，為了迎合蔣介石在 1931 年 5 月 5 日的〈致國民會議開幕詞〉中所表露出來的意向，已公然鼓吹法西斯主義。我們雖不能說民族主義文藝派所主張的民族主義就是法西斯主義，但卻可以說其中已容納了法西斯主義，具有法西斯主義的傾向。同時，民族主義文藝派的一些重要作品如黃震遐的《黃人之血》、萬國安的《國門之戰》，也流露出法西斯主義的氣味。法西斯主義與孫中山的民族主義是水火不相容的，因而單就其所宣傳的民族主義的內容而言，民族主義文藝運動也已經與三民主義文藝政策相矛盾。

　　雖然民族主義文藝運動與三民主義文藝政策之間存在著明顯的矛盾，但它的發動者卻也來自國民黨內部。我們不妨來考察一下一些主要發動者的政治身分。潘公展是國民黨上海特別市執行委員會常務委員、上海市政府委員、社會局長；朱應鵬是國民黨上海市政府委員；范爭波是國民黨上海市黨部委員、警備司令部偵緝隊長兼軍法處長。而他們也還只是前台的直接發動者。真正的幕後支持者應該是蔣介石、陳果夫、陳立夫等國民黨上層實權派人物。

　　在國民黨上層組織中，陳果夫、陳立夫兩兄弟在相當長的一段歷史時期內曾是蔣介石的親信。二陳是國民黨元老、蔣的盟兄和提攜者陳其美的侄子。1926 年 5 月，蔣在被任命為國民黨中央組織部部長之後，就推薦陳果夫為中央組織部秘書，代替自己主持國民黨中央組織部的工作。後來陳果夫與陳立夫又先後擔任國民黨中央組織部部長。經過一番經營，到 1929 年 3 月國民黨第三次全國代表大會時，終於改變了在 1927 和 1928 年曾一度出現的「蔣家天下丁（惟汾）家黨」的狀況，而形成了「蔣家天下陳家黨」的局面。這一局面一直維持到國民黨退據台灣後才有所改變。而在 1935 年 11 月國民黨第五次全國代表大會結束之前，蔣與二陳的關係一直是非常密切的。在 1929 年到 1935 年期間，作為蔣的親信，二陳不僅長期掌控著國民黨的黨權，而且還實際上掌控著國民黨的文化、宣傳和教育大權。民族主義文藝運動就發生於這樣一種政治背景下。主要發動者之一潘公展是二陳掌握的 CC 系的大將，其他許多發動者朱應鵬、潘子農和後來

的支持者胡健中等人也是國民黨陳派人物。而這一運動在經濟上又始終得到國民黨中央組織部和一些市黨部的資助。應當說，民族主義文藝運動的發動與二陳的密切聯繫是明顯的。對此，一些左翼批評家在當時已經有所瞭解。如思揚在〈南京通訊〉一文中揭露：

> 稍後，黨部人員於「擁護，打倒」的工作清閒了，於是具體地開始了三民主義文學的「建設」：按月支給大洋一千二百正，開辦中國文藝社，發行《文藝月刊》。這是宣傳部的事。但宣傳部向來是握在西山會議派手裡的，（如葉楚傖，劉蘆隱前後為部長）這於國民黨內後起的更資產階級化的陳派（陳果夫、立夫兄弟，任組織部）自然是不高興的；然而抱著「他幹我也幹」的心意，「反正有的是錢」的自信，於是三民主義的文藝政策，就在此分了兩路。
>
> 是時也，國民黨上海黨部中有朱應鵬其人，乃在出版界文藝界沒落分子；他就趁了這「時乎不再」的機會，邀集在黨的次一等狗狼之流（范爭波，潘公展）及藝術界的一批死屍（陳抱一，傅彥長）……新鬼（向培良、王道源）於 1930 年 6 月 1 日在上海立會；遵從國民黨政策，以「民族主義文學」為號召。同時潘公展、朱應鵬「系統」上又為「陳派」，而且潘朱又皆與陳為同鄉人，所以，民族主義文學，是國民黨組織部的。……[6]

這篇文章對當時的三民主義文藝政策和民族主義文藝運動之間的關係雖然還不能說得很清楚，但作者卻已經明顯察覺到了它們的政治背景的不同。民族主義文藝運動的發動與二陳的確有著直接的關係，而就當時的情況來說，二陳的意願基本上就是蔣的意願。即使不是蔣對二陳面授機宜，也是二陳揣摩蔣的心理需要，先意承志。總之，這一運動是按著國民黨實權派——蔣陳派的意願發動起來的。

與國民黨中央宣傳部公開制定三民主義文藝政策不同，蔣陳派支持發動民族主義文藝運動是在暗中進行的。因為他們要顧及到自己「三民主義忠實信徒」的身分。民族主義文藝運動的發動者和參加者也不願承認他們與官方的聯繫。發表在《前鋒週報》第 3 期上的楊志靜的一篇文章〈請認

---

[6]　〈前哨〉，《文學導報》第 4 期，1931 年 9 月 13 日，頁 14-15。

識我們文藝運動〉就這樣掩飾過：「一般人都誤解了我們的態度，錯認了我們的立論，以為我們與現實政治有關係的」，「我們是並不想借政治的力量，來發展與完成我們的文藝運動」。當然，這不過是掩耳盜鈴而已。

那麼，蔣陳派為什麼要暗中支持發動一個民族主義文藝運動呢？其中奧妙也不難解釋。如上文所說，三民主義文藝政策是國民黨可以用來獲取話語霸權的一種話語標準。但對於蔣介石來說，它卻不是一個最好用的話語標準。為了瞭解這一點，我們有必要對當時的國民黨和它的實權派代表蔣介石作一個分析。

1917 年俄國十月革命的成功對中國歷史的發展走向產生了巨大影響。它催生了中國共產黨，並為中國共產黨人提供了一套完整可行的奪取政權的思想體系和政治方略。從此中國的工農階級不再是中國新興資產階級的政治追隨者，而成為中國共產黨的潛在的政治依靠力量。中國共產黨與孫中山領導的中國國民黨在思想方式和政治綱領方面是存在著矛盾的。但兩黨在政治綱領方面又有不少相通之處，因而在一定的歷史條件下，兩黨的妥協和合作是可能的。這種狀況就為中國革命的方式和前途提供了多種可能性。在第一次國內革命戰爭的前期，國共兩黨實現了合作。但孫中山的不幸病逝終於導致了國民黨內部和國共之間本來就存在的嚴重分歧演化為國民黨的分裂和國共合作的破裂。為了抵抗中國共產黨的激進革命態勢，國民黨右派選擇依靠地主階級和資產階級，試圖在與西方國家聯合抵抗共產主義運動的過程中，在中國實行國家資本主義。

蔣介石口頭上是三民主義的忠實信徒，實際上他對三民主義的信奉是值得懷疑的。

首先看他對於民權主義態度。他在實際上掌握了國民黨的最高權力之後，就一直處心積慮地追求國民黨的一黨專政和他個人的獨裁統治。在1931 年 5 月 5 日的〈致國民會議開幕詞〉中，他對「自由民治主義之政治理論」大加貶低，並認為民治主義不合中國國情。他說：「自由民治主義之政治理論，本以個人主義為出發點，附以天賦人權之說，持主權屬於全民之論，動以個人自由為重。英美民治，本其長期演進之歷史，人民習於民權之運用，雖有時不免生效能遲鈍之感，然亦可以進行。若在無此項歷史社會背景之國家行之，則義大利在法西斯蒂黨當政以前之紛亂情形，可為借鑒；他邦議會政治之弱點已充分暴露，而予論者以疑難。自由必與責

任並存，自由乃有意義；否則發言盈庭，誰執其咎。」同時他對法西斯主義則給予讚賞，認為法西斯主義的統治方式可以挽救危難中的中國，應當在訓政時期採用。他說：「主權屬於全體人民，係總理所親定，最後之目的在於民治。而所以致民治之道，則必經過訓政之階段。挽救迫不及待之國家危難，領導素無政治之民族，自非借經過較有效能的統治權之行使不可。況既明定為過渡之階段，自與法西斯蒂理論有別。至民族主義必與民權民生相提互證，則絕無流於國際侵略之危險，而以大同為鵠的可知矣。」[7]這些話雖然有些拐彎抹角，但反對民主、主張對內實行法西斯獨裁統治的意圖是明確的。後來他不僅一生實行獨裁統治，而且還設法讓自己的兒子世襲「總統」。可見他對於獨裁專制的迷戀，與袁世凱相比，未必有五十步之遙。

再看他對於民生主義的態度。作為一個統治者，從維護其統治秩序來考慮，蔣介石是不會不關注民生問題的。從他在 1943 年出版的《中國經濟學說》和 1953 年出版的《民生主義育樂兩篇補述》兩部著作來看，他對中西方的經濟學理論是有所涉獵的，對孫中山民生主義也作過一些闡發和補充。但一般的關注和理論探討是一個問題，實際的政治活動則是另一個問題。要解決當時中國的民生問題，當然要從許多方面入手，如爭取國家的統一安定，保證高效廉潔的吏治，提高民眾的文化素質，改善經濟制度，發展生產，適度控制人口，等等。但由於當時的中國是一個土地兼併已相當嚴重的農業大國，而生產力的發展尚無可能給無地農民提供足夠的其他就業機會，所以要解決民生問題有一點必須做到，這就是要觸動地主階級的利益，「平均地權」，使廣大農民有生存下去和發展生產的條件。哪個政權不解決這個問題，哪個政權就不能夠迅速解決民生問題，哪個政權也就不能夠獲得穩固的群眾基礎。由於蔣介石在政治上依靠地主階級和與地主階級有著千絲萬縷聯繫的資產階級，因而他也就不能下決心去解決這一問題。他對中國共產黨進行的暴力土改是堅決反對的。他說：「單是用暴力平均分配土地，土地縱令可以平均分配，很短的時間以後，便會再起不均的現象。今天貧農殺富農，明天貧農有了一點積蓄，豈不又成了富

---

[7] 高軍等編：《中國現代政治思想史資料選輯》（上冊）（四川：人民出版社，1983年），頁 572-573。

農？」[8]用「暴力平均分配土地」並不是「平均地權」的唯一方式。從正常社會的道義講，反對暴力土改是正確的。但問題在於，作為當政者，他自己並沒有切實迅速地解決廣大農民的生存問題。他當時實際上是打算在不觸動地主階級利益的情況下，通過「普魯士式道路」，發展國家資本主義，迂緩地解決民生問題。雖然他曾支持陳果夫推行過「合作運動」和「二五減租」，但那不過是表面文章。所以這兩項運動都收效甚微，最後不了了之。退據台灣後，他以溫和的形式實行了土地改革。這說明他接受了在大陸失敗的教訓，也說明他在解決民生問題方面的被動和遲緩。在自己不能迅速有力地解決民生問題的情況下，高舉民生主義的旗幟，那就像在自己不願實行民權主義的情況下而高舉民權主義旗幟一樣，只能是授人以柄：給人們以反對自己的啟示，給政敵以攻擊自己的口實。這當然是蔣介石這樣的「智者」所不願為的。

最後看一下他對民族主義的態度。可以說蔣介石是信奉民族主義的。他在日本留學期間曾寫給他的表兄單維則一首七言絕句：「騰騰殺氣滿全球，力不如人萬事休！光我神州完我責，東來志豈在封侯！」[9]該詩說明他青年時期有很強的民族意識和報國思想。在掌握了國家的最高權力之後，他仍是一個民族主義的服膺者。他反對馬克思主義的階級鬥爭學說，認為只有民族間的鬥爭才是人類間最根本的鬥爭。他在二次世界大戰期間曾說：「就人類的戰爭來說，最大的戰爭，還是民族戰爭，並不是階級戰爭。第一次大戰時期，歐洲各國的工人，拋棄第二國際的決議，各為其本國作戰。此次大戰，不獨英美等國的工人為本國作戰，並且蘇俄與英美等國合作而戰。資本主義與社會主義的矛盾，並沒有橫裂各民族的壁壘。這因為人性本來重在求生存，而個人生活必須依賴國家力量來保護。」[10]這顯然是一種民族主義的理論。但他信奉的不是孫中山的與民權主義、民生主義聯繫在一起的平等型民族主義，而是所謂較有「效能」的、法西斯式的、主張對內獨裁的民族主義。

8　蔣介石著：《中國經濟學說》，見《蔣總統集》第 1 冊（台北：中華學術院，1974
　　年），頁 81。

9　楊樹標著：《蔣介石傳》（北京：團結出版社，1989 年），頁 10。

10　蔣介石著：《中國經濟學說》，見《蔣總統集》第 1 冊（台北：中華學術院，1974
　　年），頁 180。

　　由於蔣介石並不真正信奉三民主義，而是信奉法西斯式的民族主義。所以他特別想拋棄三民主義的旗幟，換上民族主義的旗幟。而從 1930 年前後的政治形勢來看，打出民族主義的旗幟也是對他有利的。第一，1928年和 1929 年，國民黨在廢除西方列強強加在中國頭上的領事裁判權和不平等條約方面，取得了不小的進展。因而標舉民族主義有利於宣傳國民黨和蔣介石的功績。第二，當時中蘇關係惡化，1929 年下半年，中蘇邊境甚至發生過激烈的武裝衝突。中蘇關係惡化主要是因為蘇聯共產黨支持中國共產黨，在中國進行所謂「赤化」宣傳引起的。這基本上是以民族鬥爭形式體現出來的國際化的階級鬥爭。但蔣及國民黨標舉民族主義卻可以以反對「赤色帝國主義」之名，反蘇反共。第三，標舉民族主義有利於轉移民眾的政治視線，使民眾忽視國內存在的嚴重的政治問題和經濟問題，以維護民族利益、國家利益為名，剷除政治異己，對人民實行法西斯專政。第四，標榜民族主義也有利於以提倡中國「固有道德」之名，宣傳對維護其專制統治有利的封建道德。以民族主義旗幟代替三民主義旗幟既然有如此多的好處，蔣介石又何樂而不為呢？這就是蔣陳派暗中支持民族主義文藝運動的政治原因。

　　如果說三民主義文藝政策的制定是孫中山思想影響和國民黨政治慣性運動的結果，那麼民族主義文藝運動的發動則是國民黨實權派現實政治意志的曲折體現。公開制定三民主義文藝政策，暗中支持民族主義文藝運動的發動，這一明一暗的二重活動就構成了國民黨在文藝界活動的特殊景觀。這種景觀乍看上去，似乎矛盾得令人費解，但認真加以分析，就會感到它皆在情理之中。

主要參考文獻

一、專書

《孫中山全集》，北京：中華書局，1986 年。

《孫中山選集》，北京：人民出版社，1981 年。

王集叢：《三民主義文學論文選》，江西：時代思潮社，1942 年。

高軍等編：《中國現代政治思想史資料選輯》，四川：人民出版社，1983 年。

楊樹標：《蔣介石傳》，北京：團結出版社，1989 年。

蔣介石：《中國經濟學說》，《蔣總統集》第 1 冊，台北：中華學術院，1974 年。

二、專書論文

金平歐：〈文藝與三民主義〉，吳原編：《民族文藝論文集》，杭州：正中書局，
　　1934 年。

三、報刊史料

《京報》，南京，1929 年。

反共文學的古典詮釋
——50 年代台灣文藝雜誌所反映的
民族主義文藝論

■崔末順

作者簡介

　　政治大學台灣文學研究所副教授。研究領域為：台灣和東亞國家的現代文學，著有《海島與半島：日據台韓文學比較》一書，另有博士論文《現代性與台灣文學的發展（1920-1949）》及〈1930 年代台灣文學脈絡中的張赫宙〉、〈新興殖民都市的真相——以〈新興的悲哀〉與《濁流》為探討對象〉、〈從民族到個人——1950 年代冷戰台灣的文學風景〉、〈消失的民族傳統、遊離的民眾現實——冷戰下台韓兩國的文學風景〉、〈外來美學，抑或在地現實？——台韓文學史對現代主義文學的評價問題〉、〈《悠悠「家園」》與〈忠孝「公園」〉——黃晳暎和陳映真小說的歷史認知〉等論文，以及譯作《狼》（朱西甯原著，首爾：知萬知出版社，2013年 12 月）。

內容摘要

　　本文主要是以 50 年代台灣的文藝雜誌《文藝月報》、《半月文藝》、《野風》、《晨光》、《軍中文藝》、《革命文藝》、《海風》等為對象，考察其所刊載有關中國古典文學和歷史人物題材的文章，分析其取材標準和詮釋角度，找出國民黨民族主義文藝論所強調的民族精神和固有文化的實際例子，並藉此了解如何將反共意識形態落實到文藝和歷史的解讀上面。反共文藝雜誌刊載古典文學的選材標準和詮釋角度，基本上都符合國民政府所推行的三民主義學說和國民黨意識形態，其具體內容概為能夠鼓吹愛國心的古典文學或民族英雄故事。以主題和類型來看，這些文章可以分為表現愛國思想和民族精神的人物或作品；強調中國道統和儒家思想的

文章；鼓吹戰鬥、尚武、軍事戰略的文章；描繪遠離故鄉、流浪異地的文章；強調寫實主義文學的意義等幾個方面，明顯呈現出鼓吹愛國以對抗共產政權文藝的政治目的。

關鍵詞：反共文學、國民黨文藝政策、文藝雜誌、民族主義文藝論、三民主義文藝論

一、前言

　　研究指出，1950 年代的台灣文壇，反共文學的風潮是在政府和國民黨
的主導之下逐步醞釀形成，反共文學內容的創作、出版及流通作業，也是
在有體系的機制下展開運作。譬如，1950 年代成立的「中國文藝協會」和
「中華文藝獎金委員會」，以及「中國青年寫作協會」、「台灣省婦女寫
作協會」等機構，形式上雖屬民間組織性格，但卻都在國民政府或黨的資
金挹注下先後成立。不僅如此，如張道藩、陳紀瀅、趙友培、穆中南、李
辰冬、任卓宣、葛賢寧等相關機構的核心人士，普遍也都身兼作家、媒體
發行人、編輯或出版商等多重身分，全面掌握了反共文學的生產機制。[1]所
謂反共文學，指的是以反共抗俄及反攻復國為基本前提，描繪在共黨佔據
大陸後，人民生活、個人自由和人性價值普遍受到扭曲，民族的生存基礎
遭到破壞的文學。除此之外，針對共黨政權接受蘇俄帝國主義、抹殺民族
固有傳統價值的罪行，進行強烈批判和討伐，也是反共文學的另一重要內
容。早在大陸與共產黨進行體制上的競爭時期，擁護民族固有傳統思想，
即是國民黨一路走來所堅持的一貫理念，而這種理念，也體現在三民主義
理論範疇內的民族主義文藝論和文藝政策當中。不僅如此，1949 年國民政
府全面撤退到台灣之後，為與對岸政權的社會主義國際性路線抗衡，也為
與左翼文學唯物論和階級鬥爭互別苗頭，確保固有傳統和中國性的延續傳
承，而積極推動各種高舉民族精神和固有文化旗幟的文藝活動。

　　基於此，本文擬以 50 年代的反共文藝雜誌為對象，考察所刊載有關
中國古典文學和歷史人物題材的文章，分析其取材標準和詮釋角度，找出
民族主義文藝論所強調的民族精神和固有文化的實際例子，藉此了解如何
將反共意識形態落實到文藝和歷史的解讀上面。依此，本文將先考察大陸
時期國民黨所提出的三民主義文藝論內容，以及撤退到台灣後所推行的各
種文化運動中有關民族主義文藝論和政策的基調。透過這些考察，希望能
弄清反共文學所主張的具體面貌、民族主義文藝的美學標準，以及它與國

---

[1]　陳康芬：《斷裂與生成──台灣 50 年代的反共／戰鬥文藝》（台南：國立台灣文
　　學館，2012 年），頁 21-49。

民黨意識形態之間的關聯性，進而據以思考 70 年代現代詩和鄉土文學論戰時，民族傳統問題之所以成為討論現代主義文學的一個尺度，是否與該時期反共文學所建構的民族文藝論有關。

二、國民黨的民族主義文藝論和文藝政策

在內外都受到嚴峻挑戰的局勢下揚帆啟程的中華民國，無論是早期孫中山主持的臨時政府，抑或北洋政府，乃至中日戰爭爆發前的南京政府，文藝政策始終都未能獲得領導層的青睞，畢竟當下亟待解決的，仍以政治、軍事和經濟問題為主。但是到了 1920 年代，由於受到自由主義文學發展和左翼文學興起的影響，文藝政策的重要性開始引起當政者的注意。1929 年 6 月上旬，國民黨中央宣傳部召開全國宣傳會議，明確提出「確立本黨的文藝政策」、「創造三民主義之文學」、「取締違反三民主義之一切文藝作品政策」[2]的原則，確立了所謂「三民主義文藝政策」的基調。不可否認，此一政策的訂定，與當時國共兩黨對立和體制競爭的政治環境，密切相關。對於左翼文學勢力逐漸擴大感到危機的國民政府，提出三民主義文藝論，即是為對抗左翼文學的無產階級革命理論。接著 1930 年提出「民族主義文藝運動宣言」，1935 年又提出「中國本位的文化建設宣言」，正式標榜民族主義文藝。作為三民主義思想一環的民族主義，此時會如此受到重視，為的是與共產黨社會主義理念的國際性相互抗衡，為此，國民政府還在 1930 年和 1940 年發動了兩次民族主義文藝運動。在此文藝運動中，國民黨知識分子試圖從論述中開啟以民族主義為中心的文學思想，批判無產階級文藝運動為畸形的病態的文藝，強調民族意識才是文藝實踐的中心思想。[3]從這些運動內容中，可以知道國民黨進一步界定了文學與政治的關係與內涵，那就是文藝必須符合三民主義建國此國民黨的政治理念和原則。由此，因現實需求而建立了文學理念，且在 1930 年 7 月組織了「中國文藝社」，用以對抗偏向共產黨的「左翼文學聯盟」，可見三民主義文

---

[2]　初見南京《京報》1929 年 6 月 6 日第 4 張第 1 版，參照張中良：〈抗戰時期國民政府文藝政策的兩面性〉，收於國立政治大學文學院、人文中心：《中國近代文學史料與文獻研究工作坊論文集》，2013 年 4 月 25 日，頁 55。

[3]　陳康芬：《斷裂與生成——台灣 50 年代的反共／戰鬥文藝》，頁 26-28。

學或民族主義文藝的說法，主要是為了防堵作家普遍左傾的態勢擴張，並從左翼文學奪回文壇的主導權而提出的。

　　1937 年中日戰爭爆發，國共兩黨暫時中斷為期 10 年的武裝對抗，攜手合作投入抗日戰爭。文藝運動此時也採取了合作路線，1938 年 3 月 27 日在武漢成立的「中華全國文藝界抗敵協會」，即是國共合作文藝統一戰線的標幟。在文壇上頗具影響力的左翼文人郭沫若也接受了國民黨陳誠的邀請，擔任軍事委員會政治部第三廳，負責政治宣傳工作，展現出國共兩黨共同抗日的合作景象。不過，雙方的合作關係，卻在「皖南事變」發生後告終，此因文工會第三廳成員公開「文化界時局進言」，發動文化界人士挺身支持共黨行動，而引起國民黨高層震怒，憤而解散撰稿者郭沫若所領導的文工會。經過此一事件後，國民黨為了阻止第三廳成員持續支持共產黨，1941 年 2 月 7 日在中央宣傳部內成立了「文化運動委員會」，起草「文化運動綱領」，開始正視文藝和國家發展的關係。綱領重點包括：一、文學上的三民主義思想體系化；二、發揚民族意識精神；三、實施功利導向的文化生產獎金制；四、學術的體制化等的內容。由此可知，國民黨積極推動文藝政策，目的是想拿來作為抗戰建國的重要基礎，以及民族救亡的指導方針。

　　抗戰時期的國民黨文藝理論和政策主張，從陳立夫、陳果夫、張道藩等在 1938 年建構「三民主義文藝理論」，成立「中央文化運動委員會」，發行《文化先鋒》、《文藝先鋒》刊物，把三民主義思想系統，融入抗戰建國和政治鬥爭的大局為始，到 1942 年 9 月 1 日張道藩發表從三民主義的思想系統中列舉 4 條關乎文藝的指導原則，大體上底定了國民政府官方文藝政策的基調。4 條內容分別是：文藝「以全民為物件」；「事實定解決問題的方法」；以「仁愛」為民生的重心；「國族至上」。並以此作為理論基礎，制定了「六不五要」的文藝政策：「不專寫社會的黑暗、不挑撥階級的仇恨、不帶悲觀的色彩、不表現浪漫的情調、不寫無意義的作品、不表現不正確的意識」，以及「要創造我們的民族文藝、要為最受苦的平民而寫作、要以民族的立場來寫作、要從理智裡產品、要用現實的形式」。[4]其中的「民生史觀」、「民族文藝」、「全民文藝」和「三民主義

4　張道藩：〈我們所需要的文藝政策〉，《文化先鋒》創刊號，1942 年 9 月。

文藝」說法，其實早見於國民黨官方理論家、宣傳、教育幹部1930年代以降文藝觀念的集大成《民族主義文藝論文集》[5]和《三民主義文學論文選》[6]兩部書裡，可見張道藩的文藝政策，在哲學、政治和文藝方面，與稍早出現的毛澤東〈在延安文藝座談會上的講話〉呈現的左翼文藝唯物史觀和階級鬥爭思想，清楚對峙，有所區隔，並對此提出強烈的批判與駁斥。

　　如此以三民主義和民族主義作為指導文藝的意識形態，經過抗戰、內戰到撤退台灣，一直是國民黨的一貫文藝基調。例如撤退到台灣不久進行國民黨改造之初，曾發表「本黨現階段政治主張」，提示出各方面的基本政策方向，其在「完成三民主義的民主政體」中，就表示要發揚中國文化，具體地展開三民主義文化運動，揭開從1950年後台灣推行各階段文化運動的序幕。其中，第一階段為1951年展開的文化改造運動。1951年11月蔣中正於陽明山莊演講時表示，在共匪進行改革學制以宣揚赤色毒素、毀滅傳統文化並增進生產技術的時候，必須推行精神教育、生產教育與文武合一教育，建立三民主義的救國教育，才能救亡圖存，同時主張以四維八德作為民族精神的武器，恢復古代六藝教育。[7]此發言成為往後文化改造運動的實質內涵，也是反共抗俄總動員的原則。文化改造運動的內容包括民族精神教育、學術研究、獎勵科學、文武合一教育與生產教育[8]，其中又以民族精神教育部分比重最大。

> 我們當前反共抗俄戰爭，就是為著堅持三民主義而戰，為著實現三民主義而言。尤其在民族主義倫理的重心上，我們以民族固有的忠孝仁愛信義和平底八德為基礎的。
> 現在我們為著要恢復大陸，復興民族，就不能不先召回我們的民族靈魂；我們要驅除俄寇，肅清共匪，就應該更堅持、更發揚我們固

---

[5]　吳原編：《民族主義文藝論文集》，杭州：杭州正中書局，1934年。

[6]　王集叢編：《三民主義文學論文選》，北京：時代思潮社，1942年。

[7]　蔣中正：〈改造教育與變化氣質〉，1951年11月19日，《先總統蔣公全集》第2冊，頁2175-2180。參考林果顯：《中華文化復興運動推行委員會之研究（1966-1975）──統治正當性的建立與轉變》（台北：國立編譯館，2005年），頁50。

[8]　〈反共抗俄總動員綱領〉，中國國民黨中央改造委員會：《中央改造委員會決議案彙編》，頁346-347。

有的道德，使他能促使我們民族的覺醒，來打擊民族敗類的共匪們
這些萬惡的陰謀奸計！[9]

　　可見強調民族精神就是要以對付中共政權出賣民族、毀滅傳統的陰謀
為目的，進而闡明三民主義和民族復興，將它作為精神教育的主要內容。
文化改造運動實際推動到教育現場，則是對高中以上學生訂定奉行三民主
義、發揚民族精神的學習方針，設定恢復固有道德的教育目標，同時也擬
定法令加以規範。在文化改造運動期間，民族精神展現在各種教育和文化
動員上，特別會以四維八德等民族道德作為精神武器，既攻擊毀壞傳統文
化的中共政權，同時也不忘惕勵學生忠勇愛國、擁護領袖的愛國情操。文
化改造運動標榜傳統文化，以道德修養作為武器，主要是想把民眾的思想
導向反攻復國與鞏固領導中心的方向，可說是文化控制的一種手段。

　　第二階段為文化清潔運動。1953 年底蔣中正發表〈民生主義育樂兩篇
補述〉，承接三民主義理論體系，重現民族精神、文武合一、勞動教育等
文化改造運動的內涵。他認為國民黨在大陸未能顧及群眾的休閒，讓中共
政權有機會利用文藝迎合群眾、組織群眾，藉文藝作品將階級鬥爭的思想
灌輸到民眾心裡，致使一般人「不是受黃色的害，便是中赤色的毒」[10]，
因此主張強力干涉主導文藝作品的走向。他除了對市場上充斥著商業化作
品感到不滿，也深切期望多多「表揚民族文化使其深植人心的新文藝作
品」。蔣中正的這些論點，正是文化清潔運動的理論來源。推動文化清潔
運動的單位為國民黨所主導成立的文藝社團「中國文藝協會」，該會在〈補
述〉發表後，立即發動會員研讀，撰寫讀後心得，並召開多次座談會，響
應「剷除赤色的毒與黃色的害」的說法，不僅如此，還另加上「黑色的罪」，
積極倡導文化清潔運動。除了商品化文藝外，依照〈補述〉中傳達的另一
個重點──「提倡民族文化」，文協要求作家創作「表揚民族文化的作品」，
以期達成國家反共抗俄的使命。

　　第三階段為戰鬥文藝運動。前階段文化清潔運動以去除三害為目標展
開行動，但從其追加的「黑色的罪」可知，實際上的目的是為排除不利於

---

[9]　蔣中正：〈時代考驗青年、青年創造時代──並說明四維八德為反共抗俄鬥爭中的主
　　要武器〉，《先總統蔣公全集》第 2 冊，頁 2162。

[10]　蔣中正：《民生主義育樂兩篇補述》（台北：中央文物供應社，1954 年），頁 71。

精神動員的言論媒體，預先埋下了進一步導正文化風氣的管線。1954 年
10 月底，國民黨擬訂「現階段展開文藝戰鬥工作要點」，宣示「加強對共
匪的鬥志，以促進文化動員工作的實施」目的，展開了更積極更強力的文
藝指導政策。可以說，戰鬥文藝運動正式開始之前，即把擬定的政策方向，
著重在發揚民族意識，激發人心，爭取反共戰爭的勝利，同時又將各個分
散獨立的文藝人士，以集體領導分工合作的方式組織起來，並提出更加具
體的文藝方向，鼓勵他們描寫蘊含「民族意識、戰鬥精神、英勇事蹟」的
題材[11]。第二年蔣中正宣布「展開反共戰鬥文藝工作」，所謂戰鬥文藝運
動，就此正式上路。文壇動員了《文壇》、《文藝月報》、《軍中文藝》、
《幼獅文藝》等反共文藝雜誌來配合時勢，重申將文藝歸屬到三民主義範
疇之內，此時可說上溯傳統，下接反共抗俄的現實需求，全面展開長達十
年的文學動員。舉其重要動員活動，包括：1956 年「戰鬥文藝應積極推行」；
1957 年「全面推進戰鬥文藝」；1964 年國民黨召開新聞工作會議，通過
「加強新聞與文藝工作合作，以擴大文藝戰鬥功能，促進反攻大業案」；
1965 年以「倡導革命文藝思潮，以求高度發揮戰鬥文藝的功能」為宗旨推
動國軍新文藝運動；1966 年三中全會也通過「加強戰鬥文藝之領導，以為
三民主義思想作戰之前鋒案」。[12]仔細觀察這幾次文化運動的內涵，其實
重複的成分相當多，由 1962 年《革命文藝》所倡導的民族文藝運動內容
來看，即可證實此點。該刊列舉了建設民族文藝的四個原則：一、時代化，
使文藝符合時代要求；二、戰鬥化，使文藝與戰鬥相結合；三、革命化，
清除「赤色的毒，黃色的害，赤色的罪」；四、大眾化，使文藝廣及群
眾。[13]由此可見，「民族性」、「戰鬥性」、「時代性」可說是五、六〇
年代國民政府的文藝理念和指導方針。

　　如此重複推動同一內涵的文化運動，其原因可從國民黨所面對的內外
條件中找出。1950 年韓戰爆發之後，美國宣布海峽中立化原則，並派遣第

---

[11] 〈現階段展開文藝戰鬥工作要點〉，國民黨第七屆中央委員會第 104 次會議紀錄，
國民黨文傳會黨史館庫藏史料，7.4/104，1954 年 10 月 29 日，頁 2。轉引自林果顯：
《中華文化復興運動推行委員會之研究（1966-1975）—統治正當性的建立與轉變》，
頁 71。
[12] 有關推動戰鬥文藝情形，參考上註，頁 78。
[13] 〈展開一個民族文藝運動〉，《革命文藝》70 期，1962 年 1 月，頁 2。

七艦隊協防台灣，阻止台海戰事發生，台灣從共產黨的威脅暫時得到緩解。接著，1954 年簽訂中美共同防禦條約，台灣更納入美國反共防堵政策的一環而得到安全保障。國民黨面對趨向和緩的對外局勢，立即的戰爭危機等同消失，但以戒備戰爭爆發為前提建構的總動員體制和限制人民權利的正當性，也隨著失去了說服力。為鞏固內部權力，同時也為延長戒嚴體制，限制人民的各種權利，必須在政治上鋪墊長期執權的基礎，因此，只能以預作反攻復國準備為口實，推出各種名義的文化運動，並把工作重心放在精神喊話和心理動員上面。

由是，以文化手段作為精神動員方式，強化在台統治正當性的國民政府，從六○年代中期起，開始動員黨政人員大規模展開中華文化復興運動。1966 年 11 月 2 日，蔣中正在〈國父一百晉一誕辰暨中山樓落成紀念文〉中力陳國父和道統的繼承關係，提出三民主義為中華文化新生的依據，強調國父繼承了「堯、舜、禹、湯、文武、周公、孔子聖聖相傳之道統」。此外，又將仁愛孝悌等中華文化固有的道理，拿來與三民主義學術兩相對照，指出倫理、民主、科學同為中華文化的基礎，也是三民主義的本質，而國父的學說思想正是中華文化的精華。進一步來說，三民主義之國民革命就是民族文化的保衛者，而作為復興基地的台灣，則是匯集中華文物的唯一寶庫，可以作為發揚民族文化的根據地。也就是說，繼承國父三民主義學說思想的蔣總統，就是道統的繼承者，而以三民主義作為中心思想推動的文化復興運動，正是反攻復國、保衛民族的大業。可以說「道統—國父—蔣總統」和「三民主義＝文化復興＝反攻大陸」的思考模式，就此確立了下來。[14]台灣也就此被定位為具備中國文化正統性，同時也成為與海內外同胞共同保衛中國歷史文化的精神堡壘。面對對岸的文化大革命形勢，國民黨以中國道統和固有道德隔海相應，再次揭露出反攻無望只能以固有文化來精神動員的無奈現實。

蔣中正發表紀念文後，各種座談會、演講會、展覽會、作文比賽、劇本歌謠徵集、表演等宣傳活動接連在民間各地舉辦，不僅如此，還藉由中央廣播電台向對岸播放台灣的自由學風、座談會內容，並宣傳政府和民間

---

[14] 林果顯：《中華文化復興運動推行委員會之研究（1966-1975）—統治正當性的建立與轉變》，頁 127。

合力發揚傳統文化的情形，讓他們知道文革和文化復興運動的根本差異所在。「孔孟學會」和「中國文藝協會」等 47 個學術團體，也聯名發表了「各學術文化團體為復興中華文化聯合宣言」，同聲譴責共黨不僅引進滅族滅種的邪惡思想，還大量毀壞典章文物，造成人類無比的浩劫，因此呼籲七億大陸同胞順應蔣公昭示的文化復興運動，勇敢起義，粉碎文化大革命，摧毀毛匪偽政權。1967 年五四文藝節，由文協領導的文藝界也發表〈我們的戰鬥目標和迫切的任務〉，聲明將基於民族大義，本著藝術良心，在總統的指示下分工合作，發揚倫理、民主與科學精神，在實際工作上向「黃色、黑色、灰色」作品進軍，糾正偏差的文藝作品，確定文化復興的正確方向。

　　經過這些準備作業，1967 年「中華文化復興運動推行委員會」正式成立，會長由蔣中正出任，其中專責推動文藝和學術的機構有「文藝研究促進委員會」和「學術出版促進委員會」。這些機構主要是透過創作、研究和出版，推展中華文化。所謂中華文化並非傳統遺產的全盤接受，而是摘取「以倫理、民主、科學為本質」的傳統優良文化。其中的出版狀況，林果顯研究後指出：古籍今註今譯計畫，以「一國文化常保存於典籍之中」為出發點，將艱澀的古代書籍加以註釋或翻譯，便於理解傳統思想的精華，其選譯範圍有「能代表中國文化精神者」、「為歷代所傳誦，而具有恆久之價值者」、「有參考價值，大體上能適應時代之要求者」，由經、史、子、集分類，計至 1975 年出版了包括《周易》、《詩經》、《論語》、《大學》、《公羊傳》、《孝經》、《老子》、《墨子》、《荀子》、《韓詩外傳》等共 15 種；「中國歷代思想家」叢書的編輯，撰述中國一百位思想家的生平、著作、思想及影響等，以儘量淺顯易懂的文字向大眾推廣，由「中國文化復興會」和「中山學術文化基金會」合作辦理；另外，亦推行《中國文獻西譯書目》、《中華文化總論書目》等學術工具書籍。這些學術性事業是在文化復興、文化反共名義下進行，較為側重道統的思考。[15]

---

[15] 參考林果顯：《中華文化復興運動推行委員會之研究（1966-1975）—統治正當性的建立與轉變》，頁 142-150。

　　如此這般，可以看出國民黨經過多次的文化運動，不斷彰顯三民主義思想和民族主義文藝，並視它為反攻大陸的精神基礎。民族主義文藝論的提出，原是將矛頭指向共黨左翼文學的唯物論和階級鬥爭，期待中國人民能擺脫蘇俄異族影響，恢復民族精神和固有文化，但是在反攻大陸無望的現實下，反而淪為強化國民黨政權為中國正統代表，鞏固在台統治正當性的一種手段。文化復興運動也同先前各個文化運動推動的模式一樣，先由蔣中正發言，後由文學界人士詮釋，再透過各種形式的活動進行傳播。這種擴大再生產的方式，可以說是一種深具目的性的政治動員和文化宣傳。其中，無論是建構三民主義文藝論，或是推動民族主義文藝政策，張道藩都是核心人物。他來台後，奉命主持反共文藝的核心組織「中華文藝獎金委員會」和「中國文藝協會」，事實上早在 1942 年，他即曾提出過民族文藝論和文藝上的民族立場[16]，因此於 1954 年蔣中正發表〈補述〉之後，他又重提〈三民主義文藝論〉主張，以表揚民族文化作為文藝的實質目標。「中國文化是內傾型的文化，重政治與道德。其內傾精神的發展，一方面是政治，一方面是道德，而政治如道德如血肉相連，不可分割的。中國古來的政治，建築在政治制度和倫理道德的雙重基礎上，修齊治平的一貫的政治理想，與忠孝仁愛信義和平的一聯的八德，密切的配合與實踐的。政治的實踐，即為道德的實踐。」[17]可見他口中民族文化、民族精神的核心本質，係繼承及延續儒家思想，亦即個人道德修養擴大到國家政治的一元論思考。在此思考下，自然產生國民每一個人必須學習古典和傳統，才能化解當前國家危難亦即反攻大陸的說法，而且建構所謂「國家有難，匹夫有責」的論述，在賦予個人救國責任的同時，也容易動員大眾心理。

　　在文學創作方法論的討論方面，張道藩從古典主義到超現實主義、心理分析派，比較分析西歐文藝思潮的優缺點後，提出了寫實主義才是三民主義文藝和中國文藝傳統的延續的結論，並予以肯定。他認為當歷史走到正常發展時期時，寫實文學興盛，而在非正常變局時，則非寫實文學當道。他提到的寫實主義文學例子有：唐代杜甫、元結的現實社會描寫；高適、岑參的邊塞詩；劉禹錫、李公垂的諷諭詩；宋代蘇軾、黃山谷的詞；張元

---

[16] 張道藩：〈我們所需要的文藝政策〉。
[17] 張道藩：〈三民主義文藝論〉，收於道藩文藝中心主編：《張道藩先生文集》（台北：九歌出版社，1999 年），頁 637。

幹、岳飛、辛棄疾、劉克莊、劉過、張孝祥的撫時感事作品；陸游、文天
祥、謝枋得、鄭思肖等人的民族意識作品；元代施耐庵的發憤之作《水滸
傳》、羅貫中的《三國演義》；明代宋濂、方孝孺、高啟等人的詩文；李
卓吾的童心說；《金瓶梅》、《三言》中的一些小說；清代張維屏、趙函、
汪芙生、王闓運、吳昌言、黃遵憲、丘逢甲的詩歌；魯一同、梅曾亮、薛
福成、曹晟、羅惇曧的散文；巢南子、李伯元、吳沃堯、劉鶚、洪興全、
東亞病夫諸人的小說等。而變局的例子，他提到的有：魏晉時期呈現逃避
現實、崇尚玄談或耽溺於酒色等表現頹廢的文藝；五胡亂華時呈現隱匿於
自然山水、吟風弄月，以求自適；晚唐五代國運日衰時出現遠離現實、趨
向於唯美；元代表露亡國遺恨及厭世嫉俗的思想等等。他認為只有寫實主
義文藝才能呈現文學的真善美，同時也唯有寫實主義方法才能與中國儒家
重實用的人文主義思潮相呼應。在他這種傳統文化和民族文藝論之下，中
國古典文學和富有愛國救國情操的歷史人物故事，自然就成為教育人民的
絕佳教材。

　　王集叢也是國民政府反共文藝理論的建構者，他從 1920 年代末期開
始，在《大路》、《正氣》等刊物上倡導三民主義文藝理論；1942 年發行
了《三民主義文學論》和《怎樣建設三民主義文學》兩本書籍；來台後，
他把這兩書合刊為《三民主義文藝論》，重新發行；1955 年呼應戰鬥文藝
論；1965 年發行《文藝新論》，持續為國民黨文藝政策提供理論基礎。在
《三民主義文藝論》中，他把文藝的實質，定義為「站在三民主義立場描
寫現實生活的文學，也是把三民主義思想通過藝術形式、活的生活表現出
來的文學」，主張「以人為重心，創造屬於人性的文學，發揚我國固有的
倫理觀念，表現真摯的民族意識，發揮民族主義的精神，以開拓人類自由、
平等、博愛的人性生活。」「三民主義與共產主義，在基本出發點就有絕
大的不同點。三民主義以『愛』為出發點，講求『忠孝仁愛信義和平』，
而共產主義是以『恨』為出發點，講『階級鬥爭』，將人類分成各種階級，
主要是資產階級和無產階級，以殘酷的階級鬥爭來解決經濟問題」，[18]由
此可知，王集叢的文藝論也是建構在傳統儒家思想上。蔣中正發表〈補述〉
之後，他也刊登《戰鬥文藝論》回應：把戰鬥文藝廣泛定義為具有積極樂

[18]　王集叢：《戰鬥文藝論》（台北：文壇社，1955 年），頁 99。

觀和奮鬥進取的文學，不過其內容要歸結於民族立場、人民立場、進步立場，亦即包含民族主義、民權主義、民生主義的三民主義範疇，並把共黨的階級文藝、侵略文藝、商品文藝加以對比，主張保有人性、和平、優美成分的就是戰鬥文藝。書末以附錄方式刊載〈西遊記的戰鬥意義〉，以堅定的立場、巧妙的情報戰、實際的宣傳戰三個層面分析西遊記的戰鬥性，舉例印證了善用古典文學的宣傳效果。他更補充說明，如同運用《西遊記》的取經故事來宣傳佛教的偉大，也可以革命先烈、革命領袖的光輝事蹟作為材料，宣傳三民主義的博大精深和忠義仁愛的傳統思想。[19]除了張道藩和王集叢以外，趙友培、任卓宣、葛賢寧、陳紀瀅等反共文藝陣營的核心人士也同樣主張能夠發揚三民主義和民族文化的文藝。[20]顯然，1950 年代反共文藝雜誌中出現大量中國古典文學和歷史人物的介紹和詮釋文章，並非偶然的現象。

三、反共文藝雜誌的古典文學選材和詮釋

五、六〇年代的台灣文壇，反共文藝體制的形成和蓬勃發展，文藝雜誌可說扮演了非常重要的角色。反共文藝雜誌所以扮演如此多重的角色，主要是因文藝雜誌的編輯人、出版社主持人、反共文學理論家、創作人，甚至推動文藝政策的機構成員，或重疊或保持密切關係的緣故。也就是說，由於官方政治權力和媒體商業經濟的緊密結合，大部分的反共文藝雜誌，一方面宣傳國民黨文藝政策和各文化運動的內容，同時也提供了反共文藝的創作園地和討論文藝的批評舞台。因此，官方提出民族主義文藝和戰鬥文藝，反共文藝雜誌也隨之呼應，並進一步跟進，大量刊載介紹及詮釋古典文學和歷史人物的文章。綜觀 1950 年代反共文藝雜誌中與此相關的文章目錄，可略作整理如下[21]：

---

[19] 王集叢：《戰鬥文藝論》，頁 99。

[20] 黃怡菁：《文藝創作（1950-1956）與自由中國文藝體制的形構與主實踐》（新竹：國立清華大學台灣文學研究所碩士論文，2006 年），頁 149-153。

[21] 50 年代反共雜誌中，與古典相關文章的欄目製表，係筆者所做的初步整理；備註欄內的數字是本文第三節敘述時以括弧列示例舉文章的序號。

雜誌名稱／卷期	作者	篇名	備註
文藝月報 [1:4]1954.04	王怡之	論評：蘇軾的蝶戀花	111
[1:5]1954.05	高明	中國文學的價值及其研究法	
[1:6]1954.06	編者	屈原思想及其詩歌的表象	8
	羅敦偉	反共文藝與春秋文藝	36
[2:8]1955.08	萬子霖	作家介紹：清代女詞人賀雙卿	92
[2:9]1955.09	李辰冬	評論：陶淵明的血統、性格與思想	48
半月文藝 [1:1]1950.03	杜呈祥	辛棄疾與陳亮	49
	趙友培	古詩今譯－正氣歌	
[2:1]1950.10	李辰冬	曹子建的心理分析	
文壇 [3:9]1955.06	趙尺子	發掘屈原的戰鬥精神－戰鬥文學史上的一頁！	41
晨光 [1:1]1953.03	林培深	民族詩人陸放翁	5
[1:4]1953.06	儻隱	亂世文人與王維	47
[4:1]1956.03	羅敦偉	陶淵明與蘇東坡－介紹箋註陶淵明詩新刊本	112
[4:4]1956.06	朱德蘊	忠魂永在楚江邊	
集粹 [1:5]1953.01	吳錫璋	我為諸葛亮辯護	
	藏叟	吳越興亡滄桑錄	
[1:6]1953.02	藏叟	司馬光論智伯之亡	
[1:7]1953.04	李一之	太平天國的原始思想	
	香草	林則徐軼事	
	一之	「論語」上的描寫手法	
[1:8]1953.06	香草	沈葆楨軼事	
	魏子文	劉鐵雲的生平	
	朱文範	李義山的小品	
	萊子	『論語』劇－旨要	
	公弘	黃公度及其新詩派	
[1:9]?	王靜	歷代帝王畫－宋徽宗、明宣宗、清高宗	
	純青	陸放翁的思想	51
[2:2]1954.07	知本	唐代小說漫談（一）	
	南宮	垓下之歌－歷史故事新編之二	
[2:3]1954.09	靜鑫	讀曾子大孝篇	

	履川	清末之詩壇泰斗－陳三立與其詩	
	葉天行	孟子性善與荀子性惡的偏見	
	知本	唐代小說漫談（二）	
軍中文藝 [3 期]1954.03	張自英	我讀「中國歷史精神」	
[12 期]1954.12	依穗	陸放翁的詩和詞	52
	先漢	唐代的邊塞詩	
	濟群	孟子外二章	
[13 期]1955.01	至誠	天才橫溢的蘇東坡	11
[14 期]1955.02	至誠	杜甫的思想與人格	1
[20 期]1955.08	斐斐	魂斷汨羅江	9
[24 期]1955.12	曾憲法	閒談「水滸」的民族思想（水滸思想背景研究之一）	3
[25 期]1956.01	曾憲法	水滸的倫理、政治、軍事思想（水滸思想背景研究之二）	4
[26 期]1956.02	范叔寒	記左宗棠二三事	12
革命文藝 [11 期]1957.02	李辰冬	詩經中的戰鬥精神＊：11-15 期連載	40
	蘇雪林	陶淵明評論讀後感	35
[15 期]1957.06	葛賢寧	學習屈原的精神	53
	郭嗣汾	屈原渡及其他	54
	白圭	飢餓的屈原	55
[16 期]1957.07	王怡之	民間詩人白居易	45
[41 期]1959.08	揆文	人範－忠心負責的諸葛亮・奮身救國的荀灌女	33
[43 期]1959.10	鍾龢	怎樣研究杜甫的詩	
[45 期]1959.12	丁文原	詩歌與現實－論我國隱士的形成及其詩歌	46
海風 [1:1]1955.12	糜巢	參觀「北宋景祐本史記」影印記	
[1:2]1956.01	蘇雪林	魏晉文學批評大概	
[1:7]1956.07	張以仁	略論東坡詞	56
[1:9]1956.09	郭晉秀	弔屈原	57
[1:10]1956.10	張世平	孔子的詩教	37
[1:12]1956.12	黎明	亙古男兒－放翁	6
	樹聲	虞姬墓憶舊	
[2:3]1957.03	素存	明末志士顧炎武	
[2:4]1957.04	朱珊	千古沉冤風波亭	
[2:9]1957.09	朱珊	施琅與鄭延平的恩怨	13

[3:9/10]1958.10	于浣非	屈原其人其事－我讀離騷的感言	58
[4:4]1959.04	不同	愛國詩人陸放翁	59
[4:8/9/10]1959.10	席珍	低頭思故鄉－李白「靜夜思」淺說	
暢流 [2:4]1950.10.01	楊一峯	詠史－韓信・周亞夫・漢武帝・霍光	
	郝立人	謁延平郡王祠	60
[2:5]1950.10.16	張有為	蘇武	
	郁元英	庚寅端午紀念屈靈均	61
[2:8]1950.12.01	相湘	明清帝王的生和死－紫禁城寫影	
	又青	女皇帝武則天	62
[2:11]1951.01.16	馮可培	鄭成功手植梅	63
[3:1]1951.02.16	吳相湘	紫禁城寫影順治帝與董鄂妃	64
	羅繼永	謁延平郡王祠	65
[3:2]1951.03.01	吳相湘	出家未遂的順治帝	
[3:3]1951.03.16	蕭齋	台灣的開闢者－顏思齊	66
	吳相湘	李鴻章的中堂脾氣	67
[3:6]1951.05.01	周一鷗	記鄭成功鎮江大捷	68
[3:9]1951.06.16	夷坡	徐霞客與黃石齋	
	周一鷗	鄭和的民族功績	25
	周一鷗	辛卯詩人節懷鄭成功	69
	楊一峯	辛卯詩人節懷屈子	70
[3:10]1951.07.01	賈景德	辛卯詩人節懷鄭成功	71
	張默君	辛卯重五懷鄭成功	72
	蕭綸錦	端午憶沈斯菴	76
	王師復	鄭成功	73
	羅敦偉	辛卯詩人節憶鄭成功	74
[3:11]1951.07.16	意園	丘逢甲與易順鼎	75
	凌曉舫	辛卯詩人節懷沈斯菴	77
	陳邁子	辛卯詩人節懷鄭成功兼弔屈原・角黍	78
[4:3]1951.09.16	周一鷗	民族先覺顧亭林	
[4:7]1951.11.16	彭紹香	辛卯詩人節懷沈斯菴	79
[4:8]1951.12.01	節合	花木蘭萬里榮歸	26
[4:10]1952.01.01	葉芝生	詩人李白之謎	80
	宋希尚	祀孔追記	
	李臥南	鄭成功忌日	81
[4:12]1952.02.01	高峯	從田園看陶淵明	82

[5:8]1952.06.01	張目寒	關於屈原	83
	張大千	三閭大夫之像	
	錢用和	弔屈原	84
	良知	記林則徐先生	85
[5:9]1952.06.15	周一鷗	杜甫愛國詩箋	2
	吳燕生	弔屈靈均	86
	阮毅成	弔屈靈均	87
	樓復	讀王安石年譜	
[5:10]1952.07.01	賈景德	詩人節之意義與屈原之再估價	10
	偉士	記許景澄的成仁	27
	葉芝生	李白清平調詞研究	88
	司徒騮	詩經在文學上的貢獻	44
[6:1]1952.08.16	偉士	劉銘傳與鐵路	89
[6:4]1952.10.01	何元輝	從孔子之革命人生觀論吾黨所宗之大道	28
	竺公	尊孔與讀經	29
	叔青	發揚孔子的教育精神	30
[6:9]1952.12.16	羅敦偉	苗栗昭忠塔弔羅福星	90
[6:11]1953.01.16	羅剛	保建台灣的政治家劉銘傳	91
[7:4]1953.04.01	林治平	明代大政治家張居正	
	刁抱石	三絕詩人鄭板橋	
[7:7]1953.05.16	繭廬	記南宋詞人姜堯章	
[7:9]1953.06.16	溥心畬	三閭大夫像	
	蘇雪林	端午與屈原	93
	克娟	談白居易的詩	94
[7:11]1953.07.16	方延豪	詩人節弔屈大夫	95
[8:3]1953.09.16	劉岱曦	顧亭林先生的氣節與治學	14
	蔣勵材	詞王李後主－天教心願與身違	
[8:4]1953.10.01	羅敦偉	孔子思想的新時代	
	李爾康	略談陸放翁的詩	7
	丁嘉	中華立國的文化－紀念孔子二五○四週誕辰	31
[8:8]1953.12.01	李振華	史可法與馬士英（上）	15
[8:9]1953.12.16	李振華	史可法與馬士英（下）	16
	逸名	民族英雄劉永福	17
[9:1]1954.02.16	胡逸民	諸葛亮是怎麼出山的	32
	譚世麟	武當山與建文皇帝	
[9:3]1954.03.16	逸民	三國是怎樣鼎立的	

[9:8]1954.02.16	溢灘	萬古辭宗仰屈原	42
[9:11]1954.06.01	韓名銅	詩人李白的一生	96
[10:1]1954.08.16	李振華	民族詩人張蒼水	18
	張漱菡	懷鄭成功	
[11:2]1955.03.01	韓名銅	蘇東坡的文字獄	34
[11:4]1955.04.01	黃逸民	殺死岳飛的兇手究竟是誰	21
	一沖	鄭成功二三事	19
[11:11]1955.07.16	黃逸民	曹操奸在那裡？雄在那裡？	
[11:12]1955.08.01	黃逸民	論關羽	20
[12:2]1955.09.01	隱靈	女詞人李清照	97
	葉芝生	羅貫中筆下和舞臺上的三國	
[12:3]1955.09.16	雪濤	蘇東坡的少年時代 4-6.9 期有系列後續	98
[12:7]1955.11.16	黃逸民	周瑜與赤壁之戰	38
[12:8]1955.12.01	亦如	論宋詩與黃山谷	
	績蓀	鼙鼓聲談客卿客將	39
[12:12]1956.02.01	黃逸民	文天祥的精神	22
[13:6]1956.05.01	黃逸民	論秦始皇之功罪	
[13:7]1956.05.16	繭廬	李太白的五言古詩	99
[13:9]1956.06.16	亦如	再論宋詩及江西派與陸放翁	100
[13:10]1956.07.01	王先漢	豪宕的杜牧	43
	古狂	溥儀出宮目擊談	
	陳簫	丙申詩人節詠吳鳳	
	方延豪	弔屈原	101
[14:4]1956.10.01	詠嫻	小論陶淵明	102
	曾今可	林獻堂先生二三事	23
[15:8]1957.06.01	朱德蘊	弔屈原	103
	羅敦偉	丁酉端陽弔屈原	104
[15:9]1957.06.16	王藍	屈原與詩人節	105
[15:11]1957.07.10	李世昌	八卦山弔屈原	106
[16:9]1957.12.16	嚴明	史可法的家書	24
[16:12]1958.02.01	董廬	左宗棠與劉銘傳	107
[17:3]1958.03.16	魯蕩平	謁台南鄭延平王廟有序	108
野風 [4 期]1950.12	佚名	詩人李白	109
[69 期]1954.06	林郊	給屈原	110

　　首先，檢視上表臚列文藝雜誌的反共脈絡：《文藝月報》（1945-1955）為響應蔣中正〈民生主義育樂兩篇補述〉的文藝振興主張，要求作家發揚中國文藝與思想，也要求作家在情感上團結一致，該雜誌推崇具中國性、民族性的文藝，除戰鬥文藝理論特輯以外，還刊登了多篇介紹中國文藝的文章；《半月文藝》（1950-1956）雖標榜為純文藝刊物，但在創刊詞中即明白揭示將配合官方文藝政策，撲滅赤色思潮，建立反共抗俄新文藝，倡導民族文學和反共文學；《暢流》（1950-1991）為台灣鐵路局發行的綜合性雜誌，主要刊載與鐵路有關的遊記、散文，以及抒情小品和小說創作，以培養興趣、陶冶性情和增廣見聞、添加生活趣味為宗旨，除此之外，該刊也刊登大量的有關歷史知識、增強民族意識的掌故、古典詩形式的旅台詩抄等文章；《野風》（1950-1963）為響應反共基本國策，竭力建構反共時代的集體戰鬥精神；《集粹》（1952-?）月刊也以反共愛國為宗旨，從發揚人性、護衛人文著手，所刊載的時事評論，以揭露共黨本質，宣揚愛國及傳統儒家思想為主；《文壇》（1952-1957）為穆中南主持的大型文藝雜誌，以推廣社會及軍中文藝教育為發刊宗旨，在反共抗俄的旨趣下，推行戰鬥文藝，倡導民生主義，廣泛引介中國古典文學及藝術；《晨光》（1953-1968）早期也以反共抗俄為宗旨，但同樣登載多數有關古典詩歌和古代文人的文章；《軍中文藝》（1954-1956）為國防部總政治部發行的軍方文藝刊物，除了軍中文藝作品以外，也刊載大量的中國傳統文學，該刊強調文藝激發民族情感、加強民族思想，以達成反共抗俄目標，作為肩負時代化、大眾化、革命化、戰鬥化任務的民族文藝；1956年易名為《革命文藝》（1956-1962），走向社會大眾，提倡文藝須與時代、革命結合，並以光復大陸、消滅共匪、驅逐俄寇、重建中華為創作基調，用三民主義精神發揚文藝最高的戰鬥性能，同時刊登多篇以戰鬥性解釋古典文學的文章；《海風》（1955-1960）自稱是聲援政府戰鬥文藝政策的反共雜誌，以鼓吹民族精神為目的，刊載相當多篇數的古典文學和歷史人物文章。

　　其次，以主題和類型來考察這些雜誌刊載的古典文學、民族文化和歷史人物相關文章，可以分為以下幾個方面說明：第一、表現愛國思想和民族精神的人物或作品：例如，以「忠國家愛民族的思想」和「憂國憂民」來說明杜甫的思想和詩歌（1，2）；以反抗異族的民族精神來解釋《水滸傳》主題（3，4）；以「忠君愛國，復仇異族的忠貞和激發之情」來解釋陸放

翁的詩歌（5），強調他因國土未收復反對和談的「愛國傷時」情操（6），呼籲學習他那種「忠愛之誠，念念不忘中原」的情懷（7）；推崇屈原「忠貞的高尚品節」（8），以及「忠君愛國大志」（9），介紹屈原兼具文學家、法律家、外交家、政治家的風範（10）；肯定蘇東坡為擁有忠君愛國精神、又有政績的政治家（11）；為國家為百姓不惜犧牲生命來擊退俄帝侵略的左宗棠（12）；反對異族、發揚民族精神的鄭成功（13）；在異族統治下，率先發起民族復興運動的顧亭林（14）；在明清交替期為國死戰不屈的史可法（15,16）；甲午戰爭中的愛國民族英雄劉永福（17）；還提到明清之際張蒼水為保衛民族的奮勇行為，有揚表忠愛、激勵人心的效果（18），鄭成功反抗滿清的豐功偉業，也牽引了台灣的繁榮（19）；還有關羽是忠君報國、代表中國人民族性的忠臣義士化身（20）；被奸臣秦檜、張浚陷害而喪生的忠臣岳飛（21）；救國愛國的典型人物文天祥（22）；作為台灣的抗日志士，積極接受、學習祖國文化的林獻堂（23）；具有忠君報國的赤子之心，以身殉節的民族英雄文天祥和史可法（24）；展現中華民族威嚴的鄭和（25）；散發精忠報國精神的花木蘭（26）等皆是。

　　這些鼓吹愛國思想和民族精神的文章，共同特色是強調對異族的敵愾情操和抵抗精神。有趣的是把古代朝廷和現代國家等同看待，前現代漢民族中心主義和現代國家觀混淆不分，如宋元和明清交替被認為是異民族入侵所致，該時期為漢民族做出抵抗的人物，如陸游、岳飛、文天祥、史可法、石濤、梅瞿山和張蒼水等人，都受到相當正面的評價。這些愛國人物，面對國家危難寧可犧牲個人，同時為了人民的安居樂業奮鬥不懈，可以說具備了儒家的愛國愛民思想和高尚情懷。透過對這些愛國人物及詩文的肯定，同時呼籲民眾向他們效法學習，一方面間接對過度依賴異族蘇俄、害慘大陸人民陷入塗炭生活的共產黨提出批判，另一方面也藉此強調抵抗暴政及反攻大陸的正當性及必要性。

　　第二、強調中國道統和儒家思想的文章：例如：宣揚許景澄與俄羅斯進行交涉，確保國家利益的忠君和成仁事蹟（27）；述說孔子的革命人生觀以及孫中山和蔣公繼承孔子的革命之路，再拿共黨的不仁與之相比，突顯孔子仁愛思想和學術體系的偉大，依此提出三民主義的精神和蔣總統的訓示係承繼自孔子思想（28）；說明今天尊孔與讀經的意義（29）；發揚孔子的教育精神（30）；熟知孔子思想的新時代意義，將道統運用於思想

戰；中華立國的文化根源為六經，而六經的內涵等同當今的治國原則
（31）；讚許憂國憂民、行忠義的諸葛亮，寫他具備忠心、廉潔、公正
的儒家精神（32）；稱許蘇東坡忠耿硬直，不肯同流合污的品格（34）；
還有，既有看法一向認為陶淵明的隱逸精神係受到道家影響，但文章卻
以儒家的孔顏樂處精神來理解陶淵明的詩作（35）；宣揚葛灌女奮身救國
的事蹟（33）；深信《春秋》的儒家思想，對提升反共抗俄的文藝效果有
很大助益（36）；連結孔子詩教與國民精神之涵養（37）等。這些文章
基本上與上述第一主題有所重疊，不過重點主要放在共產主義帝俄共匪消
滅中國固有文化，以及破壞人性的事實上面，因此為了對抗共產政權，必
須先確立儒家道統，來達成個人修養—國民精神—反共抗俄的階段任務。
尤其，就蔣中正繼承了儒家道統的說法來看，此論述一方面可確保國民
黨堅持主張反攻大陸的正當性，同時也可成為國民政府統治台灣的正當
性依據。

　　第三、鼓吹戰鬥、尚武、軍事戰略的文章：例如：以戰略角度探討周
瑜與赤壁大戰（38）；從古代軍事、政治角度介紹客卿和客將（39）；篩
選出《詩經》中含有戰鬥精神的詩篇（40）；講述《水滸傳》中大規模裡
應外合的城市戰爭（3,4）；敘說陸放翁的軍旅生活及憂時愛國、愛國尚武
精神（5）；嘉許屈原的戰鬥精神（41,40）；彰顯陸放翁詩作中企盼收回
失土的情懷（6）等。屬於這類的文章，主要與推動戰鬥文藝有關，從古
典文學中選出在軍事戰略上可供參考的材料，在進行介紹的同時，不忘鼓
吹戰鬥精神，進而鼓勵從軍，並傳播反攻大陸和恢復中原的想望。

　　第四、描繪遠離故鄉、流浪異地的文章：例如，屈原的放逐流離生活，
以及他的懷鄉之思（42）；杜牧的感懷詩歌（43）等，這類文章尤其在介
紹朝代交替期人物或他們的詩歌時，不忘鋪陳放浪、徘徊、回不去的感傷
和情緒，感覺古人的此種情景，宛如當時他們自己的處境，反映出這些文
人失去大陸河山寄居台灣的孤寂無奈心情，也投射出內心渴望返回老家、
懷念故土的愁緒。

　　第五、強調寫實主義文學的意義：例如，讚賞陸放翁的七言律詩，認
為它是寫實主義文學的重要成就，尤其陸放翁處在金人南侵、國勢危急的
時代，仍能透過詩歌表現出強烈的民族意識和高度的愛國情操（7）；高
度肯定作為實用文學的詩經價值（44）；稱許白居易的詩作掃盡六朝綺麗

的時風，以及唯美浪漫的個人文風，其詩作通俗寫實，反映社會現實，不愧能博得社會詩人的雅號；評述杜甫的詩作也同樣散發出寫實主義文學的風格（45）；再者，還有以中國隱士的形成，來討論詩歌和現實之間的關係（46）；以王維文學的特徵，討論歷史的混亂帶給文學趨向消極的諸多影響（47）等，這類文章主要著眼於現實和文學的關聯性，強調寫實主義文學對社會國家的貢獻，藉此正當化國民黨的文藝政策，同時譴責異族入侵或奸臣跋扈弄權以致民生塗炭，並把它框架在共產黨的形象上，喚醒讀者重新去認識古典寫實文學。

　　另外，從提及的歷史人物來看，屈原[22]和陸放翁（5, 7, 51, 52, 59, 100）是最常被點到的人物，文章的討論主要聚焦在他們的愛國情操上面，常以異族入侵、保衛國家、痛恨和悲憤、懷才不遇、寂寞放浪、懷國愛民等修飾詞描繪他們，而且他們的生平事蹟，往往也被理解為知識分子該具備的民族精神，認為有關他們的文學都是大家應該要了解要學習的固有傳統文化。此外，文天祥（22）、岳飛（21）、史可法（15, 16, 24）、辛棄疾（49）、沈光文（76, 77, 79）等人的詩文和愛國行為，也常被以同樣的角度評述。近代人物，如清末民初的左宗棠（12, 107）、劉永福（17）、許景澄（27）、李鴻章（67）、林則徐（85）等人，面對西方和俄羅斯的進犯，仍奮不顧身保國衛民，成了愛國愛民族的模範人物；與台灣相關的人物則有鄭成功[23]、劉銘傳（9, 89, 107）、顏思齊（66）、丘逢甲（75）、易順鼎（75）、林獻堂（23）、羅福星（90）等，他們都被推崇為反清復明或抗日運動的民族主義者、台灣的開拓者或建設者；此外，女性人物方面，如愛國愛民的標竿人物葛灌女（33）和花木蘭（26）、在艱難處境中堅強過活的賀雙卿（92）、有自我主見和男女平權思想的武則天（62）、因國家遭難而被犧牲的李清照（97）等。

　　再者，針對杜甫（1, 2）和白居易（45, 94）詩作，肯定他們以憂國憂民之情描寫因安史之亂陷入生活困苦的百姓；對於陶淵明（35, 48, 82, 102, 112）和李白（80, 88, 96, 99, 109）的詩歌，則採取不同於田園風格、消極、

22　當時還訂定端午節為詩人節，以紀念屈原。有關屈原的文章有 7-9, 42, 53, 54, 57, 58, 61, 70, 78, 83-4, 86-7, 93, 95, 101, 103-6, 110 等。

23　鄭成功被認為是對抗異民族的民族主義者，同時也是奠定台灣發展的功臣人物，相關文章有 73, 72, 71, 68, 69, 108, 19, 74, 81, 65, 13, 63, 64 等。

個人主義、道家隱逸思想等的既有評價，而以介紹呈現儒家思想的詩篇為主，強調其入世精神和積極的一面，例如認為〈桃花源記〉刻畫的是革命的烏托邦，主張的是自由、平等、民主等理想；此外，也有未與反共意識形態連結，純就他們留下的不朽文學成就，以學術研究角度介紹他們的生平和詩作，推崇他們的文學性和藝術性，如蘇軾（11, 34, 56, 98, 111, 112）、王維（47）等人。整體來說，提及歷代文人和英雄人物時，習慣以忠君、仁愛、戰鬥、流浪、憂國、愛民作為評價的標準，呈現出鼓吹儒家思想、愛國愛族、積極戰鬥精神的目的。

　　另方面，在古典文學作品的介紹、研究和詮釋上，包括《詩經》、《楚辭》、唐詩和宋詞等的古典詩詞經常都會被提到，這是因為無論質或量，一般都認為詩歌是中國古典文學的代表產物，也比較能反映出民族精神和固有文化。除此之外，《三國演義》和《水滸傳》等小說和《史記》、《春秋》也是偶爾會被提及的散文類作品。那麼，為了更具體了解反共文藝雜誌如何配合民族主義文藝論述，試就上述雜誌刊載古典文學和歷史人物文章中，舉出重新被詮釋的代表性例子，說明如下：

　　《暢流》刊載的〈詩人節之意義與屈原之再估價〉（10）一文，先提出「詩在我國文化方面，佔有重要的地位。在社會方面，具有很大的潛力」，舉出詩溫柔敦厚的教化作用、觀察民情和民政的效用，以及鼓吹人心和情緒的效果。筆鋒一轉，接著把矛頭指向大陸，認為共黨行使暴力，以致社會變成屠場，億萬同胞形同砧板上魚肉，究其因，就在於無法用詩來作調和的關係，由此可知，孔孟的詩教對國家民族的作用如何，不言可喻。同時文章也提到台灣的情況，認為：

> 過去日人佔據台灣的時候，用盡種種方法，來壓迫台灣同胞的民族文化思想，台灣同胞雖在強暴力量之下，不能公開的反抗，但總不甘心來接受這種侮辱和欺騙，也用種種方法來保存我們的固有文化，激發我們的民族精神，熱心提倡做詩，也正是保存激發的一種有力方法。所以台灣詩人之多，詩社之盛，為大陸各地所不及。這是自有其內情要因的。這種關鍵因素，不只台灣同胞深深明瞭，就是大陸來台的人士，也無所不知道。至於大陸來台詩人之多，一時詩風之盛，驟看起來，使人不無出乎意外之感，這正因為詩人是抱

　　有忠於國家，愛好民族的堅決意志，遇到時難孔棘的時候，就把忠肝義膽的正氣激發表現出來……[24]

　　將台灣和大陸的詩風、詩社連結起來肯定一番，再就此敦促彼此必須共同面對當今情勢。文章詳述詩有其愛國愛民族的功用之後，又提到屈原所度過經歷正如同當今處境，因此應該要明瞭他的愛國精神，重估他的真正價值，視他為足作後代子孫景仰的偉大典範人物。這篇文章主要依據史記屈原列傳所載內容，認為他不僅是個偉大的文學家，同時也是法律家、外交家、政治家，畢生竭忠盡智的愛自己國家，無論在朝在野，都是忠心耿耿，不惜一死，以喚起國魂、激發民氣，最終能喚起國人團結意念，發難起義，打倒暴秦王朝。因此呼籲讀者要繼承他這種偉大的精神，要「堅持屈原一樣的忠愛志向，發揚我們的文化精神，激厲我們的民族正氣，一致努力收復大陸，挽回嚴重的刧運，解救災難的同胞，纔對得起先哲，對得起自己的國家。」可見對屈原歷史定位的重新評價，旨在希望能在反攻大陸的政治動員上面起到最大作用。

　　《軍中文藝》刊載的〈杜甫的思想和人物〉（1），首先提出杜甫雖不具顯赫功名，但還是受到後人景仰崇拜，主要是他懷有忠國家愛民族的思想、堅定不移忠貞不屈的氣節、關心國計民生悲天憫人的懷抱、直言敢諫的古大臣之風、辛勤努力的學習精神和創造精神此五種人格和思想特徵，呼籲軍中弟兄「鑒於杜甫的成功，我們從事於寫作的官兵同志們，千萬不要妄自菲薄……要學習杜甫讀書破萬卷的多讀，語不驚人死不休的多寫，更要追蹤杜甫忠國家愛民族的思想和人格，在反共抗俄的大時代中，做一名忠貞勇敢的文化戰士。」[25]

　　《軍中文藝》刊載的另一篇〈水滸思想背景研究〉（3, 4）也提出對《水滸傳》的不同看法：第一篇〈閒談水滸的民族思想〉推翻共產黨的官逼民反評價，認為《水滸傳》為一部宣揚民族精神、反抗異族侵略的偉大產物，並認為當今面對的是反極權反奴役的神聖戰爭，因此必須從《水滸傳》所呈現的民族思想和倫理觀念當中找出明確的方向。這篇文章特別重視《水

---

[24]　賈景德：〈詩人節之意義與屈原之再估價〉，《暢流》5 卷 10 期（1952 年 7 月），頁 3-4。

[25]　至誠：〈杜甫的思想和人物〉，《軍中文藝》14 期（1955 年 2 月），頁 22。

濟傳》登場人物勇敢堅毅的精神，認為這正是作為反共抗俄足資參考的最高方針。第二篇〈水滸的倫理、政治、軍事思想〉進一步提出其儒家思想、平民政治和大規模裡應外合的城市戰爭策略，並主張「在文化上，應該站在堅定的立場上，抱定優美的傳統精神，創造新銳的戰爭工具，方可制敵人於死地……反共復國的勝利，將因此而奠定基礎。」[26]可見重新詮釋《水滸傳》的意圖，全在於推動反攻復國大業的需求上。

《晨光》月刊刊載〈民族詩人陸放翁〉（5）一文，先仔細介紹陸游活動的時代背景、生平事蹟和詩作內容，再提及宋朝在金人入侵之後苟安一隅，因權臣君王貪贓枉法，岳飛等忠臣屢遭陷害。國家面臨危急存亡之秋，陸放翁本著愛國忠君思想和恢復中原志業，自進軍旅，發揮其尚武軍人本色。這篇文章非常仔細地考證他的詩作和事蹟，特別對有關軍中生活的作品更是給予最高評價。如此重視放翁詩作，目的是要發揚他的愛國精神，因為當今處境和放翁的時代非常類似，所以必須發揚他的忠毅精神，激勵士氣，為效忠領袖、雪恥復國，作出貢獻。這些主張背後有對大陸失敗原因的根本反省：

> 大陸上慘痛的崩潰，絕不是由於共匪的頑強兇狠，而是我們數千年來賴以保國衛民的「兵魂」和「國魂」喪失盡淨所致。但從總統復職後勵精圖治，發憤為雄的許多設施和準備上看，我們的「兵魂」已恢復，「國魂」也已經充實了。現在，反攻的號角正配合著從軍的熱浪激盪著像放翁這種偉大輝煌的作品，尤其是激揚士氣，歌頌從軍的作品，是值得加以介紹，值得強調宣揚，和值得擴大它的影響的。[27]

可見透過對放翁事蹟和詩歌的認識，藉以鼓吹愛國情緒，顯然是他為文的目的。

《暢流》刊載的〈文天祥的精神〉（22），提出文天祥受到後代人敬仰的原因，不外乎具有「救國救民的最堅強的意志和最高度的熱忱；具有嫉惡如仇不畏強禦的大無畏精神；具有犧牲小我成全大我任怨任謗明知其

---

[26] 曾憲法：〈水滸思想背景研究〉，《軍中文藝》25 期（1956 年 1 月），頁 12-14。
[27] 林培深：〈民族詩人陸放翁〉，《晨光》1 卷 1 期（1953 年 3 月），頁 8。

不可為而為的德性；具有國存與存國亡與亡的決心」[28]，而這種精神典範可說是中國數千年以來讀書人的道德傳統。接著，文章詳細介紹文天祥被元軍俘虜拘留遭受的苦難，以及為朝廷不惜犧牲性命的事蹟，他如此剛毅不屈的犧牲精神，影響後代史可法、鄭成功、張煌等人，進而對近代革命史上的黃花崗七十二烈士，以及抗戰時期、剿匪期間的前方將士和後方民眾所表現的諸多英勇事蹟，也有相當深遠的影響。因此今天由於共匪還佔據著大陸，國家民族遭遇到空前未有的災禍，我們再度認識作為知識分子的道德典範——文天祥的愛國心和不畏不屈的戰鬥精神，絕對是有其迫切需要的。

　　《革命文藝》連載的〈詩經中的戰鬥精神〉（40）是一篇帶有濃厚學術性的文章。與過往一般研究《詩經》的方法不同，它找出詩三百中出現有 52 次之多的「士」字。在此「士」指的是「武士」或「卿士」，他們接受文武合一教育，在戰時即成為戰士，平時則為卿士，因此認為「士」很可能就是《詩經》的作者。以此為前提，文章把詩三百大分為泛泛的關於武士精神的詩，以及處在國家危難時武士所表現出來的戰鬥精神兩種，認為破斧、無衣、還、猗嗟、叔于田、大叔于田等篇屬於前者；采薇、出車、六月、崧高、江漢、黍苗、常武、采芑、馴驖、車攻等篇屬於後者。並認為透過對這些詩篇詳細的說明和解釋，可找出文武合一、尚武精神、捍衛國家、治理內政、不畏精神等要素，而此也正證明《詩經》時代——周朝為中國的標準朝代。[29]這篇文章雖然參考了歷代的詩經研究，考證細膩，甚至進一步在了解《詩經》上面有所突破，不過仍然無法避開與推動戰鬥文藝的文壇環境間的關聯成分。

四、結語

　　以上從理論和政策面探討了國民政府所推動的民族主義文藝運動，並找出實踐此運動——反共文學雜誌刊載中國古典文學、歷史人物的文章，具體考察了反映民族主義文藝論的各種樣貌。研究結論可分以下幾個層面

---

[28] 黃逸民：〈文天祥的精神〉，《暢流》12 卷 12 期（1956 年 2 月），頁 2-4。
[29] 李辰冬：〈詩經中的戰鬥精神〉，《革命文藝》11 期（1957 年 2 月），頁 9-12。

說明：第一、國民政府所推行的民族主義文藝運動，緣自三民主義的學說內容，一開始是為抗衡共產黨的國際主義，亦即針對他們模仿、學習蘇俄帝國主義，而另提出的一種相應競爭路線。這個文藝運動，在抗戰時期時升格為救國理念，撤退到台灣之後更成為面對共黨政權毀滅傳統和民族精神的對抗邏輯。其後，1950 年韓戰爆發，台灣在中美共同防禦條約下被編入世界冷戰體制，受到美國東亞防禦體系的保護，因而透過戰爭完成反攻復國大業實際上已變不可能，在此時代格局當中，國民政府只能以文化改造、文化清潔、戰鬥文藝、軍中文藝等各種名目和形態的文化運動，來持續強化文藝上的民族主義立場，強調民族精神和固有文化的重要性。國民政府如此推動文化運動的目的，一方面藉繼承、保衛，乃至發展中國固有傳統來自我認定具備民族正統性，同時也為能確保在台統治的正當性，並可以藉此推動對共產黨的心理、文化和精神動員。

第二、在這過程及 50 年代反共文學體制下，發行多數文藝雜誌，除了刊載古典詩創作、古詩今譯，以保存古典文化以外，還大量刊登介紹古典文學和歷史人物的文章。這些文章，基本上是順著當時推動的文化運動刊登問世，亦即先會有總統有關文藝的訓話或發言，再經文人、理論家透過演講或座談會、投稿等方式進行詮釋，然後再由反共文藝雜誌呼應刊載具體且實際的例子，形成一種特定論述的再生產結構。民族主義文藝論，即是經過此種由上而下的方式進行，在對付共黨的同時，也建構民眾認同的政治目的，非常明顯。由此透過文藝雜誌對大眾傳播古典文學的重要性和必要性，以及對民族英雄的重新評價和詮釋，可說是具備組織性和目的性的文化政策的一種具體實踐。

第三、如是，反共文藝雜誌刊載古典文學的選材標準和詮釋角度，基本上都符合國民政府一直主張的三民主義學說和國民黨意識形態，其具體內容為能鼓吹愛國心的古典和民族英雄的故事，因此屈原、陸放翁、文天祥、岳飛、史可法、鄭成功等人的事蹟和詩作，佔了最多分量，而且相當詳細又一再重複。另外，還從孔子詩教和《詩經》中抽出儒家思想和精神，將它承繼下來，作為現代中國人的道德倫理。也從屈原、諸葛亮、陶淵明、杜甫、蘇東坡等人的行跡和詩作當中，摘取符合儒家思想的篇章，廣為介紹。以孔子為中心由上而下建立起中國道統的繼承關係，並把孫中山和蔣公安排其中，顯然國民政府自認為繼承了儒家道統和王道政治的歷史正統

性。再者，為推動戰鬥文藝和軍中文藝，被認為有實際戰鬥內容或富有戰鬥性的古典文學，如《水滸傳》和《三國演義》中的戰鬥場面，也被拿來仔細介紹並從戰爭策略的角度多方肯定。

　　以創作方法或文學傾向來看，民族主義文藝論再三強調寫實主義文藝，反共文藝雜誌也挑選杜甫、白居易等描寫平民現實的詩作刊登，並從憐憫和人性的角度加以肯定。因此一般認為屬於個人、消極、隱逸、浪漫傾向，但富有藝術性的屈原、陶淵明、李白、王維、蘇東坡等人的詩歌，也出現了一些分歧的意見。不過，考察文藝雜誌所選定的古典文學或歷史人物文章，明顯可以看出目的導向的特徵濃厚。其一是就已獲共識的作品或人物，重複強調其符合民族主義反共文藝旨趣的內容；其二是推翻既有看法或評價，以全新的角度重新詮釋，此時的評斷基準為是否具有愛國愛族與救國救民、儒家思想與倫理道德、積極作為與豐富戰鬥性等特徵。

　　第四、反共時期透過文藝雜誌大量進行古典文學和歷史人物的介紹和重新認識，明顯呈現出鼓吹愛國以對抗共產政權文藝的特定目的，因而絕大多數被提到的作品和人物，在美學和價值上都受到高度的肯定。或許須待未來更深入研究後才能明確了解，不過不難想像的是，離現實遙遠時空的歷史人物或古典形象，他們的英雄事蹟或美好文章，確實容易成為美學欣賞的對象，換句話說，容易成為褪去現實意義的審美對象。這些經過美化的中國古典和英雄故事，未來也可能變成心理和精神上的殘影，在人們的記憶裡留下長久的印象，並對後代文壇發揮著影響力。這可從中國傳統的斷層問題，成為七〇年代現代詩論戰和鄉土文學論戰焦點的事實中，得到合理的說明。因此，從反共時期的民族主義文藝論，以及抽象化、美學化了的中國性問題，在往後台灣文學的研究上，肯定會是個有待開發的討論議題，相信本文所觀察的反共文藝雜誌的古典文學選材和視角，必定可以成為未來相關研究的基礎。

主要參考文獻

一、雜誌

《文藝月報》，中國新聞出版社（發行人：張其昀、虞君質），1945 年 1 月 15 日
　　－1966 年 12 日。
《半月文藝》，半月文藝社（發行人：程敬扶），1950 年 3 月 16 日－1956 年。
《暢流》，台灣鐵路局（以「暢流半月刊社」名義出版，發行人：吳愷玄、吳麗
　　婉、吳裕民），1950 年 4 月 1 日-1991 年 7 月 1 日。
《野風》，野風出版社（發行人：師範），1950 年 11 月 1 日－1963 年 10 月。
《文壇》，中國文壇出版社（發行人：穆中南），1952 年 6 月－1985 年 11 月。
《集粹》，集粹月刊社（發行人：石劍生），1952 年 9 月－？
《晨光》，晨光出版社（發行人：吳愷玄），1953 年 3 月 1 日-1968 年 5 月 1 日。
《軍中文藝》，國防部總政治部、新中國出版社（發行人：王文漪），1954 年 1
　　月－1956 年 2 月。
《革命文藝》，國防部總政治部、新中國出版社，1956 年 4 月－1962 年 2 月。
《海風》，海風出版社（發行人：鄭修元），1955 年 12 月 1 日－？

二、專著

王集叢：《戰鬥文藝論》，台北：文壇社，1955 年。
林果顯，《中華文化復興運動推行委員會之研究（1966-1975）──統治正當性的
　　建立與轉變》，台北：國立編譯館，2005 年。
道藩文藝中心主編：《張道藩先生文集》，台北：九歌出版社，1999 年。
蔣中正：《民生主義育樂兩篇補述》，台北：中央文物供應社，1954 年。

三、期刊論文

張道藩，〈我們所需要的文藝政策〉，《文化先鋒》創刊號，重慶，1942 年。
陳康芬：〈斷裂與生成──台灣 50 年代的反共／戰鬥文藝〉，台南：國立台灣文
　　學館，2012 年。

四、會議論文

張中良：〈抗戰時期國民政府文藝政策的兩面性〉，國立政治大學文學院、人文
　　中心，《中國近代文學史料與文獻研究工作坊論文集》，2013 年 4 月 25 日。

五、學位論文

黃怡菁：《文藝創作（1950-1956）與自由中國文藝體制的形構與主實踐》，國立
　　清華大學台灣文學研究所碩士論文，2006 年 6 月。

一般論文

民國文學歷史化的必要與空間

■張中良

作者簡介

　　筆名秦弓，1955 年出生於黑龍江省哈爾濱市。先後畢業於吉林大學、武漢大學、中國社會科學院研究生院，1991 年獲文學博士學位。1991 年至 1992 年在日本東京大學東洋文化研究所任外國人研究員。曾任中國社會科學院文學研究所研究員、現代文學研究室主任、中國社會科學院重點學科現代文學學科負責人。現為上海交通大學特聘教授、人文學院中文系主任，《文學評論》、《中國現代文學研究叢刊》編委，《抗戰文化研究》主編（與李建平並列）。出版《中國現代小說的敘事風貌》、《五四時期的翻譯文學》、《五四文學：新與舊》、《抗戰文學與正面戰場》、《民族國家概念與民國文學》等學術專著；在《中國社會科學》、《文學評論》、《外國文學評論》、《文藝研究》、《北京大學學報》等刊物發表論文 150 餘篇，在《讀書》、《人民日報》等報刊上發表評論 180 餘篇，還有《「人」與「鬼」的糾葛》等譯著。

內容摘要

　　民國文學概念既有時間標誌性，也有內在的意義屬性。民國文學在民國誕生、成長，民國的政治不可能不給文學留下投影，因而民國文學研究就無法迴避、也不應迴避政治性。但政治性本身錯綜複雜，應予以歷史還原、歷史分析，也就是將政治性予以歷史化，而非政治化。民國文學是在多種因素交織的社會文化背景下發生、發展起來的，無論是精神旨趣，還是藝術形式，都打上了民國的烙印；民國文學對傳統有承傳與揚棄，也有變異與創新。氣象萬千的民國文學，其歷史化研究的空間無比廣闊。從文學史觀念到文學史框架再到文學史風貌，民國文學研究都將呈現出不同於現代文學史的樣態。

關鍵詞：民國文學、歷史化、必要性、空間

　　在行進過程中，人們從變動不居或遲滯沉重的生活中感受最為明顯的是新鮮、疲憊與焦灼等現實感，而當走過一段行程之後，回首過往，才會漸增歷史感。周群玉著《白話文學史大綱》1928 年由上海群學社推出時，距離民國誕生只有短短十七年，與南京國民政府取代北洋政府成為南北統一的中央政權時處同年，所以，此書的第四編「中華民國文學」相對於前三編「上古文學」、「中古文學」、「近古文學」[1]來說，僅僅是「現在進行式」的一個提示，很難說有多少歷史感。1994 年，人民出版社出版的葛留青、張占國著《中國民國文學史》也只是把民國作為一個時段的名稱。進入 21 世紀以來，關於民國文學的認識，除了以歷史時段命名文學史之外，更有了意義層面的探索。民國文學問題愈來愈引起學術界的關注，不止一所高校建立民國文學研究中心，[2]北京、四川、雲南、新疆、南京等地相繼舉辦關於民國文學的專題學術研討會，中國現代文學研究會舉辦的年會與理事會議也把民國文學列入討論範疇。多家學術刊物為民國文學方面的論文提供發表園地，有的還以專欄形式推出成組論文。民國文學研究也得到政策的支援，如李怡主持的「民國社會歷史與中國現代文學的研究框架」，2012 年獲准為國家社會科學基金重點專案，其成果《民國歷史文化與中國現代文學研究叢書》10 部，2015 年 6 月起由山東文藝出版社陸續推出。李怡、張中良主編的《民國文學史論》6 卷本被列入「十二五」國家重點圖書出版規劃專案與國家出版基金專案，由花城出版社於 2014年 10 月出版。書名冠以民國或民國文學的著作不斷湧現，這表明民國文學概念在學術界的認同度正處於上升的趨勢。值得一提的是，在海峽兩岸學術交流的互動中，台灣學術界也在歷史還原的框架內展開了民國文學研究，[3]政治大學成立了「民國歷史文化與文學研究中心」，舉辦數次學術研討活動，出刊《民國文學與文化研究》半年刊。

---

[1]　參照王力堅〈「民國文學」抑或「現代文學」？──評析當前兩岸學界的觀點交鋒〉，《二十一世紀》2015 年 8 月號。

[2]　北京師範大學、四川師範大學、西南民族大學、金陵科技學院等校成立相關研究機構。

[3]　尹雪曼總編纂《中華民國文藝史》，台灣正中書局 1975 年版。此書由國民黨出資，數十人合著，帶有鮮明的政治色彩，旨在同中國共產黨領導下的文學史書寫爭奪話語權。據張堂錡〈從「民國文學的現代性」到「現代文學的民國性」〉（《文藝爭鳴》2012 年第 9 期），2011 年由台灣政治大學延攬百餘位專家學者完成的《中華

　　民國文學研究在探索中也不時聽到質疑與批評的聲音，歸納起來，大致有如下意見：一是認為現代文學研究經過六十餘年的耕耘，已是比較成熟的學科，概念與體系基本成型，何必另起爐灶？二是懷疑宣導與從事民國文學研究，似有為民國「評功擺好」的意味，難避「政治不正確」之嫌；三是擔心民國文學研究可能導致好不容易從過度的政治依賴中解脫出來的文學史研究重新回到政治框架裡去，那樣的話，豈不是學術上的倒退？四是擔心把文學史研究簡化為主題與題材研究，失卻文學的審美本質。

　　質疑與批評的出現，正說明民國文學概念的提出的確對板結化的現代文學研究框架形成了挑戰；質疑與批評也的確給方興未艾的民國文學研究以及時的提醒，有助於少走彎路、慎避雷區。對此，自然應該表示感激；同時，也應給予積極的回應，因為只有通過對話才能消除誤解，也只有通過對話才能將學術探索向前推進。

一、「民國文學」概念的提出乃實事求是之必然

　　近年來有所謂「民國熱」，諸如民國旗袍走俏，等等，於是有人認為民國文學研究不過是趕時髦而已，很快就會像服裝流行色一樣為下一輪時髦所取代。其實，一旦打開思想禁忌，正視 1912 年至 1949 年，就會自然而然地發現民國時期不盡是破衣爛衫，也有古今融會的旗袍與華洋交織的中山裝，這些服裝款式各呈其美，價值猶存，那麼，它們再度亮相、甚至走紅也就在情理之中了。民國文學概念的提出與服裝界的「民國熱」有相同的文化背景，但時間較晚，且意義更為深刻。現代文學界提出民國文學概念，並非通常意義上的趕時髦，而是歷史意識復甦的表徵。學術作為深層次的精神文化，很難像日常生活的流行色那樣「忽如一夜春風來，千樹萬樹梨花開」，而是「千呼萬喚始出來，猶抱琵琶半遮面」，也正是因為經過步履維艱的探尋，才不會如流雲一樣飄逝無痕，而是將帶來深刻的變革，從文學史觀念到文學史框架再到文學史風貌，民國文學史都將呈現出不同於現代文學史的樣態。

民國發展史》「文學與藝術」主題（陳芳明、林惺嶽等編寫）：「很明顯地已經容納更為多元的聲音，關注更為不同的立場，也提供了更為豐富的材料」。

　　對於早已認同了現代文學史框架的幾代學者來說，接受民國文學觀念並非易事。筆者就曾經有過漠然、疑惑，而後才逐漸接受、參與探索。1997年，學術界同仁剛提出學科的名稱應該變更為「民國時期文學史」[4]時，我並未意識到這一提法的價值。有一次，我負責編訂學術會議議程時，就武斷地把一位同仁主張現代文學史應改稱中華民國文學史的發言排除在大會發言之外，而只是安排為小組發言。但是，漸漸地我也意識到文學研究的民國背景問題。2005年，我當時所在的中國社會科學院文學研究所舉辦紀念抗日戰爭勝利 60 周年學術研討會，由我遴選本專業與會學者。查閱了若干種學術刊物之後，發現研究抗戰文學的論文少得可憐，而且選題多有重複。於是，我給自己確定的發言選題是分析為何抗戰文學研究如此薄弱。但是，快到提交論文或發言提綱的時間了，我的稿子還寫不出來。我猛然醒悟，自己其實是做不好這一選題的，因為步入現代文學研究領域 24年，從未寫過一篇抗戰文學方面的論文，現在有什麼資格做這樣的分析呢？於是，我從查閱抗戰時期的原始刊物做起。戰時出版的刊物不少是用粗糙的紙張印刷的，有的頁面稻殼嵌在紙上，凸凹不平，色調晦暗昏黃，影響閱讀。戰時刊物印刷品質差、數量少，半個多世紀過去，留存有限，資料難覓，這大概是抗戰文學研究匱乏的原因之一。我從那些刊物上讀到了以往文學史著述未曾提及的大量作品，其中不乏感人肺腑之作。現代文學界多年來流行一種說法，認為抗戰文學別看量大，但文學價值不高。隨著閱讀面的擴大與已知作品的重讀，我對這種流行的說法產生了懷疑。艾青的新詩〈他死在第二次〉，寫出了戰士初到傷兵醫院時對戰友的思念與對前線的牽掛，也呈現出傷癒之後的思鄉之情與和平渴望以及看到傷殘士兵乞討的憐憫與痛楚，更表現出軍人服從命令重返前線的果決、最後犧牲在沙場的悲壯與被戰友草草掩埋而未留下姓名的悲涼，詩中既有對戰士犧牲精神的謳歌與心靈世界的開掘，也有對戰爭殘酷的控訴與對當局政務弊端的抨擊，社會內容與心理蘊涵交匯激蕩、張力十足，抒情與敘事水乳交融、起伏有致，這一詩篇不僅是艾青的成功之作，也是抗戰文學的代表作。這樣內蘊深厚、藝術精美的作品並非絕無僅有，再如醞釀於抗戰期間、光復後不久面世的穆旦戲劇體詩〈森林之魅〉，等等，只是在忽略正面戰場

---

[4]　陳福康：〈應該「退休」的學科名稱〉，《文學報》1997 年 11 月 20 日。

文學的背景下，這樣的現代文學經典被埋沒了。若從作家個體來看，臧克家抗戰時期作品多達十六部，其中有長篇報告文學《津浦北線血戰記》，詩集《從軍行》、《泥淖集》、《嗚咽的雲煙》、《向祖國》、《國旗飄在鴉雀尖》等，長詩《走向火線》、《淮上吟》、《感情的野馬》、《古樹的花朵》等。臧克家的抗戰作品不僅表現出抗日戰場的悲壯與慘烈、光明與暗影，具有不可忽略的歷史價值與精神內涵，而且也顯示出走向成熟的創作個性與色彩斑斕的藝術創新。這怎麼能說「抗戰文學，有抗戰而少文學」呢？過去之所以忽略抗戰文學，主要是因為抗戰文學大部分表現了正面戰場抗戰，而在相當長的歷史時期裡，主導現代文學研究的歷史觀是新民主主義革命史觀，以單一化、絕對化的眼光看來，正面戰場的國民黨軍隊大規模潰退，甚至無恥投降，抗戰無功，摩擦有術。這種認識框架遮蔽了正面戰場文學，如此一來，整個抗戰文學版圖豈不大為縮小！而一旦換成民國史視角來看，抗戰是全民族的抗戰，是中國對日本侵略者的抵抗，國民革命軍作為國家的軍隊，雖有個別部隊投降事偽，但整體上支撐著正面防線，國共之間雖有衝突，但合作抗日是主流，既然如此，表現正面戰場的文學就應與表現敵後戰場的文學一併納入抗戰文學史。視角轉換了，視野便開闊起來，這樣，就提出了正面戰場文學概念，拓展了抗戰文學的廣度與深度。

　　2006 年 4 月，我為「魯迅與中國現代文學學術研討會」準備題為〈魯迅對 1930 年代文學思潮的評價問題〉的論文，最初，我只是想把魯迅評價 1930 年代文學思潮的言論梳理一下，加以分析，不料在追溯魯迅對「民族主義文藝運動」評價的社會文化背景時發現的問題，卻對我既往的認識框架形成了劇烈的撞擊。過去，我接受了魯迅研究與中國現代文學史的通行說法，高度認同魯迅〈「民族主義文學」的任務和運命〉與〈沉滓的泛起〉等雜文的觀點，一是澈底否定具有官方背景的「民族主義文藝運動」，判定它是當局的鷹犬，二是判定其露頭不久便被打得落花流水。可是，當我暫且擱置批判的武器，回到 1930 年代的社會文化背景時，卻發現「民族主義文藝運動」雖然含有當局打擊異端、統一思想的政治動機，但其發生的根本原因還是在於 1930 年代愈益嚴重的民族危機。所以，「民族主義文藝運動」並非只有幾個具有官方色彩的宣導者搖旗吶喊，而是擁有為數眾多的回應者；「民族主義文藝運動」也並非一觸即潰，而是陣容愈見

壯大，在九一八事變的刺激下，民族主義文藝運動反倒日見高漲，連左翼作家也投身其中，〈義勇軍進行曲〉就是一個典型的表徵。盧溝橋事變爆發後掀起的抗日救亡文學大潮與民族主義文藝運動正是一脈象承。

　　抗戰時期正面戰場文學處女地的開墾與經典作家魯迅的重新闡釋，使我意識到民國史視角對於現代文學研究的必要性與迫切性，於是接連寫出〈從民國史的視角看魯迅〉、〈現代文學的歷史還原與民國史視角〉與〈三論現代文學與民國史視角〉等論文。之所以使用「民國史視角」這一概念，一是民國史視角的確讓我看到了以前被遮蔽與被誤解的文學現象，二是我最初對民國文學這個概念戰戰兢兢，不大敢徑直使用。經過幾年的探索，加之學術界同仁的切磋，我愈加明確若要實事求是地研究與敘述 1912 年至 1949 年的中國大陸文學，民國文學這個概念是無法迴避也不應迴避的。於是，2014 年起，我接連發表幾篇論文論證民國文學概念的合理性。在我看來，民國文學概念一方面具有時間標誌性，1912 年至 1949 年的中國大陸文學，無論文化觀念是守成還是激進，文體形式是現代還是傳統，審美格調是典雅還是通俗，政治傾向是左翼還是右翼抑或其他，都應包含在內；另一方面，民國文學概念也具有內在的意義屬性，民國文學在民國的社會文化背景下誕生、成長，無論是文學生產、傳播及其影響的機制，還是文學反映的社會、文化內容，抑或文體形式與審美風格，都打上了深刻的民國烙印。民國文學之所以迥異於此前的清末乃至更悠久的傳統文學，也不同於此後的中華人民共和國文學，正是因為被歷史賦予了特徵鮮明的民國品格。時間屬性與意義屬性，二者相互交織，難以剝離，不可偏廢。

二、民國文學之政治性需要歷史化

　　當以時間屬性來理解民國文學時，通常容易招致所謂「拼盤」的批評，殊不知在一個從傳統社會走向現代社會的轉型期，開放、守成、衝突、交織、錯雜、融會，恰恰是民國文學的重要特徵。較之排斥所謂「舊文學」的「新文學」、標識「現代性」的「現代文學」，強調世紀性的「二十世紀中國文學」，民國文學這一概念既有包容性，又具時代的明晰性。雖然「新文學」、「現代文學」與「二十世紀中國文學」各有其生成與存在的理由，但民國文學顯然是有其歷史依據、也頗具學術生命力的一個有效選項。

　　如果說指為「拼盤」的批評尚屬柔性的話，那麼，對意義屬性之民國文學的批評則有些辛辣了。羅執廷博士認為「『民國文學』、『民國史視角』、『民國機制』等概念對民國的國體和政體之於文學的影響力的不切實際的誇大」，帶有「文學意識形態」或「學術意識形態」的意味，若不加以「釐清和辨證」，「會有擾亂學界耳目，製造新的學術泡沫之虞」「用『民國文學』取代『現代文學』這等於是消解了二十世紀 80 年代以來文學界提出『20 世紀中國文學』、『百年中國文學』等概念並在文學研究實踐中貫徹『新文學整體觀』的努力的意義。這顯然是在開歷史的倒車，是學術史上的反動和逆流，應該堅決予以批判」。[5]網名「海闊天空在鬼混」的讀者在「豆瓣讀書」上說《民族國家概念與民國文學》「寫得太像『政治不正確』版的文學史體」。韓琛博士把所謂「右翼的『民國機制』」與「左翼的『延安道路』」對立起來，[6]這一邏輯延伸下去，學術研究對民國機制有所肯定恐怕就有「政治不正確」之嫌了。郜元寶教授論文的題目更是提出了尖銳的問題：〈「民國文學」，還是「民國的敵人」的文學？〉。[7]這些質疑的確給人以提醒，但是，也表現出一個共性的問題，這就是有一種把民國文學研究政治化的傾向。

　　民國文學在民國誕生、成長，民國的政治不可能不給文學留下投影，因而民國文學研究就無法迴避、也不應迴避政治性。問題在於政治性並不是非黑即白那樣簡單，因為民國政治本身就是多元化而非單一化或二極對立的；政治也並非一成不變，而是在矛盾糾葛中變動不已的。台灣學者王力堅教授認為，對於「民國文學」概念，「無需進行『去政治化』的處理，只需對其政治性進行常態化解讀」。[8]在我看來，「對其政治性進行常態化解讀」，就是將政治性予以歷史還原、歷史分析，也就是將政治性予以歷史化，而非政治化。政治化不僅將複雜的歷史簡單化，妨礙對歷史的全面認識與準確把握，而且在非正常的環境中易將學術爭論變成政治審判，後

5　羅執廷：〈「民國文學」及相關概念的學術論衡〉，《蘭州學刊》2012 年第 6 期。
6　韓琛：〈「民國機制」與「延安道路」——中國現代文學史研究的範式衝突〉，《文學評論》2013 年第 6 期。
7　郜元寶：〈「民國文學」，還是「民國的敵人」的文學？〉，《文藝爭鳴》2015 年 8 月號。
8　王力堅〈「民國文學」抑或「現代文學」？——評析當前兩岸學界的觀點交鋒〉，《二十一世紀》2015 年 8 月號。

者想起來令人不寒而慄，所以，無論是就學術的生命力而言，還是從學者的當下處境與未來發展來考慮，都應該堅持歷史化原則。

質疑民國文學者曾經擔心，你們研究民國文學，把延安文學置於何地？這種擔心背後的認識框架，是把民國等同於政府，而政府等同於「反動」。其實，民國是一個國家，國家並非只有政府，政府也並非鐵板一塊。中華民國初創時有南京臨時政府；三個月後臨時大總統孫中山讓位於北洋系的袁世凱，於是有北洋軍閥持續掌政的北京政府，在這一時期，與北京政府對峙的，有廣州的軍政府、中華民國陸海軍大元帥府、中華民國國民政府；1927 年 4 月 18 日，蔣介石在南京建立國民政府，1928 年 6 月 3 日張作霖撤出北京之後，南京政府成為統轄大江南北的中央政府；1931 年 11 月，中國共產黨在江西瑞金建立中華蘇維埃共和國政府，1937 年 9 月，陝甘寧邊區劃歸國民政府行政院直轄，中華蘇維埃共和國政府西北辦事處由陝甘寧邊區政府取而代之；另外，還有日本侵略者扶植的東北、北京、南京等地偽政府。在南京政府及戰時遷都的重慶政府時期，桂、晉、西北諸省等地，也保持著一定的獨立性。

在國內，地方政府與中央政府、蘇區政府與南京政府、邊區政府與重慶政府、百姓與政府之間，會有種種矛盾甚至爆發激烈的武裝衝突；但在國際關係中，政府則代表國家主權與國民利益，如 1919 年北京政府派出的中國代表團終於拒絕在嚴重損害中國權益的凡爾賽和約簽字，1937 年盧溝橋事變之後，南京政府決定舉國抵抗日本的全面侵華，1943 年 12 月 1 日，中、美、英公布《開羅宣言》，1945 年 7 月 26 日，中、美、英正式發布《波茨坦公告》，重慶政府均作為中國的法定代表。這些歷史關節點上的政府，分明是民國的代表，其維護國家主權與國民根本利益的立場無疑應該得到歷史的肯定。抗戰時期，延安是國民政府行政院直轄的陝甘寧邊區之首府，延安文學分明是民國文學的有機構成部分，怎麼能因為共產黨與國民黨的分歧與摩擦改變其民國文學的歷史屬性呢？而新文學蓬勃興起，並很快立穩腳跟，恰在北洋軍閥執掌國家權柄的北京政府時期，怎麼能因政府控制在北洋軍閥手裡而改變新文學的民國文學屬性呢？民國文學，不能等同於帶有御用色彩的政府文學；無論是政府的御用文學，還是激進的反對派文學，抑或居於中間狀態的自由主義文學，都只能評價它政治上是與非、觀念上對與錯、藝術上優與劣，而改變不了其民國文學的性質。

　　郜元寶教授在前引論文中說：「『民國時期的文學』不僅不等於『民國文學』，往往還是『反民國的文學』。魯迅《華蓋集·忽然想到之三》有言，『我覺得有許多民國國民而是民國的敵人』，魯迅所謂『民國的敵人』是危害民國的蟊賊，但民國時期也有大量如魯迅那樣熱心愛國卻不幸被指為危害民國的『民國的敵人』。如果將魯迅的話反過來借用一下，則『民國時期的文學』，是走在魯迅所謂『文藝與政治的歧途』上而又不甘心完全被政治收編的相對獨立的文學。」仔細考察引文中魯迅這段話的來龍去脈，會發現魯迅是以雜文的修辭方式表達對國人國家觀念與現代意識淡薄的不滿乃至憤怒，他希望國人珍惜仁人志士流血犧牲換來的民國，真正承擔起主人翁的責任。魯迅在小說〈頭髮的故事〉與不少雜文裡都表達過這樣的意緒。愚昧的國民並非真正意義上的「民國的敵人」，對國民性弱點、社會弊端乃至國民政府均有犀利批評的魯迅也並非「民國的敵人」。郜元寶教授深解魯迅「熱心愛國」的衷曲而認為魯迅被「指為危害民國的『民國的敵人』」實屬「不幸」，這一見解完全符合魯迅的民國體認實情。魯迅的後半生是在民國的背景下度過的，其職業生涯、經濟生活與文化建樹都與民國密不可分。1912 年 2 月，魯迅應中華民國臨時政府教育總長蔡元培邀請，赴南京任教育部部員，5 月抵北京。1912 年 8 月 21 日被任命為僉事，8 月 26 又被委兼任負責文化、藝術等方面工作的社會教育司第一科科長，長達十四年（其間略有變化）；1927 年 12 月起，又受聘任國民政府大學院特約撰述員四年零一個月。他的文學創作、學術研究與翻譯絕大部分完成於民國時期。民國，曾經讓魯迅寄予希望，也給他以諸多保障，自然會感念在心；但是，民國當局的失策，社會的黑暗，也讓他失望、痛楚與憤慨。在他的心中與眼前，交織著多重民國影像。魯迅對民國多有批評，其鋒芒指向是政府的對外軟弱退讓、對內統治苛酷，是社會文化弊端，而在其心中卻自有一個民國——孫中山等先驅者拋頭顱灑鮮血才換來的新生民國，民主、自由、富強、文明的理想民國。激烈地批評現實民國，正是緣自心中的理想民國。在〈黃花節的雜感〉、〈戰士與蒼蠅〉等雜文裡，對於反清革命志士與民國創建者懷有感激與崇敬之心。1926 年 3 月 12 日發表於北京《國民新報》「孫中山先生逝世周年紀念特刊」的〈中山先生逝世後一周年〉說：「中山先生逝世後無論幾周年，本用不著什麼紀念的文章。只要這先前未曾有的中華民國存在，就是他的豐碑，就是他的

紀念。」「凡是自承為民國的國民，誰有不記得創造民國的戰士，而且是第一人的？但我們大多數的國民實在特別沉靜，真是喜怒哀樂不形於色，而況吐露他們的熱力和熱情。因此就更應該紀念了；因此也更可見那時革命有怎樣的艱難，更足以加增這紀念的意義。」「記得去年逝世後不很久，甚至於就有幾個論客說些風涼話。是憎惡中華民國呢，是所謂『責備賢者』呢，是賣弄自己的聰明呢，我不得而知。但無論如何，中山先生的一生歷史具在，站出世間來就是革命，失敗了還是革命；中華民國成立之後，也沒有滿足過，沒有安逸過，仍然繼續著進向近於完全的革命的工作。直到臨終之際，他說道：革命尚未成功，同志仍須努力！」[9]1927 年春，魯迅在〈中山大學開學致語〉中開篇就說：「中山先生一生致力於國民革命的結果，留下來的極大的紀念，是：中華民國。」[10]孫中山對中國貢獻巨大，諸如三民主義的理論建樹，鐵路乃至整個經濟建設的藍圖設計，但魯迅最看重的是民國的建立，因為這不僅結束了延續幾千年的封建帝制，標誌著中國邁進了一個新的時代，而且使中國以亞洲第一個民主共和國的姿態產生了巨大而深遠的國際影響，為提升中國的國際地位起到了至關重要的作用。魯迅性情外冷內熱，為文做事偏於冷靜，懷念師友詩文約二十篇左右，最多的不過范愛農，三首詩一篇散文，而為沒有直接交往的孫中山作文卻有五篇之多，在給友人的書信中說到孫中山，也是洋溢著欣賞之情[11]。之所以如此，固然與孫中山的人格感召力有關，但更為重要的是看重孫中山創建民國的偉大事業。魯迅逝世前二日所作未完稿〈因太炎先生而想起的二三事〉[12]，為民國成立已有一世紀的四分之一而感慨，為革命成功、剪掉辮子而欣慰。文中說：「我的愛護中華民國，焦唇敝舌，恐其衰微，大半正為了使我們得有剪辮的自由，假使當初為了保存古蹟，留辮不剪，我大約是決不會這樣愛它的。」[13]

---

[9]　《魯迅全集》第 7 卷，頁 305-306。

[10]　〈集外集拾遺補編・中山大學開學致語〉，《魯迅全集》第 8 卷，頁 194。

[11]　魯迅 1935 年 2 月 24 日致楊霽雲：「中山革命一世，雖只往來於外國或中國之通商口岸，足不履危地，但究竟是革命一世，至死無大變化，在中國總還算是好人。」《魯迅全集》第 13 卷，頁 393。

[12]　初收 1937 年 3 月 25 日出版的《工作與學習叢刊》之二〈原野〉，《魯迅全集》第 6 卷，頁 576-579。

[13]　1929 年，西湖博覽會上要設革命紀念館，向社會徵求遺物。魯迅在當年 2 月 17 日

國民是民國的主體，魯迅是民國的文化鬥士，那麼，究竟誰是民國的敵人？袁世凱在辛亥革命中姑且不論其動機如何，由革命的敵人轉變為革命的同路人，事實上對民國的立足起到了積極的作用，但後來稱帝則走向民國的對立面；張勳復辟，與袁世凱成為一丘之貉；汪精衛，曾經的民國功臣，晚節不保，墮落為賣國求榮的漢奸……逆歷史潮流而動、破壞民國基礎的袁世凱、張勳、汪精衛之流，才是民國的敵人。順應、推動歷史潮流的文學，自然屬於民國文學；即使逆歷史潮流而動的文學，也應視為民國文學，只不過是逆流而已。民國文學研究對象的判定原則，是歷史性而非政治性。政治反動，或者政治錯誤，如袁世凱稱帝前後的勸進文、淪陷區為日本侵略者及偽政府塗脂抹粉的漢奸文學之類，盡可以質疑、批評、抨擊，但不能以政治之高下代替歷史之有無，這樣才能不至於因為曾經有過的政治誤判而遮蔽甚至歪曲歷史，也才能全面地認識與準確地把握歷史。只有主流與支流，而看不見逆流，不能說是完整的文學史。

三、民國文學歷史化的廣闊空間

既然民國文學的政治性是其題中應有之意，學術研究就應該直面政治性問題，諸如：各個政黨、政府的文藝政策對文學發展的作用，作家的生存狀態與政治的關係，文學折射出來的民國政治，政治對文學風格的影響等等。然而，民國作為一個國家，在政黨、政府之外，還有軍隊、司法機關、民間社團等社會組織，除了政治之外，還有新聞出版、學校教育、宗教信仰、民族傳統、地域文化、文學思潮、百姓生活等等，民國文學是在多種因素交織的社會文化背景下發生、發展起來的，因而其歷史化研究的空間無比廣闊。

國民革命期間，一批作家投身到北伐戰爭之中；九一八事變之後，舒群、張新生等參加義勇軍抗日作戰；盧溝橋事變之後，更有大批作家投筆從戎，到軍中任職，有的到火線上作戰。這種經歷對其戰爭文學創作具有重要意義，然而，迄今尚無一份完整的民國作家從軍表。有的作家隨軍採

所作〈「革命軍馬前卒」和「落伍者」〉中感慨萬千地說：「這是不可少的盛舉，沒有先烈，現在還拖著辮子也說不定的，更那能如此自在。」

訪，如沙汀、何其芳到八路軍一二〇師，臧克家到三十一軍一七三師，寫下了真實感濃郁的作品，可是，學術界對這樣的血肉聯繫卻缺少細緻的梳理與充分的評價。張新生在遼寧義勇軍中出生入死，以立川筆名發表火線報告文學《血戰歸來》，後從事抗日情報工作而被捕，從容就義；金劍嘯從上海左翼美術陣地回到東北抗日前線，創作抗聯題材的長篇敘事詩《興安嶺的風雪》，不幸被捕，遭受酷刑，寧死不屈；高詠隨八路軍總部活動，在日軍「大掃蕩」中英勇犧牲，留下了未完的《漳河牧歌傳》；新四軍文藝工作者李增援，在戰地醫院治病期間遭遇日軍突襲，為掩護戰友撤退，主動迎戰，壯烈殉國……這樣一批烈士，在六百種左右的文學史中，甚至連名字都沒有提到，歷史還原工程量之大由此可見一斑。

　　歷史還原是要回到歷史現場，有一說一，有二說二。民國各個時期都有輿論統制，但是，也有相對自由的輿論空間。1926 年三一八慘案之後，魯迅幾篇筆鋒犀利的雜文，如〈無花的薔薇之二〉的 4-9 節，〈「死地」〉、〈可慘與可笑〉、〈紀念劉和珍君〉等，都發表在當時還尚屬北洋政府地盤的北京。1931 年 2 月 7 日，柔石、殷夫、胡也頻、馮鏗、李偉森遇害兩年後，魯迅作〈為了忘卻的紀念〉，刊於 1933 年 4 月 1 日《現代》第 2 卷第 6 期[14]。1936 年，青年木刻家曹白因為刻了一幅文學家的肖像而坐牢，魯迅巧妙地把曹白揭露迫害之內幕的信化入自己的雜文，刊發出來，達到了抨擊當局者的目的。正是這種有限的輿論空間，形成了魯迅雜文含蓄與犀利交織的風格，也成就了現代雜文。以往學術界常常抨擊 1930 年代輿論空間荊天棘地，並非沒有來由，但歷史的複雜性在於在這「荊天棘地」之中，左翼文學生根發芽、茁壯成長，不止作為左翼文學中心的上海左翼文學生機勃勃，而且故都北平市民小報與校園刊物也活躍著一批左翼傾向的文學青年。在所謂高壓統制下，帶有自由主義色彩的《現代》雜誌屢屢為左翼提供陣地，1933 年 5 月，第 3 卷第 1 期刊出郁達夫的〈為小林的被害檄日本警視廳〉、適夷的〈肖和巴比塞〉、丁玲的〈奔〉、張天翼的〈洋涇浜奇俠——給大孩子們（一）〉、艾青〈蘆笛〉、郁達夫〈光慈的晚年〉等。1933 年 5 月 14 日，丁玲被特務綁架，宋慶齡、蔡元培等社會名流展

---

[14] 同期《現代》雜誌「現代文藝畫報」欄目有：柔石留影、柔石手跡、《犧牲》（木刻）、最近之魯迅。

開營救，1933 年 7 月，《現代》雜誌第 3 卷第 3 期刊出〈話題中之丁玲女士〉，表示聲援。同期還有洪深《五奎橋》劇照。1933 年 10 月，第 3 卷第 6 期刊出森堡譯蘇聯華希裡可夫斯基的〈社會主義的現實主義論〉等。不僅中間色彩的《現代》等刊物如此，即便是官方刊物，有時也以各種名目推出左翼作品。最典型的莫過於瞿秋白的《多餘的話》，其部分內容最早發表於國民黨「中統」主辦的《社會新聞》雜誌第 12 卷第 6、7、8 期（1935 年 8 月、9 月出版，選載〈歷史的誤會〉、〈文人〉、〈告別〉三節）；1937 年 3 月 5 日至 4 月 5 日上海《逸經》半月刊第 25、26、27 期全文刊載[15]，無論刊出的動機怎樣，事實上傳播出一位共產黨人天鵝之死般的絕唱。

　　有學者對「民國機制」是否存在表示質疑，也有學者將「民國機制」等同於「民國制度」，實際上，民國制度本身已有一定的包容性，民國機制又大於民國制度，是社會文化多種力量交織、互動形成的一種功能。左翼文學的生存與發展、左翼文學與自由主義文學、民主主義文學、民族主義文學等的微妙關係均為民國機制的表現。

　　民國文學研究起步之初，對文學與社會之關係的關注可能會多一些；但隨著研究的深入，會越來越注意審美的建構。審美選擇的多元化，固然基於作家的創造性，但也是源於民國提供了一個可以展現創造性的舞臺。關於民國文學審美世界的民國屬性，且留待將來進一步探討。

---

[15]　參照胡明：《瞿秋白的文學世界》（北京：中國社會科學出版社，2013 年 9 月），頁 380。

主要參考文獻

一、專著

尹雪曼總編纂：《中華民國文藝史》，台北：正中書局，1975年。
胡明：《瞿秋白的文學世界》，北京：中國社會科學出版社，2013年。

二、期刊論文

王力堅：〈「民國文學」抑或「現代文學」？——評析當前兩岸學界的觀點交鋒〉，
　　《二十一世紀》2015年8月號
郜元寶：〈「民國文學」，還是「民國的敵人」的文學？〉，《文藝爭鳴》2015
　　年8月號。
陳福康：〈應該「退休」的學科名稱〉，《文學報》1997年11月20日。
韓琛：〈「民國機制」與「延安道路」——中國現代文學史研究的範式衝突〉，
　　《文學評論》2013年第6期。
羅執廷：〈「民國文學」及相關概念的學術論衡〉，《蘭州學刊》2012年第6期。

華語語系蒙古族文學中的殖民與「自治」[1]

■妥佳寧

作者簡介

妥佳寧，現任內蒙古科技大學講師。2004 年至 2016 年在北京師範大學獲得文學學士、碩士、博士學位及歷史學雙學士學位，2015 年劍橋大學社會人類學系訪問學者。撰有〈作為《子夜》「左翼」創作視野的黃色工會〉等論文，致力於民國文學研究和華語語系文學研究。

內容摘要

華語語系文學概念的提出，將後殖民視野用於與中國相關的問題研究，具有啟示意義。然而在討論華語語系少數民族文學時，若囿於所謂「陸上殖民主義」的設定，則會忽視紛繁的具體情況。對華語語系蒙古族文學的討論，須首先注意到內蒙古在清代絕非任何意義上的殖民地。而經過北洋時期的過渡與南京國民政府統治時期的劇烈變革，日據時期所建立的蒙疆政權，在「自治」的名義下淪為日本殖民統治的傀儡。蒙疆時期華語語系蒙古族文學所宣揚的民族自決，不僅無法真正摘下「漢化」的面具，而且背後依然籠罩著日本殖民統治的陰影。只有細緻辨析華語語系蒙古族文學每一時期的獨特文化處境，才能對殖民與本土專制之間錯綜複雜的文化糾葛有更為深入的認識。

關鍵詞：華語語系、蒙古族、蒙疆、殖民

---

[1] 本研究獲得中國大陸教育部人文社會科學研究基金專案「抗戰時期綏遠淪陷區文藝報刊與民族主義思潮研究」（13YJC751052）支持，特此致謝。

　　在研究與中國相關的問題時，後殖民理論的運用常常偏離了理論本身的主旨。有些學者甚至把這種原本既消解殖民意識形態又揭穿本土民族主義虛偽性的後結構主義理論，直接當作反殖民理論來運用，表面上反抗了西方殖民話語，實則重新強化了中國本土的民族主義傾向，與後殖民理論的本意相距甚遠。

　　而近年來華語語系文學 Sinophone Literature 研究的提出，真正將後殖民視野用於與中國相關的問題研究，不僅對各種西方中心主義邏輯保持警惕，更把消解中國本土民族主義作為論述要義之一。相較於以往許多錯誤運用後殖民理論的研究，「華語語系文學」研究具有啟示意義。然而目前對華語語系文學的研究和指摘，大多集中於討論台灣文學和東南亞及北美等海外華語文學；對大陸境內華語語系少數民族文學，尤其是對所謂「陸上殖民主義」等問題，始終未能予以深入探討。而這些尚未全面展開之處，正是華語語系文學同後殖民研究之間最具對話性的所在。

一、華語語系文學中的「陸上殖民主義」問題

　　現居美國的華裔學者史書美，受到法語語系研究 Francophone Studies 的啟示，提出了 Sinophone Studies[2]，並稱 Sinophone 在某一意義上接近於 Anglophone 和 Francophone，即漢語（在台灣）被某些人視為一種殖民語言[3]。史書美最初用 Sinophone Literature 指中國以外的華文寫作，來去除海外華文文學研究中不自覺的中國（大陸）中心邏輯。後來又納入了對中國境內少數族群漢語寫作的討論[4]，宣稱：「在當今中國將標準漢語和漢字強加於非漢族的他者──如藏族、維吾爾族、蒙古族等，近似於一種殖民關係，大多數人因懼怕政府的惱怒而不敢對此作出批評」[5]。部分地借鑒新清

---

[2]　史書美著，楊華慶譯，蔡建鑫校：《視覺與認同：跨太平洋華語語系表述‧呈現》（台北：聯經出版公司，2013 年），謝誌第 5 頁。

[3]　See Shu-mei Shih, "Global Literature and Technologies of Recognition", *PMLA* 119, 1 (January 2004), 29.

[4]　Shu-mei Shih, "Against Diaspora: the Sinophone as Places of Cultural Production", in *Global Chinese Literature: Critical Essays*, ed. Jing Tsu and David Der-wei Wang (Leiden & Boston: Brill, 2010), 36.

[5]　Shu-mei Shih, "Against Diaspora: the Sinophone as Places of Cultural Production", 37.

史研究關於清代為亞洲內陸帝國的論斷[6]，史書美將中國十八世紀以來對亞洲內陸廣大地區的領土征服視為內部殖民，稱之為「陸上殖民主義」[7]。無論漢語是自願習得還是強加，中國境內各少數民族的漢語寫作，成為史書美所謂華語語系少數民族文學。

　　儘管史書美提出華語語系文學主要是討論海外的華文創作同當地及中國（大陸）的複雜關係問題，意在反對「離散中國人」（the Chinese Diaspora）等概念中特有的中國／漢文化中心主義。但史書美本人也承認，除了所謂「定居者殖民地」（settler colony）之外，「中國之外的當代『華語語系』群體跟中國之間並非嚴格意義上的殖民或後殖民關係」[8]。反倒是「陸上殖民主義」的話題，更接近 Anglophone Literature 英語語系文學中的「後殖民文學」問題。這不僅引起外界極大爭議，而且即便在華語語系研究者內部，王德威等學者也不認為中國國內少數民族的華語創作僅僅意味著所謂「漢語殖民霸權」，更不主張削足適履地將華語語系文學僅僅限定於西方後殖民主義的路數[9]。

　　那麼，用所謂「陸上殖民主義」來看待十八世紀以來的中國內部問題具有多高的準確性？清帝國究竟如何統治東亞和內亞的廣大土地，滿洲貴族與其他各民族的關係，又是否屬於殖民者／被殖民者的二元對立關係？

---

[6]　有必要指出的是，新清史關於清代除了在中原實行所謂「漢化」的管理模式之外仍在內外蒙古等亞洲內陸地區實行和親會盟等針對游牧民族的管理體制的論斷，雖出於突破既往漢族中心主義論述的努力，卻又不免陷入一種歐洲中心主義的隱秘邏輯當中（例如歐立德僅以西方文獻中的稱呼，來論證王朝並非帝國，而直到滿清入關後，中國才成為歐洲人眼中的帝國，見歐立德：《傳統中國是一個帝國嗎？》，《讀書》，2014 年第 1 期，第 29-40 頁）。史書美僅僅在清代為亞洲內陸帝國這一點上與新清史研究達成一致，而新清史這種隱秘的歐洲中心邏輯顯然不是史書美所認可的，反倒成為史書美在批判中國／漢族中心主義的同時試圖一道突破的另一種文化霸權邏輯（如史書美對近代以來帝國只能具有「海洋屬性」的質疑"The models of modern empires have been European and oceanic, whereas Qing expansion was non-European and occurred largely on the continental land mass." See in Shu-mei Shih, "The Concept of the Sinophone", 712）。

[7]　Shu-mei Shih, "The Concept of the Sinophone", *PMLA* 126, 3 (January 2011), 709-718.

[8]　史書美著，趙娟譯：〈反離散：華語語系作為文化生產的場域〉，《華文文學》，2011 年第 6 期，第 8 頁。除刪節外，趙娟譯文多處不確。凡筆者所譯，皆引自 *Global Chinese Literature: Critical Essays* 一書原文。

[9]　王德威：〈文學地理與國族想像：臺灣的魯迅，南洋的張愛玲〉，《揚子江評論》，2013 年第 3 期，第 13 頁。

暫且拋開滿洲貴族是否完全漢化的問題不論[10]，至少在以漢族為主的前明內地領土上，清朝承襲了歷代中原王朝的專制皇權體制，各省及州縣官員由中央派遣，並廢除滿洲八旗王公議政制度，後又設立軍機處，皇權高度集中。此外，清廷在其他邊疆地區採用了不完全一致的管理模式。在滿洲故土，八旗統領大多長期作為「立國之本」駐守關外。對於漠北蒙古，康熙擊敗噶爾丹並於多倫會盟之後，諸部可汗與活佛長期受清帝承認與冊封。乾隆徹底屠滅準噶爾部之後，除設伊犁將軍統轄漠西蒙古與回部之外，回疆還曾一度設立並不世襲的伯克制，由少數民族貴族擔任各級伯克，與清廷派駐官員並存；多次鎮壓當地少數民族起義後，終撤銷伯克制度，在新疆設省、州、縣，改為清廷直接派官統治[11]。西藏雖有駐藏大臣，當地宗教領袖仍享有最高權利。所謂文化上的多元主義，實際上是一種統治策略。清廷對藏傳佛教尤其是黃教的吸納與支持，某種程度上是對西藏和內外蒙古諸部從宗教與文化層面展開的籠絡手段。正如在內地繼承漢文化並以科舉制選拔大量漢族官員一樣，是滿洲貴族對不同地區的不同統治模式[12]。

　　除上述地區的不同情況之外，清代在內蒙古長期實行蒙古族王公自治，構成了「陸上殖民主義」的一個反例。對清代這一獨特反例相關史實的認識，有助於理解華語語系蒙古族文學後來在更複雜語境中的折衝往返。

二、清代內蒙古的封建王公自治

　　內蒙古，原是內箚薩克蒙古的簡稱。「箚薩克」（又譯「紮薩克」）是蒙古語的音譯，意為執政官，指受清廷冊封的蒙古諸執政藩王，即各旗旗主。內箚薩克蒙古，是最早歸附後金的蒙古部族，後逐漸用於泛稱大戈壁以南的各蒙古部族。

---

[10] Mark C. Elliott. *The Manchu Way: The Eight Banners and Ethnic Identity in Late Imperial China*,(Stanford: Stanford University Press. 2001), 26-28.

[11] 苗普生著：《伯克制度》，烏魯木齊：新疆人民出版社，1995 年。

[12] 史書美也承認「清代是一個自覺的多語帝國」。Shu-mei Shih, "The Concept of the Sinophone", 712.

　　清廷對蒙古諸部的治理可分為外藩和內屬兩種形式，分別是由藩王代治和由朝廷派官直接管轄。需要特別強調的是，內箚薩克蒙古仍然屬於外藩蒙古，即設有藩王管轄的部族。內箚薩克蒙古原有六盟二十五部五十一旗，先後臣服於後金政權，並與之共同組建清廷。後歸化城土默特部由外藩改為內屬，不設箚薩克王公，由清廷直接派遣官員管理[13]，至乾隆年間遂成六盟二十四部四十九旗。內蒙古一詞後來成為泛稱，許多並不符合原初意義的部族，也往往因地理上相近而被視為內蒙古[14]，實際上也就超出了四十九旗的範圍。

　　在此四十九旗之外的蒙古各箚薩克旗，因歸附清廷較晚，與滿洲貴族關係不似前者親密，因而被稱為外箚薩克蒙古。外箚薩克原包括河套以西和青海及漠北喀爾喀、科布多甚至新疆各部蒙古的所有箚薩克旗，範圍極廣，達百餘旗；後逐漸專指漠北喀爾喀蒙古，形成如今的外蒙古稱謂。內蒙古、外蒙古遂逐漸成為以大戈壁為界的漠南、漠北地理分野概念。

　　後金曾仿照女真八旗制度建立蒙古八旗與漢軍八旗的軍事力量，而蒙古各部的箚薩克旗則是一種部族劃分單位，其性質與曾經作為常備軍的八旗制度並不相同[15]。簡而言之，即各箚薩克旗與蒙古八旗軍根本不同。外藩蒙古諸箚薩克旗以地域、血緣為基礎來劃分，每旗設一名箚薩克王爺，由該部族原有蒙古貴族擔任，掌管政治經濟軍事司法及人事等所有旗務，一般世襲罔替[16]。各箚薩克王公又分別受清廷冊封為親王、郡王、貝勒等

[13] 東部另有同名同源不同住地的卓索圖盟土默特二旗（位於今遼寧省），設有箚薩克王公，與西部的歸化城土默特部（位於今內蒙古呼和浩特、包頭附近）情況不同。後文提到「土默特」，如無特別注明，皆指歸化城土默特部。

[14] 譬如歸化城土默特部，並不設箚薩克王公，改為內屬，由綏遠將軍直接管轄，行政上雖隸屬山西五廳，但在習慣上仍被視為內蒙古的一部分；而河套以西相鄰的阿拉善厄魯特旗、額濟納土爾扈特旗，原屬於漠西厄魯特蒙古族（即瓦拉／衛拉特），為外箚薩克，且不設盟，本不屬於內蒙古，到民國時期也捲入內蒙古問題。

[15] 內屬蒙古如察哈爾八旗，名稱與滿八旗、蒙古八旗、漢軍八旗十分相似，也分為正黃、鑲黃、正白、鑲白、正紅、鑲紅、正藍、鑲藍八旗，由察哈爾都統直接管轄，但仍然屬於察哈爾部族，而非蒙古八旗軍。

[16] 較早對蒙古各盟旗與八旗制度的差異，及各旗王公實際統治情況的系統研究，參見拉丁摩（即拉鐵摩爾）著，侯仁之譯：〈蒙古的盟部與旗〉，《禹貢》，1935 年第 3 卷第 6 期，第 29-34 頁；拉丁摩著，侯仁之譯：〈蒙古的王公，僧侶，與平民階級〉，《禹貢》，1935 年第 3 卷第 10 期，第 24-31 頁。分別譯自 Owen Lattimore, *The Mongols of Manchuria: Their Tribal Divisions , Geographical Distribution , Historical*

等高低不同爵位[17]；但作為當地執掌一旗的箚薩克，各旗王公實權相當。不同於對內屬蒙古的直接統治，對外藩蒙古各旗的劃分，成為清廷羈縻蒙古貴族的手段。譬如內箚薩克四十九個旗，便有四十九個箚薩克王爺，此外還有許多不執掌旗政的虛位王公。各旗封建領主為維護各自利益，難於重新統一，也就無法與清廷對抗[18]。若干旗定期會盟，會盟之處遂成為一盟，設有盟長，一般由各旗王公推選而出。嚴格說來，清代的盟並非行政單位，旗才是劃分各部族的基本行政單位。

　　總體而言，清廷對內蒙古實行和親、會盟等政策，並未如內地十八省設立督撫及州縣等各級官員進行直接管轄。除內屬各旗如察哈爾八旗設有都統，歸化城土默特旗曾一度設有副都統後改屬綏遠將軍之外[19]，外藩的四十九個內箚薩克旗均由蒙古王公自治，當地王公享有軍權財權與司法人事等幾乎所有權利。這種王公制度，與西方的封建領主制較為相似[20]。王

Relation with Manchus and Chinese and Present Political Problems, New York: The Jone Day Company, 1934; Owen Lattimore, "Prince, Priest and Herdsman in Mongolia", *Pacific Affairs* Vol. VIII No. I (March 1935).而日本方面的相關研究則見於由南滿鐵路鐵道株式會社經濟調查處於 1929 年出版，隨即由中國學者譯為中文的《蒙古概觀》，參見何健民編：《蒙古概觀》（上海：民智書局，1932 年，第 43-53 頁。）此外，蘇聯著名蒙古學家符拉基米爾佐夫 1934 年的遺著《蒙古社會制度史》最後一章對清代蒙古政治社會狀態變遷的討論，最早的中文譯本為蒙疆政權「蒙古文化館」瑞永據日本外務省調查部 1936 年日譯本的轉譯，見烏拉吉米索夫著，瑞永譯：《蒙古社會制度史》（厚和：蒙古文化館，成紀七三四年，1939 年），第 401 頁。

[17] 至清末，內蒙古各旗王公爵位參見〈內蒙各王公箚薩克階級姓名一覽表〉，《東方雜誌》，1913 年第 9 卷第 8 期，第 23-26 頁。此處標題所用「階級」一詞，意為官階、等級，指各王公不同等級的爵位。該文文末列有「歸化城土然特鎮國公（貢格巴勒）」，實為該旗總管，並非箚薩克，故多列了一旗。該文附在《蒙古盟旗軍制觀》（《東方雜誌》，1913 年第 9 卷第 8 期，第 21-23 頁）之後，錄自《民立報》，文中觀點略有不確。外箚薩克各旗王公爵位參見〈蒙古各箚薩克階級姓名一覽表〉，《東方雜誌》，1913 年第 9 卷第 12 期，第 25-32 頁。文中所列，除漠北蒙古之外，還包含新疆、青海等各地外箚薩克蒙古。

[18] 牛海楨：〈簡論清代蒙古族地區的盟旗制度〉，《甘肅聯合大學學報》（社會科學版），2005 年第 2 期，第 1-5 頁。相對於眾多研究關注盟旗制度的自治性，郝文軍更強調清廷以盟旗制度對蒙古部族「分而治之」的統治策略，見郝文軍：〈清代伊克昭盟行政制度內地化的起始時間與標誌研究〉，《中國邊疆史地研究》，2015 年第 2 期，第 102-110 頁。

[19] 察哈爾八旗和歸化城土默特為內屬蒙古，並非嚴格意義上的外藩「內箚薩克蒙古」。

[20] 對清代以來內蒙古盟旗制度與各級軍政官員最為細緻的研究，是後來成為德王英文秘書的箚奇斯欽在戰前所作的〈近代蒙古之地方政治制度〉，其中對清代在內外蒙

爺與下屬、牧民之間存在較高的人身依附關係，即主奴關係[21]。草原為箚薩克王公所有，清廷對各旗牧場的劃定不得私自更改，尤其禁止土地買賣與牧民人口流動。相較於秦代以來中原王朝由中央在各地設立郡縣直接管轄的皇權專制形式，內蒙古的王公體制更接近於所謂「封建制」的本意。

　　內蒙古這種王公自治制度，與後金／清初滿蒙貴族的政治聯姻和軍事同盟密不可分。除了蒙古八旗軍直接受後金指揮之外，正是在依附女真／滿洲貴族的內蒙古諸部支持的基礎上，後金才一統滿蒙建立清廷[22]，並入主中原，隨後不斷擴大版圖，康乾之後成為東亞與內亞最為幅員遼闊的帝國。清代雖未像元代那樣劃分蒙古人、色目人、漢人、南人的不同等級，但內蒙古諸部實際上幫助滿洲貴族征服了帝國廣大地區，地位遠高於後來納入版圖的其他各地民族。內蒙古的封建王公還長期作為滿洲貴族的姻親和盟友，共同抵抗外部勢力並鎮壓帝國內部各地起義。不僅在康乾與漠西蒙古爭雄時內蒙古諸王公如此，直到太平天國和第二次鴉片戰爭時期的科爾沁蒙古王爺僧格林沁仍是如此。也正是在與滿洲貴族的親疏關係上，才劃分出內外箚薩克蒙古的區別。而清初法律禁止邊地漢族「民人」開墾或租佃內蒙古牧場，清中葉雖一度「借地養民」，卻僅限於在卓索圖盟安置中原饑民為佃戶，並在〈理藩則例〉中嚴格限定。漢族貧民的湧入，及當地蒙古族牧民的農耕化，仍是以蒙古封建領主為地主，只在一定程度上改變了統治者與被統治者之間的具體經濟關係和人身依附關係，蒙古王公的特權與利益並未改變[23]。直到晚清山西等地流民才進入內蒙古西部河套地

古的封建制度有詳細闡述。參見箚奇斯芹：〈近代蒙古之地方政治制度〉，《國立北京大學社會科學季刊》，1936 年第 6 卷第 3 期，第 703-736 頁。另外箚奇斯欽在〈近代蒙古政治地位之變遷〉一文中也肯定了清代的「蒙人治蒙」制度，而認為民國尤其是國民革命以來，內蒙古政治地位「日趨低落」，見箚奇斯欽：〈近代蒙古政治地位之變遷〉，《國聞週報》，1937 年第 14 卷第 17 期，第 9-12 頁。

[21] 即便是那些不執掌旗政的虛位王公，雖無土地，卻按級別擁有若干戶「屬丁」，在本旗土地放牧，而一切財產收入只歸該王公私人所有。

[22] 皇太極正是獲得女真諸部與內蒙古各旗共同推舉為「柏格達・徹辰汗」的基礎上，才稱帝建清的。

[23] 參見李兒只斤・布仁賽音著，謝詠梅譯：《近現代喀喇沁・土默特地區區域利益集團之形成》，載達力紮布主編：《中國邊疆民族研究》第 5 輯（北京：中央民族大學出版社，2011 年），第 330-338 頁；李兒只斤・布仁賽音著，白玉雙譯：《喀喇沁土默特移民與近現代蒙古社會——以蒙郭勒津海勒園惕氏為例》，載達力紮布主編：《中國邊疆民族研究》第 6 輯（北京：中央民族大學出版社，2012 年），第

區開墾土地、挖渠灌溉，清政府組織開發河套則在清末新政放墾後開始，隨之出現的商旅甚至販夫走卒等「走西口」現象，一直持續到民國時期[24]。有清一代，實際統治內蒙古的，仍然是蒙古族王公，既非滿洲貴族，也不是漢族官員或地主。蒙古貴族雖可憑藉文化資源自願學習滿語、藏語或漢語（清中期對蒙古貴族學習漢文化的禁令逐漸鬆弛），但直到現代教育普及之前，蒙古民眾受漢文化影響遠遠輕於受藏傳佛教文化影響[25]。無論從哪個層面上講，內蒙古在清代都不是滿洲貴族或漢族官僚／地主的殖民地或「文化殖民地」。

　　由此可見，所謂清代「陸上殖民主義」的說法，至少在內蒙古地區是不適用的；而在其他各地，清帝國的皇權專制，與不同程度的自治、懷柔政策，及殘酷鎮壓並存。若囿於「陸上殖民主義」的理論框架來探討內蒙古地區的華語語系文學創作，非但不能充分發掘其內在的反抗意味，反而模糊了對當地實際問題的有效聚焦。

三、日據時期蒙疆政權的華語語系蒙古族文學

　　除了作為清代「陸上殖民主義」的一個反例的意義之外，華語語系蒙古族文學在日據時期的蒙疆政權時代，顯出了更具複雜性的意味。蒙疆政權是日本侵華戰爭期間所扶植的一個少數民族傀儡政權，由蒙古族王公德穆楚克棟魯普（以下簡稱德王）於 1936 年在內蒙古建立，至 1945 年日本戰敗時滅亡。德王在戰前曾領導內蒙古自治運動，反抗國民政府對內蒙古的統治。蒙疆政權建立後，德王大力復興蒙古文化，興辦蒙文刊物。力圖藉助殖民者的「扶植」與虛偽「善意」，以蒙古文化的復興來想像一個蒙

352-366 頁。

[24] 閆天靈：《漢族移民與近代內蒙古社會變遷研究》（北京：民族出版社，2004 年），第 33-37 頁。

[25] 儘管出現了卓索圖盟蒙古族作家尹湛納希受《紅樓夢》影響而用蒙文創作的《一層樓》和《泣紅亭》，但作者同時還存有描繪成吉思汗統一蒙古的《大元盛世青史演義》。作為精通漢語的蒙古族貴族作家，其蒙文創作本身，恰恰可以成為所謂「漢語殖民霸權」的反例。相關研究參見王平：〈論尹湛納希對《紅樓夢》的接受〉，《紅樓夢學刊》，2004 年第 1 期，第 277-290 頁。

古族的「民族國家」。蒙疆政權名義上歸屬汪偽而高度自治[26]，實則與滿洲國地位等同。不僅行政、軍事上不受汪偽控制，作為一個偽民族國家，還擁有自己的政府機構與蒙古軍以及「國旗」、軍歌。甚至「蒙疆銀行」與郵政、教育系統還單獨發行「蒙疆貨幣」、「蒙疆郵票」以及「蒙疆教科書」。對內對外廢除汪偽沿用的民國年號，使用成吉思汗紀年；擁有成吉思汗誕辰、成吉思汗忌辰與成吉思汗大祭日等獨特的「國家」節假日，以及「政府成立紀念日」（9月1日），而不再慶祝民國的「雙十節」。

然而在其統治的九年時間內，儘管不斷推廣蒙語教育和日語教育，但還是不足以迅速培養出完整的一代蒙語作家群體和日語作家[27]。故而蒙疆政權下蒙古文化的推廣普及仍然主要依靠戰前受漢語教育的漢化蒙古族知識分子，蒙疆地區尤其是各大城市當中最主要的文化環境依然是華語的。蒙疆政權下蒙古族作家的華語創作當然屬於華語語系文學所討論的範疇。儘管日本殖民者所扶持的這個少數民族傀儡政權下的漢族作家創作是否應納入華語語系文學範疇還可進一步探討，但對此的探討顯然更有助於釐清中國內部少數民族文化與漢文化在外來殖民統治之下的複雜關係。

蒙疆政權由侵華日軍在所謂東亞各民族「協進」的口號下扶持建立，以蒙古民族「自決」為意識形態宣傳導向。在殖民者獨特的「反殖民」偽裝政策主導下，該政權興辦大量文藝報刊宣揚民族主義思潮，試圖復興蒙古文化，其文學書寫為建立所謂蒙古「民族國家」而服務。而蒙疆的民族主義文學書寫的最大障礙，恰恰是接受中國傳統文化教育的蒙古族知識分子，在復興本民族文化時的文學失語症。在華語佔據主導地位的蒙疆文壇，受漢語教育的蒙古族知識分子只能通過華語創作和對蒙文作品的翻譯，來在華語文化圈中宣傳蒙古文化。而這樣的華語宣傳究竟在多大意義上構成了蒙古文化的復興？漢化的少數民族知識分子的華語創作本身，反

---

[26] 關於汪偽與日方 1940 年 11 月簽訂的《中華民國日本間基本關係條約》條文及附屬議定書等，見南京市檔案館編：《審訊汪偽漢奸筆錄》（上）（南京：鳳凰出版社，2004 年），第 74-78 頁。

[27] 關於蒙疆政權在城鎮和牧區推廣蒙古族學校公立教育的不同情況，以及厚和蒙古學院蒙、日教員在蒙語、日語授課時間多寡等問題上的衝突，參見陶布新：〈偽蒙疆教育的憶述〉，載《內蒙古文史資料》第 7 輯（呼和浩特：內蒙古人民出版社，1981年），第 170-190 頁。

倒成了蒙疆政權復興蒙古文化最大的諷刺。漢化的面具已經深入肌理，不管怎樣有意摘除，都會留下無法抹平的印記。

　　然而討論蒙疆政權的華語語系文學創作，意義倒不在於探討所謂「陸上殖民」或內部殖民；而是在於同日語語系文學的對應之中，發覺其作為一種反抗言說的曖昧意義。無論怎樣宣揚民族「自決」，在日本殖民者的「扶助」之下反華，非但不能求得真正的民族復興，反而會淪為殖民者變相的殖民意識形態輸出工具。「政治格局的改變，使得問題討論的背景，不再僅僅是內蒙古和國民政府之間那種少數民族自治地方與中央的關係。所謂『友邦』的出現，使得原有的二元結構被打破，形成了一種討論民族問題的三元結構。蒙疆政權不僅與國民政府對抗，也時刻處於同日方的博弈之中。」[28]面對尚未來得及在該地區有效展開的日語語系文學（如甲午之後到抗戰時期的台灣文學情形），蒙疆漢族作家華語創作在媚敵姿態之外，相較於所謂合作的或投敵的民族主義，是否更具有反殖民的文化堅守意味？如果說日據時期鍾理和等個別作家在台灣或流亡到大陸後將日文創作自譯為中文再發表，也是一種對日語語系文學的精神抵抗；那麼這些絕少數的台灣華人作家面對日本殖民的精神異化所做的反抗，與蒙疆漢族文人對蒙古特色的發揚乏力，又是否具有某種認同上的內在相通之處？何況蒙疆政權標榜的所謂蒙古「民族國家」屬性，及其與日本、偽滿之間的所謂「外交關係」，在族群與民族的關係層面，本就比直接受日殖民統治的台灣問題更多一重不同的維度。夾在外來殖民者的「反殖民」偽裝，與本土以自治為名的專制統治之間，少數民族文化復興的困境，絕非簡單套用殖民／後殖民理論所能闡釋。在紛繁複雜的歷史情境中，單純的二元對立不再成為有效的研究視角。

　　因此，蒙疆政權這個在侵華戰爭期間由日本殖民者在其「反殖民」意識形態偽裝下於中國內部扶持建立的少數民族傀儡「民族國家」，及其統治下蒙古族作家與漢族作家在各自立場上曖昧的華語文學創作，恰恰為解開殖民與專制之間諸多紛繁複雜的文化謎題，提供了最富聚焦效果的案例。由此展開對中國內部專制問題與殖民進程複雜關係的探討，必將有助

---

[28]　妥佳寧：〈偽蒙疆淪陷區與綏遠國統區文壇對民族主義話語的爭奪〉，《哈爾濱工業大學學報》（社會科學版），2015 年第 6 期，第 82-88 頁。

於對既往後殖民理論在處理東亞問題時無法解決的盲區，起到視野上的補足作用。

四、結語

華語語系的提出，無疑為中國現代文學和海外華文文學研究提供了全新的後殖民視角。然而在這一研究領域內，仍然需要以大量細節史實展開論述，來實證並豐富華語語系文學的真實面貌。史書美提出的所謂清代「陸上殖民主義」之說，至少在內蒙古地區是不適用的。而華語語系文學較之英語語系文學、法語語系文學，其在少數民族地區的展開，也不僅僅意味著所謂「漢語殖民霸權」。更在蒙疆政權這個由殖民者建立的少數民族傀儡「民族國家」中，即所謂「國族與國族性邊緣之上」，呈現了蒙古族知識分子如何在該政權復興蒙古文化的大勢中，難於摘除早已深入肌理的漢化「面具」。無論是歷史的當事人，還是後來的研究者本身，也都是具有各自族裔屬性的，而「知識分子總是很容易且經常落入辯解和自以為是的模式，對自己族裔或國家社群所犯下的罪行視而不見。」[29]不僅竹內好等日本左翼知識分子在戰爭中言辭閃爍地「轉向」，華語語系內不同族裔知識分子同樣在各自陣營中陷入彼此間甚至同族間的懷疑敵視與百口莫辯，展現出了遠比單一殖民視角更為豐富的精神掙扎。只有細緻辨析華語語系蒙古族文學每一時期的獨特文化處境，才能對殖民與本土專制之間錯綜複雜的文化糾葛有更為深入的認識。種種問題才剛剛提出，進一步的研究正有待不斷展開。

---

[29] 愛德華‧W‧薩義德著，單德興譯，陸建德校：《知識分子論》（北京：生活‧讀書‧新知三聯書店，2002年），第41-42頁。

主要參考文獻

一、專著

愛德華・W・薩義德：《知識分子論》，單德興譯，陸建德校，北京：生活・讀書・新知三聯書店，2002 年。

符拉基米爾佐夫：《蒙古社會制度史》，瑞永譯，厚和：蒙古文化館，成紀 734年，1939 年。

何健民編：《蒙古概觀》，上海：民智書局，1932 年。

苗普生：《伯克制度》，烏魯木齊：新疆人民出版社，1995 年。

南京市檔案館編：《審訊汪偽漢奸筆錄》（上），南京：鳳凰出版社，2004 年。

史書美：《視覺與認同：跨太平洋華語語系表述・呈現》，楊華慶譯，蔡建鑫校，台北：聯經出版公司，2013 年。

Mark C. Elliott. *The Manchu Way: The Eight Banners and Ethnic Identity in Late Imperial China*, Stanford: Stanford University Press.,2001.

二、期刊論文

牛海楨：〈簡論清代蒙古族地區的盟旗制度〉，《甘肅聯合大學學報》（社會科學版）第 2 期，2005 年。

王平：〈論尹湛納希對《紅樓夢》的接受〉，《紅樓夢學刊》第 1 期，2004 年。

王德威：〈文學地理與國族想像：臺灣的魯迅，南洋的張愛玲〉，《揚子江評論》第 3 期，2013 年。

史書美：〈反離散：華語語系作為文化生產的場域〉，趙娟譯，《華文文學》第 6 期，2011 年。

妥佳寧：〈偽蒙疆淪陷區與綏遠國統區文壇對民族主義話語的爭奪〉，《哈爾濱工業大學學報》（社會科學版）第 6 期，2015 年。

孛兒只斤・布仁賽音：〈喀喇沁土默特移民與近現代蒙古社會——以蒙郭勒津海勒圖惕氏為例〉，白玉雙譯，載達利紮布主編：《中國邊疆民族研究》第 6輯，北京：中央民族大學出版社，2012 年。

孛兒只斤・布仁賽音：〈近現代喀喇沁・土默特地區區域利益集團之形成〉，謝詠梅譯，達利紮布主編：《中國邊疆民族研究》第 5 輯，北京：中央民族大學出版社，2011 年。

拉丁摩：〈蒙古的王公，僧侶，與平民階級〉，侯仁之譯，《禹貢》第 3 卷第 10 期，1935 年。

拉丁摩：〈蒙古的盟部與旗〉，侯仁之譯，《禹貢》第 3 卷第 6 期，1935 年。

郝文軍：〈清代伊克昭盟行政制度內地化的起始時間與標誌研究〉，《中國邊疆史地研究》第 2 期，2015 年。

陶布新：〈偽蒙疆教育的憶述〉，載《內蒙古文史資料》第 7 輯，呼和浩特：內蒙古人民出版社，1981 年。

箭奇斯欽：〈近代蒙古政治地位之變遷〉，《國聞週報》第 14 卷第 17 期，1937 年。

歐立德：〈傳統中國是一個帝國嗎？〉，《讀書》第 1 期，2014 年。

Shu-mei Shih, *"Global Literature and Technologies of Recognition"*, *PMLA* 119, 1, January 2004.

Shu-mei Shih, *"The Concept of the Sinophone"*, *PMLA* 126, 3 ,January 2011.

Shu-mei Shih, *"Global Chinese Literature: Critical Essays"*, ed. Jing Tsu and David Der-wei Wang ,Leiden & Boston: Brill, 2010.

從台灣到南洋的萬里尋妻
——以默片演員鄭連捷和周清華為媒介的
通俗劇探析

■許維賢

作者簡介

　　許維賢，新加坡南洋理工大學中文系專任助理教授。北京大學中文系博士。學術著作有《從豔史到性史：同志書寫與近現代中國的男性建構》（台灣：中央大學出版中心和遠流出版社，2015 年）。與 Brian Bergen-Aurand, Mary Mazzilli 合編 *Transnational Chinese Cinemas: Corporeality, Desire and Ethics of Failure*（Los Angeles: Bridge21 Publications, 2014）。與柯思仁合編《備忘錄：新加坡華文小說讀本》（新加坡：南洋理工大學中華語言文化中心，2016 年）。客座主編台北電影資料館《電影欣賞學刊》（新馬電影專題）。在 *Queer Sinophone Culture, Journal of Chinese Cinemas*、《東方文化》、《文化研究》和《中外文學》等書刊發表論文。

內容摘要

　　本文探析 1927 年首部新馬電影《新客》的男主角鄭連捷和女演員周清華在南洋橫跨半個世紀的愛情悲劇，如何被新馬黑膠華語歌劇唱片《萬里尋妻》和台灣華語電影《瘋女情》改編成「挫敗式通俗劇」。出生和成長於新竹的鄭連捷也是台灣首位默片男演員，曾於 1925 年同友人在台北創設台灣最早的電影製作研究機構「台灣映畫研究會」，並參與製作和演出早期台灣電影，揚名於 1920-30 年代中國影壇，曾與阮玲玉拍檔演繹《婦人心》的男女主角。目前記載有關鄭連捷和周清華的史料存有不少訛誤和謎團，根據倆人生平改編的兩部文本在不少論者筆下也是語焉不詳或莫衷一是。本文結合早期中日報刊、族譜與地方志史料和各家說法，對有關闕漏和失誤進行補正，並以鄭連捷和周清華作為媒介從而探討華語大眾文化

如何在不同年代重複以通俗劇式的想像再現「海外尋親」的母題。這段愛情悲劇都突出周清華作為瘋女的絕望，透過通俗劇的平台表達被壓抑的南洋底層女性聲音，挪用惡勝善敗的形式，激起人們對二戰傷痛的集體挫敗感。

關鍵詞：鄭連捷、周清華、通俗劇、《萬里尋妻》、《瘋女情》

　　鄭連捷：「雖然，這一次相信是我最後一次重來星馬，也許也是最後一次真正的跟清華重逢，但是，我與清華的這齣戲，尚未結束，還是會繼續……」[1]

一、鄭連捷其人其事的謎團

　　出身新竹望族鄭用錫家族的鄭連捷（1906-1984），藝名鄭超人，為新竹詩人鄭燦南（1874-1919）次子。[2]1929 年上海《新羅賓漢》周報形容他「美豐姿、溫柔如處子，故有『色男』（譯音）之譽，幼肄業扶桑，一洗其世家習氣，十八歲曾於台灣現身銀幕。」[3]可見這位成為各地影迷偶像的新竹「美男子」稱號，並非虛傳。[4]鄭連捷是台灣第一位默片男演員，1923 年參與《老天無情》的拍片工作，1925 年和李松峰等友人在台北創設台灣最早的電影製作和研究機構「台灣映畫研究會」，並參與演出首部台灣電影《誰之過》。[5]此片賣座不佳，「台灣映畫研究會」解體，當時在台北工藝學校（今改制為國立台北科技大學）畢業不久的鄭連捷為了找工作，只好赴廈門投靠外祖父，在廈門半年後，在親友鼓勵下前往新加坡，報考「南洋劉貝錦自製影片公司」演員班。[6]後來成功被錄取擔任新馬首部電影《新客》男主角，藝名為鄭超人。星洲《新國民日報》刊登鄭超人的玉照，但沒有像《新羅賓漢報》聚焦其姣容，反而著眼他的長處和實力，稱讚他「長於文學酷嗜藝術……表演存績，恰到好處云。」[7]

---

[1] 符傳曙：〈鄭連捷周清華好夢難重圓〉，《星洲日報》1971.6.20，11 版；亦參見佚名：〈千里尋妻好夢難圓〉，香港《快報》，1971 年 6 月 30 日，4 版。

[2] 鄭鵬雲編：《浯江鄭氏族譜》（出版地和出版社不詳，1913），頁 142。鄭燦南又名鄭安印，字幼佩，活躍於日治時期的竹社詩文活動。他是鄭氏族人鄭用錫的第七代，鄭連捷則為第八代。日本統治台灣期間，全島出現總計超過 370 個以上的詩社。參見黃美娥：《重層現代性鏡像：日治時代台灣傳統文人的文化視域與文學想像》（台北：麥田出版公司，2004 年），頁 146。有關竹社詩文活動，參閱詹雅能：《竹梅吟社與〈竹梅吟社詩鈔〉》（新竹：新竹市文化局，2011 年），頁 37-42。

[3] 義務兵：〈鄭超人將耀光三島〉（上），《新羅賓漢》1929 年 9 月 23 日，2 版。

[4] 黃仁、王唯主編：《台灣電影百年史話（下）》（台北：中華影評人協會，2004 年），頁 355。

[5] 葉龍彥：《日治時期台灣電影史》（台北：玉山社，1998 年），頁 164。

[6] 同上註，頁 140-141。

[7] 佚名：〈劉貝錦自製影片公司職演員之一部分：鄭君超人〉，《新國民日報》1926

　　籌備默片《新客》期間，鄭連捷結識片中女演員兼新加坡南洋女中校花周清華，墜入愛河，一年後結為夫妻，產下一子。《新客》在新加坡和香港公映前後，廣受媒體矚目，可惜此片在新加坡上映被英殖民政府刪減了三分之一內容[8]，「南洋劉貝錦自製影片公司」倒閉，新婚不久的鄭連捷失業，暫住岳父位於馬來西亞柔佛州哥打丁宜的住家。岳母對鄭連捷印象不好，鄭連捷結婚兩個月後攜妻搬離哥打丁宜。[9]面臨長年失業困境，鄭連捷決定暫別妻兒，孤身遠赴上海影壇謀生，在上海明星公司鄭超凡的引薦下，輾轉被引薦到「大中華百合影業公司」擔任韓籍導演鄭基鐸的日文翻譯，旋即受到賞識參與拍片工作。[10]很快在影界奠立聲譽，揚名於1920、30年代的上海影壇，鄭連捷自認最滿意的演出是和阮玲玉合演的《婦人心》和《女海盜》。[11]由他主演的《青春路上》當年引進台灣，也曾轟動一時。[12]除了主演多部武俠片，鄭連捷也曾在上海創設文英影片公司，僱傭當時人在上海的日本攝影師川谷莊平當導演。[13]本來1929年鄭連捷還計畫到日本參與大導演牛原虛彥的拍片工作。[14]後來薪金問題未談攏未簽約，因此回返廈門故里，為台灣解放運動犧牲者求援義會導演兩齣舞台劇。[15]根據鄭連捷晚年書信自述當年自己「回台省親」，被「日本統治者

年11月26日，14版。

8　此片也曾改名成《唐山來客》，於1927年4月29日至5月2日在香港九如坊戲院公映，宣傳文案打出「乃中國第一次以南洋生活轉編之艷情傑作。佈景富麗光線明晰。衹映四天。」此片在香港放映完整版九大本，1927年3月4日在新加坡首次公開試映時，卻因為無法通過英殖民政府審查，無法完整公映九大本，僅放映六大本，直接影響了影片素質。有關《唐山來客》在香港公映的記錄，參閱 Tse Yin (Nangaen Chearavanont), *Movie Stories* (Hong Kong: H.M. Ou, 2014), p. 47；有關《新客》是新馬首部電影的論證和從籌備到放映前後的分析，參見 Hee Wai Siam. "*New Immigrant*: On the first locally produced film in Singapore and Malaya," *Journal of Chinese Cinemas* 8.3 (2014): 244-258；許維賢：〈《新客》：從「華語語系」論新馬生產的首部電影〉，《清華中文學報》第9期，2013年6月，頁5-45。

9　葉龍彥：《日治時期台灣電影史》，頁141。

10　同上註。

11　黃仁：〈在中國影壇發展有傲人成就的新竹人：重寫鄭超人不為台灣人知的事蹟〉，頁141。

12　葉龍彥：《日治時期台灣電影史》，頁141-142。

13　（日）三澤真美惠，李文卿、許時嘉譯《在「帝國」與「祖國」的夾縫間－日治時期台灣電影人的交涉與跨境》（台北：國立台灣大學出版中心，2012年），頁136。

14　義務兵：〈鄭超人將耀光三島〉，《新羅賓漢》1929年9月25日，2版。

15　小倩：〈鄭超人不赴日本之原因〉，《新羅賓漢》1930年4月22日，2版。

囚禁前後凡四年之久」。[16]《新竹市志》記錄 1930 年 5 月他回到新竹，被日兵以「治安維持法」逮捕，指稱他在上海涉嫌從事抗日活動。[17]筆者翻閱日治時期的《台灣日日新報》日文版，發現他被逮捕的時段應是 1931 年 12 月，當年該報還圖文並茂鄭連捷被抓的照片，而且報導指稱他 1930 年 12 月就已返回台灣從事抗日活動。[18]這跟鄭連捷晚年自述當年自己「回台省親」被逮捕的說法有矛盾，換言之，他不是返台就即刻被逮捕，從 1930 年 12 月至 1931 年 12 月期間，鄭連捷在台做了什麼？這是本文嘗試想要釐清的謎團。

後來太平洋戰爭爆發，連捷非但再也回不了上海，亦從此跟南洋愛妻斷了音訊。台灣光復後，他承蒙第 1 屆新竹市長鄭雅軒延攬，進入市公所當秘書。[19]他也曾擔任過新竹市公所的建設課長。[20]鄭連捷晚年自稱為了表示對愛妻深切思念，未續弦二十多年期間，收養一位養子鄭秀明；[21]1950 年在父老們催勸下，鄭連捷才跟林雲鶴女士結婚，倆人沒有生育，育有一位養女。[22]

鄭連捷到底餘生有否回返南洋重見愛妻？黃仁在《台灣百年史話》有以下記載：

> 1974 年，鄭超人在報上得悉新加坡那位女星，對他刻骨銘心的感情，和他分別卅一年，仍一直思念他，以致精神失常。這段情感轟動華僑社會，鄭超人想去相會，遭家人反對。

[16] 引自鄭超人親筆致函《星洲日報》。佚名：〈戰火漫天鴛鴦散，夫在台灣妻何處〉，《星洲日報》1971 年 2 月 11 日，6 版。
[17] 張永堂編撰：《新竹市志：卷 7 人物志》（新竹：新竹市政府，1997 年），頁 179。
[18] 佚名：〈台北工業出身的新竹の鄭連捷：映畫俳優ともなる〉，《台灣日日新報》夕刊，1932 年 12 月 25 日，2 版。
[19] 黃仁：〈在中國影壇發展有傲人成就的新竹人：重寫鄭超人不為台灣人知的事蹟〉，頁 142。
[20] 陳嘉鎰：〈台灣老翁鄭連捷訪談〉，《星洲日報》1971 年 6 月 19 日，10 版。
[21] 此養子在 1971 年（37 歲）經營水果店，收入不錯，育有五位兒女，分別是鄭猶仁、鄭秀珍、鄭毓華、鄭立德和鄭至誠。陳嘉鎰：〈台灣老翁鄭連捷訪談〉，《星洲日報》1971 年 6 月 19 日，10 版。
[22] 此養女後來嫁給台北房屋經紀人尤啟清，育有一男一女，女孩名叫尤欣興，男孩名叫尤向榮。陳嘉鎰：〈台灣老翁鄭連捷訪談〉，《星洲日報》1971 年 6 月 19 日，10 版。

最後得到妻子同意，友人協助，終於到新加坡。不料那位女星已病故。這段淒美戀情，資深導演張英拍成台語電影《舊情綿綿瘋女淚》。[23]

　　黃仁在近年發表的文章也繼續把上述記載抄錄於文末，繼續持見認為鄭連捷最後並沒有見到南洋愛妻。其實，本文首先要指出鄭連捷最後有在馬來西亞跟愛妻重聚，有圖為證，連同媒體訪問和追蹤報導，圖文並茂刊登於《星洲日報》，這是鄭連捷晚年唯一也是最後一次跟愛妻短暫重聚，發生於 1971 年，也不是黃仁上述所謂的 1974 年。目前有關鄭連捷和周清華的愛情悲劇記載存有不少訛誤和謎團，根據倆人生平改編的黑膠華語歌劇唱片《萬里尋妻》和台灣華語電影《瘋女情》在不少論者筆下也是語焉不詳或莫衷一是。本文結合早期中日報刊、族譜與地方志史料和各家說法，對有關闕漏和失誤進行補正，並嘗試重讀這些根據倆人戀情改編的華語通俗劇（Melodrama），以鄭連捷和周清華作為媒介從而探討華語大眾文化如何在不同年代重複以通俗劇式（melodramatic）的想像再現「海外尋親」的母題。

二、亞洲通俗劇和其重要性

　　通俗劇原義是指綜合音樂的戲劇。[24]後來此術語延用到電影分析裡成為某種電影類型特徵，它被界定為「一種流行的敘事形式，其特徵是情感誇張和通常勾勒善惡的極大對立。」[25]通俗劇的特色就是把其本身的極端衝突推向極端結局，被聚焦的主人公在反抗那座與他敵對的世界，無論是在現實生活中抑或在舞台上，它的結局僅有三種可能性：僵局、勝利或挫敗。[26]它喚起人們的基本情感是抗議、歡呼和絕望。[27]從而依序形成通俗劇

---

[23]　黃仁、王唯主編：《台灣電影百年史話（上）》（台北：中華影評人協會，2004年），頁 54。

[24]　Peter Brooks, *The Melodramatic Imagination: Balzac, Henry James, Melodrama, and the Mode of Excess* (New York: Columbia University Press, 1985), p. 14.

[25]　Bruce F. Kawin, *How Movies Work* (Berkeley: University of California Press, 1992), p. 548.

[26]　James L. Smith, *Melodrama* (London: Methuen & Co. Ltd., 1973), p. 8.

[27]　Ibid., p. 9.

的三種形式，其一、抗議式通俗劇（Melodrama of Protest），提高政治醒覺和支持改革的戲劇形式；其二、歡呼式通俗劇（Melodrama of Triumph），善勝惡敗的戲劇形式；其三、挫敗式通俗劇（Melodrama of Defeat），惡勝善敗的戲劇形式。[28]簡而言之，通俗劇這種戲劇化的形式，表達了我們大家在大多數時候所能體驗到的那種對人類處境的真實性，這種人生觀在美學上的表達不一定就是無足輕重和二流的，即使通俗劇對大量流行的劣作負有責任，但這不意味著所有通俗劇都是劣作，正如任何的類型那樣，通俗劇也能廣泛產生優秀作品。[29]

　　通俗劇不再被視為僅是一個貶義詞，當代很多電影學者和評論家開始探討通俗劇中的形式類別、結構和重要性以及它引導觀眾進入敘事軌道的複雜路徑，通俗劇已經「被認可為具有顛覆性的潛能，足於暴露中產階級意識形態和重構意識形態和慾望之間的辯證關係。」[30]在亞洲電影文化的脈絡裡，通俗劇尤其具有三大層面的重要性：其一、它突出女性的體驗、情緒和活動，提供一個平台表達被壓抑的女性聲音，讓被遮蔽在其他電影類型的女性經驗突顯出來；其二、通俗劇的誇張和極端成為角色們陌生化的能指，並有用以揭示意識形態的操作；其三、通俗劇勾勒了多樣文化的深層結構，構成亞洲文化表達創意的重要層面。[31]本文有意探析《萬里尋妻》和《瘋女情》如何藉助瘋女誇張和極端的絕望體驗，表達底層女性被壓抑的聲音和慾望，而這在多大程度上能揭示日本帝國主義意識形態的操作？

　　通俗劇一般都丟給觀眾一個主要有待解決的問題：「品性高尚的個人（通常是女性）或一對伴侶（通常是戀人）在壓抑與不公正的社會環境中被犧牲，尤其是在與婚姻、職業及核心家庭相關的環境中。」[32]通俗劇一般會在片中提供幾種解決上述問題的方案，這也構成了通俗劇的主要特色：其一、善惡分明；其二、家庭作為敘事中心。[33]根據鄭連捷和周清華

[28] Ibid., pp. 15-77.
[29] Ibid., p. 11.
[30] Wimal Dissanayake, "Introduction," in Dissanayake ed., *Melodrama and Asian Cinema* (Cambridge: Cambridge University Press, 1993), p. 1.
[31] Ibid., p. 2.
[32] Thomas Schatz, *Hollywood Genres: Formulas, Filmmaking, and The Studio System* (Boston: McGraw-Hill, 1981), p. 222.
[33] Ibid., pp. 226-228.

「真人真事」改編的《萬里尋妻》和《瘋女情》，基本上都傾向於不斷加強通俗劇的以上特色和解決方案。兩部文本再現這對恩愛夫婦組成的小家庭，如何受害於日本軍國主義的侵略，面臨家破人亡的悲劇。這對品德高尚的夫婦代表善的一面，日本軍國主義居之於惡的一面，夫婦倆半個世紀以來都在抵抗與從俗之間掙扎和求存。敘事情節以惡勝善敗層層推進，以瘋女極端的絕望形象作為焦點，召喚觀眾憐憫的情感，這也讓兩部文本屬於挫敗式通俗劇的形式範疇，都在演繹「海外尋親」母題，重複表達二戰期間南洋華人的集體挫敗感。

　　20 世紀的日本軍國主義侵略東亞諸國和東南亞，使到無數華人家庭家破人亡，更導致大規模的中國移民離散到東南亞以及全世界，這是「海外尋親」母題在歷史現場的敘事源頭。中國 1930、40 年代的國防電影確立大眾文化反日立場的規範。此規範跟「海外尋親」母題互相契合的典範，乃是二戰後中國歌舞劇團巡迴南洋各地長達兩年演出的話劇《海外尋夫》。這是有史以來轟動南洋華僑社會最持久的話劇，演出次數至少二、三百次。[34]話劇《海外尋夫》在 1950 年的香港被改編為同名華語電影，繼續獲得南洋華人的熱烈支持。本文有意探討《萬里尋妻》和《瘋女情》如何挪用通俗劇的形式再現「海外尋親」母題，並且如何透過瘋女絕望的體驗讓南洋底層女性發聲。

三、萬里尋妻的真相

　　1971 年鄭連捷為了尋覓南洋愛妻周清華，拜託新加坡朋友郭金治把親筆信函和照片轉交給《星洲日報》刊登，並詳細附上周清華在哥打丁宜的原址故居。這則新聞登出後，來自哥打丁宜的王鴻升投函告知報紙在原址故居找到周清華，但她多年苦守丈夫歸來，悲憤成疾，神智不清。[35]後來記者偕同郭金治等人探訪周清華，在二層樓的舊板屋尋獲這位被當地人戲稱為「傻婆」的周清華，一身襤褸的她有時會到樓下屋旁玩泥沙石塊，自言自語，有時罵人，但不會打人。

---

[34]　佚名：《海外尋夫電影小說》（香港：電影畫報社印刊，1950 年），頁 2-3。
[35]　佚名：〈台灣六三老翁鄭連捷：萬裡尋妻有下落，周清華刻居哥打〉，《星洲日報》1971 年 2 月 19 日，15 版。

　　當年鄭連捷在兒子3歲離開母子後，周清華一度在新加坡小坡新世界對面的樂樂園茶室當掌櫃兼收銀服務，1931年的《南洋商報》曾刊登一則新聞，周清華化名周雨琴到警局控告有一青年調戲她，當時的她在記者筆下是「商業能手，招徠顧客，交際圓融……上午親到警庭，身穿時式衣服，裝飾趨時……下午之時，周女士，又裝束一新矣。」[36]這則新聞除了證明當時衣著時髦舉止優雅的她還未神智不清之外，更重要證明她就是《新客》女演員，記者指稱她就是昔日現身《新客》銀幕之女演員，著名顯赫於當時。[37]後來被告青年聘請印藉律師出庭辯護，法官最後判決周清華證據不足，被告無罪釋放，《叻報》和《南洋商報》均對此事件前後作了詳細報導，兩篇報導皆稱周清華為《新客》女主角。[38]

　　兩年後兒子患病夭折於新加坡醫院，對周清華打擊甚大。根據鄭連捷1971年親臨馬來西亞接受記者訪問，當年赴上海工作的他起初幾年還有和周清華保持書信往來，他在上海揚名後想過帶妻兒到上海共度快樂日子，並也有打算攜妻帶子「回台灣見爺娘」，但就在此時5歲的兒子病重去世，周清華大受打擊，不能到上海，在信函裡跟鄭連捷痛訴「一切苦心盡付東流！」後來連捷「獨個兒返台探望父母」，被日兵逮捕。[39]

　　首先所謂「返台探望父母」說法可能是記者誤寫或連捷的籠統之說，因為連捷的父親鄭幼珮早於1919年病世，當年《台灣日日新報》報導鄭幼佩46歲染病去世。[40]再來連捷也不是返台就即刻被逮捕。1931年《台灣日日新報》日文版圖文並茂他被抓的報導，指稱他1930年12月就返回台灣參與《每朝新報》活動，1931年12月被逮捕的身分已是《每朝新報》新竹支局長，因執筆報導評論，被日方以名譽損壞罪調查，被發現他與上海的反帝同盟有所關係。[41]反帝同盟是當年台灣學生在中國共產黨的指導

---

[36] 佚名：〈昔為女明星，今當女掌櫃：周清華女士昨到警庭控告瓊少年向其調笑〉，《南洋商報》1931年8月22日，8版。

[37] 同上註。

[38] 佚名：〈《新客》影片：女主角周海琴，控人調戲〉，《叻報》1931年8月22日，6版；佚名：〈男謂是好友，女稱不相識。電影女明星咖啡店內遭調戲。黃振明是位翩翩美少年。周雨琴樂樂園當女掌櫃〉。《南洋商報》1931年9月5日，6版。

[39] 符傳曙：〈半世紀離愁，老翁終償願：重會愛妻是喜是悲〉，《星洲日報》1971年6月18日，10版。

[40] 佚名：〈無標題新聞〉，《台灣日日新報》1919年7月29日，6版。

[41] 佚名：〈台北工業出身の新竹の鄭連捷：映畫俳優ともなる〉，《台灣日日新報》

下組織的「台灣青年團」，後來 1931 年 4 月下旬改組成「上海台灣反帝同盟」，在始政紀念日和第二次霧社事件發生之際組織遊行和發放傳單，影響中國南方、日本、台灣等地方的人民情緒，因而惹怒日方，被日方指控為「激發反帝意識，斷然進行示威遊行，並謀劃恐怖襲擊。」[42]

　　鄭連捷被日治政府逮捕後，失去音訊的周清華至此的餘生開始顛沛流離。根據哥打丁宜村民的說法，周清華的弟弟和義父都在日本南侵時遇害，戰前戰後周清華在新加坡書局工作，家境一貧如洗，後來為了生活她只好當舞孃，美艷動人，還會說英語，紅極一時，有村民傳言有一次周清華的所有金飾被一名舞客騙去後，她才神經失常。[43]

　　65 歲鄭連捷在台灣動手術的一個月後，半籌半資終於於 1971 年 6 月 16 日千里迢迢從台灣飛到南洋探訪闊別已四十多年的周清華，《星洲日報》做了現場圖文並茂的追蹤報導。鄭連捷僅能申請到 6 天的馬來西亞簽證，寄宿在哥打丁宜新華旅店，其距離周清華（又名周沁芳）之木屋僅百碼之遠，每天探訪周清華兩次，想盡辦法希望神智不清的對方能認得他。[44]當時媒體報導人人都以「心病可以用心藥醫」期盼 62 歲的周清華看到歸來的鄭連捷後，可以擺脫餘生的顛瘋命運。然而，當鄭連捷接近周清華之際，她卻「不好意思」地走開，一會以似懂非懂的眼光望著他，有時卻轉過頭去不理會他。[45]她多半不看他，只低頭或把眼轉向他處看；別人接近她，她卻會微笑注視和自言自語。清華昔日友伴走近跟她閒聊往日同遊，多半都是答非所問，還會反問道「舊事提作甚麼？」記者現場描述清華並非完全神經失常，當看到連捷從台灣給她送來的金飾，她拿在手上臉露笑容，對金飾看了一遍又一遍說道「這是作工時用的」，然後放回盒中。有人送她面霜，她還會嗅一嗅笑道「搽面的」。她甚至還會認字和寫字，當提起要買中藥，昔日友伴故作不懂得如何寫「北齊」兩字，她當場順手寫了這兩個有關中藥的方塊字。鄭連捷向記者透露他的心情：「如果清華是在

夕刊 1932 年 12 月 25 日，2 版。

[42] 佚名：〈反帝意識を激發しデモを敢行、テロ計畫〉，《台灣日日新報》1931 年 12 月 25 日，1 版。

[43] 符傳曦：〈台灣老翁萬里尋妻，多少相思多少淚？〉，《星洲日報》1971 年 2 月 23 日，10 版。

[44] 陳嘉鎰：〈台灣老翁鄭連捷訪談〉，《星洲日報》1971 年 6 月 19 日，10 版。

[45] 符傳曦：〈鄭連捷周清華好夢難重圓〉，《星洲日報》1971 年 6 月 20 日，11 版。

我離開後數十年中另外嫁人有個好歸宿，我將會感到心慰，然而，她卻沒有。」[46]他感到眼前的清華心中好像有說不出的苦衷和溢露不出的憂傷，他表示自己做夢也沒想到還會跟清華重逢：

> ……我希望這一次我的到來能夠留給清華一些印象，冀望她漸漸恢復清醒，到時，只要她同意，我在星加坡的朋友是可以把她帶去台灣的，這些我會安排的……我看希望很微，因為時間太久了，很難復原的，除非奇蹟出現，可是，奇蹟是不能以常理來衡量的……我花了錢千里而來，並不是僅僅為了看她一面，而是，要想使她有個安樂的晚年。[47]

可惜事與願違，清華沒有清醒過來，最終連捷也無法將她接回台灣。連捷離去之前還非常誠懇告知大馬記者他晚年在台灣住址：新竹市郊外的高峰街 200 號，即古奇峰公園的側旁，老家門口的大對聯是「青山翠谷堪養性，麗日和風足聞懷」，鄭家治家的座右銘是「勤勞報世，清白傳家」。[48]筆者曾於 2015 年 11 月 14 日按圖索驥尋訪到該住址，鄭連捷的媳婦、孫子和曾孫依舊住在那裡。根據台灣電影史家黃仁的描述，連捷回到台灣後看破紅塵，謝絕應酬和採訪，拒談過去影事，平日養花、植樹和看書，同時在古奇峰口建一座小廟，日夜膜拜；1983 年 4 月 1 日晨，連捷無疾而終，安詳去世，享年 78 歲。[49]

四、華語黑膠歌劇唱片《萬里尋妻》與鄭連捷的「海外尋親」

鄭連捷萬里尋妻的真人實事，很快地被林放編導成黑膠歌劇唱片《萬里尋妻》，聘請有聲樂底子的台灣著名女歌手楊燕和馬來西亞男歌手李金聯手灌錄此歌劇唱片，除了在唱片中主唱 7 首華語流行歌曲，他倆也各自

---

[46] 符傳曙：〈半世紀離愁，老翁終償願：重會愛妻是喜是悲〉，《星洲日報》1971 年 6 月 18 日，10 版。

[47] 符傳曙：〈鄭連捷周清華好夢難重圓〉，《星洲日報》1971 年 6 月 20 日，11 版。

[48] 陳嘉鎰：〈台灣老翁鄭連捷訪談〉，《星洲日報》1971 年 6 月 19 日，10 版。

[49] 黃仁、王唯主編：《台灣電影百年史話（上）》，頁 54。《新竹市志》則記錄鄭連捷於 1984 年去世，參閱張永堂編撰：《新竹市志：卷 7 人物志》（新竹：新竹市政府，1997 年），頁 179。

在歌劇裡扮演周清華和鄭連捷並互相對話，由楊燕親自進行劇情敘述，打出「馬台兩位皇牌巨星」的宣傳廣告，在1973年9月隆重上市。[50]甫出一周就銷出兩萬張。[51]

唱片封套聳動人心地標明「廿世紀真人實事偉大愛情悲劇」，顯然有意把周清華和鄭連捷的好夢難圓提升到偉大愛情的高度，以吸引馬台兩地歌迷掏錢消費。唱片收錄幾首後來被不同歌手演唱過的流行歌曲，依照順序分別是〈氣魄〉（李金唱，後來被陳憶文翻唱為《變色的戀情》）、〈愛的誓言〉（李金、楊燕合唱，其他演唱者是鳳飛飛）、〈蘋果花〉（楊燕唱，其他演唱者是張露和鳳飛飛）、〈我需要安慰〉（李金唱，其他演唱者是張帝、余天和徐小鳳等人）、〈給我回音吧〉（楊燕唱，其他演唱者是余天）、〈往事難追憶〉（楊燕唱，其他演唱者是張小英和鳳飛飛）和〈萬里尋妻〉（李金唱）。楊燕當初憑《蘋果花》紅遍台灣及東南亞歌壇，被歌迷稱為「蘋果花歌后」，她特地為《蘋果花》添加一段道白，嘗試為此歌增添個人創作特色。[52]

《萬里尋妻》直接以原名鄭連捷和周清華命名歌劇裡的男女主角。一開頭是楊燕以全知視角的旁白敘述：

> 雖然，太平洋戰爭在鄭連捷內心充滿著悲傷和痛恨，但是一天啊，在烽火瀰漫，亂世中的妻離子別，已使他蒼老的心靈有數十年的創痛。她與妻子就像兩瓣相思豆隨著砲灰決裂在馬來西亞和台灣的海洋中。
>
> ——雖然，鄭連捷又繼賢（作者按：原文如此，應為「續弦」），然而他這位通情達理的妻子也同樣的懷念鄭連捷的髮妻反而鼓勵他去尋找戰亂中離散的妻子。——他千方百計，四處探訊，鄭連捷數十年盼望終於露出曙光，他終於滿懷激動的心情，由台北到馬來西亞會晤妻子周清華。——在馬來西亞柔佛州的一個偏僻的小鎮上，

[50] 佚名：〈《萬裡尋妻》上市廣告〉，《南洋商報》1973年9月17日，19版。
[51] 佚名：〈大聯機構新貢獻《萬裡尋妻》上市〉，《星洲日報》1973年9月18日，17版。
[52] 張燕娟：〈專訪台灣歌壇常青樹楊燕：鄧麗君也是她的歌迷〉，《海峽導報》2012年9月3日，《中國台灣網》網站，http://www.taiwan.cn/twrwk/ywysh/201209/t20120903_3034779.htm（2015年10月26日上網）。

哥達丁宜有一座破舊的鐘樓，在這間簡陋的小屋中。這一對白髮斑斑的老夫老妻，已經是「往事只能回味了，」他們四目交投，猛然，鄭連捷對著妻子，突然有一種不能壓制內心的激動……[53]

旁白劈頭就以女聲帶出日本帝國主義發動太平洋戰爭的禍害，營造通俗劇那種對新世界的恐懼感，作為傳統形態的倫理秩序形成的社會凝聚力已經失效。[54]在那些真理和倫理傳統崩塌的歷史時期裡，通俗劇宣揚對真理和倫理傳統重建之必要。[55]通俗劇因而容易受到群眾歡迎。群眾正是通過不斷支持和想像《萬里尋妻》的夫婦團圓，企圖重建被太平洋戰爭破壞的真理和倫理傳統。[56]如果根據黃仁的敘述，鄭連捷赴南洋跟周清華重聚，當初遭家人反對，最後是徵得台灣妻子同意，友人協助下才重返南洋。[57]這些遭家人反對的阻難，並沒有出現在歌劇唱片裡，反而續弦妻子被敘述成是一位主動鼓勵連捷萬里尋妻的賢慧女人。跟著唱片是鄭連捷嘗試跟周清華說話，然而引來的均是周清華一陣又一陣淒厲的傻笑，編導以「一陣莫名其妙的怪笑，令人毛髮悚然。」來誇大周清華的瘋癲程度，以煽情方式高度渲染這則愛情悲劇。[58]這呼應通俗劇一貫的特徵：修辭誇張、過度的再現和對倫理的認據。[59]其實倘若根據當年記者現場的上文紀實描述，周

[53] 李金、楊燕：《萬里尋妻》黑膠歌劇唱片全劇劇本（吉隆坡：大聯機構暨大漢出版中心，1973年）。

[54] Peter Brooks, *The Melodramatic Imagination: Balzac, Henry James, Melodrama, and the Mode of Excess*, p. 20.

[55] Ibid., 15.

[56] 本文採納家永三郎對「太平洋戰爭」的界定，即指「從柳條湖事件到日本投降時，日本與諸外國連續不可分的—我認為應是那麼來理解的—戰爭，嚴格地說，應該稱之為『十五年戰爭』。」此界定跟一般把「太平洋戰爭」僅僅理解為幾年戰爭的界定不同，一般界定把「太平洋戰爭」理解為從第二次世界大戰中以日本為首的軸心國和以美國為首的同盟國於1941年12月7日至1945年9月2日期間的戰爭。家永三郎有對他的界定進行周詳的解釋和分析，參閱（日）家永三郎著，何欣泰譯：《太平洋戰爭》（台北：商務印書館，2006年），頁6。

[57] 黃仁：〈在中國影壇發展有傲人成就的新竹人：重寫鄭超人不為台灣人知的事蹟〉，頁142。

[58] 李金、楊燕：《萬里尋妻》黑膠歌劇唱片全劇劇本（吉隆坡：大聯機構暨大漢出版中心，1973年）。

[59] Paul Pickowicz, "Melodramatic Representation and the 'May Fourth' Tradition of Chinese Cinema, " in Widmer and Wang, eds., *From May Fourth to June Fourth: Fiction and Film in Twentieth-Century China* (Cambridge, Mass: Harvard University Press, 1993), p. 301.

清華僅是微笑不看連捷，並非完全神經失常。痛苦是亞洲通俗劇中一個極
關鍵的話語，大多數的亞洲文化把痛苦視為一種無處不在的生活事實。[60]這
部歌劇通過一個瘋女痛苦的笑聲，為現實中失聲的周清華發聲。即使這些
通俗劇也許無法在總體上成功解開父權制度對女性的鐐銬，但卻是構成女
性意識發展的重要元素。[61]

　　歌劇唱片跟著敘述連捷閃回（flash back）昔日 1920 年代他和周清華
婚後寄宿在周父家，遭受周父白眼奚落的場景：

> 周父：哼！這小子還是電影明星，一斤值多少錢？如今電影公司倒
> 閉了，他吃的，穿的，用的，連住的都是我的，我這做岳父的還要
> 供養女婿，我嫁女兒幹什麼？……他除了演戲之外，他高不成，低
> 不就，男子漢志在四方，整天躲在家裡無所事事，把米也吃貴了。
> 唉。真氣死我這條老命！……你叫鄭連捷自己好好的打算。[62]

　　此謾罵再現 1920 年代連捷在南洋失業後寄人籬下的困境，養活不了
妻子成為他男性氣概遭受岳父奚落的憑據。台灣電影史家對連捷岳母對他
印象不佳的敘述，沒有出現在唱片中，反而這角色尤其岳父取代。這顯然
為了更加強當年連捷被迫遠走上海的合理性。跟著就是李金為連捷代言雄
赳赳地唱起勵志歌〈氣魄〉：「……有話我就要大聲說，有事我就要大膽
做，沒有人能夠阻擋我，重重困難算什麼，靠雙手創造那理想的生活，拋
一團滿腔氣魄。」[63]跟著就是連捷跟清華表明自己決定赴上海尋職，清華
在當刻跟他說自己有了身孕。其實這不符合現實裡晚年連捷在大馬登報尋
妻的信函敘述「兒子三歲時余獨赴申江，從此即不復聚首。」[64]歌劇中清
華同意他的決定，不過表示鋒火四起，危機處處，心裡好像有不祥預兆。
跟著連捷安慰她，一起合唱〈愛的誓言〉。

　　接下來的敘事就是清華痴痴等候連捷遠在上海的消息，輕吟輕唱〈蘋
果花〉。這首改編自 1952 年日本電影主題曲〈蘋果的思念〉，乃唱片唯

---

[60] Wimal Dissanayake, "Introduction," in Dissanayake ed., *Melodrama and Asian Cinema*, p. 4.

[61] Ibid., p. 2.

[62] 李金、楊燕：《萬里尋妻》。

[63] 同上註。

[64] 佚名：〈戰火漫天鴛鴦散夫在台灣妻何處〉，《星洲日報》197 年 2 月 11 日，6 版。

一一首聽起來較為抒情輕悠的華語歌曲「蘋果花迎風搖曳，月光照在花蔭裡，想起了你，想起了你，嘿……只恨你無情無義一心把我欺，害得我朝朝暮暮夢魂無所依……」[65]此歌也較其他歌曲來得更具文采。跟著另一邊廂是連捷高唱〈我需要安慰〉互訴思念：「……用什麼能治我痛苦，用什麼能醫創傷，滿懷的辛酸我又能夠向誰講，啊……你就是我的希望，姑娘，美麗的姑娘。」[66]楊燕的旁白敘述以「時間像一隻蝸牛慢慢蠕動」來形象化描述兩方煎熬的思念。[67]清華以激動的心情讀著丈夫的來信：

> 清華，每一分每一秒，我對你深深的懷念，你的倩影不斷的圍繞在我的腦海中。到了這裡不久，便給日本鬼子以抗日特務的罪名抓進牢裡去……無論如何，希望你為我們的愛情忍耐一點，三個月之後，我會把你接來台灣來團敘……清華，讓那痛苦過去吧，三個月後，台北再見。[68]

這段自敘也跟史實不符，連捷當年是在台灣被日兵逮捕，他本來要把清華從南洋接到台灣，這是他在被日兵逮捕之前在上海做的決定，歌劇唱片把這兩件事情的先後秩序顛倒了。通俗劇通常預設觀眾沒必要知道太多，也不會對事件的來龍去脈提供太多細節，通俗劇的目的僅是要煽動觀眾強烈的情感。[69]正如清華在唱片中輕讀她給連捷的回覆信函：

> 連捷，再沒有一件事能比在台北和你團圓更令我覺得幸福，雖然日子流轉苦長，但是我希望能如詩人所說，讓一切憂傷和痛苦，轉瞬間變成美麗的回憶。連捷你不記得嗎？我們的小寶寶不久就要出世了，但願他在台北出生，加上我們的難得相逢，這就要變成雙喜臨門了嗎？──連捷，一切希望，我把它託付在台北，你等著……[70]

---

[65] 李金、楊燕：《萬里尋妻》黑膠歌劇唱片全劇劇本（吉隆坡：大聯機構暨大漢出版中心，1973 年）。

[66] 同上註。

[67] 同上註。

[68] 同上註。

[69] Paul Pickowicz, "Melodramatic Representation and the 'May Fourth' Tradition of Chinese Cinema, "pp. 312-313.

[70] 李金、楊燕：《萬里尋妻》。

上述也跟史實有出入，當年連捷在上海去函建議清華過來上海團聚，然後回台灣新竹探望家父家母，可是清華那時無法來上海，因為兒子患病最終 5 歲夭折。歌劇唱片旁白接著敘述因為戰爭，清華和連捷要相聚的美夢破滅了，兒子出世四個月後因為營養不足夭折，清華為了生計淪落為舞女，在夜總會獻唱〈往事難追憶〉，借酒消愁，酒醉後把客人卓強錯認為連捷，然後被卓強拐帶進酒店姦污了。旁白宣稱清華原本在兒子夭折後備受打擊，已患有精神分裂症，自從被卓強姦污後，更陷入瘋瘋癲癲的狀態。

最後連捷在唱片中從回憶中回到現實，依舊無法得到瘋妻相認，於是自白：「……我一生演過的戲，就只有自己的一齣愛情悲劇最令我刻骨銘心，天啊，演完了嗎？演完了嗎？……」[71]跟著高唱唱片的最後一首歌曲〈萬里尋妻〉：「戰爭最殘酷無情，破壞了美滿的家，妻瘋兒喪，我心已碎……我是個痴情的人，千辛萬苦回老家，不忍看到清華失常，難道命運還要追殺，我能我能說什麼話，白雲萬里，重巍山峽……」[72]

連捷最後的天問凸顯人生如戲的感傷，也把自己的故事稱為「愛情悲劇」。通俗劇經常會和悲劇折中性地混合起來，尤其是那種被學者稱之為的「挫敗式通俗劇」，主人公往往無法成為自己命運的主人，他永遠不會陷害他人，卻經常反而遭人陷害，使觀眾感到主人公實在不應該承受這些外部動因所強施予他的痛苦。[73]《萬里尋妻》正是一部「挫敗式通俗劇」，連捷和清華始終不能成為命運的主人，由始至終一連串外部動因的惡勢力強施各種痛苦予他倆，最終是惡勝善敗，他倆失敗營造的婚姻家庭催人落淚，這也正是通俗劇的目的。

在《萬里尋妻》中導致這對夫婦家破人亡的惡勢力，無疑就是日本帝國主義。1942 年 2 月 15 日至 1945 年 8 月 15 日，日本佔領新馬的三年零八個月中，估計全馬遭殺害者十萬人以上，日軍也到處姦殺婦女，不計老少，遭害者不計其數。[74]由於周清華的弟弟和義父都在日本南侵時遇害，

---

[71] 同上註。

[72] 同上註。

[73] James L. Smith, *Melodrama*, p. 64.

[74] 陳劍：《馬來亞華人的抗日運動》（吉隆坡：策略資訊研究中心，2004 年），頁24。

她也因為家道中落被迫從娼；鄭連捷也因為抗日，1932 年 12 月在台灣被日方拘捕。[75]

歌劇唱片突出連捷「萬里尋妻」的痴情以及反日本帝國主義立場，這延續 20 世紀南洋華語大眾文化「海外尋親」的重要母題。二戰後中國導演吳村在新加坡拍攝的華語電影《第二故鄉》亦承接「海外尋親」母題，另外一部電影《度日如年》也出現一位瘋婦和鮮明的反日立場。[76]「海外尋親」在 1950 年代南洋大眾文化中是最流行的母題之一，諸多香港導演拉隊到南洋拍攝的電影，例如 1955 年《馬來亞之戀》、1956 年《風雨牛車水》、1957 年《唐山阿嫂》和《南洋阿伯》等等都重複了「海外尋親」的敘事母題。這些電影多半刻畫從唐山來的女性移民如何千辛萬苦來到新馬輾轉尋覓丈夫或父親的過程，而往往劇情的高潮都是丈夫或父親在南洋已有其他家室，不然就是改名換姓，導致男方不肯或無法相認親人的悲劇。

雖然《萬里尋妻》承接南洋大眾文化的「海外尋親」母題，然而卻顛倒了男女主體互相「被尋覓／尋覓」的性別階序。1970 年代之前的「海外尋親」母題，例如《馬來亞之戀》和《唐山阿嫂》，多半均是女方千里迢迢尋覓男方卻不獲男方相認的悲劇，《萬里尋妻》卻是男方萬里尋妻，最終不獲女方相認的悲劇。鄭連捷有關「海外尋親」的敘事母題並沒有在 1970 年代的《萬里尋妻》就此完結，還有於 1980 年代在台灣被改編成華語電影《瘋女情》作為後續。

五、台灣華語電影《瘋女情》與周清華身分之謎

台灣電影史家黃仁曾指出「這段淒美戀情，資深導演張英拍成台語電影《舊情綿綿瘋女淚》又名《相思夢斷點點愁》。」[77]他在另外一本書提

----

[75] 佚名：〈台北工業出身の新竹の鄭連捷：映畫俳優ともなる〉，《台灣日日新報》夕刊 1932 年 12 月 25 日，2 版。

[76] 許維賢：〈人民記憶、華人性和女性移民：以吳村的馬華電影為中心〉，《文化研究》第 20 期（2015 年春季號），頁 122-140。

[77] 黃仁：〈在中國影壇發展有傲人成就的新竹人：重寫鄭超人不為台灣人知的事蹟〉，頁 142。在另一本書（黃仁、王唯主編：《台灣電影百年史話（上）》，頁 54 及 62），黃仁也有類似說法，其註釋資料來源是出自張英的《打鑼三響包得行》，然而筆者翻閱張英的《打鑼三響包得行》，並沒有看到有關說法，該書刊有電影《瘋

到台灣類似同名的國語電影《相思夢斷點點情》，1977 年出品，張美瑤主演。[78]其實《相思夢斷點點情》的導演不是張英，而是張曾澤，女主角是張美瑤，男主角是柯俊雄，中華電影事業公司出品。[79]張英的確導演一部改編自鄭連捷萬里尋妻的電影《瘋女情》，由他擔任老闆的香港南海影業公司出品，跟《相思夢斷點點情》相隔四年，男女主角分別是艾偉和張雅茹。[80]許多文章把《舊情綿綿瘋女淚》或《瘋女情》誤傳為《相思夢斷點點情》，其實這是兩部不同的電影。[81]《瘋女情》於 1981 年 8 月在新加坡公映，由國泰機構發行。[82]宣傳廣告打出「根據轟動星馬社會家喻戶曉的萬里尋妻真人真事搬上銀幕」[83]《南洋商報》報導認為《瘋女情》是一部正宗感人的大悲劇，足以媲美賣座電影《瘋女 18 年》，勸告觀眾臨場看電影最好多帶幾條手帕，片中男女主角直接採用鄭連捷和周清華的原名。[84]此片也重複曾於 1984 年、1992 年、1993 年在新加坡第八電視播映。[85]此片於 1982 年在台灣首映，影片本事一開頭就以「這是一個轟動國內外的真實故事，用血和淚交織成的時代大悲劇。」[86]來突出悲劇的真實性，本來也許僅是「轟動星馬社會」事件，來到台灣就被宣傳成「轟動國內外的

女情》的本事，書末附錄的〈張英電影作品年表〉並沒有顯示張英拍過一部名為《相思夢斷點點愁》或《相思夢斷點點情》的電影，年表倒是把《瘋女情》誤植成《瘋女淚》，這比較接近黃仁提及的電影《舊情綿綿瘋女淚》。參見黃中宇編著：《打鑼三響包得行（張英劇作集）：張英對台灣電影的貢獻》（台北：九寶建設公司，1999 年），頁 414-415 及 425。

[78] 黃仁：《中外電影永遠的巨星（二）》（台北：秀威資訊科技公司，2014 年），頁167。

[79] 台灣電影網：http://www.taiwancinema.com/lp_38（2015 年 11 月 2 日上網）

[80] 香港電影資料館網上目錄：http://ipac.hkfa.lcsd.gov.hk/ipac/cclib/ipac.jsp?cs=big5（2015年 11 月 2 日上網）

[81] 很多介紹鄭連捷的網站文章（2015 年 11 月 2 日上網）都有類似誤傳，例如台灣網站：http://hccart.pixnet.net/blog/post/70030383-【新竹影人票選名單】鄭連捷和維基百科全書：https://zh.wikipedia.org/wiki/鄭連捷

[82] 佚名：〈瘋女情〉，《星洲日報》1981 年 8 月 7 日，19 版。

[83] 佚名：〈《瘋女情》電影廣告〉，《星洲日報》1981 年 8 月 13 日，31 版。

[84] 佚名：〈瘋女情〉，《南洋商報》198 年 8 月 20 日，13 版。

[85] 佚名：〈華語影片《瘋女情》〉，《聯合早報》1984 年 3 月 3 日，20 版；佚名：〈電視一周〉，《聯合早報》1992 年 12 月 6 日，45 版；佚名：〈電視一周〉，《聯合早報》1993 年 1 月 22 日，61 版。

[86] 張英：〈《瘋女情》本事〉，黃中宇編著：《打鑼三響包得行（張英劇作集）：張英對台灣電影的貢獻》，頁 414。

真實故事」，以吸引台灣觀眾買票入場。《瘋女情》跟《萬里尋妻》一樣挪用華語流行歌曲結合敘事的通俗劇結構，邀請江玉琴主唱電影主題曲，作詞者是張子深和鄧鎮湘，作曲者是汪石泉。[87]《瘋女情》原聲帶由風格唱片公司出品。[88]

　　《瘋女情》劇情敘述純樸青年鄭連捷遠離台灣到新加坡尋找舅舅林金火，在困境中謀到一份演員工作。成名後，便與南洋女校校花周清華相戀，然而卻受到周清華表兄陳明浪阻擾。周清華的同學吳淑貞卻鍾情於連捷，構成片中複雜的多角關係。清華是周家養女，周母一心要把清華嫁給財大勢大的明浪，清華不從，受到凌辱，自尋短見後獲救，被周母逐出家門，草草與連捷結婚，生下一男一女。連捷失業，赴上海力求發展。陳明浪心猶未甘。除了把清華騙至家中，又捏造連捷與淑貞結婚，清華肝腸痛斷。一場大火燒毀周家，連捷尋遍無著，從此跟清華失去聯繫。連捷又獲知母親病危來電。連捷星夜返台。族人力勸與同行的淑貞成婚衝喜，連捷事母至孝，不得已與淑貞結為夫婦。周家未葬身火窟，乃遷往他處，周母強迫清華當舞女。[89]途中遇到明浪糾纏，明浪意外死於車禍，罪有應得。[90]一日，清華兒子因病身亡，清華頓感一切希望破滅，變成瘋婦。[91]。若干年後，清華在不覺中製造了許多事端，受到奚落和干預，親生女盡力替母哭訴事辯，表露出偉大親情。周母愧對清華，悔之已晚。連捷得知清華尚存人世，善良的淑貞促其成行，連捷隻身到新加坡，數度與親生女相遇，卻互不知情。周母羞愧揭開真相。骨肉團圓，恍如隔世，百感交集。可憐清華不能相認，前塵如煙，子無愛恨，不知情為何物。[92]

　　跟《萬里尋妻》一樣，《瘋女情》的連捷最後也無法得到清華的相認，重複召喚觀眾的絕望情感，整個敘事形式也偏向挫敗式通俗劇的感傷調子。不過，兩部文本對「海外尋親」母題的演繹有所不同。影片對所謂「真人真事」進行不少虛構和曲解，把歷史上鄭連捷在廈門的舅舅移植到新加

[87] 香港電影資料館網上目錄：http://ipac.hkfa.lcsd.gov.hk/ipac/cclib/ipac.jsp?cs=big5（2015年11月2日上網）

[88] 佚名：〈《瘋女情》電影廣告〉，《星洲日報》1981年8月15日，39版。

[89] 佚名：〈華語影片《瘋女情》〉，《聯合早報》1984年3月3日，20版。

[90] 張英：〈《瘋女情》本事〉，頁414。

[91] 佚名：〈華語影片《瘋女情》〉，《聯合早報》1984年3月3日，20版。

[92] 張英：〈《瘋女情》本事〉，頁415。

坡，把周清華在現實裡的生母改換成養母，以合理化劇中周母強迫清華當舞女的子虛烏有，清華孩子也從本來的一位添加到兩位。影片虛構了兩個重要人物以渲染這部大悲劇高潮迭起的戲劇性，分別是連捷的情敵陳明浪和清華的情敵吳淑貞，四人之間的互相競爭和勾心鬥角。這大大強化了電影中的家庭通俗劇（family melodrama）元素，不但一切情節都以家庭為敘事中心，把構成家庭的社會機製作為衝突的基礎，也凸顯家庭通俗劇的主題敘事核心——尋找理想丈夫／愛侶／父親的隱喻過程。[93] 片中通過兩女爭一男和兩男爭一女的敘事，展開男女角色們相互競爭各自爭取理想愛侶的過程。

片中虛構火災一事，用以解釋連捷跟清華失去聯繫的現實憑據，這隱去了太平洋戰爭在歷史現場中拆散夫妻倆的脈絡。跟《萬里尋妻》相當鮮明的抗日立場相比，電影則淡化了日本帝國主義因素在推動情節所發揮的主導作用。連捷當年在台被日方逮捕跟愛妻斷了聯繫的情節，在片中被置換成他返台探望病重的母親，被迫與另外一個女子成親的故事。連捷叛逆的抗日形象被改裝成家庭通俗劇中那種總是被社會慣例控制的角色，最終遵從社會和傳統家庭的規範。[94]

此片雖然延續華語大眾文化的「海外尋親」母題，卻沒有持續《萬里尋妻》的抗日意識形態。也許這跟兩個文本的生產地在處理日本殖民歷史有別相關。《萬里尋妻》主要是在大馬製作，大馬華裔群眾在日本殖民時期深受日軍身心的迫害，獨立前後的掌權領袖長期以來也比較親日反中，官方教科書傾向於淡化日本帝國主義在馬來亞的暴行。這些在大馬華裔民間長久被壓抑的殖民集體創傷時不時就挪用類似《萬里尋妻》的通俗劇發洩出來。相對於對馬來亞華人實行鐵腕統治，日本殖民者在二戰前後對台灣人則採取比較懷柔的殖民治理，雖然當局施行皇民化運動並頒布禁止使用中文的命令，但對台灣的工業化政策則刺激了台灣現代化的發展。二戰期間台灣更成為日軍南進的基地之一。當時台灣也是日本最重要的糧食來源之一。[95] 因此台灣日治政府在那段期間很謹慎處理與殖民地台灣人的互

---

[93] Thomas Schatz, *HollywoodGenres : Formulas, Filmmaking, and The Studio System*, pp. 226-235.

[94] Ibid. p. 222.

[95] 家永三郎：《太平洋戰爭》，頁194。

動。1980 年代的《瘋女情》生產時代脈絡也正遇上台灣和日本作為亞洲小龍的蜜月時代，日本資金在台灣的頻密流動，片中淡化反日本帝國主義色彩不令人感到意外。

　　片中比較難得出現一位名叫黃夢梅的關鍵真實人物，由惠弟飾演。[96]黃夢梅是當年新加坡南洋某學校的老教員，在當年《新客》扮演一位名叫潔玉的重要角色。[97]根據新馬文學史家方修的推論，黃夢梅很可能就是當年周清華的乾媽。[98]晚年連捷來馬，所有記者報導都沒提及周清華是《新客》的女演員，報導敘述連捷結識清華的經過，乃是有一天連捷在《新客》片場看到一位如花似玉的姑娘來片場探訪她的乾媽──即一位女演員，本來素不相識的連捷和清華後來漸漸日久生情，墜入愛河。[99]這位在倆人之間扮演情感一線牽的女演員就是黃夢梅。根據 1926 年《新國民日報》報導，黃夢梅乃「南洋之老教員也。擅文學，善交遊。」[100]方修除了根據《新客》幾位女演員的歲數推論黃夢梅是周清華乾媽，也指出清華當時是南洋女中的校花，得本校或友校教師的喜愛認作乾女兒是完全可能的。[101]

　　1970 年代從上述新馬報章到方修的論述，都沒提及周清華是《新客》女演員，導致兩部先後再現上述故事的大眾文化文本《萬里尋妻》和《瘋女情》也沒交代周清華在《新客》有沒有扮演什麼角色？如果根據 1926年《新國民日報》的〈《新客》重要演員表〉，裡邊並沒有出現周清華的名字，最接近她名字的是「張清華」，飾演配角「賀客」，《新客》公映前後都沒有任何關於「張清華」的介紹，倒是扮演女主角的陸肖予和扮演女學生／交際明星的陳夢如得到媒體圖文並茂的關注和介紹。

　　陸肖予「產於粵，長於星。能文善繡，家以賢聞。」[102]對照此簡介跟晚年鄭連捷去函報館對周清華的家世描述有幾分相似：「父籍瓊州，母為

---

[96] 香港電影資料館網上目錄：http://ipac.hkfa.lcsd.gov.hk/ipac/cclib/ipac.jsp?cs=big5（2015年 11 月 2 日上網）

[97] 佚名：〈瞎三話四〉和〈《新客》重要演員表〉，《新國民日報》1926 年 11 月 26日，15 版。

[98] 方修：《沉淪集》（新加坡：洪爐文化企業，1975 年），頁 23。

[99] 符傳曙：〈半世紀離愁，老翁終償願：重會愛妻是喜是悲〉，《星洲日報》1971年 6 月 18 日，10 版。

[100] 佚名：〈瞎三話四〉，《新國民日報》1926 年 11 月 26 日，15 版。

[101] 方修：《沉淪集》，頁 23。

[102] 佚名：〈劉貝錦自製影片公司職演員之一部分：陸女士肖予〉，《新國民日報》1926

粵人」[103]，因此也許不能排除當年周清華化名陸肖予主演《新客》，其演技被影評讚為「首屈一指」[104]，廣受媒體注意。最早把周清華指認為《新客》女主角的是 1931 年的《叻報》報導：「查周海琴，又名周清華……民 15 年曾充劉貝錦影片公司。郭超文所導演之《新客》一片，為女主角云。」[105]當年周清華向警局報案控告瓊籍青年非禮她，法庭上法官問周清華是中國何處人，她回答是廣府人，法官又問是否父親是瓊人，母屬廣東人？周清華卻回答父母皆是廣府人。[106]周清華似乎比較認同自身的廣東籍身分，也許為了跟那位騷擾她的瓊籍青年撇清身分，也順帶否認父親是瓊籍人，無論如何這引出了周清華對廣東的認同，也許她很可能在廣東出生，這就符合《新客》女主角陸肖予「產於粵，長於星。」的身分了。

　　不過，筆者仔細對照周清華和陸肖予同時拍攝於 1920 年代末的黑白照片，周清華的臉龐呈圓形（圖 3），而陸肖予卻呈瓜子臉（圖 1），樣貌有點不太相似。倒是《新客》扮演女學生的陳夢如（圖 2），其圓形之臉比較跟周清華的照片吻合。

圖 1：陸肖予[107]

　　年 11 月 26 日，14 版。
[103] 佚名：〈戰火漫天鴛鴦散，夫在台灣妻何處〉，《星洲日報》1971 年 2 月 11 日，6 版。
[104] 賀嘉：〈觀新客試映記〉，《新國民日報》1927 年 3 月 9 日，6 版。
[105] 佚名：〈《新客》影片：女主角周海琴，控人調戲〉，《叻報》，1931 年 8 月 22 日，6 版。
[106] 佚名：〈樂樂園中周雨琴控人握手摸胸調戲〉，《叻報》，1931 年 9 月 5 日，6 版。
[107] 照片取自佚名：〈新客影片插圖〉，《新國民日報》1927 年 2 月 5 日，15 版。

圖 2：陳夢如[108]

圖 3：周清華與兒子[109]

　　陳夢如當時的年齡也符合周清華拍戲時接近未成年的身分，《新國民日報》形容陳夢如「年只十七，身材嬌小，性又活潑」，公司職員都稱她為「小妹妹」。[110]陳夢如在片中扮演在宴會中表演跳舞的女學生／交際明星華愛儂，一舞成名，影評大贊其舞技「步伐平穩，身段嬝嬝，手揮目送，

---

[108] 同上註。

[109] 感激鄭連捷曾孫鄭群融授權提供照片。

[110] 佚名：〈瞎三話四〉，《新國民日報》1926 年 11 月 26 日，15 版。

一絲不亂，深得舞蹈之三昧。」[111]。為何當時女演員都要化名現身於銀幕？這當然跟當時社會保守風氣，不鼓勵女性演戲有關，有勇氣的女性現身於銀幕都得隱姓埋名。黃夢梅在《新國民日報》撰文感嘆《新客》當時找不到女演員的困境：「……女演員，幾付闕如，星洲為文明之區，竟有才難之歎。」[112]因此她以身作則鼓勵其乾女兒周清華一起演戲，這是有一定邏輯的，然而她卻不可能會預期到從此讓自己的乾女兒跟鄭連捷結下這段愛恨糾纏的冤情。

六、結語

　　從默片《新客》到有聲有色的《萬里尋妻》和《瘋女情》，華語大眾文化明星鄭連捷和周清華從默片演員到被別人扮演，其明星生命在穿梭有聲年代的大眾文化文本裡顯得獨樹一格。這些大眾文化文本重複以鄭連捷和周清華作為媒介，演繹著「海外尋親」的通俗劇。這兩部華語通俗劇再現的愛情悲劇，有別於西方那些往往以幸福結合作為結局的通俗劇。一般上通俗劇在《牛津英文詞典》或早期西方學術著述中都被定義為是跟「結局圓滿」相關的文本。[113]這兩部亞洲通俗劇的結局都不圓滿，周清華抵抗現實的結果是發瘋，鄭連捷後來再婚從俗於現實，晚年千里迢迢從台灣到南洋尋妻，最終還是不獲已經瘋狂的周清華相認。這兩部文本皆是「挫敗式通俗劇」，都突出周清華作為瘋女的絕望體驗，透過通俗劇的平台表達被壓抑的南洋底層女性聲音，挪用惡勝善敗的形式，激起人們對二戰傷痛的集體挫敗感。即使不太可能準確高估這類通俗劇的正能量，至少這種集體挫敗的感傷和絕望，讓人們的慾望和意識形態的對立暫時得到和解，讓觀眾們「足以適當放鬆神經病式的焦慮」，回頭繼續要面對現實生活中的緊張和不安。[114]

---

[111] 東海六郎：〈觀《新客》片段試映〉，《新國民日報》1927 年 2 月 5 日，15 版。
[112] 夢梅女士：〈幾個感想〉，《新國民日報》1926 年 11 月 26 日，15 版。
[113] James L. Smith. *Melodrama*, p. 4-5.
[114] Ibid., p. 60.

主要參考文獻

一、專著

【日】三澤真美惠：《在「帝國」與「祖國」的夾縫間－日治時期台灣電影人的交涉與跨境》李文卿、許時嘉譯，台北：國立台灣大學出版中心，2012 年。

【日】家永三郎著：《太平洋戰爭》何欣泰譯，台北：商務印書館，2006 年。

方修：《沉淪集》，新加坡：洪爐文化企業，1975 年。

佚名：《外尋夫電影小說》，香港：電影畫報社印刊，1950 年。

李金、楊燕：《萬裡尋妻》黑膠歌劇唱片全劇劇本，吉隆坡：大聯機構暨大漢出版中心，1973 年。

張永堂：《新竹市志：卷七人物志》，新竹：新竹市政府，1997 年。

陳劍：《馬來亞華人的抗日運動》，吉隆坡：資訊研究中心，2004 年。

黃中宇：《鑼三響包得行（張英劇作集）：張英對台灣電影的貢獻》，台北：九寶建設公司，1999 年。

黃仁：《中外電影永遠的巨星（二）》，台北：秀威資訊科技公司，2014 年。

黃仁，王唯：《台灣電影百年史話》，台北：中華影評人協會，2004 年。

黃美娥：《重層現代性鏡像：日治時代台灣傳統文人的文化視域與文學想像》，台北：麥田出版公司，2004 年。

葉龍彥：《日治時期台灣電影史》，台北：玉山社，1998 年。

詹雅能：《竹梅吟社與〈竹梅吟社詩鈔〉》，新竹：新竹市文化局，2011 年。

鄭鵬雲：《江鄭氏族譜》，出版地和出版社不詳，1913 年。

二、期刊論文

許維賢：〈《新客》：從「華語語系」論新馬生產的首部電影〉，《清華中文學報》第 9 期，2013 年 6 月。

許維賢：〈人民記憶、華人性和女性移民：以吳村的馬華電影為中心〉，《文化研究》第 20 期，2015 年春季號。

黃仁：〈在中國影壇發展有傲人成就的新竹人：重寫鄭超人不為台灣人知的事蹟〉，《竹塹文獻》第 44 期，新竹：新竹市文化局，2009 年 12 月。

三、報刊史料

小倩：〈鄭超人不赴日本之原因〉，《新羅賓漢》1930 年 4 月 1 日，3 版。

佚名：〈《瘋女情》電影廣告〉，《星洲日報》1981 年 8 月 13 日，31 版。

佚名：〈《新客》重要演員表〉，《新國民日報》1926 年 11 月 26 日，15 版。

佚名：〈《新客》影片：女主角周海琴，控人調戲〉，《叻報》1931 年 8 月 22 日，6 版。

佚名：〈千里尋妻好夢難圓〉，香港《快報》1971 年 6 月 30 日，4 版。

佚名：〈大聯機構新貢獻《萬裡尋妻》上市〉，《星洲日報》1973 年 9 月 18 日，17 版。

佚名：〈反帝意識を激發しデモを敢行、テロ計畫〉，《台灣日日新報》1931 年 12 月 25 日，1 版。

佚名：〈台北工業出身の新竹の鄭連捷：映畫俳優ともなる〉，《台灣日日新報》夕刊 1932 年 12 月 25 日，2 版。

佚名：〈台灣六三老翁鄭連捷：萬裡尋妻有下落，周清華刻居哥打〉，《星洲日報》1971 年 2 月 19 日，15 版。

佚名：〈男謂是好友，女稱不相識。電影女明星咖啡店內遭調戲。黃振明是位翩翩美少年。周雨琴樂樂園當女掌櫃〉，《南洋商報》1931 年 9 月 5 日，6 版。

佚名：〈昔為女明星，今當女掌櫃：周清華女士昨到警庭控告瓊少年向其調笑〉，《南洋商報》，1931 年 8 月 22 日，8 版。

佚名：〈無標題新聞〉，《台灣日日新報》1919 年 7 月 29 日，6 版。

佚名：〈華語影片《瘋女情》〉，《聯合早報》1984 年 3 月 3 日，20 版。

佚名：〈新客影片插圖〉，《新國民日報》1927 年 2 月 5 日，15 版。

佚名：〈電視一周〉，《聯合早報》1992 年 12 月 6 日，45 版。

佚名：〈電視一周〉，《聯合早報》1993 年 1 月 22 日，61 版。

佚名：〈瘋女情〉，《南洋商報》1981 年 8 月 20 日，13 版。

佚名：〈瘋女情〉，《星洲日報》1981 年 8 月 7 日，19 版。

佚名：〈瘋女情》電影廣告〉，《星洲日報》1981 年 8 月 15 日，39 版。

佚名：〈劉貝錦自製影片公司職演員之一部分〉，《新國民日報》1926 年 11 月 26 日，14 版。

佚名：〈樂樂園中周雨琴控人握手摸胸調戲〉，《叻報》1931 年 9 月 5 日，6 版。

佚名：〈瞎三話四〉，《新國民日報》1926 年 11 月 26 日，15 版。

佚名：〈戰火漫天鴛鴦散，夫在台灣妻何處〉，《星洲日報》1971 年 2 月 11 日，6 版。

佚名：《萬裡尋妻》上市廣告〉，《南洋商報》1973 年 9 月 17 日，19 版。

東海六郎：〈觀《新客》片段試映〉，《新國民日報》1927 年 2 月 5 日，15 版。

張燕娟：〈專訪台灣歌壇常青樹楊燕：鄧麗君也是她的歌迷〉，《海峽導報》2012
　　年9月3日《中國台灣網》網站，2015.10.26 上網。http://www.taiwan.cn/twrwk/
　　ywysh/201209/t20120903_3034779.htm

符傳曙：〈半世紀離愁，老翁終償願：重會愛妻是喜是悲〉，《星洲日報》1971
　　年6月18日，10版。

符傳曙：〈台灣老翁萬裡尋妻，多少相思多少淚？〉，《星洲日報》1971年2月
　　23日，10版。

符傳曙：〈鄭連捷周清華好夢難重圓〉，《星洲日報》1971年6月20日，11版。

陳嘉鎰：〈台灣老翁鄭連捷訪談〉，《星洲日報》1971年6月19日，10版。

賀嘉：〈觀新客試映記〉，《新國民日報》1927年3月9日，6版。

義務兵：〈鄭超人將耀光三島〉，《新羅賓漢》1929年9月25日，1版。

義務兵：〈鄭超人將耀光三島〉，《新羅賓漢》1929年9月25日，2版。

夢梅女士：〈幾個感想〉，《新國民日報》1926年11月26日，15版。

四、外文著作

Brooks, Peter. 1985. *The Melodramatic Imagination: Balzac, Henry James, Melodrama, and the Mode of Excess*. New York: Columbia University Press.

Dissanayake, Wimal. 1993. 「Introduction.」 In Wimal Dissanayake, ed., *Melodrama and Asian Cinema*. Cambridge: Cambridge University Press, pp. 1-8.

Hee, Wai Siam. 2014. 「*New Immigrant*: On the first locally produced film in Singapore and Malaya,」 *Journal of Chinese Cinemas* 8.3: 244-258.

Kawin, Bruce F. 1992. *How Movies Work*. Berkeley: University of California Press.

Pickowicz, Paul. 1993. 「Melodramatic Representation and the 'May Fourth' Tradition of Chinese Cinema,」 in Ellen Widmer and David Wang, eds., *From May Fourth to June Fourth: Fiction and Film in Twentieth-Century China*. Cambridge, Mass: Harvard University Press, pp. 295-326.

Smith, James L. 1973. *Melodrama*. London: Methuen & Co. Ltd.

Schatz, Thomas. 1981. *Hollywood Genres: Formulas, Filmmaking, and The Studio System*. Boston: McGraw-Hill.

Tse, Yin (NangaenChearavanont). 2014. *Movie Stories*. Hong Kong: H.M. Ou.

論 1930 年代抗戰後上海知識分子的分化[1]

■王婉如

作者簡介

王婉如，1986 年生，台灣台北人。北京大學中文系文學博士。現任四川大學文學與新聞學院教師。主要從事中國現代文學、現代小說及散文、女性作家研究，目前承接中央高校四川大學青年教師研究課題、四川大學人文社會領域研究計畫，著有《論「輕型知識分子」——以張愛玲為中心》、《小說與戲劇的逆光飛行——新世紀文學作品七論》（合著）。

內容摘要

上海的知識分子群體在 1937 年對日抗戰爆發後，在態度及實際作為上，產生了明顯的分化。對知識分子而言，抗戰對內牽涉到個人日常生活及家國情感的追求，對外則受限於地理條件及現實客觀條件所影響，即使想獨善其身也很難不受戰爭影響。上海租界中的英、美、法為中立國，在一剛開始時未被佔領，使得上海保持著相對其他地區「超然」的地位，但隨著時間的推移，日本最終佔領了公共租界，并由汪偽政府負責「淪陷區」日常事務的管控，整體局勢均影響到了知識分子「小我」的展現。也就是說，透過「戰爭」個體皆被整合成國家社會休戚與共的公民，可以說透過上海的特殊性，國家形勢的轉換、個人主義的變化過程，整體形成了 30 年代末知識分子的差異。

關鍵詞：抗戰、上海知識分子、國家形勢、個人主義

---

[1] 此論文受到「四川大學中央高校基本科研業務費研究專項項目（總項目批准號 skzx2016-sb124）」資助（funded by Sichuan University (skzx2016-sb124)）

一、前言

　　在 1930 年代，上海報社的一般編輯月收入約在 40 至 110 元間，主筆是 200 至 400 元，大學教授是 400 至 600 元，副教授是 260 至 400 元，講師是 160 元至 260 元，助教是 100 至 160 元，中學教師是 50 至 140 元，小學教師是 30 至 90 元。比照同期其他階層的收入，一般店員為 10 至 40 元；警察中最高職等的一等警長是 22 元，最低的四等警士是 13 元，產業界工人則大多落在 8 至 25 元區間，[2]可見當時知識分子的收入確實不算低。這樣看來，知識分子的中上層收入富裕，中層則小康，下層維持生計稍微困難，但大致也無饑寒。知識分子的分化來自於抗戰後，從 1937 年 8 月 13 日，日本侵略軍進攻上海、第二次淞滬抗戰爆發到同年 11 月 12 日，中國軍隊撤出，上海宣告淪陷。抗戰時為了支付龐大的軍費開支，國民政府在財政上施行了「以法幣為籌碼」的通貨膨脹政策；加上當時國民政府官員的腐敗，以及商人囤積貨物的行為，使得物價飛漲。整個 1940 年代，知識分子群體待遇集體下滑，教授的薪金不夠買 10 袋（440 斤）的麵粉下降到清潔工的水準；助教的實領薪金不夠買 4 袋（176 斤）麵粉，下降到最低的貧困線。雖國民政府不斷進行薪金調整，但與物價上漲速度相比，還是望塵莫及。法幣開始惡性膨脹，全國經濟面臨崩潰，國民政府於 1948 年 8 月 19 日發布「總統緊急命令」進行幣制改革，開始發行金圓券，希望把物價和薪金以及工資凍結在 8 月 19 日的水準。這種新發行的金圓券 1 元幣值相當於抗戰前銀圓 5 角左右。這就是說，照抗戰前標準領取 300 元月薪的普通教員、記者、編輯等，這時的月薪為金圓券 92 元，相當於戰前銀幣 46 元；依實際收入來看，約為戰前的七分之一。而照抗戰前標準領取 600 元薪水的教授、高級知識分子等，這時的月薪為金圓券 122 元，相當於戰前銀幣 61 元；實際收入為戰前的十分之一。[3]外國租界在一開始雖因當時英、美、法仍是中立國而未被佔領，但成為了被日軍包圍的孤立地區。到 1941 年底太平洋戰爭爆發，日軍佔領公共租界。1943 年 7 月底，

---

[2]　欣平：《從上海發現歷史——現代化進程中的上海人及其社會生活（1927-1937）》（上海：上海大學出版社，2009 年），頁 320-323。

[3]　陳明遠：《知識分子和人民幣時代》（上海：文匯出版社，2006 年），頁 11。

汪精衛偽政府先後接收法租界和公共租界。雖然存在了近百年的外僑租界制度被取消，但上海實際仍然處於日本的統治之下。1945 年 8 月日本宣布無條件投降。同年的 9 月 12 日，國民黨的上海政府成立。旋即國共內戰爆發，可以說是上海在尚未恢復元氣就再度陷入災難：也就是前面所提到的通貨膨脹以及經濟的崩潰，這樣的情況一直持續到 1949 年 5 月 27 日，共產黨軍隊進入上海，標誌著內戰和共產黨的勝利，才真正結束了上海經濟惡化的窘境。

從上海開埠到 1927 年，中間經過辛亥革命和第一次世界大戰使上海成為現代化城市，在發展過程中，逐漸成為「市民社會」（civil society），這種所謂「市民社會」，按黑格爾（Georg, Hegel）的說法，是處於家庭與國家之間的中間地帶。托克維爾（Tocqueville Alexis de）認為，人們為了限制國家干涉範圍，在社會生活中劃出一個領域來禁止國家染指，這個領域就叫做「市民社會」。市民社會的形成有助於知識分子在其中活動，按周雪光的說法，市民社會由各種自治團體構成，如討論文學作品的沙龍、教會等宗教團體、科研機構、大中小學校、旅社、酒館、書局、閒暇愛好協會等。[4] 抗戰後也削弱了這些公共領域的功能，知識分子的日常生活進一步在收入降低及公共領域活動減少後受到打擊，因而知識分子開始出現分化，也就是說進一步加大了「五四」時期個人、民族、國家觀念的對立面。

胡適於 1919 年在《新青年》上的〈不朽〉提供了社會群體性和國族與個人主義在傳統遭受到攻擊但仍然沒有成為完全對立面的證據。胡適在文中將每個人稱為「小我」，將「小我」們社會性的聚集和增生稱之為「大我」。[5]「小我」是短暫的、速朽的、不完整的，「大我」則是不朽的、有自我更新能力的。「大我」在胡適這裡指的是有機的現代社會，在這種有機社會中，個人必須依靠國家來定位。然而，胡適將「小我」置於「大我」的利益之下並不意味著他作為新文化的倡導者背離了個人主義和啟蒙事業。劉禾對此補充說明，胡適的觀點實際上是現代主題性理論的邏輯延伸，並指出現代主體性的理論並不只在解放個人，而在於把個體整合成民

族國家的公民，現代社會的成員。[6]傅斯年在《新潮》創刊號隨即進一步呼
應了胡適的這個觀點，指出西方科學和人文知識對於中國幾大知識傳統
——儒、道、佛的優越性，因為這三者無一體現人類生活的真理。必須在
生理學、心理學、社會學中去尋找真理，因為現代科學知識是以主體為中
心，並具有人道主義的關懷，同意自由主義加人道主義的理念，並用中英
雙語寫下了「為公眾的福利發展個人（the free development of the individuals
for the common welfare.）」。[7]但隨即遭受到了質疑。王星拱以及陳獨秀分
別從個人主義為消極的儒家思想以及老莊的虛無主義和無為思想正是阻
礙中國文化發展和學術進步的勢力為出發點，批評了個人主義。陳獨秀並
在〈虛無的個人主義及自然主義〉的隨感中點出，個人主義就是一種虛無
主義的概念，因為相信個人主義的人放棄了社會責任。[8]這裡頭的個人主義
成為了社會主義的對立面。

　　隨著這個觀念的延伸，到抗戰更加深加大了兩者之間的差異。茅盾在
抗戰前從文學和人的關係為出發點，指出中國古來對文學身分存在著誤
區，在《小說月報》第 12 卷第 1 號中說：「中國古來的文學者只曉得有
古聖賢遺訓，不曉得有人類的共同情感；只曉得有主觀，不曉得有客觀；
所以，他們的文學和人類是隔絕的，是和時代隔絕的，不知有人類，不知
有時代！」茅盾指出這中間的「隔閡」，認為文人在這一方面，若不是講
「文以載道」，就是把文學當做消遣品。[9]在文學中，個人與國家經常是拉
鋸的關係，若不是與國家以及時代隔絕，就是擔負著「載道」的責任，承
接著中國傳統文人的脈絡並持續發展。這些理念上的不同，具體展現是文
學研究會以及創造社的成立。在宗旨上，即清楚顯示對於文學追去的不
同。文學研究會提出的宗旨是：（一）聯絡感情；（二）增進知識；（三）
建立著作工會底基礎。提出「將文藝當做高興時的遊戲或失意時的消遣的
時候，現在已經過去了。我們相信文學是一種工作，治文學的人也當是以

6　劉禾：《跨語際實踐：文學、民族文化與被譯介的現代性（中國，1900-1937）》（北
　　京：三聯書店，2008 年），頁 127。
7　傅斯年：〈人問題發端〉，《新潮》（北京）1919 年 1 期，頁 4。
8　陳獨秀：〈物和我〉，《新潮》（北京）1921 年第 1 期，頁 2。
9　沈雁冰（茅盾）：〈文學和人的關係及中國古來對文學者身分的誤認〉，《小說月
　　報》（上海）第 12 卷第 1 號，1921 年 1 月 10 日。

這事為他終身底事業，正如勞農一樣」。[10]而創造社則從另外一個角度出發，認為「純文學」是社團中一個很重要的組成因素，在創造社於日本東京帝國大學第二改盛館郁達夫寓所召開的會議中，社團成員對以下幾點，產生了基本共識：（一）正式成立文學社團，並命名為「創造社」；（二）編輯出版「純文藝刊物」《創造》。以及出版郭沫若的《女神》、朱謙之的《革命哲學》、郁達夫《沉淪》、張資平的《衝擊期化石》等 4 種。在這個差異底下存在著當時環境對個人的影響，以及個人對國家未來命運上的思考。因此有了文學研究會以及創造社這樣初期分屬不同性質的社團成立。

有了這個 1920 年代的前提，還需要界定下文所要分析的知識分子因為國家形勢轉換而對個人本身起的變化，才能更加理解這些含義，也就是說早期個人與國家的辯證關係，因為對日抗戰起到了關鍵性的變化和更強烈的轉變。盧溝橋事變後，中國劇作者協會在一星期後成立（1937 年 7 月 15 日），在成立大會上通過宋之的所提出的動議，集體創作大型話劇《保衛盧溝橋》。尤兢（于伶）、王橋、張季純、張寒暉、章泯、許晴、崔嵬、鄭伯奇、張庚、王震之、馬彥祥、凌鶴、姚時曉、姚莘農、孫時毅、宋之的、阿英（錢杏邨）、陳白塵、舒非、陳凝秋、夏衍、冼星海、周巍峙等參加劇作。這齣話劇劇本一共三幕，因處於非常時期劇本僅三天就完成，第五天即付印。到 7 月 20 日，中國劇作者協會推定洪深、瞿白英、阿英、于伶等 7 人為籌備演出委員，洪深、袁牧之、金山、宋之的、鶴齡等 19 人為導演團。[11]8 月 7 日，《保衛盧溝橋》在上海公演，極大地激發了群眾的抗日愛國熱情。《保衛盧溝橋》的創作和演出，揭開了中國抗戰戲劇運動的序幕，也展示了文藝運動緊跟局勢的團結。盧溝橋事變爆發後至當年年底，除去中國劇作者協會的成立，還相繼有上海文化界救亡協會（1937 年 7 月 28 日）、西地戰地服務團（1937 年 8 月 12 日）、中國劇作者協會救亡演劇隊（1937 年 8 月 15 日）、特區文化協會（陝甘寧邊區文化界救亡協會、陝甘寧邊區文化協會）（1937 年 11 月 14 日）、中華全國戲劇界抗敵協會（1937 年 12 月 31 日），這些協會加強了知識分子之間的聯結，以成立地點在上海的上海文化救亡協會、中國劇作者協會救亡演

---

[10]　〈文學研究會宣言〉，《新青年》（上海）第 8 卷第 5 號，1921 年 1 月 1 日。

[11]　卓如、魯湘元主編：《20 世紀中國文學編年（1932-1949）》（河北：河北教育出版社，2013 年），頁 842。

劇隊、中國全國戲劇界抗敵協會來看，成立宗旨多為推動抗敵工作。像是中華全國戲劇界抗敵協會宣言指出：「今日中國的戲劇藝術界不怕不能發揮偉大的抗敵宣傳力量，而怕的是這一團結不能充分鞏固。……因此我們不能不要求我國有血有肉有覺悟的戲劇界人士捐除一切成見，鞏固這一超職業超地域的團結」。在這個基礎之上共有400多人參加了大會，推舉了97名理事，其中有：張道藩、方治、劉伯閔、鄭用之、王亞平、王平陵、田漢、陽翰笙、吳漱予、陳禮江、朱雙雲、謝壽康、洪深、康槐秋、袁牧之、陳立夫、孫師毅、光未然、王瑞麟、陳波兒、馬彥祥、冼群、安娥、袁昌英、金山、王瑩、王家齊、應雲衛[12]等……參與人新老交錯，個人擅長劇種也不盡相同。中國全國戲劇界抗敵協會的成立除了象徵戲劇界大團結外，也顯示出，在外在環境的改變之下，個人的聲音在抗戰中縮小，取代的則是家國及民族情感成為主旋律，團結合作對日抗戰成了最首要的目標。同時大量反映抗戰的報告文學、詩歌、小說也相繼出現。可以說在對日抗戰之後，文學的趣味開始有了明顯且重大的轉變，然而在團結的背後，大家的目的不盡相同，也可以說戰爭爆發後是讓一群具有理念的人聚在了一塊，但細節目標的不同導致之後逐漸顯出其差異，最終導致分裂。

二、國家形勢的轉換

　　戰爭使國家發生了根本性的改變，原先平和的環境不復存在。上海作為當時中國的經濟中心，在其中扮演了重要的角色，不但象徵著國家的經

---

[12] 根據20世紀中國文學編年（1932-1949）》（河北：河北教育出版社，2013年）頁853中提到，中華全國戲劇界抗敵協會97名理事成員分別為：張道藩、方治、劉伯閔、鄭用之、王亞平、王平陵、田漢、陽翰笙、吳漱予、陳禮江、朱雙雲、謝壽康、洪深、康槐秋、袁牧之、陳立夫、孫師毅、光未然、王瑞麟、陳波兒、馬彥祥、冼群、安娥、袁昌英、金山、王瑩、王家齊、應雲衛、趙丹、鄭君里、趙銘彝、孫怒潮、陳白塵、宋之的、熊佛西、潘孑農、黃天佐、陳豫源、余上沅、萬家寶、向培良、趙太侔、陳治策、谷劍塵、羅梅沙、胡春冰、趙如琳、鍾啟南、萬賴天、章泯、陳明中、鄭伯奇、戴涯、周伯勛、朱光、姚時曉、張季純、崔巍、蕭蕭、凌鶴、保羅、李樸園、辛漢文、熊式一、夏衍、歐陽予倩、阿英、胡萍、尤兢（於伶）、顧仲彝、李健吾、梁實秋、張彭春、陳綿、顧無為、王泊生、白雲生、梅蘭芳、程硯秋、周信芳、高百歲、趙小樓、王若愚、李百川、傅心一、吳天保、易健全、封至模、王天民、蓋無紅、唐廣體、趙喚庭、安冠英、蔣壽世、白鳳奎、富少舫、馬立遠。

濟命脈，同時也具有文化作用。據美國學者墨菲（Murphy, Rhoads）在《上海──現代中國的鑰匙》一書中所描述的，上海等同於一個現代中國的倒影，其中也孕育了廣大民眾：「上海，連同它在近百年來成長發展的格局，一直是現代中國的縮影。就在這個城市，中國第一次接受和吸取了 19 世紀歐洲的治外法權、炮艦外交、外國租界和侵略精神的經驗教訓。就在這個城市，勝於其他地方，理性的、重視法規的、科學的、工業發達的、效率高的、擴張主義的西方和因襲傳統的、全憑直覺的、人文主義的、以農業為主的、效率低的、閉關自守的中國──兩種文明走到一起來了。兩者接觸的結果和中國的反響，首先在上海出現，現代中國就在這裡誕生」。[13]
由於上海的通商與開放的環境，外國自 1865 年起開始階段性擴大，1891年英國創辦中國第一個證券機構──「上海股份公司」，後改為「上海眾業國內公司」，1920 年，虞洽卿、聞蘭亭等人發起第一個華商交易所──「上海證券物品交易所」。到 1921 年夏秋之間，上海出現各色交易所、信托公司 148 家，資本額達 2.2 億，一度超過全國銀行資本總和。同時間，中國的民族資本也在上海迅速發展起來。到抗戰前，外國資本對華進出口貿易和商業總額的 80% 以上、銀行業投資的 80% 在上海。1933 年，上海的民族工業資本佔全國的 40%。[14]在中國的 2435 個現代工廠中，有 1200個設在上海，工業產值佔全全國的 51%，工人佔全國的 43%。同時根據潘君祥 1935 年的統計，全國共有銀行 164 家，總行設在上海的就有 56 家，佔 35%。上海的 43 家銀行業公會會員銀行中，有 35 家總行在上海，佔這些著名銀行總數的 81%，加上其他銀行在上海的分支機構，上海銀行達 182個。上海的人口，在 1900 年超過 100 萬人，1915 年超過 200 萬人，直到抗戰前已突破 300 萬人，成為中國特大城市，遠東第 2 大城市，也是僅次於倫敦、紐約、東京、柏林的世界第 5 大城市。而教育方面，到抗戰前上海已有 1214 所大中小學校。從學校層級看，幼教、小學、中學、大學均已齊備；從學校類型看，普教、師範、女學、外語、理工科、商科、航運、

[13] Murphy, Rhoads: *Shanghai: Key to Modern China,* MA, Cambridge: Harvard Univ. Press. Also in Nee, Victor China's Uninterrupted Revolution: *From1840 to the Present,* (NY: Pantheon Press, 1975) P.5.
[14] 潘君祥：《上海通史　第 8 卷：民國經濟》（上海：上海人民出版社，1999 年），頁 13。

法政、警察、藝術、體育等門類齊全，培養出來的學生數目 20 世紀初到
1940 年代末的近 50 年內，達數百萬人。[15]

　　繁榮的現代文化和相對自由的社會環境吸引了全國的知識分子，1930
年代留學法國歸來的四川人羅君玉認為：「巴黎留不住我，歐洲留不住我，
四川太凋敝也留不住我，留住我的恰恰是上海」。在抗戰後，上海的環境
條件發生了改變，知識分子也開始出現了不同的改變。在九一八事變後的
第三天，上海中小學負責人 150 餘人集會，為反抗日本帝國主義的蠻橫行
為，成立了上海教育界聯合會，推胡庶華、江問漁等 11 人為委員，致電
國民政府，對日本的侵略表示極度憤慨，指日本「類其虎狼，實犯瀋陽，
毀壞我城池，蹂躪我土地，劫奪我軍械，屠殺我軍民，豕縱豨突，直無人
性。」請求迅速出兵東北，「嚴令東北將領效命疆場，戴罪立功，以謝天
下。」最後表示上海教育界同人誓率江東八千子弟，為我政府強有力之後
盾也。[16]隨後在 9 月 25 日上海 10 所大學的教授代表開會，通過了如下決
議：「一，本星期六各校停課，使學生參加市民大會。二，下星期一起正
常上課，如在相當時期內，政府無具體辦法，屆時各校當局，惟有與學生
一致行動。三，下星期一由東吳法法學院再行召集會議，以上各校聯名電
請國府，請政府即日宣布討日方針，以平公憤。四，推東吳大學法學院草
擬電文，電告美國各大學請督促政府主持正義，維持世界和平，該項電報
已由吳經熊博士起草，日內即為大學教授吳經熊、劉湛恩等聯名發出，原
電大意云，此次日本出兵，霸佔東三省，實係違背國際公約，我中華舉國
憤激，近國際聯盟會及貴國政府，已有公道主張，執事等為當代智識界領
袖，各請極力宣揚，茲事真相，並主持正義，俾武力侵略者知所警惕，世
界和平得以維持等語。」[17]因國家形勢的變化，到 1931 年 11 月 29 日，上
海各大學教授百餘人集會，成立大學教授抗日委員會。選舉謝循初、金通
尹、王造時、廖茂如、章益、魯繼曾、盛振為、左舜生、邵爽秋、吳澤霖、
余楠秋為理事，陳選善、鄭通和、黃仲蘇、沈鈞儒、陸鼎揆為候補理事。
通電政府，反對把錦州區劃為中立區，並拍電文如下：「東北為我領土，

[15] 陳伯海：《上海文化通史》（上海：上海文藝出版社，2001 年），頁 936。
[16] 〈教育界救國會電請出兵〉，《申報》1931 年 9 月 26 日。
[17] 〈各大學請政府公布方針，否則將與學生一致行動，下星期起正常上課〉，《申報》
1931 年 9 月 26 日。

錦州威武遼寧臨時政府所在地，若劃為中立區域，是不啻自行放棄主權，故特電達，請迅令施代表撤銷此議，仍堅持以日本撤兵為先決條件，令東北軍嚴守陣地，不得撤至關內，以保國土。」[18]教育界產生了教授群體投身進入了政治活動，面對外敵的入侵，教授群體所表現出來的是一股強烈的不滿的、焦慮、緊張的心態，尤其是反對妥協、要求抗日的關鍵議題上呼籲抗戰的言論和活動一直在持續。

1932 年 1 月 30 日即 128 事變第二天，上海大學教授抗日救國會派理事 5 人赴 19 陸軍司令部，訪問慰勞蔡廷鍇軍長。隨後於 2 月 2 日通電全國，對日本的侵略進行譴責，「暴日蹂躪東三省不已，公然南侵。自 1 月 28 日以來，所有連日日寇肆虐，及我軍抗戰經過情形，詳俱報紙，無俟在陳」。提出：十九路軍抗戰對民族影響重大，國人應「犧牲一切以做為援助」，政府更應盡力支援十九路軍抗戰，「衛國非托空言」，否則「無以卸一黨誤國之責」；全國各軍旅應一致奮發，各就路程遠近，分赴為暴日侵犯各地，加以反抗；上海市政府對日方之「承諾」，「我國民尤誓死不能承認，無論上海及全國各地所有經濟絕交及其他一切抗日工作，自應一直堅持到底，毋為暴力所屈服。」[19]大學教授通過「公共領域」組織了社會團體以表達自己的觀點和看法，而上海是當時的經濟中心和文化中心，因此教授群體的這些言論會構成對政府的強大輿論壓力，迫使當局表態，進而實現廣泛的社會動員，影響政府的決策。到 1936 年 1 月時，上海已經成立各大學教授救國會、上海國難教育社以及上海各界救國聯合會，在各會中都可以看到教授的身影，像是上海各大學教授救國會主要成員：顧名、沈鈞儒、曹聚仁、孫懷仁、周新民、潘大逵、吳清友、章乃器、汪馥炎等 60 餘人，其成立的目的在於：「鑒於國難日深，國境日蹙，愛國學生群起做救亡運動，和青年相處最久，認識最深的教師，自是義不容辭，應當在青年學生的面前，共負救亡的責任；同時對於破壞學生救亡運動的青年，教授應以道德力量加以勸誡和制裁」。[20]以道德力量加以勸誡和制裁固然抽象且薄弱，但表示了當時知識分子群體在面對國家未來局勢的動

[18] 〈上海各大學教授抗日救國會成立〉，《申報》1931 年 11 月 30 日。
[19] 上海社會科學院歷史研究所編：《九一八到一二八上海軍民抗日運動史料》（上海：上海社會科學出版社，1986 年），頁89。
[20] 《大美晚報》，1936 年 1 月 30 日。

蕩不安下，所展現的群體力量，而這種群體力量也同時影響了其他行業及
省市。教授救國會與上海文化界救國會、上海婦女界救國會等團體聯合成
立上海各界救國聯合會。各省、市受此影響也紛紛成立抗日救國組織，「如
沙千里等成立職業界救國會，陶行知等組織國難教育社，馬敘倫、孫曉村
等在南京成立救國會，許德珩、羅隆基、張申府、雷潔瓊等在平津成立救
國會」。[21]政府也在 1937 年 8 月中旬醞釀在內陸城市設立臨時大學，教育
部密令各大專院校，要求戰區各校「於其轄境內或轄境之外比較安全之地
區，擇定若干原有學校，極速儘量擴充或布置簡單臨時校舍，以為必要收
容戰區學生授課之用，不得延誤」。這樣的局勢使得高校的知識分子產生
了國家民族存亡的危機意識，加速動員了教育遷徙任務。上海的同濟大學
分批由吳淞搬到公共租界，該校在租界地豐路 121 號（今烏魯木齊路）借
屋復校，因場地狹窄，兼因戰事惡化，乃決定除醫學院後期學生留滬臨床
實習外，其餘院系均於 9 月遷往浙江金華，規定師生員工於 10 月 20 日遷
往到該地報到。[22]

　　同時期南京中央大學以及杭州的浙江大學也均動員起來，1937 年 7
月 17 日，時任中央大學校長的羅家倫在參加蔣介石召集的廬山談話後，
馬上通知總務處將做好的 550 只大木箱釘上鐵皮，以備長期遷徙使用。在
上海戰事發生後，學校即派出專人分頭前往成都、四川等地尋覓適當的校
址，並且很快提出搬遷的方案，9 月 23 日，教育部「准遷重慶」的批覆下
達，中央大學的內遷便在長江航運還算正常的情況下以較充分的準備西遷
到重慶沙坪壩。抗戰時教授群體的知識分子以及高校的集體搬遷，是對日
抗戰決心的展現，而根據美國學者易杜強的研究，中國的知識分子，尤其
是大學和中學的教員和學生，總是處在反對向日本帝國主義投降的、抗議
的最前列……沒有誰比日本軍國主義者更清晰地了解這些事實：1937 年 7
月 29—30 日，日軍放肆摧殘南開大學，只是破壞、褻瀆和羞辱那些曾經
發動過反日運動的高等教育機構的無數敵對行動中最囂張的一次，這是日
本軍國主義者對中國學生和知識分子的報復。[23]國家形勢的變化導致的高

---

[21]　周天度、孫彩霞著：《救國會》（北京：中國社會科學出版社，2011 年），頁 486。

[22]　翁智遠主編：《同濟大學史》，第 1 卷 1907 年－1949 年，（上海：同濟大學出版
　　　社，2007 年），頁 75。

[23]　[美]易杜強著，曹景忠等譯：《戰爭與革命中的西南聯大》（北京：九州出版社，

校內遷同時推動了大後方抗日救亡運動的不斷高漲，內遷高校同時也提昇了大後方的經濟開放和文化建設，教育文化水平的提高成為了知識分子在精神上堡壘的延續。據《抗戰時期中國高校內遷史略》中的研究，戰時內遷的高校分布區域主要集中在三個地方：一是大後方中心地帶的西南地區，抗戰時期一共接待了內遷院校的 61 所，其中大學 22 所，獨立學院 17 所，專科院校 22 所。二是東臨戰區後方廣袤的西北地區，先後有 11 所內遷院校落腳或安家，含大學 5 所，獨立院校 5 所，專科學校 1 所。其中有些院校如東北大學、銘賢學院後來又遷往川境。三是若干戰區的內地，如江西的泰和，曾遷駐高校 7 所；廣西的桂林，曾遷駐高校 5 所；另外，浙江的金華，粵北的曲江、連縣，粵西的羅定，江西的贛縣、吉安、閩西的永安、長汀等地，也都曾有過為數不等的內遷院校駐足。[24]這些高校的內遷使國家高等教育的血脈得以延續，也得以保存了國家抗日的高校群體，表示了高校知識分子支持和擁護政府抗戰政策的決心。同時也因抗戰的緣故在一定程度上消減了原先分布不均衡的狀況，將原先東部城市和沿海省份的教育資源有機會帶進了其他地區。

三、個人主義的變化

19 世紀末，各種建立在地方民間自願基礎上的社會中間團體像雨後春筍般的出現在上海，如羅振玉創立的「農學會」、梁啟超等發起的「不纏足會」、汪康年的「蒙學公會」、「譯書公會」以及「女學會」、「醫學善會」和「興亞會」等。這些社會團體的出現象徵著個人主義得到了聚攏性的依靠，觀念相近或利益相同的人可以自由參加各種社會中間團體，1902 年蔡元培、章太炎等一批上海知識分子組織中國教育會，旨在用新思想教育國民，設立學堂，編纂教科書，舉辦演講會等，成為國內知識界第一個政治團體。這種自由風氣在上海綿延不絕。大多數中間團體以互助、互益、類聚為特點，發揮著調控社會秩序、整合社會關係與社會利益、規範價值取向與道德操守的作用。到 1920—1930 年代，上海已有 1500 多個

2012 年），頁 201。

[24] 候德礎：《抗戰時期中國高校內遷史略》（四川：四川教育出版社，2001 年），頁 71-72。

團體，其中文化、藝術、科技團體 215 個，宗教團體達 120 多個，還不包括地方公會；同業公會已達 236 個，幾乎囊括所有的商業和手工業行當。如醫療衛生業有上海醫師公會、中西醫藥研究社等 7 個團體；武術界有中華武術等 10 個團體，此外還有上海總商會、上海律師公會、上海工程師公會等。傳統的同鄉會也逐步轉換成現代社會中間團體。1932 年，上海社會各界主要團體的領袖組成市民自治組織——上海地方協會和上海臨時市參議會，從維護市民意義的角度，評議政府的市政管理。[25]知識分子在從「公共團體」逐漸演化「公共領域」中找到了依靠，達到了一種自我的變化。按照哈貝馬斯的說法（Jürgen，Habermas）公共領域成為知識分子存在的民間社會團體與國家權力溝通的橋樑：

> 這是一個介於社會與國家之間並對兩者進行調停的領域。
> 凡是公民都享有參與該領域之活動的充分保障。不同私人個體通過交談行為集合在一起，形成一個公共團體。在他們之間的每一次交談活動中，都產生出公共領域之一部分。[26]

因此這些人既不像商業人士或專業人士在處理私人事務時那樣行事，也不像一個立憲秩序中的成員那樣在國家科層組織的法令制約下活動，而是處於一種不受任何限制地——意即在集會、結社自由以及表達和發表意見的自由得到保障的條件下——就大家共同關心的事情進行交談時的狀態，他們便是以一個公共團體的身分在活動。哈貝馬斯也表示，若要在一個大型的公共團體內進行這種類型的交往活動，那就需要有某種特定的手段來傳播信息，並對信息的接受者施加影響。因此報刊雜誌、廣播電視便是公共領域的傳播媒體。西方在上海成立租界後相對寬鬆的政治環境正好給予了知識分子自由的機會，蔡元培就曾說：「蓋自戊戌政變後黃遵憲逗留上海，北京政府欲逮之，而租界議會以保護國事犯自任，不果逮。自是人人視上海為北京政府權力所不能及之地。演說會之所以成立，《革命軍》、《駁康有為政見書》之所以能出版，皆由於此」。[27]租

[25] 魏承恩：《中國知識分子的浮沉》（臺北：老古文化出版社，2010 年），頁 49-50。
[26] [德]哈貝馬斯（Jurgen, Habermas）等：《社會主義：後冷戰時代的思考》中譯本（香港：牛津大學出版社，1995 年），頁 29。
[27] 蔡元培：《蔡元培全集》（北京：中華書局，1984 年），頁 400。

界成了一個自由的象徵。這種自由的風氣也連帶吹進了上海地區的沙龍，成為最早「公共領域」知識分子的聚會場所。沙龍的盛行即來自上海的特殊地位，這種特殊地位誘發了知識群體的集會，人們因此可以相對自由的參與文學藝術批評和展開對時政的議論，並由此產生民間社會的自由主義形態。

這種形態的展現，其中一個便是在法租界。法租界馬思南路 115 號是作家曾樸的文化沙龍，曾樸在自己的沙龍裡與學生探討他最喜歡的法國作家群：雨果、法朗士、勒孔特·德·李爾、喬治·桑及比埃爾·洛蒂。他的兒子曾虛白曾生動地回憶到：「我家客廳的燈不到很晚是很少會熄的。我的父親不僅特別好客，而且他身上有一種令人著迷的東西，使得每一個客人都深深地被他的談話所吸引……誰來了，就進來；誰想走，就離開，從不需要繁文縟節。我的父親很珍重這種這種無拘無束的氣氛。他相信，只有這樣，才能處處像一個真正的法國沙龍」。[28]同樣的，咖啡館在 20 年代末以及 30 年代也相當流行，成為作家和藝術家最喜歡的聚會場所，作家張若谷在〈咖啡座談〉的散文裡面寫到：

> 除了坐在辦公室和逛書店外，我一般都坐在霞飛路的咖啡館消磨我所有的閒暇。我只喜歡與幾個知己朋友黃昏時分在咖啡館裡聊天。這種享受要比絞盡腦汁作紙上談話來得省力，而且自由。這種談話的樂趣，只能在密友的聚會中獲得，而不是一大撥人相會，大家一到黃昏，就會不約而同地踏進那幾家常去的咖啡館，一邊喝著濃厚香醇的咖啡，一邊低聲輕語傾訴衷曲，這種逍遙自在的閒暇時光，外人不足道也。[29]

「公共領域」成為了知識分子互相交流的地方，知識分子也慢慢固定在「公共領域」聚會的習慣。而在公共場所集會則是從更早以前就開始出現，1919 年「五四運動」爆發，5 月 7 日，上海 2 萬多市民共同舉行國民大會，聲援北京學生，要求懲辦國賊，拒簽合約。1925 年 4 月 12 日由 10 萬市民參加孫中山追悼大會和 6 月 11 日工商學聯合會因「五卅慘案」召

---

[28] Lee, Leo Ou-Dan: 1999, *Shanghai Modern*, MA, (Cambridge: Harvard Univ. Press, 1999), p.18.

[29] 張若谷：〈咖啡座談〉，上海《申報》，1928 年 8 月 6 日。

開的 10 萬人大會，也都在公共體育場舉行，個人的聲音以集體活動的形式成為一種表達意見的方式，透過聚會及集會有了宣洩和發表自我意見的渠道，並在其中尋找志同道合的同伴。然而戰爭的到來打亂了知識分子群體的平靜和舒適生活，像是陳寅恪、吳宓等人長期沉湎於學術研究中，此時面對國家的危亡迫使他們不得不思考個人的出路和前途，並為自己設想了很多悲壯的結局，也對國家抗戰的前途充滿了悲觀和失望，認為抗戰必定導致亡國。在吳宓 1937 年 7 月 14 日的日記中寫道：「閱報，知戰局危迫，大禍將臨。今後或則（一）華北淪亡，身為奴辱。或則（二）戰爭破壞，玉石俱焚，要之，求如前此安樂靜適豐舒高貴之生活，必不可得。我一生之盛時佳期，今已全畢。此期亦不可謂不長久，然初未得所享受，婚姻戀愛，事事違心，寂寞憤鬱，痛苦已極。回記一生，寧非辜負？今後或自殺、或為僧、或抗節、或就義，無論何種結果，終留無窮之悔恨。」[30]對日抗戰，高校的內遷導致教授也走向流亡之路。抗日戰爭全面爆發後，教授群體都在思考一個問題，即國家和個人的前途何在？個人在國難當頭之際將何去何從？民國時期的大學教授是社會上比較特殊的知識群體，雖然可從職業的視角將高校中的教師都視為是教授派或教授群體，但實際上這是一個十分鬆散的、各自為政的集合體，基本上他們都希望各自能以一個獨立的身分存在，因此這些人通常以「獨立之精神和自由之思想」為基本的價值取向。

　　上述提過講師到教授平均工資大約落在 100 至 600 不等，顯示出戰前的教授在薪資待遇上不僅能過不錯的生活，而且享有極高的社會地位，是令人艷羨的知識精英群體。而抗戰的爆發使得收入開始下降，讓這一群知識分子開始落入社會底層，經濟地位的變化引起政治偏好的改變。細看民國初年至南京國民政府期間，教授的收入確實是高且呈逐漸上升趨勢。在 1927 年 6 月 23 日，國民政府教育行政委員會的《大學教員資格條例》和《大學教員薪俸表》，根據這份薪俸表可以更直觀看出知識分子的薪俸：教授為一等。一級教授月薪 600 元；二級教授 450 元，三級教授 400 元。副教授為二等。一級副教授月薪 340 元；二級副教授 310 元；三級副教授

---

[30] 吳宓著，吳學昭整理：《吳宓日記——第 6 冊（1936-1938）》（北京：三聯書店出版社，1998 年），頁 152。

280 元。講師為三等。一級講師約薪 260 元；二級講師 230 元，三級講師 200 元。助教為四等。一級助教月薪 180 元；二級助教 140 元；三級助教 100 元。具體執行上也存在著一定的變通，吳瓊即認為：「各高校在薪俸上有一定的標準，在這個標準之外，可以根據學校的實際需要和所聘教授的學術水準、社會影響，對其薪俸予以調整」。[31]也就是說在實際操作上各個學校的經濟和具體情況不同會有不同程度地調整。到 1931 年時，清華大學平均工資來到了 350 元以上，北京大學則在 300 到 400 元左右。20世紀 30 年代陳垣、胡適等知名的知識分子月薪收入大約有 500 到 600 元，還有大量稿費以及演講費，平均月收入到達了 1500 元以上；而 1932 年，中山大學校長、國民黨中執委許崇清的賬面月薪為 1875 元，居全國之首。[32]對比 1942 年北京平民五口之家平均月度為 14 元 2 角 5 分；人力車夫養家月費 11 元 6 角 2 分。相比之下名教授的收入可以想見。正因名教授在經濟實力方面如此強勢，致其在社會運動中亦頗有能量。當然，20 世紀 20年代的情況也需考慮進去，在北洋政府時期當局長期拖欠教育經費和教授薪金，使得教授的收入並不等同於學校與教授約定的數字，但也足夠支撐生活。之後抗戰物價的飛漲，使得這些知識分子面臨了大量的生存壓力，生活狀況非常苦悶。像是聞一多曾經如此描述自己抗戰時期的生活：「飯裡滿是沙，肉是臭的，蔬菜大多是奇奇怪怪的樹根草葉一類的東西，一桌八個人共吃四個荷包蛋，而且不是每天都有」。[33]

　　這種經濟窘迫的現象，隨著抗戰後國民黨內部開始出現的腐敗，推動了知識分子為自己爭取權益的驅動力，像是聯大數學系教授羅庚在 1945年 3 月 24 日寫了一封信給當時的教育部長，認為若是持續讓知識分子吃不飽飯，長此以往，讀書種子將會摧殘殆盡。而姚從吾在 1935 年 3 月 25日則更為直接的指出，因應物價所做出的工資調整是一種不公平的腐敗調整，他指出：

---

[31] 吳瓊：〈民國時期教師薪俸的歷史演變〉，《教育評論》，1999 年第 6 期，頁 63。

[32] 劉超：〈中國大學的去向──基於民國大學史的考察〉，《開放時代》，2009 年第1 期。

[33] 聞銘、王克私：《聞一多書信集》（北京：人民文學出版社，1986 年），頁 216。

一、昆明自三月以後，物價跳漲，教授一口四家，至少需要六萬
元。二、聽說公務員薪金調整辦法，重慶為 36 倍，昆明只 48 倍或
云 40 倍，同人認為不公。昆明物價至少目前比重慶貴一倍，如肉，
昆明 600 元一斤，據說重慶只 280 元；米，此間 38000 或 40000 元
一石、140 斤。菜油、香油 1000 元一斤。據一般的希望，重慶 36
倍，昆明當為 70 倍或 60 倍，不然極不公平。[34]

　　知識分子面臨柴米油鹽醬醋茶的糾纏，使得知識分子被迫在日常生活
接了地氣，國民黨卻做出昆明繼續挨餓的舉措，讓困苦的知識分子更加不
滿，加速了知識分子的思想發生轉變。如蔣夢麟向聯大教授宣布美國聯合
援華會支援中國高校教授生活費用計畫不能實施時，遭受到了聽眾們（指
聯大中的知識分子）的強烈抗議。他們認為，鑒於「租界法案」和他們自
己的極端貧困，接受美國援助根本不是什麼不光彩的事。知識分子又認
為，如果他們是被重視的，或者是當此國難之全國上上下下各階層是在同
甘共苦的，那麼即使挨餓也沒有什麼關係。[35]但這群知識分子看到的是觸
目驚心的不平等現象和社會上層的奢侈浪費，如此巨大的落差造成許多知
識分子感到心灰意冷，在條件困苦下一部分人將會死去，而其餘的人將會
變成革命分子。顯示出在戰爭的年代中，面對艱難的生活很難「獨善其
身」，因而加入爭取自己權益的隊伍中。如同徐復觀所說：「若是大多數
人都直接捲進政治，這多半是一種不幸的時代；若是一個人，把他自己的
生命投入政治之中，也是一種不幸的人生。……歷史上，當戰爭和所謂革
命的年代，一定會驅遣多數人直接參加政治，不論戰爭與革命的性質如
何，身當其衝的總是犧牲第一。」[36]戰爭改變了知識分子的獨立性，開始
依附於宗教、政治、經濟等權利上。對法國社會學家布迪厄（Bourdieu,
Pierre）而言，不滿足於特定條件的知識分子，嚴格上不能稱作知識分子，
並且提出要求，作為界定知識分子的標準：

---

[34] 根據中國第二歷史檔案館館藏檔案，國立西南聯合大學羅庚、姚從吾等人關於昆明
　　物價狀況及要求修正生活指數，加成倍數的有關文件，全宗號：5，案卷號：3181。
[35] [美]費正清著，陸慧勤、陳祖懷、陳維益等譯：《費正清對華回憶錄》（上海：知
　　識出版社，1991 年），頁 295。
[36] 徐復觀著，李維武編：《徐復觀文集（第 1 卷）：文化與人生》（湖北：湖北人民
　　出版社，2009 年），頁 72。

> 文化工作者要配得上知識分子的稱號就必須符合兩個條件：一方
> 面，他必須屬於一個知識分子自治的領域，獨立於宗教、政治、經
> 濟和其他權力，他們必須尊重此領域專門法則。另一方面，他們必
> 須在政治之外的實際的知識學科發揮自己特有的專長和權威，他們
> 必須保持全職的文化生產者身分，而不能成為一個政治家。[37]

　　戰時的特殊環境為知識分子提供了一個別樣的環境，在抗戰期間設立
的國民參政會也為教授群體提供了一個發揮的舞台，借由國民參政會在開
會期間彼此聲援。在「五五憲草」的修正案時，西南聯大的教授因為彼此
處於同一個圈子進而在修正案中有了共同的話語，在這個國民參政會裡包
含了常乃惠、陳豹隱、陳啟天、陳時、陳裕光、程希夢、傅斯年、光升、
杭立武、胡適、黃建中、黃炎培、江恆源、李勝武、梁實秋、梁漱溟、劉
百溟、盧前、羅家衛、羅隆基、羅文幹、馬乘風、馬君武、梅光迪、歐元
懷、彭允彝、錢端升、錢公來、任鴻雋、沈鈞儒、陶孟和、陶希聖、陶行
知、王士穎、王幼橋、王造時、王卓然、韋卓明、吳貽方、許德珩、顏任
光、晏陽初、楊端六、楊振聲、于斌、余家菊、張伯苓、張東蓀、張君勱、
張彭春、張申府、張奚若、張忠紱、章士釗、鍾榮光、周炳琳、周覽、左
舜生等共 58 人。[38]從年齡機構來看，其中主要涉及了兩代學人，即「五四
一代」和「後五四」一代的學人，自 1915 年以後中國第二代知識分子的
出現，如胡適、梁漱溟、張君勱等人，他們不再走學而優則仕的傳統士大
夫老路，而是在新的社會結構中有了自己的獨立職業，比如：教授、報人、
編輯、作家等等，而同時名單中又有一代知識分子展露頭角。用殷海光的
話來說，可以稱之為「後五四」知識分子。這代人大多有留學歐美的經歷
及很好的專業訓練。前後兩批人加起來約佔國民參政會 29%的人數，顯示
出了抗戰後知識分子轉移到國民參政會上繼續「公共領域」的聚會。而其
中展現出個人主義的分化，在國家民族面臨存亡危機時，做出了自己的選
擇。其中初期許多人分別投入國民黨或參與了反對軍閥的北伐戰爭，或是

---

[37] Bourdieu, Pierre: *The Corporation of the Universal: the Role of Intellectuals in the Modern World,* Theory and Society (1969), p.99.

[38] 吳錦旗：《抗戰時期大學教授的政治參與研究》（南京：南京大學出版社，2012 年），頁 75-77。

後期對國民黨統治與無能的澈底失望進而對共產黨聯合政府的積極響應，都是一種選擇的分化，這種思想轉換與抗戰之初截然不同，例如蕭公權曾經認為：「北伐完成以來，許多教育界同人和我自己認定國民黨是中國前途的唯一希望。因此我們撰寫評論，以非黨員的身分，向政府作建設性的提議或善意的批評，這些間接擁護政府的文字雖然未必發生任何實際影響，似乎尚為一部分人所注意。」[39]同時聞一多在抗戰之初表態：「抗戰對中國社會的影響，那時還不甚顯著，人們對蔣委員長的崇拜與信任，幾乎是沒有限度的。……只覺得那真是一位英勇勇敢的領導，對於這樣一個人，你除了欽佩，還有什麼話說呢！有一次，我和一位先生談到國共問題，大家都以為西安事變業已過去，抗戰卻不能把國共雙方根本矛盾澈底解決，只是把它暫時壓下去罷了，這矛盾將來是可能又出來的。然而應該如何澈底解決這矛盾呢？這位先生認為英明神聖的領袖，代表著中國人民的最高智慧，時機來了，他一定向左靠一點，整個國家民族也就會跟著他這樣做，那時左右的問題自然就不存在了。」[40]這種樂觀和支持國民政府的思想，在後期已幾近不存在，知識分子在抗戰期間的飄搖，以及經濟上的困頓轉移到政治上的問題；在國民政府的腐朽和不能改善的經濟問題下，最終態度產生了變化。個體開始因應需求選擇在約束條件下對自我產生保護，依照自己的判斷開始棄舊從新，從而在政治問題上產生不同以往的態度以及明顯的差異。這也顯現出在戰爭這種非常時期，知識分子受到戰爭影響缺少獨立性以及無法感覺到舒適的生活環境，成為了曼海姆所說的沒有任何社會根基的「自由漂浮者」，因此無法和權力系統保持著若有似無的距離，距離的喪失使得知識分子較以往缺少了自由意識和獨立人格，開始需要擔心戰時的變化會危害到自身的生存和發展，進而在知識權力和話語權力的表現上大打折扣。

四、知識分子的差異

　　科舉制度的廢止，封建帝制的終結，使得延續數千年的士大夫傳統斷裂，因而知識分子面臨嚴重的精神危機，當論述到中國的知識分子傳統，

---

[39] 蕭公權：《問學諫往錄》（安徽：黃山書社出版社，2008 年），頁 14。

[40] 西南聯大《除夕副刊》主編：《聯大八年》（北京：新星出版社，2010 年），頁 7。

一般論者大多會與士大夫傳統關係、儒家文化傳統進行聯繫。但如余英時所述，中國現代知識分子雖與傳統社會的「士」有歷史傳承關係，然而中間還是存在著差異。[41]從「士」變為知識分子的過程按法國漢學家白吉爾（Berger Claire）的觀點，當 1905 年科舉制度廢止後，新式學校和東西洋遊學成為教育主流時，所造就的就是知識分子：1905 年取消的科舉制度，改變了以前那種靠科舉入仕途的局面，這使得新式知識分子的人數大增。新的教育制度的產物是培養了一大批有文憑而沒有多少入仕前景的知識分子。他們所受的教育使他們敢於同儒家思想和儒家秩序決裂。但由於他們所受的教育質量不高，使他們在現代化領域無法發揮重要作用。此外，中國現代化的進展是如此的緩慢，以致不可能為他們提供廣闊的前景。即使那些最優秀的和後台最硬的人，也不過進了政府機關，充當洋務專家。有些人成為新聞記者、醫生、律師、編輯，但大多數人則受聘短期合同到新式學校任教。新知識分子階層相對處於社會邊緣狀況，賦予他們在政治上和思想上的對立性。與成長於通商口岸的其他階層相比，這些知識分子對自己在兩個世界之間充當中間人的處境感到難以勝任。他們摒棄傳統社會（不承認或不完全承認這個社會），卻又沒有在萌芽狀態的新社會裡找到自己應有的位置。這是一個不受任何約束的知識分子的群体，他們易於接受任何的反叛思想，是所有改革和革命的後備力量。[42]

　　他們根據各自的教育背景從西方思想傳統中去尋找精神歸宿，在這樣的情況下知識分子建立起自由主義、社會主義、國家主義、科學主義等不同傳統。在「五四運動」之後，自由主義逐漸成為一種知識分子的主要傳統，如金耀基所指出的：「象徵五四的民主與科學已經成為中國文化的新傳統。或者更確切地說，它已是中國傳統的一個亞傳統，『五四』這個傳統有時成為主導性地位，有時居於從屬性位置，有時更扮演『抗制性』的角色。」[43]這自由主義傳統明顯帶有士大夫傳統的痕跡，林毓生稱什麼是

---

[41]　余英時：〈中國知識分子的邊緣化〉，香港《二十一世紀》雙月刊（香港）1991年總 6 期。

[42]　[法]白吉爾（Beregre, M. Claire）：《中國資產階級的黃金時代》（Marie-clairebergerelagedor de la bourgeoisie Chinoise）（中譯本）（上海：上海人民出版社，1994 年），頁 43-44。

[43]　金耀基：《中國社會與文化》（香港：牛津大學出版社，1992 年），頁 186。

五四精神？那是一種中國知識分子特有的入世使命。這種使命感是直接上
承儒家思想所呈現「先天下之憂而憂，後天下之樂而樂」與「家事國事天
下事事事關心」的精神；它與舊俄沙皇時代的讀書人與國家權威與制度發
生深切疏離感，因而產生的知識階級激進精神，以及與西方社會以政教分
離為背景而發展出來的近代西方知識分子的風格，是有很大出入的。這種
使命感使中國知識分子以為真理本身應該指導政治、社會、文化與道德的
發展。[44]除了士大夫傳統的影響之外，當時中國面臨的客觀情勢也令知識
分子對民族國家產生一種強烈的使命感。像是 1931 年 10 月 23 日，著名
的教育家馬相伯不顧 92 歲的高齡，把抵禦外敵入侵看做自己的責任，積
極投身抗日救亡運動，他在《申報》發表〈為日禍敬告國人書〉，提出停
止內戰，共同抗日的主張：「今日舉國為日貨致哀，余雖老邁，亦一國民，
天責所在，義不容辭，抒己見以勖國人」。「此次，日軍強佔我遼吉諸名
城，直不啻探囊取物，而我實無絲毫抵抗而忍受，又何異束手待斃」。[45]馬
相伯在文章中指出日軍暴行嚴重違反國家公法和非戰公約，清楚明白告訴
國人不能寄託列強會主持公道，認為「一味仗人執言之惡習不根本剷除，
斷然無自贖自救，幸加意焉。」同樣的，許德珩在九一八事變後不久，連
續在北京大學、北平師範大學發表「關於東北淪陷華北告急」的演講，揭
發日本帝國主義侵略中國的罪行，批評政府的不抵抗政策，激發學生的愛
國熱情。由於相對激進的言論，使得國民黨政府注意到他，在一二八事變
後不久，時任國民黨政府實業部長陳公博動員許德珩放棄教書，許德珩回
應：「國家內憂外患，許多愛國人士正在拋頭顱灑熱血，自己此時還在教
書已經很慚愧，現在無恥的親日政客（指陳公博）竟來動員同流合污，豈
能忍受。」因此怒不可遏地反問陳公博：「不教書，做什麼？當官僚，做
賣國賊？還是做蔣介石的打手？」[46]使得陳公博狼狽不堪。

　　同樣地，鄧初民在一二八事變後，譴責蔣介石的「先安內後攘外」的
政策，愛國行動及觀點同樣引起當局的不滿因此被迫離開上海。陶行知為
《申報》所撰寫的〈敬告國民〉和〈國民的軍隊〉兩篇社論，號召「全國

---

[44] 林毓生：《中國傳統的創造性變化》（北京：三聯書店出版社，2011 年），頁 162。
[45] 馬相伯：〈為日禍敬告國人書〉，《申報》（上海）1931 年 10 月 23 日。
[46] 許德珩：《許德珩回憶錄：為了民主與科學》（北京：中國青年出版社，2000 年），
　　頁 199。

的軍隊起來，踏著 19 路軍的血跡，造成國民的努力，收復已失國土」。歷史學家柳詒徵，鑒於國難當頭，於 1931 年 10 月 20 日在天津《大公報》發表〈罪言〉一文，鼓吹抗日，同時印製古書中，如何對付蠻夷之邦以及收復失土的文章如：〈嘉靖東南平倭條〉、〈俞大猷正氣堂集〉、〈任環山海漫談〉、〈三朝遼事實條〉、〈經略復國要編〉等，希望激發國人的愛國熱忱，增強國人抵抗外侮的能力。傅斯年也在九一八事變後，在北平圖書館召集領域內學者共同商討國事，傅斯年在會上聲討日本帝國主義的暴行，提出在民族危亡之際「書生何以報國」的問題，引起了與會者的共鳴，在這次會上大家決定編撰一部中國通史以喚起民族之魂，並一致同意將這個主要任務託付給北大歷史系。顯現在外敵當前時，知識分子各自以不同的方式面對日本侵略的暴行，藉由日本侵華的這件事調動了知識分子的民族主義和愛國情操。

然而並不是每個知識分子認同這樣的理念，主張應該以和戰為優先考量的知識分子，認為應客觀審視中國與日本之間的實力，採取比較理性的方式，這一派以胡適為代表，九一八事變後胡適極力主張同日本直接交涉，並大力提倡國際調停，其目的在於避免與日本作戰。在 1935 年 6 月 20 日，他寫信給王世杰說：「在最近期間，日本獨霸東亞，為所欲為，中國無能抵抗，世界無力制裁」，試圖以一種分析的態度來述說眼前的局勢。但胡適同時也表示在一個不遠的將來，由於日本侵略實力過份膨脹必激化它同英美等國的大戰，因而在「太平洋上必有一度最可慘的大戰，可以作為我們翻身的機會。」[47]這樣的言論無疑是反戰，胡適作為參與「五四」運動的一代，其言論影響了很多知識分子及學生群體，也因此受到了很多人嚴厲的批評，但也有人力挺胡適認為胡適並不是賣國者。從胡適的出發點可以看到，胡適不是無條件的反戰，而是看到了當時中國的孱弱和日本的強大。在個人情感中胡適仍流露出對日本的不滿，在胡適 1935 年 6 月 1 日的日記中寫到：「聽努生（即羅隆基）說天津日本兵隊的暴行，氣得不得了！這種國家是不能存在於天地間的」。[48]胡適認為兩國開戰，中國幾

---

[47] 胡頌平：《胡適之先生年譜長編初稿》第 4 冊（台北：聯經出版公司，1984 年），頁 1383。

[48] 胡適著，曹伯言整理：《胡適日記全編》（合肥：安徽教育出版社，2001 年），頁 481。

乎無取勝的可能，認為即使抗戰也要等待時機的到來，等到日本與其他強
國矛盾時再戰即可，這樣的說法無法取得主張抗戰的人認同。近期出版的
《最後的帝國軍人：蔣介石與白團》中，也同樣提到在一開始，由於蔣介
石與日本的淵源，以及害怕消耗嫡系軍隊，蔣介石也不主張抗日。這顯示
了知識分子在面對民族存亡危機時展現的差異，因為特殊時期，因此個體
的我、任何個人的權利和個人的自由、個性的獨立和尊嚴等不是優先考慮
的重點。在時代氛圍中，「小我」不斷地被家國民族情感所覆蓋，最終抗
日的知識分子在家國民族情感上漸趨一致。

五、結語：精神歸屬的裡外拉鋸

　　在李澤厚〈啟蒙與救亡的双重變奏〉中指出，五四後：「時代的危亡
局勢和劇烈的現實鬥爭，迫使政治救亡的主題又一次全面壓倒了思想啟蒙
的主題」、「救亡的局勢、國家的利益、人民的飢餓痛苦，壓倒了一切，
壓倒了知識或知識群對自由、平等、民主、民權和各種美妙的理想的追求
和需要，壓倒了對個體尊嚴、個人權利的注視和尊重」。[49]換句話說，因
為共同議題的聚合，知識分子希望能把內部聲音統一，顯現了在逆境中的
動員容易造成社會成員行動的一致，而抗日救亡這個議題激發了中華民族
的愛國熱情和同仇敵愾的氣概，知識分子群體的民族主義日漸高漲，也因
此有許多人從愛國走向共產革命的道路，但救亡並未完全壓倒啟蒙，因此
知識分子群體開始出現分化。有些人努力於維持國家的獨立性，有些人則
企圖沉湎於自己的世界，知識分子之間加大了差異。這也在於他們對事情
的理解角度不同，如墨子刻（Metzger, Thomas）提及殷海光時就說：

　　　　他是一個老資格的自由主義者和讚賞個人主義的西化人士。他把五
　　　　四運動的理想和對美國社會科學的濃厚興趣結合起來。但是在以下
　　　　這兩種西方概念面前他退縮了，這兩個概念，一是把獨立的個人看
　　　　做最高之善，另一是把民主看作是各種利益團體相互作用的對立體

---

[49] 李澤厚：〈啟蒙與救亡的双重變奏〉，《中國現代思想史論》（北京：三聯書店出
　　版社，2008年），頁33。

系；他寧願在個人主義和自由特徵的標籤下偷偷加進一些本質上與
孟子的道德自律概念相一致的理想。[50]

　　這顯示了知識分子在面對問題時，即使是受過正統的西方教育，骨子
裡仍然會被士大夫觀念及個人的小我所牽動，而「自由主義」在有愛國情
操的知識分子眼裡代表了更多東西，要有所作為必須一定程度的依附當權
者，因此知識分子平常所獲得的權利是一種半獨立的狀態，在一個尷尬的
境地裡左搖右擺。如同格里德所說：「自由主義，在中國人的心中就意味
著更多的東西了：它是一種會使人們想起孔子關於君子準則的個人價值標
準模式，一種在中華帝國的歷史上歷經很多世紀而未嘗有過實質性改變的
（道德）理想」。[51]帶著這種矛盾以及個人理想的內化追求，30 年代末的
知識分子終究產生了分化。

---

[50] [德]墨子刻（Thomas, Metzger）：《擺脫困境——新儒學與中國政治文化的的演進》
（江蘇：江蘇人民出版社，1996 年），頁 183。

[51] [美]格里德（Grieder, Jerome）：《胡適與中國的文藝復興》（江蘇：江蘇人民出版
社，2005 年），頁 377。

主要參考文獻

一、報刊史料

《新青年》、《新潮》、《申報》、《大美晚報》、《小說月報》

二、作家全集

蔡元培：《蔡元培全集》，北京：中華書局，1984 年。

吳宓著，吳學昭整理：《吳宓日記——第 6 冊（1936-1938）》，北京：三聯書店出版社，1998 年。

胡適著，曹伯言整理：《胡適日記全編》，合肥：安徽教育出版社，2001 年。

三、專著

上海社會科學院歷史研究所編：《九一八到一二八上海軍民抗日運動史料》，上海：上海社會科學出版社，1986 年。

潘君祥：《上海通史第 8 卷：民國經濟》，上海：上海人民出版社，1999 年。

候德礎：《抗戰時期中國高校內遷史略》，四川：四川教育出版社，2001 年。

李澤厚：《中國現代思想史論》，北京：三聯書店，2008 年。

蕭公權：《問學諫往錄》，安徽：黃山書社出版社，2008 年。

劉禾：《跨語際實踐：文學、民族文化與被譯介的現代性（中國，1900-1937）》，北京：三聯書店，2008 年。

欣平：《從上海發現歷史——現代化進程中的上海人及其社會生活（1927-1937）》，上海：上海大學出版社，2009 年。

魏承恩：《中國知識分子的浮沉》，台北：老古文化出版社，2010 年。

吳錦旗：《抗戰時期大學教授的政治參與研究》，南京：南京大學出版社，2012 年。

四、期刊論文

Bourdieu, Pierre: The Corporation of the Universal: the Role of Intellectuals in the Modern World, Theory and Society, 1969.

吳瓊：〈民國時期教師薪俸的歷史演變〉，《教育評論》，1999 年第 6 期。

余英時：〈中國知識分子的邊緣化〉，香港《二十一世紀》雙月刊，1991 年總 6 期。

五、外文專著

[美]費正清：《費正清對華回憶錄》，上海：知識出版社，1991 年。

[法]白吉爾（Beregre, M. Claire）：《中國資產階級的黃金時代》（Marie-Claire Bergere lagedor de la bourgeoisie Chinoise），上海：上海人民出版社，1994 年。

[德]哈貝馬斯（Jurgen, Habermas）等：《社會主義：後冷戰時代的思考》，香港：牛津大學出版社，1995 年。

[德]墨子刻（Thomas, Metzger）：《擺脫困境——新儒學與中國政治文化的的演進》，江蘇：江蘇人民出版社，1996 年。

[美]格里德（Grieder, Jerome）：《胡適與中國的文藝復興》，江蘇：江蘇人民出社，2005 年。

[美]易杜強：《戰爭與革命中的西南聯大》，北京：九州出版社，2012 年。

Murphy, Rhoads: Shanghai: Key to Modern China, (Cambridge: Harvard Univ. Press, 1953).

Nee, Victor China's Uninterrupted Revolution: From1840 to the Present, (NY: Pantheon Press, 1975).

Lee, Leo Ou-Dan: 1999, Shanghai Modern, (Cambridge: Harvard Univ. Press, 1999).

林獻堂與民國
——以《灌園先生日記》、《東遊吟草》為考察對象

■張惠珍

作者簡介

1967 年生於台灣台北。政治大學中國文學系博士。曾任教育部重編國語辭典編輯小組編輯，目前任教於政治大學中國文學系。研究專長為中國現當代文學、台灣現當代文學。講授中國現代小說選讀、大陸當代小說選讀、台灣文學選讀等課程。專書著作有：《異國文化與現代體驗：晚清文學中的跨界旅行》（2012）；期刊論文有：〈性別、國族與現代性：晚清小說《女媧石》、《月球殖民地小說》的烏托邦想像〉、〈紀實與虛構：吳濁流與鍾理和的中國之旅與原鄉認同〉、〈晚清小說《新中國未來記》、《新石頭記》的大旅行敘事與新中國想像〉、〈三十年目睹之怪現狀：汪曾祺新中國小說中的歷史敘事與人物群像〉等。

內容摘要

台灣先賢林獻堂一生三世，歷經清朝、日本及民國政權的更替，致力於台灣民族運動與啟蒙教化活動，其生平事蹟與台灣詭譎政局緊密相繫，儼然一部台灣現代史的縮影。本論文擬以林獻堂的生平日記為主，輔以晚年旅日期間所輯詩集《東遊吟草》為考察對象，藉助日記的私密性高、主觀性強，可直抒胸臆無所忌憚，與漢詩長於假桑喻槐托物言志的文學特性，窺見棄地遺民林獻堂置身日本殖民和戰後民國政府統治台灣期間的幽微心境。透過文本細讀與耙梳，分析林獻堂與民國政府的關係演變，探究其人從日治時期的柔性抵抗殖民壓迫，到目睹台灣光復國府接收亂象，最

終走向日本至死不歸的複雜心路歷程，揭示台灣人對於祖國中國和前殖民宗主國日本的情結糾葛，並彰顯台灣意識的其來有自。

關鍵詞：林獻堂、民國、灌園先生日記、東遊吟草、台灣意識

一、前言

　　林獻堂（1881-1956），清光緒 7 年 10 月 22 日（農曆）生於福建省台灣府彰化縣阿罩霧庄（今台灣台中市霧峰區），譜名朝琛，字獻堂，號灌園，以字行世。林氏家族自 1746 年遷台定居而經營有成，先祖曾領鄉勇協助平定太平天國、戴潮春事件、參與中法戰爭有功，獲清廷賞賜官位和樟腦專賣權，為清、日治台時期台灣社會最具影響力的家族之一。林獻堂一生三世，歷經清朝、日本及民國政權的更替，致力於台灣民族運動與啟蒙教化活動，其生平事蹟與台灣詭譎政局緊密相繫，儼然一部台灣現代史的縮影。日治時期，林氏採取溫和路線合法爭取民族平等待遇：參加「櫟社」詩社成為延續漢學薪火的終生社員（1910）；與台灣中部士紳集資發起興建專納台人子弟的台中中學，向總督府提出興學教育台灣學子的請願（1914）；領導六三法案撤銷運動，被推選為東京留學生組織「新民會」會長（1920）；奔走台、日政治與文化界，推動長達 14 年之久的台灣議會設置運動（1921-1934）；「台灣文化協會」創立（1921），被推舉為總理；膺選台灣人的喉舌「台灣民報」（1923）、「台灣新民報」社長（1929）；擔任台灣民眾黨顧問（1927）、台灣地方自治聯盟顧問（1930）；林獻堂、林攀龍父子更聯手創立「一新會」（1932），透過演講和讀書會推廣新思潮並延續漢文教育，志在「以清新之氣再造台灣」；曾數度被台灣總督派任為總督府評議員、日本貴族院台灣敕選議員。日本投降、民國政府接收台灣後，曾當選第 1 屆台灣省省議員、台灣省政府委員、擔任台灣省通誌館（後改為文獻會）館長。1949 年 9 月 23 日起，林獻堂申請赴日考察、就醫獲准而離台未歸，1956 年 9 月 8 日因「老衰症併發肺炎」病逝於日本東京寓所，享年 76 歲。台灣史學界推尊林獻堂為台灣民族運動先驅、台灣社會教育改革者、台灣議會之父以及台灣文獻之父。[1]

---

[1]　有關林獻堂生平行誼的文獻史料，最早集結成冊者首推葉榮鐘主編：《林獻堂先生紀念集》（台北：文海出版社，1960 年）一書。葉榮鐘自稱「杖履追隨四十年」，長期擔任林獻堂通譯兼秘書。葉氏根據林獻堂家族提供的林獻堂日記手稿 17 本編寫成《年譜》；除林獻堂生前編定刊行的詩文遺作《環球遊記》、《海上唱和集》、《東遊吟草》外並輯錄相關軼詩 205 首，合為《遺著》；蒐集與林氏淵源深厚的至

林獻堂 7 歲接受啟蒙教育，17 歲學習經史，30 歲加入漢詩詩社，傳統漢學的薰陶習染既深；復承梁任公新知識、新思想的點化提示[2]；加上環球壯遊一年有餘（1927.5-1928.5）的文化驚駭與刺激，與身繫家國命運、動見觀瞻而舉足輕重的社會領袖地位，使林獻堂的著作彌足珍貴而饒富史料價值。林氏生平所著詩文有：文集《環球遊記》[3]一種，詩集《海上唱和集》（129 首）、《東遊吟草》（115 首）兩種。其中最膾炙人口者首推 20 萬言的《環球遊記》，它是林獻堂 47、48 歲壯遊世界的見聞記錄，頗能概括呈現中年林獻堂的思想與感情，也是台灣人走向世界、學習先進，找尋民族出路、追求現代化的精神實錄。此外，1937 年 5 月 18 日至 1938 年 12 月 12 日，林氏先因「祖國事件」（詳見論文第二節）避走東京，復因失足骨折而滯日療傷；1939 年 7 月 3 日至 1940 年 10 月 27 日，再以頭眩痼疾而療傷避暑為由赴日，期間與詩友酬唱之作輯為《海上唱和集》。1949 年 9 月 23 日至 1956 年 9 月 8 日，林獻堂以「一、視察日本復興之狀況，二、為斟酌貿易之辦法，三、受名醫診察頭暈之病源。」（《灌園先生日記》，1949 年 9 月 3 日）[4]為由，取得國府官方首肯卻旅日不歸，客

交好友所撰寫的追思文合計 22 篇，輯成《追思錄》。最後編定完成全書，內容分成《林獻堂先生紀念集：年譜》、《林獻堂先生紀念集：遺著》、《林獻堂先生紀念集：追思錄》三卷三冊。本論文所用《林獻堂先生紀念集》版本為台北：海峽學術出版社，2005 年重刊版。其他林氏生平史料文獻，可參見葉榮鐘著：《台灣人物群像》，台中：晨星出版社，2000 年。黃富三著：《林獻堂傳》，南投市：台灣文獻館，2004。

[2] 1907 年林獻堂與梁啟超在日本奈良旅舍偶遇並結識，時年 27 歲的林獻堂，與維新變法失敗後留亡日本，時年 35 歲的梁啟超（1873-1929）有過一夕旅舍晤談。梁氏落筆即書：「本是同根，今成異國，滄桑之感，諒有同情……今夜之遇，誠非偶然……」。詳見甘得中：〈獻堂先生與同化會〉，收入葉榮鐘主編：《林獻堂先生紀念集》卷 3（台北：海峽學術出版社，2005 年），頁 55-59。林獻堂和梁啟超日後的交遊，另見許俊雅編注：《梁啟超與林獻堂往來書札》，台北：萬卷樓圖書公司，2007 年。

[3] 林獻堂《環球遊記》一書，終日治時期皆因時局所忌而不得集結出版，甚至在多年後應邀重刊還導致所謂「環球遊記事件」。事件始末詳見《灌園先生日記》1942 年 6 月 9、10、18、20、21、29、30 日，7 月 2、3 日。另見許雪姬：〈林獻堂著《環球遊記》研究〉，《台灣文獻》第 49 卷第 2 期，民國 87 年 6 月，頁 1-33。

[4] 本論文所引林獻堂日記，皆出自林獻堂著，許雪姬等編注：《灌園先生日記（一）～（二十七）》（1927-1955），台北：中央研究院台史所、近史所，2000-2013 年。爾後再引僅以括弧夾注日記年月日，不再逐筆詳注出處，其中引文之字底橫線俱筆者所加。

死異鄉，至 1956 年 9 月 21 日尤其遺族迎遺骨歸台。旅次其間與詩友酬唱賦詩明志，林氏自編詩集《東遊吟草》，於 1951 年交東京岩波書店印贈諸親友。

　　自稱「杖履追隨四十年」，長期擔任林獻堂通譯兼秘書的葉榮鐘，在林獻堂過世後，按林氏家族提供的 17 本林獻堂日記而編寫成《林獻堂先生紀念集：年譜》。由於林獻堂家族的政治忌憚，林獻堂日記遺稿始終不見天日而塵封散佚多處。1987 年國民黨政府宣布台灣解嚴，1998 年 3 月林獻堂長孫林博正在中央研究院勸說下，終於同意將林獻堂日記遺稿的出版權讓予中研院。從 1999 年 4 月起，由中研院近代史研究所、台灣史研究所進行解讀、校訂和註釋後，《灌園先生日記》（1927-1955），自 2000 年起至 2013 年陸續出版問世。日記載記時間，始自 1927 年 1 月 1 日終於 1955 年 10 月 31 日（1928 及 1936 年缺），跨越日治及戰後國府治台時期共 29 年；所敘空間，涵蓋林氏足跡所及的故鄉台灣、祖國中國、殖民宗主國日本及其環球旅遊所歷歐美諸國；日記內容，不僅是記主林獻堂的個人生活史、家族史，更是台灣社會的政治、經濟、文化史料，「不僅是林獻堂一生最重要的見證，其所表達的台灣人的心聲，也可以補充官方資料的不足，史料價值極高，可說是一部具體而微的台灣史。」，「允為台灣史上最重要的私人文獻」。[5]

　　本論文擬以林獻堂《灌園先生日記》及晚年旅日期間所輯詩集《東遊吟草》為考察對象，藉助日記的私密性高、主觀性強，可直抒胸臆無所忌憚，輔以漢詩長於假桑喻槐托物言志的文學特性，窺見老成持重而溫文儒雅的棄地遺民林獻堂，如何身處日本殖民壓迫和戰後國府獨裁統治而尊嚴

---

[5]　見「日記簡介」，《灌園先生日記》（1927-1955），台灣日記知識庫，中央研究院台灣史研究所 http://taco.ith.sinica.edu.tw/tdk/%E8%87%BA%E7%81%A3%E6%97%A5%E8%A8%98%E7%9F%A5%E8%AD%98%E5%BA%AB:%E9%97%9C%E6%96%BC。有關林獻堂日記的保存、蒐集與出版過程，另見：許雪姬：〈林獻堂先生日記的史料價值〉（《近代中國史研究通訊》20 期，1995 年 9 月），頁 79-89。許雪姬：〈「台灣日記研究」的回顧與展望〉，《台灣史研究》（第 22 卷第 1 期，中央研究院台灣史研究所，2015 年 3 月），頁 153-184。林博正：〈《灌園先生日記》序〉，收於林獻堂著、許雪姬主編：《灌園先生日記（一）1927 年》，台北：中央研究院台灣史研究所籌備處，2000 年。許雪姬：〈跋：《灌園先生日記》全套廿七冊出版完成記〉，收於林獻堂著、許雪姬註解，《灌園先生日記（廿七）1955 年》（台北：中央研究院台灣史研究所、近代史研究所，2013 年），頁 493-504。

求生的幽微悲憤心境。根據林獻堂年譜和日記的歷時性記載,並參照、比對同時代友人的共時性追思文本的分析,從林獻堂與民國政府的關係演變,探究其人從日治時期的溫和抵抗殖民壓迫,目睹台灣光復國府接收後的治台亂象,最終走向日本至死不歸的複雜心路歷程,進而揭示台灣人對於祖國中國和前殖民宗主國日本的情結糾葛並彰顯台灣意識的其來有自。

二、日治時期:林獻堂與民國政府的初步接觸

林氏與民國政府的官方接觸應以 1936 年春天參加《台灣新民報》所組成的「華南考察團」之旅開始,卻以「林某歸還祖國」一語釀成「祖國事件」的軒然大波而受辱、受挫於台灣軍部。根據《林獻堂先生紀念集・年譜》(1936 年 56 歲)所載:「春三月偕弟階堂次公子猶龍參加《台灣新民報》所組織之『華南考察團』歷遊廈門、福州、汕頭、香港、廣東、上海各地,在上海接受華僑團體歡迎時,席上致辭,有林某歸祖國之語,……五月《台灣日日新報》揭發其事,對先生大張撻伐造成所謂『祖國事件』。」覆核林獻堂日記,可惜 1936 年的日記全部闕如,但在翌年日記中仍有關於「祖國事件」的追記:

> 晚餐後告雲龍往台北會總督、長官、軍司令官、參謀長之情形。去年四月十六日由上海歸來發生之祖國問題,軍部之誤解至是一掃,復見明朗之日也。(1937 年 4 月 22 日)

林獻堂等人的「華南考察團」之旅,成行於民國 25 年(1936)春,而受辱於賣間之毆辱則發生於同年的 6 月 17 日。其時日本軍國主義氣焰高張,日本侵華計畫正待機而發。荻洲立兵任台灣軍部參謀長(1935.08.01-1937.02.18)以來,驕橫狂妄不可一世。荻洲經由日本間諜轉報軍部,獲悉林獻堂在上海接受華僑團體歡迎,會中致辭有「林某歸還祖國」之語,遂於 5 月藉《台灣日日新報》揭發其事而口誅筆伐,藉題發揮以收殺雞儆猴之效,更變本加厲指使日本流氓賣間散兵衛伺機而動。6 月 17 日,林獻堂應台中州知事之邀赴台中公園參加台灣始政紀念日慶祝遊園會,賣間乘隙接近並當眾掌摑林氏右頰,以逞其公開羞辱與教訓之目的,

即所謂「祖國事件」。葉榮鐘在林氏《年譜》按語中據林獻堂長公子林攀龍所言，描述林獻堂受辱返家後的反應：

> 傍午歸邸，神色自如與常時無異，更衣盥洗後與家人同進午餐，食量亦與平時相同，餐後乃向家人告知被賣間某毆辱之顛末，家人聞言注視其右頰始見微有紅渾之跡，其鎮定如此實為常人所不可及者。（《年譜》，1936 年 56 歲）

雖然林獻堂息事寧人而委曲求全，但台灣軍部荻洲參謀長仍逞其淫威而擴大事端：翌年一月壓迫「華南考察團」的發起者《台灣新民報》總經理羅萬俥廢止漢文欄。然後，尋隙挑釁林氏家族：「二月十三日族姪林松齡、林鶴年兄弟因飲酒後細故被警察拘押十九日，二月十六日族姪林資彬又因存有獵鎗被警察拘押三十四日。……二月二十三日台中州警察部長中平來訪於霧峰，……鄭重其事而告先生曰，近來右派份子勾結軍部壓迫台人，使人誤會總督政治與軍部同調，但小林總督視台人為日本帝國臣民之一部分，……然台人亦有缺點，僅知利己，執著物質而無精神之向上活動。」（《年譜》，1937 年 57 歲）由於極端右派份子的興風作浪，加上小林總督又軟語威逼，使林獻堂產生離台避難的想法，故於同年 5 月 18 日偕家眷僕役等七人出發往東京寓所。「華南考察團」一行，是林獻堂與民國政府的初步接觸，互動層級僅止於廣東當局所派台裔代表丘念台[6]及革命先進胡漢民等人，竟因「祖國」一詞而干犯時忌，招致公然受辱且餘波盪漾禍延家族，實林獻堂所始料未及，足證林獻堂的樹大招風與動輒得咎。

---

[6] 丘念台（1894-1967）與林獻堂淵源頗深，丘氏為乙未抗日名將丘逢甲長子，據丘念台〈追懷獻堂先生〉中所言：「獻堂先生，為余三叔父丘樹甲公元配林金盞夫人之從弟；故余幼年，在粵東山居，即熟耳其名。而最初之拜晤，則在民國五年；乃餘留學日本，暑假歸粵經台時，在霧峰林府晉謁者，蓋四十一年於茲矣。……初謁時，余年方廿三，隨先嬸林氏，及從弟琦，呼獻老為舅；……獻老與余談最深，覺其溫雅最有書卷氣。」，收入《林獻堂先生紀念集：追思錄》（台北：海峽學術出版社，2005 年重刊版），頁 29。本論文所引林獻堂友人的追思文章，皆出自《林獻堂先生紀念集・追思錄》一書，爾後再引僅以括夾注篇名與頁數，不再逐筆詳注出處，其中引文之字底橫線俱筆者所加。

三、台灣光復後：林獻堂與民國政府的關係丕變

1945 年 8 月 15 日日本宣布無條件投降，根據中、美、英三國領袖共同簽定、公布的〈開羅宣言〉（1943 年 12 月 1 日），日本之前所割據、占領的滿洲、台灣、澎湖群島等中國領土，將歸還中華民國。當時中華民國政府由國民黨主席蔣介石主政，由於國共內戰方興未艾，蔣氏身陷膠著的中國戰場，故全權委派陸軍上將陳儀為台灣省行政長官，負責接收、主掌台灣政事。10 月 24 日下午 9 時許，陳儀一行飛抵台北並於松山機場發表簡短講話，說明奉國民政府命令來台：

> 此次非為做官而來，而是為台灣服務而來，一方面為人民謀福利，一方面為國家求建設。……本人做事及勗勉部隊素來奉行六大信條，即：一不扯謊，二不偷懶，三不揩油，四激發榮譽心，五愛國心，六責任心。今後仍當依此信念，努力建設新台灣。[7]

這是代表祖國的陳儀行政長官對台灣同胞的第一次公開談話與承諾，台灣同胞也回以熱烈無比的歡迎和期待。時任台灣大學文學院代理院長、台大哲學系教授的台籍菁英林茂生興奮感動的賦詩回應：「一聲和議黯雲收，萬里河山返帝州。也譏天驕誇善戰，那知麟鳳有良籌。痛心漢土三千日，孤憤楚囚五十秋。從此南冠欣脫卻，殘年盡可會閒鷗。」[8] 無奈，陳儀的治台信念並未具體落實，甚至因治台措施不當而致衝突頻仍，動盪不安。憂心忡忡的林獻堂應邀參加丘念台發起的「台灣光復致敬團」（1946.8.29-10.5），積極晉見國府黨政大員與蔣主席，「藉表台灣同胞拳拳之誠，是為本團之唯一任務」（《年譜》，1946 年 66 歲）。苦口婆心全力溝通國府和台民的林獻堂，仍然阻遏不了「二二八事變」的災難爆發。

---

[7] 見載於重慶《大公報》，1945 年 10 月 25 日，引自嚴如平，賀淵著：《陳儀全傳》（北京：人民出版社，2011 年），頁 247。

[8] 本詩見載於《前鋒》第 1 期創刊號（光復紀念號），1945 年 10 月 25 日，對比於林茂生後來因二二八事件而蒙冤受難的下場，令人不勝唏噓。引自嚴如平，賀淵著：《陳儀全傳》（北京：人民出版社，2011 年），頁 249。同見於台北二二八紀念館，唯文字略有出入，http://228memorialmuseum.gov.taipei/ct.asp?xItem=1952075&ctNode=41715&mp=11900A。

國府對此事件的處理和善後，造成台灣同胞對「祖國」關係的重創和裂變，也造成林獻堂被迫出走，藉公務考察和求醫而避禍日本屢勸不歸。

（一）二二八事變發生前（1945.8.15-1947.2.28）

據《年譜》所記，1945 年 4 月，日本政府為籠絡林獻堂為皇民奉公會效命，故任命林獻堂為貴族院勅選議員。8 月 15 日，日本戰敗宣布投降，林獻堂偕次子猶龍及友人許丙、藍國城訪安藤總督於總督府，為維持台灣移交國府前的治安未雨綢繆而出面出力。同年 8 月 30 日，台灣軍高級參謀牧澤少佐代表軍部勸邀林獻堂同往南京歡迎台灣省行政長官陳儀，林獻堂「義不容辭慨然許之」。此行從 1945 年 8 月 31 日至 9 月 13 日返台止，同行者有台灣代表林獻堂、許丙、林熊祥、辜振甫等，日本代表有重永海軍少將、岡田海軍中佐、須田農商局長等。9 月 1 日在上海探詢陳儀長官消息，卻始終未獲聯繫與晉見。9 月 6 日接日本海軍司令部土岐參謀長傳言指示，謂蔣委員長命何應欽將軍轉請台灣總督通知林獻堂、羅萬俥、林呈祿、陳炘、蔡培火、蘇維樑等六人到南京參加 9 月 9 日之受降典禮。惟9 月 8 日林獻堂等人往見日軍代表諫山參謀長時，諫山竟言「他將為台灣軍之代表參列典禮，君等無須參列」，林獻堂一行遂不得列席受降典禮。當天另往國府空軍司令部會見葛敬恩秘書長：

> 關于台灣之政治經濟言論教育法律，及日人居住問題作毫無保留之洽談。……前後暢談兩小時餘，先生此行乘飛機（尚屬初次）渡海峽，投向祖國懷抱，旬日來冒盡艱難僕僕於京滬間，<u>至今始獲機會得向國府大員傾吐四十年來鬱積於胸中之心事</u>，頗引以為慰。（《年譜》，1945 年 65 歲）

此即林獻堂等歡迎台灣省行政長官陳儀並參加受降典禮的南京之行（1945.8.31-9.13）。唯此行未如預期得見陳儀長官，也因受阻於日軍代表而未能參列受降典禮。9 月 13 日返抵台灣後，林獻堂旋即應邀在台中市樂舞台發表講題為「兩星期之見聞與所感」，10 月 3 日在霧峰戲院演講「先述蔣委員長以德報怨之偉大精神，次講祖國之新生活運動」，仍傾力謀求台胞與祖國的溝通，挽救祖國在台形象的崩壞。

　　1945 年台灣光復後，以民國政府外交部駐台特派員兼任台北市長，翌年獲選為台灣省第 1 屆省參議會參議員及參議會議長，主持台灣議會近二十年的「半山派」台籍人士黃朝琴，回憶台灣光復之初林獻堂用世之心的殷切：「台灣光復後，先生更笑口常開，年登耄耋，尚樂聞政事，關心民瘼，予嘗勸其購置別墅於南京，往來兩地，稍事頤養，先生乃言光復未幾，國家正需要我等作官民之橋樑，豈可偷閒苟安。」（〈悼念林獻堂先生〉，頁 26-27）乙未抗日名將丘逢甲長子丘念台，曾積極投入抗日作戰，戰後受命在福建漳州成立國民黨台灣直屬黨部及台灣調查委員會，並奉派為執行委員、調查委員，奔走閩粵以辦理復台工作。丘念台與林獻堂有姻親之故並稱其為舅，曾為文細數兩人並肩國事的心路歷程：

> 在台灣光復後由民國卅五年至卅七年，為余與獻老共事國政時期。……余與獻老均不能不負起開導本省同胞，說服大陸同胞之責任，遂同在光復欣喜之中，備嘗求治之痛苦。其重要事項足舉者：一、民卅五年春，長官公署擬宣布戒嚴令，捕治台省漢奸，……已捕禁台紳十餘人，尚擬陸續捕治者數百人，獻老亦在黑名單之列；余抵台後力阻乃罷。二、民卅五夏，因公私環境關係，勸止獻老勿競選省議會議長，推讓與後進少壯黃朝琴君。三、民卅五年秋，因欲解除中央對台胞疑蔽及打通台胞對祖國熱情，特與台省士紳，組織台灣光復致敬團[9]；赴南京，獻金撫卹先烈家屬，並致祭國父，晉謁元首；又致陝西，祭黃帝陵。獻老於台省當局種種阻撓中，卒決心參加，完成其萬里表誠之心願。（〈追懷獻堂先生〉，頁 31-32）

　　丘念台論及光復初期的台灣政局：「台民受重壓之後，喜聞祖國勝利，對今後政治，難免過份奢望。故一旦接觸現實，派台政軍良莠不齊，不免有以征服者態度相臨之輩。於是，台民乃由失望而憤恨，不半載而全台惶惶矣。乃中央初不之覺，或且誤信台民頑迷。時世界日動盪，台灣地位，

---

[9]　據丘念台追思文（頁 35-37）所述，當時台灣最高領導陳儀行政長官因忌憚林獻堂曾受任日本貴族院議員，且不欲其治台亂象被身陷國共內戰泥沼中的蔣介石獲悉，因此開出不准林獻堂參團的條件，不料此舉反促成林獻堂參加決心。得知林氏決心前往後，長官公署又提出「勿談政治，勿赴廬山謁蔣主席，勿赴陝西祭黃帝陵」等條件。

尚感受威脅。」（〈追懷獻堂先生〉，頁 35-36）台灣當時一則是籠罩在回歸祖國的欣喜和不確定感中，一則是焦急如焚的擔憂流落海外的台籍兵與僑民生死未卜。因此，同年 10 月 30 日林獻堂以「台灣省海外僑胞救援會」代表者身分，呈文國府外交部駐台特派員黃朝琴，敦請火急設法接運被日軍徵派海外的台灣青年數十萬人與羈日台胞包括學生及其家屬數萬人，以免流落天涯困苦萬狀。《年譜》錄其呈文：

> 鄙人鑒及情形之嚴重未敢坐視，爰為登報廣募義捐用救燃眉之急，此舉幸博全台人士之同情損款著接踵而至，……緣此呈請貴委員會轉請中央政府速向駐日聯合軍司令部接洽俾克早日源源匯寄（金額預定百五十萬圓），則外可救遊子之急難，內可安父兄之懸心，……將滯日台胞運回俾能骨肉團聚，則省民當載德無涯矣，伏望貴委員鼎力周旋是禱。

同年 12 月 15 日，林獻堂接丘念台來信，告以在廣東台胞萬餘，「因被歧視生活無著流為乞丐餓莩，厥狀至慘請速設法解救。」又霧峰鄉人在廈門人數有八千，「財產均被沒收，其中有二百餘人被拘禁……備受歧視凌辱，惶惶不可終日」。12 月 23 日，日記載及林獻堂等人復訪陳儀長官於公署籲請設法搶救滯外台胞，陳長官答云：「已先去電各該地政府囑其勿虐待台胞，待遣送日軍完畢後派船將各地台胞運回。」

1945 年 12 月 13 日，李翼中主持國民黨台中黨員入黨典禮，林獻堂與三公子雲龍同時入黨。1946 年 4 月，林獻堂被選任為台灣省參議會議員，同年 5 月 1 日第 1 屆台灣省參議會成立並開會選舉議長，林獻堂因顧全大局而被丘念台勸退，故「事先聲明不競選議長」以讓賢予陳儀長官屬意的人選黃朝琴。身為「台灣光復致敬團」的發起人，丘念台曾就林獻堂在組團行動期間（1946.08.29-10.05）的言行表現，揭舉其足令人感念者有下列數端：其一，組團前台人有怨懟政府所派接收官員措施不當而無須致敬的主張，林獻堂力勸不能以少數官吏怨及全政府，且祖國光復台灣犧牲至大，義當致敬盡禮。其二，林獻堂不以陳儀阻撓其參團而有偏激之言、慍怒之色，足見其人之溫雅寬容。其三，謁見蔣主席答詢陳儀施政情況時，其措辭慎重而存期求之心，以時間尚短為解釋，毫無攻擊告狀之態，足證其人之顧大局、識大體。其四，適逢國共休戰和談之際，致敬團團員有會

昭共產黨幹部之說，林獻堂同意丘念台建議，以初歸祖國，應不捲入國內政爭，一以國民黨為中心，故始終未與其他政黨接觸，足見忠義黨國之情。最後，丘念台總結林獻堂心情，在組團行動中始終以政治情形複雜而抱持「沈重憂疑」之心，直至完成出訪任務歸台後，「始欣然向余道謝慰勞」。至於致敬團之影響，丘念台認為此行得盡識黨國名流要員，不獨在當時已達溝通內外，表達台民擁護祖國反共之誠意，及「二二八事變」之際，「中央諸公，如于右任，鄒海濱，張溥泉，諸元老，……深信台胞不致叛國倡亂，而力斥陳長官與三數部下之誣罔，而認其必為官吏之迫變無疑；及白崇禧部長奉命來台宣撫，於解決之策，亦特詢商於獻老及余……。」（〈追懷獻堂先生〉，頁 38-40）。

據《年譜》載記 1946 年 8 月 29 日至 10 月 5 日期間，林獻堂應丘念台之邀參加「台灣光復致敬團」，也是同行者的葉榮鐘在《年譜》按語中提到：「先生因在京時連日拜會各機關首長備極忙碌，復因酬酢頻繁眠食違時，老體疲乏致機上受涼，到西安之晚即因感冒發熱，旋以秋雨連綿冷氣侵入續患痢疾，……。九月卅日一行晉謁蔣主席於總統府獻旗獻金完成此行任務，……致敬團在上海南京暨其他所到之地得接觸故國河山人物，莫不興奮異常寄與無限希望。」（《年譜》，1946 年 66 歲）《年譜》並附錄林獻堂代表致辭的〈台灣光復致敬團談話〉、〈台灣光復致敬團告別陝西同胞談話〉，再三致意申明台胞效忠祖國之摯誠：

> 向最高領袖　蔣主席致敬，向全國抗戰軍民致慰問之忱，……謁黃帝陵拜告以台灣六百萬炎黃子孫，二千三百餘方哩版圖已歸祖國，<u>藉表台灣同胞拳拳之誠，是為本團之唯一任務</u>。……目前朝野主張軍事統一，政治民主，確為對症良藥，台灣同胞因痛定思痛，尤願竭其全力以促其成。<u>近聞有人竊議台胞對於祖國發生離心，實為無稽之談</u>，應知台胞在過去五十年中不斷向日本帝國主義鬥爭，壯烈犧牲，前仆後繼，所為何來？簡言之，民族主義也，明乎此一切可不辯自明矣。

檢核日記中對「台灣光復致敬團」的行程記載，一行人頻繁晉見國府中央與地方黨政要員，舉其要者依序有：財政部部長俞鴻鈞、經濟部部長王雲五、行政院副院長翁文灝、國防部部長白崇禧、行政院秘書長蔣夢麟、

中央宣傳部部長彭學沛、陝西省省主席祝紹周、省黨部主席王宗山、立法院院長孫科、國民政府秘書葉實之、廣東省省主席李漢魂、監察院院長于右任、中央黨部副書記長鄭彥棻、外交部部長王式杰、國民黨黨主席蔣介石、上海市市長吳國楨等。或獻金撫慰，或致敬獻旗，頗受官、軍、民、學生之歡迎，林獻堂也常以致敬團代表身分談話。他對頗受知於蔣主席的國民政府秘書長葉實之說：「現時貪污之聲遍於全國，欲肅清之，非獎勵節儉不可，欲減殺共產黨之勢力，非實行地方自治不可。他亦述主席之儉約，及地方自治之將實行也。」（1946 年 9 月 22 日）在謁見蔣主席時，主席慰謝遠來之勞，問台灣人民之苦痛，林獻堂對之「失業及物價騰貴。問青年之體格，告以受日人之軍事訓練，漸次向上。問常會陳長官否，答曰常會。曰願列位幫助之。」（1946 年 9 月 30 日）完成任務返台後，翌年一月林獻堂日記摘引參加以霧峰、大里、太平三鄉組成的區黨部成立大會時發表演講，猶強調國民黨政府領導抗日勝利與光復台灣之功：

> 國民黨中亦不免有腐敗分子，但不可由少數人之非法行為，而便厭惡國民黨之三民主義，而便仰慕異黨之虛傳。今日中華民國之復興、台灣之光復，皆蔣主席有不屈〔屈〕不撓之精神與毅力，方能達到最終之勝利，吾人其可不勉之哉。（1947 年 1 月 11 日）

（二）二二八事變及其後（1947.2.28-1949.9.23）

> 民卅六春，台省不幸，發生二二八事變，事前，獻老曾苦口婆心，勸阻民眾對現政之暴躁，並懇止政軍當局對民眾之苛擾；事後，獻老曾保護良善，排除凶暴，雍容剛毅，不露痕跡；一切均以尊重祖國，愛護台胞為中心。……然三年間之共同奮鬥，卒因全國大局惡化，失意多，而得意少。（丘念台〈追懷獻堂先生〉，頁 32）

林獻堂對「二二八事變」之態度與作為，丘念台舉其大要如下：其一，事變前，台民有怨怪祖國政府者，林獻堂皆到處開導疏通；事變時，林獻堂雖無力阻止，但對善良官吏及無辜台胞，均一視同仁，盡力庇護；事變後，當白崇禧銜命來台宣撫調查及商組省府人事時，林獻堂正面推舉賢能者，如現任財政處長嚴家淦，但避談陳儀適任與否而委婉主持正義。

　　檢視林獻堂 1947 年 2 月 28 日日記，見載參加彰化銀行股東大會經過，財政處長嚴家淦特別自台北來與會，董、監事聯席會中推選林為彰銀董事長、次子猶龍為常務，會後林獻堂與董、監事和嚴處長出席夜宴。此後，日記告闕，直到 3 月 6 日才簡單追記林獻堂父子搶救、收容嚴家淦等人，免於流氓和群眾滋擾的驚險經過：「自二、二八至三、五、六日間，可云為恐怖期間，掠奪、恐喝〔嚇〕時有所聞。」（1947 年 3 月 7 日）翌日，林獻堂被通知被選派為「台中地區時局處理委員會」執行委員，及中央成立的「台灣省二二八事件處理委員會」常務委員二職。旋即趕赴委員會、慰問受傷者並致贈慰問金，出借一百萬予市參議會代表「買米以供給市民之用」。再往台北會見行政長官陳儀：「余道此回之事，誠為意外，請寬大處致〔置〕。他言已往不咎，神氣頗不佳，因台北時局處理委員會有提出三十二條之要求，就中有取消警備司令部、國軍繳械之事，中央認為叛國行為，又加之共產黨之策動，故命嚴辦。」（1947 年 3 月 15 日）

　　二二八事件已成燎原之勢，快速擴及全島，亂民暴動、軍隊殺人層出不窮，並成為國際新聞，已超出陳儀掌控範圍。故陳儀急電蔣介石派重兵鎮壓，在電文中怒陳台人叛形大彰，絕不坐容：「竟有懷獨立國際共管之謬想者」，「竟有台灣獨立，打死中國人，荒謬絕倫之語」，「竟派代表到美國領事館要求將此事報告世界」，強烈主張「對於奸黨亂徒須以武力消滅，不能容其存在」，「獨立等叛國運動，必予消滅」（陳儀 3 月 6 日電文）。「職意一團兵力不敷戡亂之用，擬請除 21 師全部開來外，再加開一師，至少一旅，並派湯恩伯來台指揮，在最短期間予以澈底肅清。」（陳儀 3 月 7 日電文）[10]此後，3 月 8 日晚間、3 月 9 日上午國軍在基隆登陸後，從北至南以鎮暴之勢迅速展開全面肅清「亂黨叛徒」。3 月 17 日-4 月 2 日，國防部部長白崇禧奉命抵台，以查明實際情形，權宜妥善處理。數度召開國大代表、參政員、省參議員聯席懇談會，林獻堂三度受邀出席分析事變原因並請求保釋無辜台籍友人：

　　一、人事之關係，長官公署九個處長，其次、科長無一本省人，縣、
　　　市長有四、五人皆重慶同來者；二、接收日人之工場、礦山及各種

---

[10]　陳儀 3 月 6 日、7 日兩則致蔣介石電文，分別引自嚴如平，賀淵著：《陳儀全傳》
　　（北京：人民出版社，2011 年），頁 312、314。

會社，皆為公營事業，多半停頓，以致生產少而失業者多；三、海
外歸來之青年，有三、四萬人皆無事業，而政府不為之設法；四、
米及物價騰貴，無從餬口；五、中以下之外省人多貪污不守法，
使本省人看不起；六、共產黨及野心家之煽動，有此種種原因，
遂乘專賣局緝私賣煙草打死人而起暴動也。……使榮鐘寫呈文於白
部長，以保釋林茂生、林連宗、陳炘、阮朝日、吳金鍊，於十九日
亦曾提保釋書於柯參謀長矣，未知他等之命運如何。（1947 年 3 月
22 日）

　　林獻堂雖應接不暇的奔走在地方和中央之間盡力與會、疏通、保釋、
陳情和搶救被拘捕者，然而，誠如林獻堂對友人所言：「白部長奉蔣主席
之意，以寬大處置，但軍、警方面恐未能盡如其意。」（1947 年 3 月 27
日）之後警備總司令部參謀長柯遠芬來訪，林獻堂更獲得印證：「問林茂
生、陳炘、林連宗，他言無此案件。噫！彼等確已死矣。」（1947 年 4
月 30 日）同年 7 月，林獻堂甚至兩度接到警備總司令部軍法處傳喚出庭，
為受到以戰犯嫌疑人被捕的友人許丙、辜振甫案作證人及參考人，最後，
「辜振甫、許丙、林熊祥以內亂罪判決，振甫二年二個月，許丙、林熊祥
各一年十個月。」（1947 年 8 月 1 日）

　　陳儀政府結束全面武力鎮壓「叛黨亂徒」的綏靖時期（1947.3.9-3.20）
後，進入全省實行「確保治安」而人人自危的清鄉時期（1947.3.21-5.16），
至 1947 年 5 月 16 日台灣省政府正式成立，宣布解嚴，風暴才告趨緩。陳
儀也結束台灣行政長官使命，黯然返回中國大陸。綜觀陳儀接管台灣而雷
厲風行推動的經濟和民生政策，一方面要支援國共內戰的戰略物資與經
費；一方面接收日產並發展國有經濟，實行貿易統制和國營專賣政策，既
剝奪本地商賈謀生權益而與民爭利，又未能復原戰後民生經濟，反而促成
物資匱乏，通貨膨脹，失業嚴重等民生艱困、民不聊生情形。且國府日後
的治台施政仍未脫專斷獨裁而不得民心。林獻堂在日記下：「次訪丘念台，
告以三十日之省委決議，大戶餘糧若不賣出者，欲以『非常時違反糧食管
理規則治罪』治之，實為無理取鬧，託其告魏主席不可聽李連春之意而亂
為也。」（1948 年 2 月 13 日）由此可知，事變之創痛既巨且深，台人的
台灣意識油然而生，省籍對立、統獨情結更隱然埋伏。復以中國政局裂變

為國共隔海對峙，台灣前途震盪未定，加上對於國民政府治台舉措的種種
不滿，導致林獻堂被迫出亡，藉赴日養病而遠禍避亂。

四、離台赴日後：林獻堂與民國政府的假意周旋

此次赴日是林獻堂生平最後一趟旅程，始於 1949 年 9 月 23 日，終於
1956 年 9 月 8 日病逝日本。根據日記所載，林獻堂此行申請赴日的「官方
說法」是：「一、視察日本復興之狀況，二、為斟酌貿易之辦法，三、受
名醫診察頭暈之病源。」（《灌園先生日記》），1949 年 9 月 3 日）合
而論之，前兩者類似公務考察，最後才是林獻堂私人的求醫治病。國共內
戰敗北，蔣介石搭機來台後（1949 年 12 月）的施政，仍然不改獨斷獨行
的軍政作風。避禍前殖民宗主國日本，採取隔海審慎觀察台灣形勢的林獻
堂，因德高望重而動見觀瞻，加上龐大家族和家業都還在台灣，故採取虛
與委蛇而禮敬有加的態度，始終和國府維持微妙而和諧的互動關係。人在
日本的林獻堂，因亦統亦獨曖昧不明的政治態度，導致備受流言攻擊和國
府猜忌，甚至連親近的家人、友人對林獻堂的旅日不歸之因也都眾說紛紜
各執一說。誠如丘念台文章中的觀察和說法：

> 在日期間，初則傳其傾向共產，繼則傳其傾向獨立托管，是皆不逞
> 之徒，欲有所假借利用。蓋獻老為台省耆德，在日台僑，無不尊仰；
> 凡有訪謁，獻老固未常拒絕。……惟始終愛護祖國，觀於其每年必
> 函候總統，副總統，及地方首長；使館有祖國慶典，必扶杖參加；
> 對我代表團長，及大使，歲時禮敬無缺；……可知其忠誠，懇摯之
> 一斑。故沒後歸喪台灣，總統、副總統，均致禮敬，而過去之謠謗
> 乃冰釋矣。（〈追懷獻堂先生〉，頁 33-34）

本節將就有關林獻堂旅日不歸的各方說法進行歸納，再檢閱林獻堂旅
日期間所編《東遊吟草》的詩篇內容並交叉比對《灌園先生日記》，冀
能掌握林獻堂旅日期間的日常活動及心路歷程，進而揭示其不歸的複雜
因素。

（一）從觀望到絕望：對國民政府在台施政的不滿

在林獻堂離台前早已蓄積對國民黨政府治台經濟政策的怨言，作為全台屬一屬二的資本家，遭受的政策衝擊可謂極大，也唯有盡力疏通而敢怒不敢言。遠離台灣而旅居日本後，雖隔海遙觀台灣政局卻不免情志為之起伏跌宕。當代表國民黨政府接收台灣的行政長官陳儀，後來因叛亂罪被鎗斃消息傳到日本時，還不忘在日記中口誅筆伐以告慰受難摯友林茂生、陳炘等人在天之靈：「未曾舉行一事為台民之利益，因是人民甚不滿，以致二二八之暴動，儀不返〔反〕省，藉是而行虐殺。」（1949年 12 月 20 日）在日期間，觀察國民黨政府的施政情形始終未見改善跡象，因此一再「決意力辭」前後任省主席陳誠、吳國楨的省政府委員、顧問、行政院政務委員的禮聘。當友人轉述台灣事後，則在日記寫下：「正亨之慘死、美齡之募集寄付、CC 與軍統之爭、蔣總裁之建築別莊，使人聞之可笑者亦有，可恨者亦有。」（1950 年 2 月 26 日）對於國府事事受美方掣肘，連中共炮火猛攻大陳島也無法全力回擊，不禁慨歎：「國府與美國協約，非美國承諾不能擅自攻擊大陸，被束縛自由可謂甚矣。」（1955 年 1 月 11 日）當他得知當年「台灣光復致敬團」的發起人丘念台忠誠效命國府卻仍然被疑為共產黨，在日記中直陳對國府猜忌台人之心的不快並發出不平之鳴：「近來被當局猜疑，不許其復來東京，使人聞之甚為不快。如丘之忠誠亦被猜疑，台灣無一可相信之人矣，噫！」（1955年 1 月 26 日）林獻堂也在回寄給丘的賀年卡中表明他對台灣前途的悲觀看法，且婉拒力邀返台共赴國事：「『並祝驅俄滅共，早〔解〕救大陸同胞』之語，此事實不能達到目的，然先生忠誠之氣已充滿台灣矣，愚因老病不能參加，願先生勉之。謹此奉復，並賀新禧。」（1955 年 2 月10 日）當友人之妻來訪，林獻堂日記載及台灣及林家情形，語多情緒和憤慨：

> 鶴年之妻信子來訪，言台灣政治之勢力盡在陳誠之手，剝奪地主之土地與佃人，被徵收其稅金之重，仍是叫苦連天。下林家被軍隊入居有五百餘人，門前之芭蕉園亦皆建築兵舍。吳國楨往美國放送蔣介石之惡政，禁止發布，然由美國新聞直接輸入，台灣人聞之大呼

快事。行政院長俞鴻鈞政治上無權力，皆被武人所操縱，暗無天日，
使人難耐云云。（1955 年 4 月 14 日）

國府治台政策造成林獻堂家族的傷害，甚至影響林獻堂旅日生活，從
日記所載即可窺見：「余現時已無力矣，自三年前所有之財產良田三百甲
被政府徵收送與佃人，此時僅免飢寒而已，已無餘力買骨董矣。」（1955
年 6 月 3 日）因此，基於對國民黨政府治台舉措「使人聞之可笑者亦有，
可恨者亦有」，加上對於「國府猜忌台人之心」的不快與不平，使林氏歸
台之心從遊移觀望逐漸演變為憤懣絕望。

（二）不能說的祕密：從主張台灣自治到台灣獨立

林獻堂稱病赴日不歸後，國府方面始終不放棄派出熟識林獻堂的官員
和友人極力勸說返台；旅日台籍人士尤其是致力於台灣獨立運動者，更積
極遊說林獻堂的認同和參與；甚至連美國官方也屢次試探、徵詢旅日前後
的林獻堂對台灣政局的看法和期待：

> 五時半如約到美領事館……，他問台人有希望受日本人之統治乎。
> 曰否，決無此事，若有之，是下等之愚民。問對現政府如何。曰頗
> 靠不住，但希望其改革。問台灣人之希望如何。曰主權仍屬中國，
> 而實行台灣自治，作世界之自由貿易港。問共產黨侵入將何以禦
> 之。曰政府不信任台人，實無辦法。問若政府能信任，汝能組織防
> 共之團体乎。曰此實目前最急要之事，但未得政府之命，不敢擅自
> 為之。問台灣人若能組織一鞏固之團体，美國亦甚願幫助。（1949
> 年 7 月 6 日）
> 美國人前日託他為介紹，約本日欲與余相會，民國三十五、六年曾
> 為台灣〔副〕領事，名曰ジョージ　エチ　ケール（按：即前美國駐
> 台副領事葛超智）因二二八事變被陳儀逼歸美國也，許之。……問
> 余蔣介石政府倒後，欲組織一新政府以繼承其後，何人堪為中心人
> 物。余推薦黃朝琴。他云未妥，朝琴前在美國曾作不合理之事，不
> 可用也，吳國楨如何。余曰亦好，但不如嚴家淦也。他云嚴亦曾會
> 過。次問台灣人之希望。曰希望獨立如菲律賓。（1952 年 2 月 4 日）

　　實行「台灣自治」的主張，是林獻堂從日治時期到國府治台初期一貫的堅持和理想，也同樣採取漸進而和緩的方式與統治者「禮敬有加」的委婉周旋，卻也同樣不見容於台灣總督府和台灣光復後的民國政府。另外，對於指稱他是「台獨」還是「台奸」的說法，他也只道是「余為付之一笑而已」（1950年1月2日）。當他申請在日永久居留時，「被建議」申請書的措辭必須調整：「余等遂往法務府會木村，示以昨日所擬復盟總之書稿。他言柔弱之語氣殊為無用，取出他代寫之信稿，就中有非難台灣政治，並述二二八情形。余本無意，無奈他極力勸誘非如此陳述，決不得許可，不得已將其中強硬言辭略為修改。」（1950年10月6日）另一方面，他在接受國府僑務處長劉增華邀請而出席在日舉辦的雙十節宴會，並被指名為雙十國慶致祝辭時，則是一番四平八穩的外交辭令：

> 回憶三十九年前武昌革命，不數月而打倒滿清帝國，其原因何在；繼以八年抗戰，國軍不能強於日本，而得最終之勝利，其原因何在；最近內戰，國軍比中共軍強而且多，漸次退敗至於台灣，其原因何在，此不可不知也。目前之最大問題者則託管問題也，國府代表、蘇聯代表及中共皆極力反對，或者不能通過，亦未可知。若不能通過，當努力以克復中原，有何方法可以達此目的，其最善之方法者，則政府、國民、軍隊能同心協力，方能達此目的也。余以此為祝辭。（1950年10月6日）

　　當台灣前途未定而交付國際託管之說甚囂塵上之時，林獻堂在回覆美國官方的說法，也從在台時希望「台灣自治」（1949年7月6日），演變成旅日後希望「台灣獨立」（1952年2月4日）。爾後，在國際外交折衝下的台灣問題，隨著韓戰爆發而漸趨明朗，美國為壓制共產集團在亞洲擴張勢力而改弦更張同意協防台灣，國民黨政府至此宣告得以穩固在台執政的正當性和安全性。

　　面對旅日台灣人士黃南鵬等籌組「台灣獨立聯盟」並極力遊說、爭取林獻堂入盟，甚至不惜未經林氏首肯就擅自對外冠以「主席林公望」名義，以利號召旅日華僑踴躍加入聯盟。此一公開支持台獨作法，無議於宣示挑戰國民黨的執政台灣，既是置在台林氏家族於危險處境，更是斬斷林獻堂歸台後路，是戒慎小心委屈求全的林獻堂所堅決反對的。故雖然只是化用

「假名」卻仍受林氏「斷然拒絕」在先，並言明：「用此欺騙手段以惑人，使我必受莫大之損害，若果行之，我必與汝絕交。」而在獲悉台獨聯盟仍執意妄為後，林獻堂更當面怒責黃南鵬：「何不聽余言，而以林公望之名加入，是欲使余落於陷井〔阱〕也，此後與汝斷絕往來。他答語支吾，謂不日開會取消之，垂頭喪氣而歸。」（1955 年 4 月 30 日）日後林氏在和台灣友人論及此事，猶憤懣直言：「余亦告之獨立聯盟用林公望為主席、南鵬為副主席，以騙關西諸華僑，謂林公望則林獻堂也，使彼輩勇〔踴〕躍入黨也，魚目混珠，真是可恨！」（1955 年 5 月 17 日）縱使林獻堂心裡早已對國民黨政府不存期待而對台灣前途早已「另有主張」，為了保全自己返台後路與在台族人，卻仍然只能是「不能說的祕密」。

（三）林獻堂旅日不歸之因：因病說與因政說兼而有之

1. 因病說

　　主張林獻堂赴日是為治病療養的「因病說」，持此說者最多，如嚴家淦、丘念台、杜聰明、吳三連、林熊祥等。國府要員嚴家淦有言：「先生留日養痾，久而不瘳，嫌疑之際，人或不諒。幸中樞知先生之忠，禮遇弗替，先生亦自知也，處之夷然。迨先生歿，群疑乃釋，君子之道，闇然日彰，悠悠眾口，固不足為先生病也。」（〈憶灌園先生〉，頁 2）與林獻堂有姻親之緣，又有四十年交誼的丘念台說：「獻老赴日之因，或謂因病，或謂因政，以余所察知，主要實因病。蓋居東六七年，始則便溺苦痛，繼則步履需人，曾兩次手術，一次跌傷，終至客死他鄉；此非可作偽者也。」（〈追懷獻堂先生〉，頁 33-34）

　　檢視《東遊吟草》詩集前附李景堉寫於 1951 年 5 月的序，文中提到林獻堂來信告知「宿疾十愈〔癒〕八九，秋杪當言旋。病中得詩百餘首，欲於未返前付梓。」集中首篇詩作〈余因頭眩之疾欲就醫於日本賦別諸親友（民國三十八年九月）〉：「三山此去訪名醫，洗腦良方或可期。……紅葉滿林冬漸盡，興〔與〕君重見即斯時。」詩題即點明林氏赴日治病的目的和啟程時間，首聯也交代此行訪求名醫治癒頭疾的期盼，確實能呼應林獻堂向國府高層申請出國的治病理由，而末聯也交代求醫順利的話，冬末應該即可返台重會諸親友。

　　查核《灌園先生日記》，同年 11 月日記林獻堂有摘記寄吳主席（吳國楨）信的內容：「大意謂前年東來治療賤體，頭眩已稍癒，而攝護腺之疾繼起，去年十二月發病，治療兩個多月，經已漸癒。此番總經理王金海來此，預定與之同歸。不意本月二十日舊疾復發，痛苦異常，逗子又少有良醫，擬近日移居東京神田基督教青年會館。……待全癒即當歸去。」（1951年 11 月 10 日）交叉核對詩序與日記後，可見 1951 年秋天林獻堂確有返台計畫，只因舊疾復發而轉往東京求醫療治，故不得不繼續留日。

　　至翌年初夏林氏病情好轉，日記又有修寄次子猶龍信：「余衰病苦炎，待乎秋涼病癒便當歸去」（1952 年 6 月 3 日）之說。同年 6 月，林獻堂在日記中，記錄分寄國府陳誠院長、吳國楨主席、任顯群廳長、彭孟緝等人書信，俱告以「醫師斷定兩足將來不能行走，頗以為憂。乃於五月三日移居大仁溫泉療養，疾癒當即歸去。」（1952 年 6 月 11 日）不料，同年 10月 2 日卻在寓所滑倒以致右肩骨折，住院一個月始見痊癒。（葉榮鐘《年譜》，1952 年 72 歲）因無法提筆，日記至翌年元旦始重新再記：「十月二日滑倒，右手脫臼，入名倉醫院治療，今日始執筆寫日記」（1953 年 1月 1 日）。除了國府大員頻頻勸說歸台之外，次子猶龍也來信從公私兩面極力遊說，並以老父長年作客異鄉，實為不肖，況獻堂胞弟階堂病危，家族咸盼早日返台，以為支柱、以敘天倫。無奈病情反覆且多病纏身，林獻堂只能囑託秘書代為復信說明無法返台的苦衷：

> 　　父之東來，倏忽之間將滿五年矣，<u>初為觀光，繼因療養</u>。始因<u>血管硬化、頭眩、心臟擴大、攝護腺肥大</u>，治療經過，頭眩及心臟擴大皆已稍癒，<u>惟攝護腺肥大漸次加劇</u>，最近夜半小便不通，腹痛甚，或一次、二次、三次不等，<u>欲根本治療非手術不可</u>，未易歸台也。（1954 年 3 月 6 日）
> 　　久不與內子通信，身上雖疲倦，強起執筆，告以<u>患攝護腺之疾已四年矣</u>，今年漸次加劇，痛苦難堪，乃決意入東大泌尿器科受市川教授手術，……<u>臥床七日，遂得全癒</u>。今尿道不塞、不痛，終於得以安眠，健康漸次恢復……（1954 年 5 月 7 日）

　　1955 年 5 月，林獻堂總算治癒纏擾他四年的痼疾，手術後生活品質改善許多。妻子楊水心也攜家人前來探望與照顧，林獻堂的身心逐漸舒爽開

朗。然而好景不常，正值盛年的次子猶龍竟然在夜寢中因狹心症發作而猝死，「如聞晴天霹靂，大驚之餘，欲哭無淚，惟與內子相對悲哀而已。初疑為夢，詳詢之，始知前刻翠石傳以德在台灣打來之電話也。嗚呼！」（1955年5月17日）然後，妻子和家人只能倉促趕回台灣料理後事，「一聲珍亦不及道」，林獻堂痛心疾首的在日記中寫下一首七絕〈囑猶兒〉：「萬里重洋噩耗傳，如聞巨炮擊危巔；九原相待無多日，先為雙親覓一椽。」（1955年7月26日）由於痼疾已經手術治癒，又遭逢愛子英年驟逝，林獻堂遂有不得不歸的理由，加上昔日好友十人連名來信勸歸，林氏摘錄在日記裡的家書已透露歸台之志：

> 修寄天成之信，言猶龍死後，遺兒女九人，長女、次女雖已結婚，尚有七人教育正為當務之急，現母子共寄居於台中，殊為未妥。又<u>財產相續諸關係，余非歸台為之處理不可</u>，但期日尚未決定，如決定，當即通知。接黃朝琴、游彌堅、吳三連、黃國書、林柏壽、謝東閔、連震東、林忠、朱昭陽、<u>林根生十人，連名來書勸歸台灣，余之意更加堅固焉</u>。（1955年10月2日）

唯林獻堂日記輟筆於1955年10月31日。翌年1月因呼吸困難心臟衰弱就醫，2月病情惡化住院治療，3月治療無起色而退院返家，6月身體日益削瘦憔悴，呼吸困難轉劇，9月8日下午七時半病逝於東京久我山寓所，夫人楊水心女士與隨身秘書林瑞池隨侍在側，死因為「老衰症併發肺炎」，得年76歲。林獻堂為痛失愛兒而寫的悼亡詩，竟一語成讖的預告了他的即將不久於人世，而楊水心夫人（1882-1957）也在翌年溘然長逝。

2.因政說

持此說者認為醫病乃表面或次要理由，林氏滯日不歸的真實原因是對政治失望和灰心，友人蔡培火首立此說並推為主因。蔡氏於1955年9月中旬曾銜命往東京勸歸林獻堂，兩人在日治時期即有為「台灣議會請願運動」奔走的革命情感。蔡培火在文中說：「先生對我政府，確實有其誠懇之批評與主張，只因無人能使他信任而共謀改革，遂令其政治灰心，而甘久年漂泊異國，不踏故土。」（〈灌園先生與我之間〉，頁17）其後又為文重申：「獻堂先生最後在日本一段生活，殊不可僅以醫病為由而了之……。

先生赴日醫病乃其一面之理由，其離台之真實動機，實更深沉而複雜，從大處說，實因當時台灣之政治、社會、經濟關係之激變而使然。先生多年為台灣社會之中心人物，其舉動足以影響全台，光復後政治社會之形勢驟變，先生因之不無寂寞之感，況當時政治作風不如先生所期望，且經濟制度改革，驟然大受打擊，而大陸陷匪，人心惶惶，<u>為檢討公私處境，需要離開漩渦，此仍其赴日之最大動機也。</u>」（〈獻堂先生年譜校閱後誌〉）

　　覆核林獻堂《東遊吟草》，集中數量最多的實屬自傷身世與懷鄉憂國之作，其間也不乏言及滯日不歸的原因：如「啟蒙運動念年前，每遇艱危獨率先。今日所餘惟白髮，自漸無力可回天。」（〈次旨禪女士見贈原韻〉）、「故鄉人事如亂絲，何時安謐未可期。但願豐年民食足，共匡國難無相疑。（〈庚寅元旦〉）」、「傳來消息總關情，時事朝朝側耳聽。英美外交行各別，中蘇友好約將成。海南作戰攻偏急，台北興謠掃未輕。<u>自愧老衰已無用，惟祈民眾勿犧牲。</u>」（〈聞廣播有感〉）、「獨客滯他鄉，轉瞬一年過。朝朝何所事，遁樓把書坐。白髮日頻添，獨唱無人和。敢云與世疏，聊避俗塵涴。莫笑老病身，欲學安石臥。」（〈九月二十三日東來一週年今朝招瑞池等出遊以開懷抱想櫻花亦知主人之意特開一朵以助清興〉）、「底事異鄉長作客，恐遭浩劫未歸田。萬方蠻觸爭成敗，遍地蟲沙孰憫憐。不飲屠蘇心已醉，太平何日度餘年。」（〈次鏡邨氏辛卯元旦爐邊感作原韻〉）、「<u>埋頭人不見，豈是為逃名。祇恐渾荊棘，徒傷雪玉清。</u>（〈菜頭（蘿蔔）〉）、「長祈兵革能先弭，常恐風雲未易平。」（〈丘李鍾翁盧諸氏遁樓過訪喜賦〉、「亂世文章誰賞識，百年交誼見心期。遁樓月夜凭欄立，卻寄離懷賦短詩。」（〈次貢先生序東遊吟草賦此道謝並以奉懷〉）、「娛老琴詩殊有味，濟時衰朽已無心。養生但願勤調護，好共扶持翰墨林。」（〈次瘦鶴同社病中見寄原韻〉）。大抵都是自抒已是壯志消磨的老病之身，自慚無心也無力回天，餘年只望以琴詩娛老，與詩友共扶翰墨林。其歸隱避世之情雖再三致意直抒無餘，辭鋒卻也銳利指陳獨滯異鄉的原因，是「恐遭浩劫」、「恐渾荊棘」，但望鄉懷鄉之情卻溢於言表，看世變急遽難料，台海風雲數變，「自愧老衰已無用，惟祈民眾勿犧牲」，「長祈兵革能先弭，常恐風雲未易平」，其深致企盼之餘又不免憂心忡忡。

　　檢視林獻堂《灌園先生日記》，記有丘念台來寓拜訪，「與談時事，頗與余同感。稍喜蔣總統、陳誠院長能信他，以下之人多有疑為共產黨者，

去年八月則欲來，因此來而受阻礙也。此來為對華僑聯絡感情，先生仍居於此，勿歸去為是。」（1951 年 2 月 17 日）日記明顯表示當時丘念台確實得知國內有不利林獻堂的種種謠言，影射他和共產黨人或獨立黨人等過從甚密。丘念台本人也曾受謠言中傷之害而致無法出國，因此奉勸林獻堂先勿歸台而稍作觀望。隨後，1955 年秋 9 月，「培火來東京，蓋為勸余歸台，帶來嚴家淦、張群、丘念台之信，皆為勸余歸去。余問他之意如何，他言若現狀無變更，歸去亦可也。」（1955 年 9 月 16 日）避居異國遠禍靜觀台海發展的林獻堂，在日記中記載：「國際連盟開會，蘇連提出中共加盟，美國反對提出暫不議，投票採決，贊成蘇連者十二票，贊成美國者四十三票，加盟遂不能通過。<u>台灣現狀保持無動矣，歸台之念不禁攸然而生。</u>晚瑞池還，告之歸台之事。他不贊成，謂歸去即不能復來矣。余言以何應欽、蔡培火為保證如何，他言未可信也。」（1955 年 9 月 21 日）當林獻堂得知台灣政局與國際情勢趨於穩定，又獲擔任國民黨政府黨政要員何應欽等人的保證，復徵詢丘念台意見又獲首肯建議後，原先對於政局的忌憚似乎已可擱置。未料，隨侍身旁的貼身秘書林瑞池卻指稱何應欽等人的保證不可輕信，加上旅日台獨派核心人士黃南鵬等人的來訪並力持異說，遂再度動搖林氏返台的決心：

> 黃南鵬、山縣初男來訪，<u>勸余勿歸台灣，言昨日兩人往會何應欽，聽其意，謂勸先生歸台不是他之意，亦不是總統之意，皆是特務所託也。</u>台灣已成俎上肉矣，壽府（按：日內瓦）會議將宰割之也，若先生歸去，與黃朝琴同作一員之御用紳士而已。午飯後歸。竹軒四時餘來，亦言不可歸去，所言與前日大異也。（1955 年 10月 4 日）
> 三時餘子培來共雜談，待漱〔漱〕石去後，乃問子培，此回培火之來也，蓋為勸余歸台，君意以為如何，歸可乎，希為一示。子培力為反對，不可歸去。留之晚餐，共飲麥酒一杯，又看テレビ數十分間，方歸去。<u>余之欲歸，受諸人之勸告，遂變為不欲歸</u>。（1955 年10 月 5 日）

接著在蔡培火受國府之命前來密集力勸回台的攻勢之下，林獻堂日記記載其輾轉考慮和最終決定：

蔡培火自十三日到東京已兩星期矣，……他言此來表面雖為賜假兩個月，其實專為勸告先生歸台而來也，一、先生是台灣長老，不能使先生安居台灣，是台灣無善政所致也，蔣總統受非難不少；二、先生家族、親友甚盼望歸去，以慰懸念；三、台灣民眾泛而無統，若得先生歸去有所瞻仰。<u>余去年術，致死之病已去，甚欲歸去，但死一歸不能復出，又恐加一頭銜，命我做事。若無此二者，歸去亦可也。</u>（1955 年 9 月 26 日）

培火又來勸余歸台，其不憚煩真是人莫及。乃實告之曰，<u>危邦不入，亂邦不居，曾受先聖人之教訓，豈敢忘之也。台灣者，危邦、亂邦也，豈可入乎、居乎。非僅危亂而已，概無法律，一任蔣氏之生殺與奪，我若歸去，無異籠中之雞也。</u>（1955 年 10 月 24 日）

此趟林獻堂人生的最後旅程，於公，他的確有考察商務及日本戰後復元的事實；於私，他個人也有求醫治病的必要。從初為公務考察，繼而為個人治病，後因台灣內外交迫的險惡政局而演變成滯日不歸，而家鄉傳來愛子猝逝的噩耗成為他無法承受的痛，於是身心交瘁的他走上了人生的不歸路。其中，他對國府獨裁、貪腐又欺壓台人的惡政，不願苟同又無法坐視不管，加上對於人身自由與安全有疑慮，皆是促成林獻堂裹足不歸的複雜原因。身為棄地遺民而雍容剛毅、不露痕跡的林獻堂，雖然遠離政治漩渦，避居日本，卻始終對國府大員禮敬無缺，因此，他得以歸葬台灣故鄉，既保全了個人尊嚴與晚節，也護全了林氏家族，其苦心孤詣，於此可見。

五、結語

林獻堂身為名門望族之後，家大業大、動見觀瞻卻也動輒得咎。他雖然躊躇猶疑卻不昧於殘酷的政治現實，折衷於理想與現實之間，始終以「惟祈民眾勿犧牲」為原則，以柔軟、溫和的姿態虛與委蛇，或抵抗或妥協的與統治者周旋。於是，終日本殖民台灣五十年期間，他慣著西服卻拒斥配合皇民化改姓名運動；雖然不說日語卻也「勉強」力學，自慚善忘「記憶力不佳，雖多讀亦不能自由談話」（《日記》，1937 年 10 月 27 日）；厚結日本維新元老闆垣退助伯爵並加入主張日支親善的台灣「同化會」，以

抗衡殖民政策的高壓與歧視。以有為有守臨淵履冰的姿態，戒慎恐懼的管
理龐大家業外，更勞心勞力仗義疏財，投入台灣民族運動、文化啟蒙運動
以謀求台灣人的集體福祉，雖屢遭身心和經濟壓迫卻仍持守志節，以柔克
剛。聆聽天皇放送敗戰投降宣言之後，林獻堂不禁慨歎：「嗚呼！五十年
來以武力建致之江山，亦以武力失之也。……不意其若是之速也。」（《日
記》，1945 年 8 月 15 日》），然後是接連兩日的忙於共商治安維持之事，
輕描淡寫「余因精神興奮，一時餘尚不寐，乃服睡劑」。孰料，戰後台灣
光復回歸國府統治，卻帶來陳儀和蔣介石的獨裁專政，導致「二二八事件」
的報復性鎮壓和白色恐怖的驚駭夢魘，台灣菁英死、傷、慘、重，既重傷
台灣人的「祖國情懷」，也催生台灣人的「台灣意識」。林獻堂終其一生
苦心孤詣委屈求全的奮鬥，至此，「主權仍屬中國，而實行台灣自治」（《日
記》，1949 年 7 月 6 日》）的台灣夢——夢滅心也碎。

　　旅行，早已是林獻堂生命的常態，他經常席不暇暖、風塵僕僕的奔走
在「借來的」時間和空間中。旅行之於林獻堂的意義：可以借鑑取經，如
環球遊歷歐美諸國；可以厚結同道，利益家國。如拜謁日本朝野要人及資
助並團結留學東京的台灣青年，費時 14 載為台灣議會設置請願運動而奔
走日台之間。又如參加「華南考察團」、「光復台灣致敬團」，傾力促成
祖國和台胞的溝通、理解與信任；可以韜光養晦、避亂遠禍，如「祖國事
件」後為避右派囂張氣焰而赴日療傷治病前後達兩年十個月之久；可以療
傷止痛，如為林氏個人為療治胃疾、頭疾、足疾、攝護腺、動脈硬化、心
臟病、風濕痛等宿疾而赴日求醫；甚至可以遠離牢籠之苦，沈潛、觀察、
思考療救台灣之處方，藉此找到個人人生及家國未來的方向。他從環球之
旅中，目睹埃及、愛爾蘭、義大利的經驗和教訓，深刻體會唯有舉國上下
同仇敵愾，不屈不撓前仆後繼，始能大功告成。小國寡民的比利時和摩納
哥公國的經驗，則使林獻堂意識到「世界上無一土地、無一民族不可獨立，
唯視其自治能力何如」。美國獨立成功，乃英王苛政而咎由自取的教訓，
則充分證明「生於憂患，死於安樂」、「生於壓制，死於噢咻」的道理。
林獻堂早在《環球遊記》的評論中，就一語成讖地預言了日本殖民台灣的
終將敗北，也狠狠摑了後來的國民黨獨裁執政者一記響脆的耳光。[11]

---

[11] 詳見筆者論文〈他者之域的文化想像與國族論述——林獻堂《環球遊記》析論〉，

　　因此，走到人生暮年心灰意冷又老病纏身的林獻堂，早已不復當年那個英姿颯爽的「阿罩霧三少爺」。頻經浩劫又窮途末路的他與摯愛的台灣，都在危危顫顫蹣跚踽行不知所向的境地。於是，林獻堂再度踏上旅途，既為治病也為避亂遠禍，唯有跳脫政治漩渦和牢籠，才能冷靜沉潛思索未來。孰料，次子猶龍的夢中猝逝，讓林獻堂深受重創悲慟難抑，最後身心難荷而客死異鄉，在前殖民宗主國日本，歷史何其殘酷又何等諷刺！「團團孤寂一比較，何人使我輕出門？」（《東吟遊草》：〈己丑除夕〉），這是林獻堂對生平最後一趟旅程的詰問。雲封霧鎖的歷史迷霧終究有散去之時，歷史的解答早已保存在林獻堂的詩集和日記中，等待愁雲慘霧移除後的大白於世。林獻堂的經驗和教訓，也將成為後人借鏡的青史。

主要參考文獻

一、專書

林獻堂著，許雪姬等編注：《灌園先生日記（1）～（27）》（1927-1955），台
　　北：中央研究院台史所、近史所，2000-2013 年。

林獻堂著：《林獻堂：環球遊記》，台北：天下雜誌社，2015 年。

許俊雅編注：《梁啟超與林獻堂往來書札》，台北：萬卷樓圖書公司，2007 年。

黃富三著：《林獻堂傳》，南投：台灣文獻館，2004 年。

葉榮鐘著：《台灣人物群像》，台中：晨星出版社，2000 年。

葉榮鐘編：《林獻堂先生紀念集》，台北：海峽學術出版社，2005 年。

二、期刊論文

何義麟：〈危邦不入，亂邦不居——世變中的林獻堂先生之參政與隱退〉，《台
　　灣文獻》第 50 卷第 4 期，1999 年 12 月。

林博正：〈《灌園先生日記》序〉，收於林獻堂著、許雪姬主編：《灌園先生日
　　記（1）1927 年》，台北：中央研究院台灣史研究所籌備處，2000 年。

許雪姬：〈林獻堂先生日記的史料價值〉，《近代中國史研究通訊》20 期，1995
　　年 9 月。

許雪姬：〈林獻堂著《環球遊記》研究〉，《台灣文獻》第 49 卷第 2 期，1998
　　年 6 月。

許雪姬：〈跋：《灌園先生日記》全套廿七冊出版完成記〉，收於林獻堂著、許
　　雪姬編註：《灌園先生日記（27）1955 年》，台北：中央研究院台灣史研究
　　所、近代史研究所，2013 年。

許雪姬：〈「台灣日記研究」的回顧與展望〉，《台灣史研究》第 22 卷第 1 期，
　　中央研究院台灣史研究所，2015 年 3 月。

張惠珍：〈他者之域的文化想像與國族論述——林獻堂《環球遊記》析論〉，《台
　　灣文學學報》第 6 期，2005 年 2 月。

廖振富：〈林獻堂詩與近代台灣〉，《竹塹文獻》第 13 期，1999 年 11 月。

三、其他

《灌園先生日記》全套 27 冊（電子資料庫），台灣日記知識庫，中央研究院台灣
　　史研究所。

書評書論

豐富的模糊性

——《1949 禮讚》讀後

■周志煌
（政治大學中文系教授）

由於有了 1949，我們的世界觀完全不一樣了。抽離了 1949，我們的親友網脈就不完整了；抽離了 1949，我們就缺少一塊足以和世界對話的宏闊背景。1949 是個包容的象徵，……1949 使得「台灣」、「台灣人」、「台灣文化」的內涵產生了質的突破。每一位島嶼的子民都不再鬱卒，它們與島嶼相互定義，彼此互屬。———（《1949 禮讚》（台北：聯經出版公司，2015 年 9 月，頁 40）

一、意圖、手段，以及目的之間的錯綜弔詭

《1949 禮讚》一書，為楊儒賓教授介於學術及通俗之間的一本著作。「禮讚」一詞，即含有價值評判在裡頭。作者對於 1949 年這一大時代的意義歸屬與價值認可，已如上述徵引文字所云，尤其作為「新意」的闡述與表達，屬於 1949 的「舊論述」，無論在語言、習俗、血緣上的著墨及捉對厮殺的闡釋，顯然都走不出意識形態的藩籬。也因此在「不得不鬆綁」前人論述的前提下，《1949 禮讚》一書含括的論述層面及所引起的讀者迴響，相較於學院派的學術專著，也顯得更為熱絡且廣泛。當然，這樣的筆觸需要擁有豐沛的知識脈絡，思辨邏輯的縝密，以及深厚的文化素養才能有所馴至。也因此，任何單一觀點的評判（尤其是特定政治意識形態的立場），都不足以含括《1949 禮讚》整本論述的多元面向及人文關懷。

楊教授在此書中，除了將 1949 渡海南遷，視為是國史上足以與東晉永嘉渡江、南宋靖康渡江相提並論的三大南遷事件。另外，此書也將「1949」

與台灣幾個歷史的大事件合而觀之：首先是 1661 年鄭成功趕走荷蘭人，漢人移民成為台灣社會文化變遷的歷史主軸慢慢確立；其次是 1895 年台灣割讓給日本，台灣淪為帝國主義者的殖民地，但也逐步接受「現代化」的洗禮，並由此進入世界體系。然而相較於前兩次台灣歷史的指標年代，1949 年國民政府敗退遷台，帶來中國大陸各省的大量移民。誠如楊教授書中所述：「這個失德的政權被趕出了中國，它轉進了台灣，隨後卻將這塊救命的島嶼塗抹成所謂的自由中國。……中國大陸的文化與人員因素也因進入台灣，才找到最恰當的生機之土壤。在戰後的華人地區，台灣可能累積了最可觀的再生的力量，其基礎教育、戶政系統、公務體系的完整都是中國各地少見的。」（頁 33、35）透過政治符碼的操作，「自由」二字的確成為對抗共產世界，召喚某些嚮往「民主、自由」的讀書人認同台灣這塊島嶼的重要符號。1949 年以後政治意識形態的對峙，當對岸在進行「反右」、「文革」等殘害知識分子與傳統文化的作為，台灣從海外、香港等地請回來了胡適、林語堂、錢穆，以及吸引了包括新儒學在內的學術領航者，這些不同屬性的學術文化人士落腳台灣，政府「禮賢下士」的作為博得讚譽，加上後來所成立的「中華文化復興運動委員會」，以及教育體系強化「中國文化基本教材」之教授，1949 以後台灣政府主導的作為，其文化意圖雖非純粹，但結果大抵也積累展示了正面的文化能量與效應。誠如楊教授所說：「1949 最大的意義恰好不在一時的政治得失，而是整個漢文明甚或東亞文明板塊的轉移」（頁 56）。歷史的詭譎，往往牽繫於人事，而意圖、手段，以及目的之間的錯綜弔詭，卻也常常帶來「豐富的模糊性」之思潮風尚。從莊子寓言的隱喻來看，當「倏、忽」欲報混沌之德而為之鑿出七竅，導致混沌因而死亡，所謂的善意動機也可能帶來「惡」的結果。「愛台灣」的政治符碼，近些年來曾經成為操弄族群對立的工具，我們不能否認這些「愛台灣」的島民他們在「心志倫理」上所屬的善念，但擺脫身分、省籍的切割與分化，混沌不分有時更從「模糊性」中顯示其超越對立，愈近於「道」，而展現其無所不包、無所不在的豐沛意義及真理價值。「1949」作為歷史文化的里程碑，如從此處觀察，不也提供給我們一種屬於個人修養、文化體證，乃至與世間萬有合參的重要憑藉。

作為亞洲大陸東陲，太平洋西緣的一個島嶼，台灣並非是一個與世隔絕的樂土，島嶼上的人民，是來自四面八方的「綜合體」，尤其是 1949

年之後所帶來的巨大能量，它既可以不斷給予周遭日、韓等地區體會傳統
中國文化的熱能與光源，它也可以不斷吸收新的世界思潮與之參照及對
話。近年來文化論述頗為流行的移動、有機、調適等研究視角或方法論，
其實也正是《1949 禮讚》此書所繼承的。而這樣的觀點及價值評判正可以
超脫於共產黨、國民黨史觀，以及台獨主張等單一史觀及政治意識形態論
述。如果用任何機械式、靜態性、單一化的觀察來處理 1949 的歷史，都
只能說是「見樹不見林」。而之所以有此重重迷障的遮蔽，正是因為不能
拉遠時間距離及空間界域，未能豐厚一己的人文深度，來承認 1949 作為
歷史關鍵及其前後變化所展現的多元價值。美國著名的批判社會學家丹
尼‧貝爾（Daniel Bell）在其巨著《資本主義的文化矛盾》當中，曾表示
自己「在經濟領域是社會主義者，在政治上是自由主義者，而在文化方面
是保守主義者」。這種「並置組合型」的思想結構已被視為是一種典型的
現代思想模式。文化不該成為政治的附庸，也無需為政權的更迭與權力轉
移背書。歷史也不該被化約成機械性的對待，多元思維並非口號，但只有
擺脫「意識形態」（早年殷海光先生譯為「意底牢結」頗為傳神）的糾葛，
才能從封閉困頓的迷障中走出，與歷史境遇中的同儕，乃至與自身不同的
族群進行開放性的對話。

二、和而不同：「種子」與「現行」之間

　　楊教授其人，出入儒釋道之間，談靜坐，言儒門中的莊子，都可以見
出其治學不拘一家，立場不囿一格的宏觀與氣魄。頗得宋明儒者「孔顏樂
趣」的箇中三昧。對其而言，「盈天地皆心」，世間萬象自有其活潑自在，
趣味盎然的生生和諧之道。天地萬物生命秩序之所產生，正來自於陰陽二
個意象符號及其所展示的盈虛消長變化，從對立到調和，從矛盾到統一的
往復循環之常軌。唯有如此，方能成就生生不息的推動力量，歷史的巨輪
也才能不斷前進。從歷史經驗來說，所謂合久必分，分久必合，雖顯現佛
家所云「無常」之狀，但也因其「無常」才能成就一切萬法的暫存。新儒
學大師唐君毅、牟宗三、徐復觀等諸位南渡到香港、台灣，他們一方面現
身說法，展示「君子無終食之間違仁，造次必於是，顛沛必於是」、「任
重而道遠」的儒者襟懷；另一方面也同時告訴我們，作為一個歷史現象的

見證者，「孔顏樂趣」並非紙上談兵，而是生命的學問，行動的實踐。《1949禮讚》一書除了可以看出楊教授所屬傳統學術文化浸潤的一面；同時又可以看出其深受西方「自由主義」精神的感召，尤其1949年以後來台的胡適、殷海光等在台灣島上灑下的自由主義「種子」，在其起「現行」的薰陶底下，包括楊教授在內，一群自由主義的奉行者，在台灣解嚴以後，經由批判統治權力，透過公共論壇及媒體話語，成為促進社會省思進步重要的一股力量。而相關學者喜歡聚集的台北「紫藤廬」，也猶如此書筆下所述日治時代台中霧峰「萊園」，都成為替台灣把脈治病，揭示社會進步方針，推動新思潮力量的重要據點。

　　當對於蔣氏父子及國民黨的咒罵及仇恨不斷在每次選舉中的島嶼發酵，個人的功過是不應該讓1949這個大時代裡頭的其他參與者被波及與淹沒，尤其政治權力雖然讓我們看到人性墮落腐化的一面；然而相對的，黑暗之中，也常讓我們看到人性的曙光，在不分族群、省籍當中，相互扶攜濟助的事例，告訴我們的是更多超越現實利益，永恆的人性價值輝光。「流亡」、「離散」往往讓一個思想家及文人的寫作顯得更為豐沛，也因為這種身體及心靈世界的移動，1911年的梁啟超，才能在霧峰林家，與林獻堂、林朝崧、林幼春、湯覺頓等人聚會唱和，共思台灣的前途。而1949之後，新儒大家徐復觀，才有機會與台灣重要的文人及社會運動實踐者，如莊垂勝、張深切、葉榮鐘等，建立深厚的情誼。除了這些文化界的「大人物」外，文物收藏家趙老（趙中令）與青年學者楊儒賓的忘年之交，書中敘筆寫來格外生動與親切。當強調「1949是個包容的象徵」，可以說《1949禮讚》的人文關懷，脫離不了以「人」為主體的思考，楊教授專精儒學研究，深諳西方哲學及文化理論，在西方倫理學上，儒學被視為是柏拉圖、亞里斯多德所代表的「德行論」（virtue ethics）立論相近。社會學家韋伯（Max Weber）曾經指出：「人是懸掛在自己編織的意義之網」，當代人類學家格爾茨（Clifford Geertz）即指出「文化」就是這樣一些由人自己編織的意義之網。值此，文化的中心問題可以說是「意義」（meaning）的問題。人倫和諧之道，可以說正是展現在這些不同的「意義」之間的互相觀察與溝通。當面對各種「主義」（「意底牢結」）的當道，《論語・子路》所云：「君子和而不同」，強調和諧追求的前提是承認彼此有所差異。換言之，文化的意義之網一方面已經超越了地域、國族，成為人生存之信

念與價值之所在（和），另一方面，每一人經營生活、擷取人生意義的形式或管道容或有所差異（不同），則不同人群及其文化也應受到相當的保護與尊重，人的生活才能在多元價值的肯定中獲取實質之效。

三、歷史的鏡像：重層無礙與迴照

照鏡者往往看到的是影像而非真實的自我，鏡像之中也往往只有照鏡者被放大，而其他周邊事物相對的被縮小到微不足觀。然而歷史的真相，並非鏡中幻影及個人舞台，《1949禮讚》不免讓人想起奧地利作家茨威格（Stefan Zweig, 1881-1942）的著作《昨日世界：一個歐洲人的回憶》，兩本書同樣涉及戰亂及離散流亡等相關背景，雖然書籍作者背後的心境及書中語調有著些許的差異，《昨日世界：一個歐洲人的回憶》是茨威格的自傳，寫的不只是個人一生，而是一個「歐洲人」，他如何參與並見證了人文薈萃的歐洲城市，所經歷的風華絕代及在兩次世界大戰期間的動盪與摧殘。書中敘說許多文人故事，「人」與「城市」諸多鉤合連結，一如《1949禮讚》當中，也提供了台灣諸多城市建築（如新竹車站、清華校園、霧峰萊園）風貌，展示其與政治人物、學者文人，乃至庶民百姓關係的構圖。當空間與人的故事娓娓道來，人情的「溫度」逐漸打開了塵封的歷史記憶。茨威格在《昨日世界》的〈序言〉曾如此說道：「我之所以讓自己站到前邊，只是作為一個幻燈報告的解說員；是時代提供了畫面，我無非是為這些畫面作些解釋，因此我所講述的根本不是我的遭遇，而是我們當時整整一代人的遭遇」。

《1949禮讚》雖敘說了許多要角與小人物，但芸芸眾生，仍有筆觸未盡之處，有待楊教授敘筆「再讚」、「三讚」。例如書中提及1949以後，代表自由主義的殷海光、推動新儒學的唐、牟、徐三位，他們在台灣學院的播種及弟子群們在民間講學的扎根，成為1949之後台灣學術文化重要的圖像。而佛教部分，1949年以後太虛大師「人生佛教」精神跨海來台，經由印順、證嚴師徒努力，也在台灣有了了「人間佛教」的開花結果。然而不論是自由主義學者、當代新儒或人間佛教，仍不足以代表1949年以後台灣知識及宗教界的全貌；即使棲身於閭巷之間的趙老（趙中令），也僅是庶民階層當中的某個縮影。

　　按照年鑑學派的概念，歷史本來就是在偶然性中書寫的，歷史不只是幾個領袖人物的演出，在他們演出的同時還有著社會和時代背景在產生作用，這些偶然性都可以說是一種文化氛圍的體現。因此，在這氛圍之下，宗教方面除了佛教，還有民間教派，例如一貫道如何從於1946年由上海、天津等地分別傳入台灣，到1949年以後逐步獲取大批信眾，擴展其社會影響力，並由早期在台被視為「邪教」打壓，到合法化成為台灣最大的道門。相似的還有1949年以後成立發展的「世界紅卍字會台灣總主會」，延續民國初年在山東創立的「世界紅卍字會」，其所倡議的「儒道釋基回」五教同源教義及推動世界性的慈善事業，這些民間教派深入社會底層，以印製善書為修持，並將之視為是復振傳統文化及倫理道德的根本，這些民間教派的教義傳播及在台影響都不容小覷。

　　另外，作為傳媒重要力量的報業，自由主義派的報人無不懷念當年余紀忠先生主持下的中國時報，在威權統治底下還能保有某種自由的風格與氣息，尤其1944年生於陝西西安，1949渡海來台筆名「高上秦」的高信疆，在其擔任人間副刊主編期間，開闢「海外專欄」，以「海外華人」及「中國文學及世界文學」為邀稿對象與主題，擴展了島嶼內部文學文化與世界潮流的接軌。更不用說人間副刊於70年代對於台灣鄉土文學文化的報導所帶來巨大的貢獻，沒有傳媒的力量，洪通、陳達、朱銘這些名字可能是台灣藝術殿堂的缺席者。作為人間副刊競爭對手的聯合報副刊，同樣在林海音等外省主編的賞識之下，才讓鍾理和、黃春明等客語、台語文學有機會嶄露頭角，綻放其文采光芒。其他諸如戲曲界的俞大綱對於本土青年林懷民、施叔青、邱坤良等人的提攜，才有台灣70年代以後新的文學、文化活力之注入。諸如此類人物及豐沛的歷史文化，不也都是拜1949之賜，是否也應該對之加以禮讚與頌揚？

　　當然，我們期待此書的後續發掘及深化，尤其身處於現今人與人關係疏離，生命存在缺乏意義，且因價值與目標的失落而令人感到不安的年代，對於一個逝去時代的扣問，正是吾人對於逐漸凋零，屬於1949年的歷史參與者之致敬與追緬的方式。

從《民國老試卷》看民國想像與民國氣象

■張堂錡

（政治大學中文系副教授）

一、「民國熱」：大眾文化的民國想像

　　當千年帝國於辛亥起義後成為過往雲煙，隨之建立的「民國」在歷史關鍵時刻誕生，這就注定了「民國」將成為中國歷史上承先啟後的重大里程碑。自晚清以來諸多仁人志士、學者文人所追求的「新中國」理想，在1912年成為事實。儘管「民國」在大陸階段因為種種原因而最終被「共和國」取代，但那38年的民國歷史確實是空前而獨特的。如果沒有民國的機制與框架，劃時代的「五四」能否躍上歷史舞台，30年代文學能否繁榮興起，文學社團能否大小林立，各種文化思潮能否風起雲湧，恐怕都有疑問。「民國」之所以能在繼往開來的歷史風雲中發揮如此巨大的推力，原因可以在政治、經濟、社會、法律、文化、外交、傳播、文學等不同面向進行探討，其中尤其不能忽略的是教育機制對整個民國發展所產生的作用。

　　從北大、清華到西南聯大，從蔡元培到梅貽琦，短短38年，造就了許多學術大師、文學大家，以及推動社會進步的文化大眾，如果沒有民國時期思想自由、兼容並包的教育理念與校園環境是辦不到的。於是，我們看到了「大師雲集」、「名家輩出」的「民國氣象」。以存在於民國時期僅僅九年的西南聯大為例，有朱自清、楊振聲、沈從文、聞一多、錢鍾書、朱光潛、馮至等一批學者、作家，也有馮友蘭、吳宓、陳寅恪、錢穆、王力、金岳霖、劉文典、傅斯年等學術名流，更培養出了穆旦、杜運燮、汪曾祺、袁可嘉、鹿橋等一代年輕作家，以及楊振寧、李政道等一批傑出的科學家。面臨抗日戰爭空前的民族危亡關頭，民國的教育部堅持「戰時如平時」和「抗戰建國」並重的教育主張對西南聯大的成功辦學有不可抹滅的作用。

　　文學也好，學術也好，都是在民國框架下進行的。在鹿橋小說《未央歌》的世界裡，我們看到民國學子愛人愛國的真摯情懷；在沈從文小說《長河》裡，我們看到民國作家對民族文化問題的深刻思索；在馮友蘭《貞元六書》、王力《中國現代語法》裡，我們看到了民國學人學術追求的勤奮精神。至於和民國一起成長、以「五四」榮耀了民國歷史的北大，其名師之多，名人之眾，影響力之深遠，更是在民國體制內才有如此輝煌的成就。可以說，民國大學培養了民國大師，民國大師則輝煌了民國教育，而這些民國大師的風範與身影，至今依然令人仰望。

　　當然，儘管「民國」時期確實有著令人緬懷或感佩的諸多故事在流傳，但這並不意味它是一個「美好時代」，翻開民國史，各種藏污納垢、貪污腐敗、黑暗統治、民不聊生的現象同樣俯拾可見，否則它也不會被推翻甚至被取代。然而，又不能否認，在「民國」這個「舊社會」裡有著迷人的「新氣象」，歷史的迷霧曾經封鎖了它，政治的喧囂曾經淹沒了它，直到辛亥百年前後，人們才突然「發現」了「民國」，發現這個時間上如此之近、面貌上卻又如此不同的「民國」。一股「民國熱」在學界、文化界、民間開始流行起來。

　　所謂「民國熱」，其實是媒體與出版界在推出一系列有關民國話題、民國人物、民國往事的書籍和文章中，所製造出來的一種帶有趣味的大眾文化熱潮，透過許多民國記憶的鮮活細節，激發出人們對民國歷史的召喚與想像，於是「民國範兒」成了流行詞彙，過去的「民國」種種，例如民國服飾、民國飲食、民國公子、民國奇女子、民國黑社會、民國八大胡同、民國土匪等，都成了大眾文化中被強力消費的流行題材，毫無疑問，這其中多少帶有獵奇、窺隱的心態。但值得注意的是，還有一批以「民國」為討論對象的書籍，例如涉及民國教育的就有沈衛威《民國大學的文脈》、潘劍冰《民國課堂》、張傳敏《民國時期的大學新文學課程研究》、謝泳《西南聯大與中國現代知識分子》等，甚至還有《民國時期小學語文課文選粹》、《民國老課本》等書的出版，這一批書雖然也被匯入了「民國熱」的大潮中，但市場消費的考量顯然不是主要，而是試圖從學術、史料的角度，還原民國的許多歷史真相，呈現民國豐富的多元面貌。

　　由么其璋、么其琮編選的《民國老試卷》，無疑的正是屬於後者。

二、《民國老試卷》：民國氣象的學術還原

　　《民國老試卷》在一片「民國熱」出版品中顯得冷靜而單純。沒有過多臆測或猜想，也沒有過度解釋或誇大，它只是將 20 世紀 3、40 年代包括國立、省立、私立、教會等五十多所大學的招生試卷考題，按學科分為國文、英文、數學、史地、物理、化學、生物和其他（含公民、簿記、經濟等）共八部分予以列出，供今日讀者參考，試圖透過試卷和考題這種特殊的文獻形式，展現民國教育特質與社會風貌。對今日的考生而言，這些試題真的是「考古題」，而且頗有難度，以國文科的題目來看，不管是作文、翻譯或語文常識，想考高分恐怕並不容易。

　　如果從「歷史文獻」的角度來看，這批考古題還有「招生」之外的其他意義，這些意義使這批試題有了特殊的價值和教育的啟發性。誠如此書的推介所述，包括錢鍾書、何炳棣、季羨林、金庸、陳省身、葉嘉瑩、錢學森、楊振寧等眾多名人都曾在民國時期參加大學招生考試，而胡適、朱自清、陳寅恪、葉公超、錢穆、吳大猷等名家、學者都曾參與過命題工作，這些試卷的價值由此可見。

　　翻閱這些民國時期大學招生的試題，尤其是國文科的題目，我們可以感受到當時國學西學碰撞、文理知識互補、讀書救國並重的時代氛圍，特別是抗戰時期的試題，更有著特殊時代的特殊考量。所謂「民國氣象」，在這些真實的試卷中可以窺見一二。

　　例如，民國大學招生與命題的自主性。雖然南京國民政府從 30 年代初曾試行全國統一招生，抗戰初期也有過聯合招生、統一招考，但 1941 年起，因為戰亂及交通不便，統一招考被迫中止，自主招生還是主要的方式。大學招生的自主性，充分表現在自主命題上，例如 1933 年國立中山大學的作文試題竟然是：「蔣介石對日不抵抗，宋子文在歐美大借款，試述其事實而評論之」，這不僅是「時事題」，命題者的判斷與立場其實已在其中；1933 年河北省立工學院的試題是：「說明農村破產之原因並籌救濟之法」，1942 年國立武漢大學、四川大學、東北大學的題目則是：「政府在抗戰期間對於諸生不徵之使從軍而招之使求學，其意義安在？試申述之。」對抗戰時勢有立即的反映。抗戰結束後的 1947 年，安徽大學的作

文題是：「安定戰後民生以何為急務」，北洋大學則是「論民族主義在我國今日之重要性」。類此的命題充分顯示了各大學為招攬人才而靈活地將時事融入試題的用心，校園自主性可以說得到了一定的保障和實踐。

又如，愛國救國精神的提倡。民國時期的戰爭不斷，尤以抗戰最長久而慘烈。透過大學招生的命題，將青年報國的精神、救國的途徑予以張揚，也是民國試卷中的一大特色。東吳大學 1933 年的作文題是：「論青年救國之方針」，中正大學 1942 年是「國家至上釋義」，浙江大學 1946 年則是「學術建國」，西北農學院 1946 年的作文題是：「建國時期青年應有的認識」。這些試題促使考生思考國家前途與救國之道，從某個側面反映了民國時期的歷史現實。

此外，重視大學生自身修養也是民國試卷常見的命題內容。命題者提出了許多問題讓考生思考，如 1933 年南開大學的作文「大學生讀書應持的態度」、北平師範大學的「你進了師範大學以後，求學的計畫怎麼樣」、浙江大學的「大學生的責任」，1936 年北京大學的「你從讀書以來，對於學問的興趣經過幾次轉變？試說明其經過及原因。」這些問題，對今日的讀者依然有其啟發性。

除了試題本身所富含的教育意義與民國特色，本書還有一個「亮點」，那就是編選者么其璋、么其琮兄妹。么氏家族是民國時期的教育世家，曾創辦新式學堂、出版社(盛蘭學社)，家人多從事教育工作。盛蘭學社由么文荃創辦，出版過文學作品《七姊妹》、《洞房花燭夜》、翻譯《范氏大代數》，以及中學生課外讀物等書，維持到 1949 年結束。1918 年生的么其璋是么文荃之子，北師大英文系畢業，終生從教。么其璋的幼妹么其琮，1920 年生，15 歲即考上北京大學數學系，同時亦擅長文學創作，作品曾得到時任北大文學院院長胡適的表彰勉勵。么氏家族見證並參與了民國教育的變遷發展，兄妹二人更是民國中人，參與過民國大學的招生考試，他們編選《民國老試卷》想來也是別有深意在焉。

正是在這些試題的考驗、篩選下，造就了一代民國大學生，以及脫穎而出的許多民國學者、文人。假如「民國範兒」是一種美好的民國想像，那麼，當我們追問這個現象背後的本質，即「民國」是如何成為「民國」時，或許，這些老試卷已經提供了一個思考點，一個深入體會民國的切入點，以及，一個解釋「民國氣象」的可能。

三、台灣的大學招生與命題

在大學招生制度和命題策略上，台灣在 1949 年以後有許多改變，也有一些延續。和民國時期的大學招生相比，台灣在 1949 年至 1954 年間仍循往例採各校院單獨招生，1954 年後才實施統一聯招制度。為了達到統一考試的公平性，在官方制訂的課程綱要之下，由「國立編譯館」編寫統一的教材，「一綱一本」實施了很長的時間，直到 1994 年因為實施教育改革，採行多元入學方案，考試分發、推薦甄選並行，學生才終於擺脫了以往「一試定終生」的升學型態。高中教科書也由官方統一編寫改為由民間自行編撰，各校可自行採用目前五家民間不同版本的教科書。而 1989 年成立的「大學入學考試中心」則取代了長久以來由教育部下轄的大學「聯合招生委員會」，負責有關入學考試的各項事宜。其中有關試題的研發就是大考中心重要的工作。

在命題方面，台灣的大學招生試題類型主要為論說、問答、解釋、填充、演算及翻譯等，這和民國時期的試題類型差距不大。1973 年起為求增加評分的公平性，各科開始全面採用測驗題，但保留國文作文題型。可以說，從 1973 年起，除數學科外，選擇題型一直是各考科試題的主流。直到 1985 年，各科考題才又恢復非選擇題型。

為落實民族精神教育的基本政策，1953 年起，專科以上學校入學考科加上了「三民主義」，和國文、英文同列為共同考科。「三民主義」即民國時期「黨意」一科的化身，直到 2000 年以後，「三民主義」才不再列入考科。

從國文科的寫作命題來看，從 1954 年至 1990 年間出現的題目和民國時期十分類似，例如「論國文之重要」、「學問為濟世之本」、「讀書的甘苦」、「論己所不欲勿施於人」、「勤能補拙儉以養廉」、「遷善改過說」、「仁與恕相互為用說」、「論現代知識青年如何培養義務感與責任心」、「言必先信，行必中正說」等，而在早期意識型態主導的時代，也不免出現如「邀請海外學者回國服務書」（1960 年）、「反攻前夕告大陸同胞書」（1965 年）等帶有政策性引導的題目。

為了擺脫長期以來作文命題給人八股、教條的印象，近十年來（2005-2015）有了較為靈活的調整，開始強調與生活結合、從自身體驗出

發，於是出現了「失去」、「走過」、「如果當時…」、「逆境」、「雨季的故事」、「回家」、「想飛」、「探索」、「遠方」、「我可以終身奉行的一個字」等可以讓學生發揮的題目。當然，透過寫作表達個人看法的題目一直是命題的主流，例如「學校和學生的關係」、「舉重若輕」、「自勝者強」、「人間愉快」、「應變」、「寬與深」等，就是近年來這一類的題目。2018 年起，國文科的寫作能力測驗將改採獨立施測，不再是國文科考試的一部分，且將採長文和短評的寫作型態，素材可能跨越社會、自然領域，如此一來，將可以讓學生的寫作能力有更完整、多元的呈現。

　　從試卷的命題策略與發展歷史，我們可以看到一個時代潮流的縮影，社會現象以及人心風氣的變遷起伏。從宏遠的角度看，《民國老試卷》絕不僅僅是考題，而是時代，是歷史，其真正的價值應該就在於此。

圓桌座談

【圓桌座談】
1949：民國文學、歷史、思想的交會與分流

■黃月銀
（政大中文所博士生）
整理紀錄

【時　　間】2016 年 11 月 12 日（週六）14:10-16:00
【地　　點】政治大學百年樓 309 會議室
【主　　辦】政治大學文學院「民國歷史文化與文學研究中心」
【協　　辦】政治大學中文系
【座談學者】引言：張堂錡（政大文學院「民國歷史文化與文學研究中心」
　　　　　　主任）
　　　　　　主持：陳芳明（政大講座教授）
　　　　　　出席：李瑞騰（中央大學文學院院長、中國現代文學學會理
　　　　　　　　　事長）
　　　　　　　　　周惠民（政大歷史系特聘教授、人文中心主任）
　　　　　　　　　陳國球（香港教育大學人文學院講座教授）
　　　　　　　　　楊儒賓（清華大學中文系講座教授）

張堂錡：「1949」是研究民國文學不能避開的關鍵年代

圖1：「民國歷史文化與文學研究中心」張堂錡主任引言致詞

各位師長、同學，大家午安！

很高興能在 11 月 12 日紀念國父孫中山先生誕辰 150 週年的日子，舉辦這場圓桌座談。本來的構想是閉門會議，將文字紀錄整理後登載於「民國歷史文化與文學研究中心」出版的《民國文學與文化研究》學術半年刊，但轉念一想，這些重量級學者平日都非常忙碌，能夠齊聚一堂，難能可貴，所以與陳芳明教授商議，借用他的課堂促成今日的學術雅聚。我們知道，楊儒賓教授出版了《1949 禮讚》（台北：聯經，2015）一書，引起廣大迴響，今天這場座談會的舉辦可說也蒙受了這本書的啟發。如果能拋開政治，以思想、文化視角深究文學與歷史，特別是「1949」這個關鍵年代，相信對同學從事研究將多有助益。

「現代文學」作為學科概念與學術名詞，其內涵與意義變動不居，20世紀出現「新文學」、「20世紀中國文學」、「百年中國文學」等名詞，說明此學科概念尚有討論空間。21世紀伊始，王德威、史書美提倡「華語語系文學」，澳門大學朱壽桐主張「漢語新文學」，北京師大李怡等則倡議「民國文學」，這些名詞的提出均試圖對已然存在百年的學科概念進行

補充、修正與調整。雖一時間難以取代「現代文學」作為最大公約數存在的事實，但可促使我們思考「現代文學」的複雜性和豐富性。

為提倡「民國文學」，政大於 2013 年成立「民國歷史文化與文學研究中心」，每半年發行中心通訊，現正籌備第 5 期發行。且每半年出版一冊學術期刊《民國文學與文化研究》，第 3 輯即將出刊。亦曾主辦或協辦過三場學術會議，於研究所開設「民國文學珠專題」課程。在研究「民國文學」的過程中，我們可以注意到幾個關鍵年代：

1912 年民國成立，1917 年新文學運動開始，1919 年五四運動，1927年全國統一，1937 年對日抗戰，1945 年抗戰勝利，1949 年江山易主，政權轉移。個人以為「1949」的意義與重要性完全不亞於「1919」，目前學界對「1919」的討論，成果豐碩，然而對「1949」則相對忽視，其中當有政治等因素影響。中國現代文學學會將於 12 月 25-26 日舉辦「跨越 1949：文學與歷史國際學術研討會」，也是促成今日辦理這場圓桌座談的動機之一，期能藉此良機集中討論「1949」，更深入探究文學、歷史、思想、文化等不同層面中有關「1949」的相關議題。

感謝各位學者專家的撥冗蒞臨，接下來將今天座談的主持工作交給陳芳明老師。

陳芳明：重新解釋，開啓新的思維與視野

圖 2：政大陳芳明教授講述台灣文學史的多元面貌

　　謝謝。順著堂錡老師方才所指 1917 年、1927 年、1937 年的時間理路，我覺得 1947 年發生了二二八事件，也是一個很重要的關鍵年代。2011 年我寫《台灣新文學史》最終章，斷言台灣將成為新文學的重鎮。不可否認，「1949」在其中扮演了很關鍵的作用，很多新文學的發展都是在 1949 年以後開始發生轉折。作為台灣文學的研究者，不可能永遠閉鎖於台灣，過去希望能回歸本土，現在則必須打開研究之門，持續向外前行。既頻頻回首，復又瞻望未來。

　　楊儒賓教授《1949 禮讚》一書喚醒我們豐富的記憶，朗現許多從未想過的觀點，尤以思想和文化方面最為龐大。幾年前出版界也曾吹起一陣「1949」風潮，例如齊邦媛教授的《巨流河》、龍應台所著的《大江大海 1949》，《巨流河》描述個人經驗，龍應台《大江大海 1949》則藉由訪談，在香港閉關一年多而成書。兩書均聚焦於漂泊與時代流亡。出身中文系的學者楊儒賓教授則把 1949 年以降，台灣社會所產生的文化變革、思想累積、歷史轉折，於書中提出相當敏銳的觀察，並加以分析解釋。

　　歷史的力量無可預測，會造成怎樣的結果，個人更難以抵抗。《1949禮讚》將歷史關鍵時間點重新解釋，視 1949 年為文化再生的轉捩點，為歷史研究與文學研究，開啟新的思維方式與視野。中華民國在 1945 年以前不曾擁有台灣，在 1949 年之後不曾擁有中國，這是何等嘲諷。研究者應基於「在地化」和「現代化」兩個觀念，以「Y 字型」雙元史觀，即「台灣史」是由日本殖民和中華民國在台灣此二時期為源頭匯聚而成的，在1949 年匯聚，然後慢慢轉型，以此思考方式開展研究。

　　今天的座談，就先請楊儒賓教授談他這本新著，以及對 1949 的體認和觀察。其次，我們今天還邀請到了專研現代文學的李瑞騰教授，研究民國歷史檔案的周惠民教授，以及來自香港、研究香港文學的陳國球教授，逐一分別就他們熟悉的領域提出看法，相信一定精彩可期。

楊儒賓：如何面對、思考「1949」？

圖 3：清華中文系楊儒賓教授講述「1949」與民國學術

很榮幸政大在週六辦理圓桌座談，竟有這麼多師生前來共襄盛舉，感謝政大給予機會讓我跟大家分享對「1949」的反思。中文系出身的我，以此為題寫作，實是非常危險，因為「1949」並非個人研究領域。過去年輕時難免涉及政治，且通常持反對立場，認為加入國民黨，或說國民黨的好話，就是一種恥辱。我們這一輩人當時真實存在著那樣的情感。當時台灣最大的問題，是國民黨的體制壓在台灣頭上，於是我們把所有問題都歸結為國民黨的問題。國民黨的問題與「1949」符號連結在一起，溯上與1947的「二二八」串連，導致「1949」不可能產生正面形象，且延續甚久。從研究所、博士班，到學校教書，其間我最大的期望就是國民黨倒台。

當時盡一份棉薄之力的方式，是在很多運動上簽名連署，以致書籍出版邀朋友幫我寫書評，才赫然驚覺很多朋友都以為我支持民進黨，是台獨分子。我討厭國民黨，極端厭惡體制的感受誠為真切，但若說我在政治上有明確主張，那倒是沒有的事。因之，我了解「1949」在某些朋友眼中所代表的意義，然「1949」畢竟也時移事往，自李登輝解嚴迄今已經歷漫長時間，發洩也好，憤怒也罷，都應停止，而上升到另一階段，澈底重新反省。從前我認為不見得有多大貢獻的人，忽然一朝，他化身意識形態正確，

而擁有高度道德優越感者；相較之下，一些可能很有貢獻，後來政治不太正確，反被視為台奸。變化之大，我想應該好好反省 1949 年發生在我們這塊土地上的事，因為，這都將在目前，或與我們未來的命運息息相關。

會寫此書是基於一種切身的感受。我熱衷研究儒家思想，廣義而言關切思想領域，觀察到：1949 年之後來到台灣的大知識分子，具備極大的影響力。1949 年之後，或者之前，不論日據時期，或更早的清代，從來沒有類似這樣的影響力。其中尚牽涉到「1949」在中華民國在台灣所發展路線，與 1949 年社會主義革命之間，究竟存在什麼樣的關係？關於革命解釋權的問題，共產中國在當代的影響力太大，尤其海外，被 1949 年的革命所壟斷。我們必須重新再反省歷史，其中的關鍵就是回到：如何理解「1949」？

哪個年代比較重要？主持人、引言人都提到「五四」這個時間點，1912、1945、1947，都各有其歷史意義。相對之下，我認為 1949 年格外重要，判斷標準端看這是否是一個重要的歷史時刻？在歷史發展上發揮了什麼作用？像是「五四」，帶出民主、科學、文化運動，內容比較豐富，而「1949」的文化意義較「五四」更為豐富。不過新儒家學者對清代學術不滿意，對「五四」也不滿意，認為「五四」是窄而淺的文化運動。

「1949」帶來極大的文化意義，自由主義和文化傳統主義在台灣產生前所未有的融合。不但在中國近代史有意義，甚至可置於世界史來看其獨特性。我在《1949 禮讚》書中提到台灣歷史上幾個重要的轉折點，明鄭（鄭成功）1661 年入台灣，1895 年乙未，1949 年遷台三大事件，其中以「1949」影響最大。我所採取較不易引起不同政治立場爭議，也不會反對的說法是：1949 年隨國民黨來到台灣的不只是殘兵敗將，更可貴的是豐富的物質文化。故宮博物院、歷史博物館、國家圖書館，這些世界頂級的歷代文物，不論清代或日本帶到台灣的建設從未有此特殊的想法，即把政權與文化的象藏結合在一起。

中央研究院院士十分之一來到台灣，十分之七、八留在大陸，還有一些流亡海外。徐復觀、牟宗三當時約略四、五十歲，來台產生極大影響。還有佛教，自傳入中國以來從未如此興盛過。在台灣發展出特殊形態，自有其特殊機緣，此影響前所未有。我們還可找出很多例證加以說明。反省「1949」，無論如何要把政治與文化分開，意即研究「1949」必須脫開國民黨的因素，固然國民黨是重要力量，並非指兩者之間毫無關係。當時來

台的文化人、公教人員，或自由主義分子、文化傳統主義分子，當時到台灣來是兩害相權取其輕，他們對國民黨也多有微詞。例如殷海光 1949 年所寫社論的語言論述有類共產黨，大力抨擊國民黨。徐復觀、唐君毅對國民黨也不滿，然而對共產黨的意見更大。這些知識分子來到台灣，與國民黨來台的意義不同。若把國民黨與「1949」的意義分開重新來看，將會看出許多不同之處。

「1949」有兩種革命：一是在共產中國的社會主義革命，另一較不易定位，是在台灣所產生的獨特方式，一種自由主義與文化傳統主義結合，另類的現代性革命。我認為台灣是成功的，1949 年中國的社會主義革命是失敗的。這個說法聽起來雖像是白日夢，但我這樣說是有其道理。軍事的成功是為推動政治理念而成，政治上的措施失敗，軍事的成功只具軍事意義，不能算是成功。雖然國民黨在 1949 年失敗，但 1949 年來台後的歷史，不只是國民黨的歷史，是國民黨加上其他因素組合而成。我認為它的發展基本上方向正確，而且是發展得比較好的，因此說台灣是成功的。

影響近代世界有社會主義、自由主義、文化傳統主義，三者結合，不只在中國，歐洲、阿拉伯世界也都如此。這三大思潮彼此糾結，文化傳統主義和社會主義，或者是自由主義之間，存在著很深的矛盾關係。中東地區最為明顯，回教知識分子對西方價值相當反彈，而恰在台灣是特殊的例外。五四以來，傳統三大思潮關係緊張，自由主義和文化傳統主義有很大衝突，新儒家學者到海外來從頭到尾一直相信自由主義所堅持自由民主的個人價值，是內在儒家思想本身，而儒家思想為什麼沒有開出民族說？

學者解釋是因為明朝滅亡，大的政治局勢缺乏歷史條件，滿清入關統治避談民族、自由精神理念問題，這是過分簡化問題。回到現實來看，徐復觀、唐君毅、牟宗三的自由主義理念，內在於儒家的價值，雖然許多自由主義者對儒家批評頗多，他們在哲學思想上也產生衝突，但實際在政治上，他們一直認為國民黨沒有理由打壓自由主義，最明顯莫過於徐復觀寫大量文章聲援自由主義者。對我們這一代而言是很健康的態度，台灣或華人社會需要現代性民主制度，調整現代性的精神生活，政治無法，也不應該阻擋。

新儒家學者 1949 年到海外來，他們已經想清楚，決定不接受中共，對史達林式社會主義背後的哲學理念確實有所批評。對自由主義開出的人

權清單，每一項法則，像是開放黨禁等，這方面的批判態度從未懷疑。這在我的成長過程中是一股很大的力量，到中正紀念堂靜坐聲援，希望那些老賊趕快下台，做各種事我都心安理得。反言之，「1949」調整了自由主義的態度，1949年以後來台的傅斯年是一個文化傳統主義者、殷海光晚年也是如此。兩大思潮在台灣完成思想上的融合，兩者之間不但沒有矛盾，並且互相支援，不但建立民主制度，並且是具有在地文化風格的民主。1949年以後來台自由主義分子及文化傳統主義分子建立共識，認為台灣需要解嚴、民主化，反觀西方民主主義竟出現問題。

台灣轉型過程中雖有衝突，但逐漸發展出兩大思潮的融合，認為除了民主制度以外，還有一個實質上的，與文化傳統能夠調適的生活模式。有一個很好的對照，自從中國崛起，大陸已有新儒家，每個學者都來頭不小，確實有其社會條件。雖號稱社會主義國家，但已許久未曾聽聞無產階級革命，這些語言已經死亡。支持中國的軟實力還是從儒家而來的文化傳統，雖非壞事，但我個人對此充滿很深的戒心。最近他們內部規模擴大，新儒家分化，產生路線問題。大陸新儒家自由主義對美國怨恨，對西方不滿，對自由主義傳統產生很大質疑，他們所追求的儒家，與社會主義結合，將會產生很大的危險。

值得思考的問題是，如何面對新文化運動以來，自由主義的價值究竟是外來的、與中國不相容的，還是本就隸屬於中國的一部分，如何解釋？顯而易見，台灣的學者認為這兩者之間沒有矛盾，而且相輔相成。大陸則認為這之間是矛盾的，中國崛起的意義在於壓倒西方的價值，把儒家精神與當代政治需求兩相結合，然而這明顯是不同路線。

由於研究「1949」，我個人認為台灣走的路是對的，不能因為現在有一些問題，就反對台灣價值演變。台灣四百年以來最好的就是現在。台灣再有怎樣的問題，言論自由、信仰自由早都已是生活的一部分，沒有任何理由放棄。

以上是我個人的淺見，由於並非專長的研究領域，也有受評議的心理準備，書成之後有一熟識的朋友竟曰不相識，也有朋友說我阿諛民進黨，美化日本統治，使我非常訝異，民族主義觀念如此根深蒂固。當大家的理論有了共同基礎，公開理性討論，慢慢修正，誤謬也無妨，不講，情緒會醞釀成大問題，我相信理性在歷史裡還是會發揮作用。

　　1949 年的大變遷，某部分的興盛，也就壓抑某部分衰弱，正面或影響深遠的一面被忽視，所以我寫書來談。戰後馬歇爾計畫、北大西洋公約組織，西方防線完成。1949 年後，中華民國也推行「馬歇爾計畫」，支援全世界華文教育、漢學教育。我大學班上七十多個同儕中，有三十幾位外籍生，如果沒有台灣支持，國民黨對海外開放如此多教材、教員等教育資源，以馬華文學來說，能否成立恐怕都是個問題。台灣在華文教育確實擁有獨特地位，應予以肯定。

陳國球：「1949」為香港文學帶來許多生命的傳奇

圖 4：香港教育大學陳國球教授談 1949 香港文學的曲折流離

　　我在香港就讀隸屬中華民國教育部的德明小學，因此畢業證書上有中華民國國旗，可算是台灣 1949 年以後推動華語文教育的受益人之一。剛剛一面聽儒賓兄講 1949 年以後台灣的種種變化，我也一面思考著：香港究竟能夠發展出怎樣的思想、文化方向？

　　香港從來站在邊緣。

　　大陸因受蘇聯影響，發展無產階級革命，形成一種特殊的、具有民族主義的共產主義，也就是具有中國特色的社會主義。而香港呢？如何體會香港作為文化意義的存在？

　　我想藉由分析香港現代文學的變化，分享「1949」民國文學、歷史、思想的交會與分流。以下將以和 1949 香港文學的曲折流離有關的二個例子加以說明：

　　一是鷗外鷗的失踪。

　　二是吳興華與宋悌芬的變身。

　　很多人從來不知道文學史上有鷗外鷗這位作家，張松建《現代詩的再出發》（2009）說：「迄今為止，鷗外鷗仍還是一名『文學史上的失踪者』」。」大陸文學史家嚴家炎在主編《二十世紀中國文學史》（2010）時提到：「除了人所共知的『七月』詩派外，介紹了另一個迄今仍然不大為學界所知的左翼詩派，並將其命名為『反抒情』詩派，代表詩人就是鷗外鷗、胡明樹，和柳木下。」兩岸三地中，大陸和台灣對鷗外鷗所知極少，但在香港，他並未匿聲隱跡，黃慶雲〈文學史上的失踪者──鷗外鷗〉（2013）一文曾加以介紹，這是一個有趣的現象。

　　「Outer Out」是鷗外鷗的英文筆名，取義為「我羨慕海鷗可以任意翱翔，尤其在群鷗以外，獨自飛翔的那隻，牠沒有同伴，獨來獨往，就像我在詩創作上，獨自踏上無名路時一樣。於是，我戀上了那隻群鷗以外的鷗，就把筆名寫成鷗外鷗！」相當洋派作風。他是廣東東莞人，小學、初中於香港就讀，之後回到廣東東莞，在文壇引起注意是因他 30 年代前期在上海發表文章，香港早期很多作家都是投稿到上海才成名，獲得文壇一席之地。抗戰期間 1944 年出版《鷗外詩集》（桂林：新大地），1985 年出版《鷗外鷗之詩》（廣州：花城），大陸並未引起關注，卻在香港引起廣泛討論，更多人注意到鷗外鷗這位曾居於香港，抗戰時期在香港發表相當多作品的詩人。

　　以下舉一些鷗外鷗作品中有趣的例子：1937 年，鷗外鷗在《廣州詩壇》第 3 期發表〈搬戴望舒們進殮房〉可見其激進思潮。1934 年在上海出版的《婦人畫報》分兩期連載發表〈黑之學說〉，以當時的美學將黑色哲理化，其中有些對女性不敬，對少數民族「冒犯性」的觀點。他勇於衝破禁區，膽敢與他人方向背道而馳，鷗外鷗的特立獨行，在為人處事上雖使人無法與之親暱，文學上卻能以爆發力馳騁闖蕩，縱其才氣。

圖 5：鷗外鷗詩作〈被開墾的處女地〉

〈被開墾的處女地〉以忽大忽小的「山」字迤邐排列，摹繪重山環抱的桂林，營造層巒疊嶂的視覺效果。林亨泰 1960 年代以後才發展出台灣「圖象詩」的方向，鷗外鷗可謂華文地區發展「圖象詩」的始祖。〈和平的磯石〉描寫香港總督梅含理（Francis Henry May）的銅像，以寬闊的視野看香港在太平洋戰爭中的位置，戰爭尚未發動時的現象。「金屬了的總督」、「金屬了的手」兩處詞性活用寫殖民地總督銅像生鏽，朱自清在《新詩雜話》寫抗戰時期新詩回顧，分析此詩「名詞用作動詞，便創出了詩的詞彙」，特加讚美，這樣的手法在同時期詩人中非常突出。這座銅像在日人佔領香港時已被鎔掉，卻在鷗外鷗詩中化為永恆的、金屬般的存在。

〈香港的 ALBUM〉每一首詩都必須與圖像連結始知其義，鷗外鷗已大量運用越界的藝術表現方法，以攝影冊的理解角度描寫香港，〈文明人的天職〉寫育幼院院童兜售小物謀生。

圖 6：和平的磯石

圖 7：文明人的天職

　　〈禮拜日〉寫灣仔星期天的教堂，結合香港當時中西文化人文關懷。
〈狹窄的研究〉表現香港暫時性、浮動性的本質：

> 香港人是扒著山。
> 香港的車輛的輪扒著山。
> 香港的建築扒著山。
> ……
> 一切都作扒山運動的香港，
> 一切扒到了最尖端最高度的顛上的時候：
> 香港，怎麼辦呢？
>
> ──〈狹窄的研究〉

　　這首詩類似多年以後西西的《浮城誌異》，凸顯香港是一個浮沉不定，
無法掌握的地點，沒有永久可言。〈香港的 ALBUM〉一系列詩作以圖像
娓娓道來空間狹窄，無根，充滿暫時性的香港故事，鷗外鷗對香港的透徹
理解使港人倍覺親近。

圖 8：禮拜日

圖 9：狹窄的研究

　　1949 年以後，鷗外鷗自港返鄉迎接建立新中國的革命，1958 年第 10
期《詩刊》他在〈也談詩風問題〉自承過去錯誤：

> 多少年以來，大多數的新詩不僅是形式上，就它的構思與想像的
> 表現也全部仿照西洋格調，是跟群眾遠離，沒有廣大群眾基礎
> 的。……我自己，也就是自以為是，瞎跑了 20 多年冤枉路的其中
> 一個。一直到今天新民歌蓬勃地發展起來。黨號召我們要向民歌學

習，要繼承民歌傳統；要民族化，群眾化；創作出有民族風格、氣魄的新詩風。我才恍然大悟過來。

　　依前文所舉詩作風格研判，這絕無可能是鷗外鷗所言。1949 年以後他在大陸重新創作的詩篇像是：〈我們的土地散發著芳香〉、〈在祖國的青空〉、〈六億人民都起來了——同志們走快點〉、〈黨交給我們一枝槍〉。由詩題觀之讓人難以相信這是我們所認識激進的鷗外鷗。1988 年鷗外鷗在香港創作〈給和子的家書〉：

> 最奇怪的是
> 我的詩並不是風花雪月的詩
> 沒有綺詞麗句
> 沒有什麼韻味、蜜味、香味、脂粉氣、眼淚、鼻涕
> 男讀者喜歡它已經難能
> 女讀者喜歡它更使人訝異
> 不過由於如此
> 我更自信！
> 沒有寫錯我沒有寫錯
> 應該寫下去
> 這樣寫下去　寫下去　寫下去……。
> 　　　　　——〈給和子的家書〉《香港文學》（1988）

　　在大陸與黨交心，被迫認錯的鷗外鷗吶喊：「沒有寫錯我沒有寫錯」，是香港這個自由的文化空間，讓詩人更有自信心，挺起自尊發聲「應該寫下去／這樣寫下去　寫下去／寫下去」，繼續發揮他原有的文學猛勁。就算在今天改革開放的大陸，也不可能包容鷗外鷗這樣的言論。

　　接著再談吳興華與宋悌芬的例子。

　　吳興華稱讚宋悌芬是「批評家中的王子」，1941 年 3 月 1 日《燕京文學》第 1 卷第 6 期刊出吳興華的《短詩十首》，詩前有《獻詞——給宋悌芬，批評家中的王子》，表達了對宋的敬重：

先生：

　　我們一班所謂寫「詩」的人，要想攀上帕爾那斯山的絕頂時，第一步工作就是得把我們辛苦的工作投到您或您的同業的腳下，等待適當的審判。這個好機會是我這趟時的人所萬不肯放過的。而您素常銳利的鑑別能力和有目共賞的文學使我冒然的選擇了您，像夜空中的月亮晦暗了諸星，儘管他們也會有強烈的光亮。在下面幾篇短詩裡，您也許會發現有些冷箭是針對著您的臣民的。我並不否認。因為公平的戰退了他們，而使我一人獨蒙您的眷顧是我已久懷的野心。我仍然是，先生

您忠實的僕人──

　　由「您素常銳利的鑑別能力和有目共賞的文學使我冒然的選擇了您」、「像夜空中的月亮晦暗了諸星，儘管他們也會有強烈的光亮」足見吳興華對宋悌芬推崇備至。〈十四行（一）給興華──ilMigliorFabbro〉宋悌芬稱讚吳興華是「年輕的巨匠」，兩人也會以像是打油詩一般的詩相互酬答。

　　宋悌芬是何許人也？錢鍾書《圍城》甫出版就送給宋悌芬，Stephen Soong，原名宋淇（宋奇、林以亮）（1919-1996），浙江吳興人。父親宋春舫（1919-1996），現代戲劇理論家。1936年入讀燕京大學，1938年借讀上海光華大學，認識夏氏兄弟；與夏濟安、柳存仁編《文哲》。1939年回燕京大學〔重開〕，與吳興華訂交，編《燕京文學》；並為張芝聯、柳存仁編《西洋文學》（上海）組稿。三、四十年代主要以「宋悌芬」之名發表新詩、散文、評論。

　　1949年是吳興華和宋悌芬兩人命運的分歧點，宋悌芬移居香港，以「林以亮」之名為文。吳興華留在北京，繼續在燕京大學任教。

　　吳興華的文學發展又是如何？1936年，吳興華於吳奔星主編《小雅》發表新詩〈歌〉、〈花香之街〉、〈室〉；1937年於戴望舒主編《新詩》發表論文〈談詩選〉、〈談田園詩〉，詩〈森林的沉默〉。16歲入讀燕京大學西語系，1938年於燕京大學國文學會主辦《文學年報》發表〈《唐詩別裁》書後〉，1939年與宋奇相交，合編《燕京文學》，又向《西洋文學》供稿，譯介 James Joyce Finnegans Wake（1939），最早在中國介紹這部前衛小說。

　　1941 年完成大學畢業論文 *An Application of Modern Western Methods of Criticism to the Study of Chinese Poetry*。台灣七十年代比較文學流行應用西方文學理論批評方法研究中國傳統詩歌，四十年代早已有吳興華作為先驅，思考中國傳統詩歌與現代性。1943 年發表〈黎爾克的詩〉，1944 年出版中德文對照的《黎爾克詩選》，是最早的一批譯者。1952 年中國院校大調整，調至北京大學。1966 年「文化大革命」死於非命。

　　吳興華的生命透過宋悌芬（宋淇、林以亮）得以延續，《林以亮詩話》記載，1949 年以後宋、吳繼續通信，至 1952 年吳興華來信引王安石詩句，內容如下：

> 你知不知道王荊公的這一段詩？我覺得整簡舊詩領域內很難找到如此悲哀的句子，比豪斯曼引彌爾頓的那句有過之無不及。詩是這樣的：願為武陵輕薄兒，生當開元天寶時，鬥雞走狗過一生，天地興亡兩不知。你是解人，一定明白我喜愛這段詩的心理。

　　從此音問斷絕。1949 年對兩人而言是人生的斷裂，正如我父母一輩從此不敢回鄉，即使改革開放後也不回，只有受過苦的人才知道這種經歷。年輕一輩的我也不曾回鄉，不知鄉關什麼模樣。吳興華著作散落，文集所收缺漏甚多，目前所見有〈談詩選〉（1937）、〈《唐詩別裁》書後〉（1938）、〈談詩的本質——想像力〉（1941）、〈現在的新詩〉（1941）、〈黎爾克的詩〉（1943）、〈現在的新詩〉（1941）。其中 1941 年〈現在的新詩〉在台灣《文學雜誌》重新出現，作者名為梁文星，引起詩社熱烈討論，以為講的是台灣當時的情況。梁文星以及其獨特的存在意義，虛幻的形象，在台灣產生影響力，他的生命以另一種形式出現。

　　「1949」帶來許多生命的傳奇，拉開歷史距離，心生無限感慨。個人有之，文學史有之，研究意義亦有之。

李瑞騰：從「1949」觀察東南亞華文文學的發展

圖 10：中央大學文學院李瑞騰教授分析「1949」東南亞華文文學案例

　　剛寫完一篇有關民國文學的論文，猶然沉浸在思考中，聽楊儒賓教授精彩分析，陳國球教授從香港立場談鷗外鷗、梁文星，使我放棄原所準備的內容，另起爐灶，和各位分享不同的視野。

　　「1949」的重要性毋庸置疑，須加以不斷探討，不是一本書、一篇論文可以處理。作為符號，訊息量之大，超乎想像。1949 年中國大陸本土國共鬥爭階段性任務結束，大陸 1949 年中共建立政權以後，民國時期結束。若以古代朝代觀念，即稱之為前朝。中華民國政府遷移到台灣，開展豐富的思想及文學，香港 1949 年之前國共鬥爭慘烈，1949 年國民黨離開，中共建立政權，香港變成交接的邊界，一批左翼的人進入大陸，一批右翼文人或中間立場的人經過香港離開，因此香港歷史豐富，個人認為民國史 1949 年可以聚焦在香港，成為以小博大，看民國的方法。

　　離開香港，有人到台灣、新加坡、馬來西亞開創新的南方王國。當我們以「1949」作為觀察焦點來看民國文學，若將注意力放在香港、東南亞，會演變成什麼樣的景觀？這是值得注意的議題。

　　以菲律賓為例，1949 年之後，台灣政府為了培養文藝界人士的向心力，蔣介石總統直接邀集張道藩、陳紀瀅、王藍、趙友培這一批右翼文人

成立「中國文藝協會」，菲律賓緊跟著馬上成立「華僑文藝工作會」，所有組織結構、運作方式、相互往來情況，與台灣「中國文藝協會」亦步亦趨，開展菲律賓華文文學的精彩階段。台灣文藝界人士不斷到菲律賓講學，播下文學種子，1970 年使自由主義在菲律賓文壇生根，他們的新生代與台灣新生代之間唱和，或許陳芳明教授也曾與菲律賓華裔詩人雲鶴相互往來。

我昨晚與林忠明先生的夫人會晤，老先生甫過世，生前在菲律賓出錢出力推動華語文教育。80 年代中期我曾到訪菲律賓華社，感受到文藝界左右對抗衝突之激烈，即連兩岸都已握手言歡，菲律賓左右僑社的對立迄今尚未完全解除，仍有華僑終其一生持中華民國護照，不願入籍菲律賓。

至於馬來西亞，1949 年以後大陸關門，所有東南亞華人的認同轉向台灣的中華民國，文學發展情況與台灣接連，孟瑤、謝冰瑩等都曾到新加坡講學。研究上應如儒賓兄所說，把政治和文學切割開來。大陸學者談民國文學，一般認為 1949 之後民國已結束，現則認為中華民國到台灣是民國的延續，蓬勃發展。大陸分成三個階段：1949-1966，1966-1976 文化大革命，1976 之後新時期到來，四人幫垮台，鄧小平改革開放。1949 年以後連沈從文這樣的超級大文豪都只能隱身安全的海域，無害地研究中國古代服飾，而老舍則被迫自殺。

在台灣談民國文學，如何詮釋 1912 年辛亥革命成功到 1949 年這段期間，是值得關切的議題，台灣當提出與大陸迥然不同的觀察視角。第一，研究者必須凸顯解釋的主體性，不可學步大陸學者的歷史時期解釋，陳芳明教授的分期是殖民時期（1920-1945）、再殖民（1945-1987）、後殖民（1987-）。第二，台灣文學史的民國時期定義與定位。當中華民國來到台灣之後，台灣文學歷史進程如何定義 1945 到 1949 年之間（一般稱為「戰後初期」）？此時中華民國政府中樞尚未抵達，國民黨已前來接收台灣。個人以為應回溯到 1945 年，而處理 1949 往後的階段是否有終點？純粹談台灣文學的民國分期，1945、1949 以後是否會完全重疊在一起？都值得深思。

把視野放大，不論史書美所提的華語語系文學，或者漢語新文學、世界華文文學，都可以嘗試建構自己的學科體系，實際上存有的就不能漠視。陳國球教授提出兩個個案看大時代變遷，研究生很難做宏觀式大論

述，因此個案分析極為重要。例如對香港文學貢獻卓著的劉以鬯，1949年離開上海，到香港從事媒體編輯工作，他也曾一度想離開香港到新加坡，然又返港，終其一生致力發展香港文學，耕耘《香港文學》雜誌，劉以鬯是可以分析的文學案例。

若非台灣政府致力華文教材，推動華文教育，馬華文學會否還是今天這個局面？馬來西亞中小學華文教科書多由姚拓編纂出版，他也是值得我們關注的文學案例。姚拓（1922-2009）寫散文、小說、劇本，是馬華著名作家、編輯以及出版人。姚拓是河南省鞏義市桑林鎮魯莊人，1949年之後來到香港，1957年因工作轉往新加坡，1963年移居馬來西亞，擔任友聯出版社總編輯，曾主編《蕉風月刊》。姚拓出版華文教科書功不可沒，對教育界貢獻良多。

還有曾任國民大會代表的后希鎧（1917-2001），雲南人，1949從雲南翻山通過金三角到泰國，再到馬來西亞，他擔任《虎報》副刊的主編，寫作長篇小說《馬來妹》，在馬來西亞留下豐富文學資產，最後定居台灣，創作豐富。

趙滋蕃（1924-1986）生於德國，中日戰爭初期回到中國，1949年之後轉往香港，出版小說《半下流社會》。1964年被港府驅逐移居台灣，擔任《中央日報》主筆，著有《子午線上》，創辦中國文化大學文藝創作組。1980年至東海大學擔任中國文學系教授及系主任、研究所所長，培養作家周芬伶，成為文壇佳話。

這些文學家的移動過程都與1949相關，如果能將大時代與其文學行為、文學創作作為個案分析，相信都會極具意義。

周惠民：錯亂與融合交織的「1949」

圖 11：政大歷史系周惠民教授從歷史角度講述 1949 與台灣的變遷

　　從歷史學討論「1949」，宜將政治的、文學的、文化的「1949」細加釐清。1998 年起，政大人文中心以兩年多時間廣邀 149 位學者專家共同撰寫《中華民國發展史》12 冊叢書，細數台灣自 1945 以後便納入中華民國，而中華民國又於 1949 年播遷來台的歷程。以 Y 字型歷史兩元為發展主軸，1949 年以後兩條發展路線合而為一，匯為「中華民國在臺灣」一條主軸。

　　人文思想、社會組織、政治制度與實業建設的演變，各領域群體的轉型結合，過程中有很多碰撞。以醫學史為例，北洋軍醫系統如何與台北帝國大學醫學部結合成今日台灣醫學？文學、藝術上的討論也頗為困難，如何把徐悲鴻與陳澄波、楊三郎並置討論？1949 年是台灣翻轉、傾斜的一年，1949 以前台灣沉浸在日本統治將近 51 年的時間。回首 1945 年以前許多文人的日記，例如台南文人吳新榮的日記提到的價值衝突，1949 以前傾向日本，1949 以後轉而傾向美國。文學家筆下清楚體現這些觀點，一般人是不易說明清楚的。

　　將 1949 年以後的問題全歸因於國民黨統治，正如同法國將 1789 年以後所有問題歸因於王朝舊政權一樣，是非常危險的。方才陳芳明教授說 1947 年台灣爆發「二二八事件」，是一個重要的年分，不妨就以 1947 年

的國際圖像繼續說明價值衝突。當時全世界生活陷入困頓，只有美國、澳洲兩個國家有實力舉辦選美活動，美國 1947 年推行「馬歇爾計畫」，國力強盛，全美各地舉辦選美活動。英國、法國生活糟糕，歐洲人生活困頓就罵希特勒，法國人罵德國人，德國人罵希特勒，英國人說都是法國人、德國人的錯。亞洲的情況是大陸人生活不好罵日本人，台灣人生活不好怪罪國民黨，然而實情絕非如此單純。

若將兩岸的 1949 年放在同一時間天平來看，就會觀察到價值紊亂的問題。

最近我與國民黨元老級人物周仲良的後代會面，周仲良是貴州黎平縣人，在日本留學時加入同盟會，與孫中山一同革命，曾出任總統秘書、民國時期印鑄局局長，中華民國國璽正是他所督制，功在黨國。1949 年他拒絕與蔣介石同來台灣，回到侗族老家安享晚年，結果共產黨來到，第一件事就是拘捕他，1951 年被槍斃，這是一部分選擇留在大陸的人的遭遇。而他的同鄉後人何應欽 1949 年來台後則被視為黨國元老，兩相對照，讓人不免有價值錯亂之感。

1949 年的香港扮演重要角色，京劇大師馬連良、名演員蔣光超都移居香港。馬連良到香港足不出戶，中共不斷招手，甚至允許他繼續吸鴉片，於是 1950 年代初回到中國，卻在文化大革命中被抄家，關進牛棚，後來意外摔倒送醫不治。樣板戲令人不忍卒聽，最近大陸所播京劇節目都提倡中國傳統忠孝節義價值，這也令人感到錯亂，莫非文革是場騙局。

台灣也有這樣錯亂的情況，谷正文寫《白色恐怖祕密檔案》回憶 1949 年前後的台灣白色恐怖，白色恐怖不能以二分法看待，當時不分民族、種族、人種、地域的區別，有多少外省人下獄被槍決，因此白色恐怖不能歸因於國民黨對台灣人的壓迫。

1949 的價值紊亂還有一件時事可以印證，最近大陸公布一批在台灣遇害的地下工作人員名單，這些義士埋身北京市八寶山革命公墓，正如 2008 年大陸電視劇《潛伏》描寫 1949 年前後的諜戰。當時確有中共祕密派遣幹部入台，由於叛徒出賣，使台灣地下黨組織遭受毀滅性的破壞，被國民黨當局公審處決。也是一種白色恐怖的重要證據。當八寶山烈士名單一公布，又令人感到好像也沒有那麼錯亂。

　　用一個新的角度看待「1949」，審視文化、思想傳承，政治發展與民主體制價值，把政治切割開來好像可以看得比較清楚，若只以台灣歷史看待這個問題恐怕也不易釐清。1949 年是文化、思想傳承很重要的融合時期，人口、婚姻、地域的關聯值得注意。1949 年以後遷台人口由於軍人數量保密無法計數，粗估在一百五十萬到兩百萬之間。移民主要年齡層在二十到三十歲之間，眷村文學聚焦討論這群人，電影「老莫的第二個春天」描寫來台老兵婚姻狀況，現在這些社會問題已經漸被淡忘。

　　1950 年韓戰爆發，更使台灣位置改變，谷正綱擔任中國大陸災胞救濟總會理事長，行政院撥付很多預算到香港，他們的工作必須仔細小心謹慎客氣，重要學者在香港無法過日子，又不能用大陸災胞救濟總會名義救濟，寫稿子隨便他怎麼寫就拚命發稿費。大陸災胞救濟總會檔案資料已經數位化，放在政大人文中心，其中有關調景嶺、香港中國文化協會、中山圖書館這三項議題，使香港很多學者深感興趣。這些豐富史料，人文中心歡迎大家來查詢。

　　剛才楊儒賓教授提到國寶的問題，政大人文中心辦理過「難忘的關鍵年代（1945-1949）」、1958 年的八二三砲戰、1930-1940 年代的故宮文物南遷一系列工作坊，我們找了很多故宮專家。除了國寶以外，還有來自原河南博物館（即今河南博物院），現在收藏於國立歷史博物館的文物。曾經中央研究院史語所想商借國立歷史博物館庋藏的甲骨文材料，國立歷史博物館還必須取得河南古物運台保管委員會的同意，因為當初教育部部長張其昀與河南同鄉立下契約，這一類因時代而生的議題饒有趣味，值得深入研究。

　　針對國民黨運送黃金到台灣的議題，也驗證許多 1949 論述實是混淆不清。作家李敖說是國民黨把中華民國國庫黃金運來台灣；李登輝說，國民黨運來九百五十萬兩黃金穩定台灣經濟都是假的，從南京運黃金的船已沉在揚子江口。這批黃金目前放在新北市新店文園金庫，但絕對不是國庫，因為八年抗戰羅掘俱窮，不可能國庫還有黃金存放等到 1949 運來台灣。那麼這批黃金怎麼來的？蔣介石在美國人心中有一個非常壞的印象，他一直要求美援時必須以黃金給付，就是這些來自美援的黃金奠定了新台幣發行時的幣值。隨著史料出土與更多學者的深入探討，國府黃金運台的歷史真象已經逐漸撥雲見日。

　　再補充一點。台灣第一次通貨膨脹是日本人造成的，時間發生在 1945 年 8 月 15 日日本投降，到 1945 年 10 月 25 日蔣介石派陳儀到台灣來接收這段期間。總督府財政課課長岩見俊二回憶錄記載，1945 年 8 月份，他從東京搭飛機到台灣，日本人因為戰敗，必須遣散大批日本職員，就大筆發放遣散費，整架飛機裝載一千元軍用票。當時台灣通貨膨脹非常可怕，日據時期一般人一個月薪餉約百元左右，發行量最大的是十元鈔票，而飛機上載的是一千元鈔票。第二次的通貨膨脹發生在 1947 年，目前說法歸因於陳儀所致。

　　很多歷史真相還正待我們發掘，「1949」更是一個有趣的課題，很榮幸今天有機會來與各位討論，謝謝！

圖 12：張堂錡教授細說 1949 年對澳門文學的影響

張堂錡：澳門文學發展史上的「1949」

　　聽了陳國球教授談香港文學，我也來補充一些澳門文學與「1949」的關係。在 1949 年以前，澳門文學是以舊體文學為主流。作者群主要是民國成立之後的前清遺老，如汪兆鏞等；值得注意的是，澳門第一個古體詩社「雪社」，這是以澳門本土詩人為主的詩社，包括馮秋雪、馮印雪等人，出過 6 期《雪社》詩刊。此外，還有一些短暫來過澳門的名士、學者和藝術家，尤其是抗戰時期，因澳門非戰區，他們來此留下許多充滿愛國精神的作品。

澳門的新文學要到 1980 年代以後才自覺興起,並在 1990 年代蓬勃展開。1920 年代大陸的新文學運動,對澳門幾乎沒有產生影響,因為當時的澳門文壇是舊文學的天下。澳門的地位在 1920 年代以後已經逐漸被香港取代,許多內地文人為了逃避戰火,多選擇香港,許多新文學作家也多取道香港到海外,因此新文學對澳門產生影響的條件很有限。時至今日,澳門的舊體文學創作與活動依然十分活躍,古體詩詞也穩定擁有不少讀者,舊體詩詞學會、社團的活動並不輸給新文學。一個有趣的例子是,從 2010 年起,澳門基金會與澳門文化局每年編選出版《澳門文學作品選》,分成小說卷、散文卷、新詩卷和詩詞卷。可見舊體詩詞在澳門文壇仍佔有一席之地。

根據甫過世不久澳門資深報人李成俊在〈香港、澳門、中國現代文學〉一文中的敘述,澳門新文學要到 1931 年「九一八」事件以後,由剛從日本回來的愛國人士陳少陵開了第一家販售新文藝書刊的「小小書店」,才開始逐步開展。1930 年代末到 1940 年代初,有內地文人金應熙、陳霞子來到澳門或編副刊,或執筆為文,算是新文學一個艱難的起步。但澳門本土、自覺的新文學運動,卻要到 1980 年代中期才真正開始。

因此,對澳門文學的發展而言,1949 主要是在政治上的衝擊,但因為仍在葡萄牙的殖民之下,因此並未產生太大的變動。

跨越 1949 年後,澳門於 1950 年 3 月 8 日出現了《新園地》刊物,這是由一群愛國人士發起成立的「新民主協會」的會刊,最初是週刊,附在《大眾報》發行,第 4 期後改為旬刊,單獨發行,雖是小型報紙,發行量最多時曾有數千份。這份刊物培養了許多澳門的作者,例如李鵬翥。1958 年 6 月 28 日,《新園地》出版最後一期,宣告停刊。同年 8 月 15 日創刊的《澳門日報》,便沿用「新園地」作為其綜合性副刊的刊名。直到現在。

總之,在 1949 年以前的澳門文壇主要是舊體文學為主流,新文學作家主要是外來過客,留下的新文學作品也不多,在兩岸四地中,澳門文學的發展相對緩慢而滯後。

圖 13：與會學者會後合影，圓桌座談圓滿成功

陳芳明：

　　謝謝各位學者專家的發言，不論是從文學、文化、歷史或思想的角度，或是從台灣、大陸、香港、菲律賓、澳門、馬來西亞等不同的區域，都說明了「1949」的豐富性與複雜性遠遠超乎我們的想像。

　　1949 年是一個重要的跨越，過去認為國民黨來台是一種負債，若試著沉澱意識形態與情緒，也可將之視為資產。放寬、換個角度看待歷史，歷史會更清楚明白，也將帶給我們豐富的想像力。感謝楊儒賓教授打開潘朵拉的盒子，讓我們看到各種奇怪的現象，文學研究者與歷史研究者常不慎忽略、跨過研究關鍵點，倘若回到原點，重新再看「1949」，實有豐富的政治、經濟、文化等研究意義在其中。我在課堂上曾經介紹《文學雜誌》，年輕時讀到吳興華（梁文星）在《文學雜誌》的文章，我們都很好奇他是誰。宋淇是台灣研究張愛玲不可忽略的人物，1949 年以後台港兩地關係可以說是千絲萬縷，年少時期所讀刊物上的謎團，終於今日在陳國球教授的研究中得到答案。

　　最後分享與「1949」有關的一些軼事。本名王靖獻的楊牧，是徐復觀 1949 年來台後在東海大學培養的學生，楊牧大一起唸的是歷史系，之後轉至外文系，至中文系修習徐復觀教授的中國思想史課程，後來負笈美國研究《詩經》，建立抒情傳統。徐復觀常在黃昏的東海大學校園散步，遙望學校對面亂葬崗中有一老翁日日勤澆水。他盤算著究竟該用什麼語言跟他

交談？鄉下人可能不會講國語，我也不會講台語，靈機一動，就先以日語與之閒話家常，問候起居。不料那位老翁是楊逵，竟恭敬以日語答覆，並熱情邀請徐復觀到寒舍木屋小坐，只見屋中滿牆書籍，且大多是馬克思主義書籍，使徐復觀大為吃驚，寫下〈落後的中國，進步的台灣〉一文為誌。時代的離亂，政治發展的演變，交會是偶然的，兩人透過日語互相交談，兩個珍貴的文學靈魂相遇，這詩篇般的一幕，堪稱是台灣文學史上最美的一次相遇。

　　今天的機會很難得，發言也很精彩，相信對推動民國文學、「1949學」的研究將有一定的啟發和借鑑。謝謝各位！

新鋭園地

陳敬之的民國文學史觀初探

■劉蓮、林旻雯、江曉輝

作者簡介

劉　蓮：政治大學中文所碩士生

林旻雯：政治大學中文所碩士生

江曉輝：清華大學中文所博士生

內容摘要

陳敬之作為大陸來台的新文學學者，其著作如今甚少受到關注。陳敬之對新文學的研究涵蓋不少範疇，如「南社」的活動、現代女作家等研究，都具有一定的參考價值。本文從民國文學的角度切入，描述其著述體例及特點，從時空分野、對新舊文學和革命文學的態度及關於文體的觀察等方面探討陳敬之的民國文學史觀，並以「現代的」、「民主的」、「平民的」三個向度討論他在論著中所凸顯的「民國性」。陳敬之對民國文學有一個較全面的觀察和有一定見地的思考，而他的文學史觀正是對民國機制下文學「民國性」的有力印證。

關鍵詞：陳敬之、民國文學、民國文學史觀、民國性

一、前言

　　陳敬之是台灣研究新文學運動的先驅，惜其價值未得學界的注意，對其學術成就的研究，更是不足。雖然不少論文曾引用其著作，但考諸台灣文學期刊目錄資料庫、台灣期刊論文索引系統及華藝線上圖書館，竟無一篇關於其新文學研究的論文。陳敬之對新文學的研究不止歷時久，用功勤，且在不少範疇，如新文學運動前後「南社」的活動情形、現代文學早期女作家等研究，都具有重要參考價值，如任其湮沉不彰，實為新文學研究的遺憾。

　　陳敬之的文學研究範圍，主要是自戊戌時期到國民政府遷台之間，特別是發生於民國期間的新文化運動，故本文自「民國文學」的角度，從各方面考察陳敬之對此時期文學發展之態度和看法，亦即其民國文學史觀。在周邊研究資源及參考文獻極其有限的情況下，本文集中在對其著作本身作分析推論，整合散見各書內容，互相印證，彰明其民國文學史觀。

二、陳敬之生平及著作

　　陳敬之（1911-1982），字伯誠，筆名胖僧、敬園、陳三、大憨生、司徒伯秋。湖南衡山縣人。1927 年國小畢業後，適逢「馬日之變」，當地各校停止招生，乃學於其族伯陳槐廷門下，習經史詩文二年。1935 年畢業於湖南省立第一師範學校，任《南嶽日報》主筆，後投入教育及地方行政工作。

　　1937 年中日戰爭爆發，陳敬之投筆從戎，先後任陸軍 62 師政訓處少校秘書、軍政部第三補訓處中校科長、西南游擊幹部訓練班上校指導員。1941 年任湖南慈利縣縣長。1949 年隨國民政府遷台，歷任：中國國民黨中央改造委員會第六組幹事、總幹事、專門委員。1958 年受聘為總統府參議，協助整理蔣介石史料，1967 年兼任中央委員會秘書處秘書。1974 年後，先後任中央黨史委員會專任委員、副主任委員。1982 年病逝，終年72 歲。

　　陳敬之文章主要發表在《暢流》雜誌，自 1958-1980 年止，共發表文章近一百五十萬言，絕大部分為新文學史料研究，其中「文苑風雲 50 年」系列大部分文章，輯錄為《中國新文學運動的前驅》、《中國新文學的誕生》、《新文學運動的阻力》、《文學研究會與創造社》、《早期新散文的重要作家》、《「新月」及其重要作家》、《30 年代文壇與左翼作家聯盟》、《中國文學的由舊到新》、《現代文學早期的女作家》、《首創民族主義文藝的「南社」》十書，收入周錦主編、1980 年出版之《中國現代文學研究叢刊》。[1]

三、陳敬之新文學研究的著述體例和特點

（一）具有文學史的撰著意識

　　陳敬之「文苑風雲 50 年」系列之文章，最初發表於《暢流》雜誌，後來才輯錄成書。如依書的出版次序來看，實難發現其研究之初即具有撰史的意識，須重新梳理文章之發表次序，始可了然：[2]

「文苑風雲 50 年」發表次序		
所輯錄文章之年份	所輯錄文章發表時之章節	輯錄為《中國現代文學研究叢刊》之書名
1963 年 6 月～1974 年 12 月	第 1 章、第 17 章之 6	《中國新文學運動的前驅》
1964 年 3 月～1964 年 10 月	第 2 章之 3、第 3 章	《中國新文學的誕生》
1964 年 11 月～1974 年 7 月	第 4 章、第 17 章之 4	《新文學運動的阻力》
1965 年 8 月～1969 年 8 月	第 5 章、第 6 章、第 11 章之 3、第 13 章之 2	《文學研究會與創造社》
1966 年 3 月～1968 年 12 月	第 7 章、第 11 章之 2、第 11 章之 4 至 5	《早期新散文的重要作家》
1966 年 8 月～1969 年 4 月	第 8 章、第 12 章之 4 至 5	《「新月」及其重要作家》
1967 年 2 月～1975 年 6 月	第 9 章、第 13 章之 3	《30 年代文壇與左翼作家聯盟》
1968 年 2 月～1975 年 4 月	第 11 章之 1、第 12 章之 1、第 13 章之 1、第 14 章	《中國文學的由舊到新》

---

[1]　參考〈陳敬之先生行狀〉，載於《藝文誌》第 206 期，1982 年 11 月，頁 51-52。

[2]　參考台灣文學期刊目錄資料庫：http://dhtlj.nmtl.gov.tw/opencms/period/

1970 年 6 月～1975 年 4 月	第 15 章	《現代文學的早期女作家》
1972 年 8 月～1973 年 6 月	第 18 章	《首創民族主義文藝的「南社」》

　　由上表可見，陳敬之此系列之文章，自 1963 年發表第一章開始，即訂立章節，至 1973 年共 18 章。章節之訂立，表明陳敬之發表之初已有將研究按章分節，寫成一系列的構思。陳敬之寫作和發表的順序，大抵按著新文學運動的發展，先敘述新文學運動前的情況，再敘述新文學的誕生，然後論及新文學誕生後遇到的阻力，重視演進的過程及相互關聯，顯非毫無次序、興之所至之作。再者，系列名為「文苑風雲 50 年」，「50 年」可視為作者研究的斷限，具有「史」的撰述意識。

　　揭示陳敬之具有「史」的撰述意識，意義在於說明陳氏對新文學運動的研究具整體觀，不僅著重某一時期的研究，更關注文學在不同時期的演變。正因其研究具有「史」的意識，才能言其「史觀」。

（二）詳於團體和人物的研究

　　「文苑風雲 50 年」具有「史」的撰述意識，但其體例卻與一般文學史頗有不同。「文苑風雲 50 年」在雜誌發表時，是以作家和群體為研究對象，每期或數期介紹一名作家，後來則輯數名作家或作家群的研究為一書。故陳氏寫作之初，已側重作家和團體的研究，其大部分著作均是如此，如戊戌維新的作家群、南社、學衡派、文學研究會、創造社、新月派、左聯、女作家群等團體研究及其他作家的個人研究。陳氏詳於團體和人物敘述，形成其新文學研究的特色：突顯了「人」在歷史發展中的作用，反映了民初時期人才輩出的特殊現象；對作家的性情、背景、經歷的詳細介紹，使讀者了解到時人在古今中西文化交會的時代，如何兼容不同的文化，如何影響到文學創作和文學發展；此外，以團體為研究重點較能具體統整同時代不同作家的關係及文學觀念之同異。

　　陳氏既以人物研究和評介為主，自然觸及到相關人物的各方面，因而常側重作家生平軼事、交往、學術研究、藝術成就的介紹。例如他花了相當筆墨敘述嚴復名列「籌安會」的始末、王國維的自沉、吳宓的情史、蘇曼殊的身世和奇行、李叔同出家始末、凌叔華的氣質美貌、郭沫若的男女

關係等等軼事，對於作家在團體內外的交往情況也有相當記述，這使作家
的形象更為立體全面。一般文學史只介紹作家的文學成就，但陳氏在此之
外，更常介紹作家的學術研究，如王國維的經史地理研究、許地山的宗教
研究、朱自清的古典文學研究、蘇雪林的屈賦研究等。另外，陳氏亦介紹
了吳敬恆的書法、李叔同的書畫和音樂、蘇曼殊、凌叔華和豐子愷的畫等
作家的藝術成就。這些不屬於文學範疇的藝術創作，在一般文學史中很少
被提及，但陳氏卻一併介紹，可見他認為藝術和文學是不應割裂，故其書
中常以「新文藝運動」來代指「新文學運動」。陳氏以文學創作、學術研
究、藝術成就三者並論，突顯了民國時期作家的特點，就是往往為兼具多
方面才藝，打通文藝與學術的通才。這些都是因陳氏詳於人物的研究特色
才得以具體呈現的。

四、陳敬之的民國文學史觀

（一）時期的劃分

　　陳敬之對於新文藝運動時期的劃分，有鮮明的界定和獨特的看法。他
認為「中國新文藝運動，是中國新文化運動的主流」，[3]期間經歷「醞釀、
形成、發展和演變」[4]四時期，而「五卅」運動則是醞釀、形成、發展時期
與演變時期的轉捩點，以下將其發展以圖示之，方便說明：

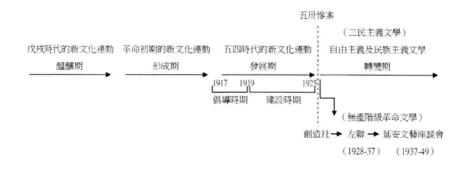

3　陳敬之：《中國新文學運動的前驅》（台北：成文出版社，1980 年），頁 1。
4　陳敬之：《中國新文學運動的前驅》，頁 1。

前三個時期對應三次新文化運動：

> 從歷史發展的觀點來看，「五四」時代的新文化運動，應該是「戊戌」時代和「革命初期」新文化運動的一種繼續發展。……「戊戌」時代的新文化運動，以「戊戌維新」為其最高潮；「革命初期」的新文化運動，以「辛亥革命」為其最高潮；「五四」時代的新文化運動，以「五四運動」為其最高潮。[5]

陳氏強調五四新文化運動是前兩次新文化運動的「繼續發展」，是之前的奠基、累積和演進的成果，因而他把一般新文學史或現代文學史不重視的戊戌和革命時期，納入新文學發展的醞釀、發展階段，而非以 1917 年作為截然二分的分水嶺而置之不論。另外，陳氏又將五四時期的新文化運動，再分為兩時期：

> 自此而上溯至民國 6 年的文學革命運動之開始，則應視為我國新文藝的「倡導時期」。在這一時期裏，從事於新文藝工作者的主要任務，是在對文言文的破壞和對白話文的提倡。他們所注意的，是在文藝的形式上如何力謀革新。自此而下迄於民國 14 年的「五卅」運動前夕，則應視為我國新文藝的「建設時期」。在這一時期裏，從事新文藝工作者的主要任務，是在如何建設新文藝或「新文藝往何處去」？他們所注意的已不是在文藝的形式上的革新，而是在文藝的實質上如何力求建設了。[6]

他以「任務」作分期的標準，把握到當時作家和文學發展所共同面對的實際問題，這問題不止是創作和研究上的，也是時代的。「文藝的形式上如何力謀革新」是偏重文藝本身體式、技巧的層面，而「如何建設新文藝或『新文藝往何處去』」則偏重作家和社會的意識型態，特別是政治意識型態的選擇和變化。這轉變代表了新文學形式初步建立後，接著面對的是內容和時代精神的進一步結合，因而亦必然進一步受時代影響同時又影

5　陳敬之：《中國新文學的誕生》（台北：成文出版社，1980 年），頁 2。
6　陳敬之：《30 年代文壇與左翼作家聯盟》（台北：成文出版社，1980 年），頁 1-2。

響著時代。如果前一時期的新文學作家有較統一明確的目標和方法，後期則更多猶疑和分歧。

陳敬之認為：「『五卅』以後……我國新文藝發展至此，就顯然可以看出，它已由前此的建設時期，而進入到另一個越乎常軌而陷於歧途的所謂『轉變時期』了。」[7]這是非常深刻的觀察。這轉變體現在「創造社」上。「創造社」起初是一個「為藝術而藝術的浪漫主義派」，經歷「五卅」運動後，則變為高舉「無產階級的革命文學」的大旗。1930 年「左聯」成立，集合了以魯迅為首的大批左翼作家，提倡文學為政治服務的革命文學。1942 年的〈在延安文藝座談會上的講話〉更提出「工農兵文藝」，進一步使文藝成為政治的工具，變成陳氏所謂：「由文學革命到革了文學的命」[8]。雖然「左聯」佔據了文壇的半壁江山，但自由主義的文藝和民族主義的文藝仍在「負隅頑抗」，陳氏稱此為當時文藝思潮上的「兩個壁壘分明的陣容」，並認為自由主義和民族主義的文藝可以包含在或等同三民主義的文藝思潮。[9]

（二）未涉及台灣文學

陳敬之的文學觀察基本上到 1949 年就已經停止，對於 1949 年之後的大陸文學，因為變成「遵命文學」而不予置評，而對於 1949 年國民政府遷台後，作家們在台灣的文學表現則並未提及，只注意到他們在台灣的生活經歷，並且主要集中在學術研究和教育事業上，但對於來台之後的文學創作較少關注，就更沒有涉及到台灣本土的文學創作了。

目光所及，僅在《中國文學的由舊到新》一書中引用大陸來台的詩人覃子豪對於象徵詩派的一段評論[10]，當然也並未涉及覃子豪本人的詩歌理論及實踐。

不過陳敬之有注意到民國的語言文化政策在台灣的延續與參考價值。首先，可以看到的是其提到吳敬恒所提倡的「國語運動」對於台灣國語推行的助力：「國語教育在台灣推行於全部中小學校，由於注音符號使

[7]　陳敬之：《30 年代左翼文壇與作家聯盟》，頁 2-3。
[8]　陳敬之：《30 年代左翼文壇與作家聯盟》，頁 8。
[9]　陳敬之：《30 年代左翼文壇與作家聯盟》，頁 9。
[10]　陳敬之：《中國文學的由舊到新》（台北：成文出版社，1980 年），頁 42。

每字讀音標準化，因而造成標準語音。故能在短短十數年中，使台灣與北平同成為國語區域。」[11]其次，關於持有進化論、追求西化的嚴復對待我國經史和孔孟之道一百八十度轉彎的變化非常重視，暗含「中西並重」的態度，陳敬之認為這一點為當時正在大力推行中華文化復興運動的台灣來說，有一定的借鑒作用。

（三）對新舊文學的態度

上文曾提到，陳敬之在新文學運動時期的劃分中，將戊戌時期的新文化運動作為整個運動的醞釀階段，因而他沒有排斥舊文學，而是將之納入討論。在其著作中，即有《中國新文學運動的前驅》、《新文學運動的阻力》、《首創民族主義文藝的「南社」》、《中國文學的由舊到新》四書涉及舊文學，佔其出版專書的內容超過三分之一，對比很多新文學史，這比例和篇幅都非常高。陳氏對舊文學如此重視，是因為他了解到舊、新文學的演變是漸進的，而非截然二分。新文學不是在 1917 年突然誕生，而是植根在舊文學的土壤中，慢慢發展成熟。例如他在《中國文學的由舊到新》認同周作人以明末文學革新為新散文產生的「伏流」；又認為黃遵憲「我手寫我口」的主張影響到以語體文為基礎的新詩運動。

作為新文化運動的開端，「戊戌」時代新文化運動為文學革命運動奠下了基礎，陳氏指出其四大貢獻：「它為新文藝的發展掃除了障礙」、「它為新文藝的思想開拓了源泉」、「它為新文藝的園地播下了種子」、「它為新文藝的語文塑造了模型」。[12]「戊戌」時代的文學雖仍為舊文學，但其形式、內容、精神已出現了異於傳統的變化，只是限於時勢，未能進一步推展：「雖然他們過去所作的努力，由於時機未熟，客觀的要求不夠熱烈，所以不曾引起多數人的注意和參加，不能成為一個廣大的運動；但他們直接間接早已為這一運動，提供了優越的條件和奠定了良好的基礎。」[13]故陳氏以之為文學革命運動的「醞釀期」，十分合理持平。

陳氏重視舊文學，並不代表他主張恢復舊文學，而是將之視為新文學的土壤和文學史發展的一部分。新文學誕生雖是建基於舊文學，但進化潮

---

[11]　陳敬之：《中國新文學的誕生》（台北：成文出版社，1980 年），頁 51。
[12]　陳敬之：《中國新文學運動的前驅》，頁 11-14。
[13]　陳敬之：《中國新文學的誕生》，頁 13。

流不能逆轉，如果舊文學頑固保守，不知退讓，就會成為新文學發展的阻力。他在《新文學運動的阻力》敘述了舊、新文學陣營的三次論戰，特別是「學衡派」對胡適為代表的新文學的批評，認為白話不能取代文言，最後終敗在胡適等人的批駁下。他說：「在文學革命運動的推行中，雖然也曾先後遭遇到守舊派像林紓、梅光迪、章士釗諸人的激烈反對；但基於天演的鐵則，自來新舊之爭，照例是新者勝而舊者敗。」[14]由此可見，他抱持的是文學進化史觀。

然而，進化卻不等於要把舊文學滅絕，而是將之作為進化的養分，陳氏認為胡適「他們並不曾反對歷史文化的回顧，而是著眼在舊文化價值的重估。其精神是進取的，而不是保守的。其目的在提煉舊的，要在新的中間去找位置；決不在歪曲或貶損新的，在舊的中間去求附會。」[15]他強調的是「價值的重估」，重要的不止是形式的革新，更要求「其精神是進取的，而不是保守的」。這一點，表現在他對「南社」中人的舊文學的評價上。「南社」文學絕大部分都是舊詩、詞、古文等舊文學，按照陳氏「自來新舊之爭，照例是新者勝而舊者敗」的態度，應該對此大加批評才是，但在《首創民族主義文藝的「南社」》一書中，他卻對「南社」文學相當推崇，所介紹陳去病、劉三、柳亞子、馬君武、吳梅、蘇曼殊、李叔同的文學，都是舊文學。這一方面固然因「南社」是清末成立，亦可作為新文學運動的醞釀和養分，更重要的是，「南社」高舉是推翻清朝、反對專制、鼓吹革命的民族主義大旗，欲以革命文學喚醒民心，帶動政治和社會的革命，這是合乎歷史發展的潮流，而且「南社」文學大都激昂進取、發揚蹈厲，與其他暮氣沉沉的舊文學不同。可見在陳氏心中，對文學取捨抑揚的標準，除了形式的新舊與否，其精神是進取還是保守，同等重要。舊文學雖然不能取代新文學，但作為個人創作是無妨的，所以他對郁達夫、蘇雪林等人的詩詞有所介紹和肯定；而他本人亦有以文言寫書和舊詩的創作。[16]

---

14 陳敬之：《中國新文學的誕生》，頁 13。
15 陳敬之：《中國新文學的誕生》，頁 5。
16 見《文學研究會與創造社》編後記及《陳敬之先生逝世紀念特刊》，載於《藝文誌》第 206 期，1982 年 11 月。

（四）五四運動的領導問題

　　1919 年的五四運動前後，正值中國和世界局勢動盪多變、思潮起伏的時期，共產主義也正在這時期傳入，造成後來五四運動領導權誰屬的問題爭議。1940 年毛澤東的〈新民主主義論〉明確提出：「五四運動是在當時世界革命號召之下，是在俄國革命號召之下，是在列寧號召之下發生的。五四運動是當時無產階級世界革命的一部分。」[17]認為五四運動是共產主義所號召的，這成為共產黨領導五四運動的官方說法，王瑤《中國新文學史稿》就說：「從理論上講，文學既是新民主主義革命的一部分，它的領導思想當然是無產階級的馬列主義思想。」[18]又說：「這也是新民主主義革命史的問題，就是說五四運動本身就是以李大釗、陳獨秀等為代表的具有初步共產主義思想的知識分子所領導的。」[19]後來中國大陸現代文學史的編寫，都遵從這史觀。

　　中國大陸以外的很多學者，卻持不同看法。周策縱就從時間上反駁其不合事實：

> 新思潮和新文學運動是在 1916 年成型，1917 年夏發展壯大起來，所有這些都發生在十月革命之前。……陳直到 1920 年才開始信奉共產主義，而李到 1919 年底以前還沒有全盤接受它。……而且反帝反封建思想似乎主要是在 1920 年以後才發展起來。[20]

　　另外，又指出「陳（獨秀）堅持認為『五四運動』是場『民主革命』運動。在他看來，『五四運動』應被視為『整個民主革命時期』的一環，民主革命開始於 1911 年辛亥革命而且還會繼續下去。」[21]陳敬之的態度與周策縱相似，亦是指出中共說法顛倒因果：

---

[17] 毛澤東：〈新民主主義論〉，《毛澤東選集》（北京：人民出版社，1964 年），頁 693。

[18] 王瑤：《中國新文學史稿（上冊）》（上海：文藝出版社，1982 年），頁 11。

[19] 同上註，頁 13。

[20] ［美］周策縱著，陳永明等譯：《五四運動史》（長沙：岳麓書社，1999 年），頁 493-494。

[21] ［美］周策縱著，陳永明等譯：《五四運動史》，頁 487。

從中國新文藝運動與中共匪黨的關係上來說，由於前者的產生在民國 6 年（1917），而後者的組成是在民國十年（1921），在時間上亦即彼此相距先後有四五年之久；而其間且由於先有新文藝運動給予中國的知識青年們以新的觀念、新的希望和新的動力，而後才接著有民國 8 年（1919）與五四運動挾以俱至且為舶來的共產主義的思想作媒介的新文化運動，這就很顯然的為我們說明了一個事實，那即是自新文藝運動以迄於與五四運動同時並起的新文化運動，它們與中共的關係，實在有如母之於子和根之於枝。如果沒有這些運動，也就不知道中共要在什麼時候才能出現。[22]

　　從歷史發展的角度來看，陳氏又認為「中國自有新文藝運動之後，而接著又有與五四運動同時並起的新文化運動，這乃是一種時代的與歷史的必然趨勢。」[23]文藝由貴族、雕琢、文言走向大眾、通俗、白話，是文學發展的必然趨勢，有沒有共產主義的影響，文學還是會如此發展；再者，在五四以後，「它（按指中共）在文藝上也就說不上有什麼特殊的表現；同時，更沒有提出什麼與共產主義思想有著顯明傾向的口號和主張。」[24]所以，他斷言毛澤東的說法是「一些歪曲史實和篡改史實的無恥謊言……以掩盡天下人們的耳目，並進而企圖達到篡竊五四新文藝與新文化運動的成果的目的。」[25]

（五）革命文學

　　對於「革命文學」的界定和研究，學界大多習慣將其源起定於無產階級革命文學的興起和論爭。而往前追溯早期的革命文學，也主要突出了鄧中夏、沈澤民等早期共產黨人的作用。近年來有學者注意到這一局限，如洪子誠、李怡等學者便提出關於「左翼文學與革命文學」問題的再思考，張武軍則進一步論及國民革命與革命文學的關係。[26]

---

[22]　陳敬之：《30 年代文壇與左翼作家聯盟》，頁 14。

[23]　陳敬之：《30 年代文壇與左翼作家聯盟》，頁 15。

[24]　陳敬之：《30 年代文壇與左翼作家聯盟》，頁 16-17。

[25]　同上註。

[26]　此處非本論文探討重點，僅引兩位學者論文作為輔助參考資料以察陳敬之的觀點。

　　作為台灣研究新文學運動的先驅，陳敬之對於中國「革命文學」的觀點於今日「革命文學」的研究具有一定借鑒、啟發意義。本文試圖從歷史時間脈絡與內涵精神兩個向度來對其觀點加以探討。

　　首先，陳敬之在時間脈絡上打破普遍一般文學史「革命文學」的時間認知局限。在《首創民族主義文藝的「南社」》中，他提出，20世紀初極具影響力的「南社」是革命文學之正宗。南社成員具有強烈的反清意識，其志業在於「反抗異族，入主中華」。陳敬之認為，從南社於辛亥革命之前所刊載的兩組專題文章〈關於秋瑾殉國〉、〈關於明末愛國英雄〉可窺見其詩文的主要內容。由此可知南社於「當時對於革命的鼓吹和人心的轉移，自然都發生了莫大的啟迪和影響作用」[27]，其「有裨於辛亥革命的成功與民初倒袁的勝利」[28]。

　　在《中國文學的由舊到新》中，陳敬之關注到革命劇團對國民革命軍北伐所起到的促進作用：「許多革命劇團，表演了一些發揚民族精神的革命戲劇，並和國民革命軍的北伐同其始終。其對國人有裨於革命思想的闡揚與革命精神的技法，當可想見」[29]。陳敬之在更廣義的「革命文學」範疇下，對其進行探討，由此關注到「革命文學」與「辛亥革命」、「國民革命」的關係。

　　其次，陳敬之認為「革命文學」的內涵應是民族主義的。他在文中，引汪精衛為《南社叢選》所做的序言中一段話：

> 國之革命文學，自庚子以後，始日以著，其影響所及，當日之人心，為之轉移，而中華民國於以形成。此治中國文學史者，所必不容忽也……革命黨人所以能勇於赴義，一往無前百折而不撓者，恃此革命文學，以自涵育，所以能一變三百年來奄奄不振之士氣；使即於發揚蹈屬者，亦恃此革命文學以相感動也。[30]

參李怡：〈開拓中國「革命文學」研究的新空間——建構現代大文學史觀〉，《探索與爭鳴》2015年第2期；張武軍：〈國民革命與革命文學、左翼文學的歷史檢視——以武漢《中央副刊》為考察物件〉，《中國現代文學研究叢刊》2015年第5期。
[27] 陳敬之：《首倡民族主義文藝的「南社」》，頁4。
[28] 陳敬之：《首倡民族主義文藝的「南社」》，頁5。
[29] 陳敬之：《中國新文學的由舊到新》，頁203。
[30] 陳敬之：《首倡民族主義文藝的「南社」》，頁6。

　　他認為這段話不僅是對「革命文學」的純正詮釋，說明了當時的革命文學對於革命黨人和革命事業所給予的重大影響，也體現了南社的基本精神之所在。他指出，南社主要旨趣在「實以提倡民族氣節和激勵革命精神」[31]，而能夠達到重大的啟迪和影響作用的原因在於「糾合了全國才氣縱橫，放歌豪飲的革命文士」，而其選刊的作品都「屬於一種所謂的革命的正宗」，「幾至沒有一篇不是天地間的至文，也沒有一篇不是中華民族魂的一種結晶品……稱得起是一些不朽的有著永久生命的作品」[32]。這在中國革命和中國現代文藝發展史上，都具有極大的影響和促進作用。與此同時，陳敬之認為，民族主義的文藝即是三民主義的文藝；自由主義是民主主義文藝的友軍，三民主義文藝思潮裏的一股支流。

　　而對於創造社後期所提出的「無產階級」的「革命文學」，陳敬之感歎「真可謂是到了『由文學革命到革了文學的命』的嚴重階段！」[33]。在他看來，郭沫若等人所提倡的「肯定文學的階級性……文學服從於政治的要求，革命的要求」[34]抹煞了文藝創作的自由，把文藝作為政治宣傳工具。其「所倡行的一種掛羊頭賣狗肉的所謂『革命文學』」也並非是真正的「革命文學」。同樣的，「左聯」作為「無產階級的革命文學」的代表，不過是中共的「御用組織」。他引鄭學稼的話加以闡明：

> 五四運動「文學革命」始於陳獨秀先生的「文學革命論」，終於毛澤東的「文藝講話」。如果前者是高揭文學革命的大旗，那後者就是砍下他。[35]

　　在他看來，左翼革命文學作品「其『量』雖多，可是其『質』則劣」[36]，真實內涵不過只是「賣膏藥式的十八句江湖口訣那樣的標語口號式或廣告式的無產階級文藝」[37]。其實旨在「有計畫地去領導、發展所謂的『革命文學』的運動，並加強文化戰線上的鬥爭。透過文學這一藝術武器……喊

31　陳敬之：《首倡民族主義文藝的「南社」》，頁5。
32　陳敬之：《首倡民族主義文藝的「南社」》，頁1。
33　陳敬之：《文學研究會與創造社》，頁126。
34　陳敬之：《文學研究會與創造社》，頁125。
35　陳敬之：《30年代文壇與左翼作家聯盟》，頁35。
36　陳敬之：《30年代文壇與左翼作家聯盟》，頁11。
37　陳敬之：《30年代文壇與左翼作家聯盟》，頁11。

出『無產階級的革命文學』和『文藝大眾化』的口號……藉以爭取大多數的文藝作家走向左翼陣容的這一邊來」[38]，而非促進文學發展。

由此可見，陳敬之認為，真正的「革命文學」在於其是民族主義的，是可以激發民族精神、促進革命發展進程的文學。他站在右派立場上，對於後期創造社和「左聯」的左派階級革命文學給予批判，反對他們將文學變為政治的工具和附庸。但同時，由於其仍未超出政黨的局限，因此對「革命文學」的認識依然存在一定局限性，缺乏更為全面的認識。

（六）文體觀察

論及陳敬之的文學史觀尤其是民國文學史觀，不得不從具體的文體加以觀察和說明。陳敬之的專書《中國文學的由舊到新》，按照詩歌、小說、散文、戲劇四種文體，「分別從古典到現代加以連串，並作順序的討論，可以藉此看出發展的全貌。[39]」這四種文體，自然是現代普遍的劃分方式，但陳敬之進行了由古至今的演進式的綜合討論，並未將古代的文體概念與現代的意義做一生硬的對應，也沒有全然割裂開來，由此可見其對文體的理解和認識。

同時，在討論不同文體的發展時，陳敬之也注意到相關的文學理論與創作實踐兩個層面的關係。這也是因民國的特性而來，在一個社會激烈動蕩、社會文化各方面都在由舊轉新的演變過程中，文學自身的發展軌跡和發展需要這樣的內部原因自不必說，由於「民國」種種社會文化因素，而導致對不同文體的革新需求，而由此產生的理論，也對當時的文學創作和研究具有相當的影響，不少創作者會因為呼應理論需要、拓展文學發展空間而進行相應的創作。

1. 詩歌

陳敬之認為，古詩到唐代達到巔峰，之後的作品便逐漸難以超越先賢，至清末時已到了一個生命有機體必須蛻變的時刻。而新詩興起的原因，陳氏認為外以西洋文藝和譯詩的風行，內以文學革命運動的風潮影響

---

[38] 陳敬之：《30年代文壇與左翼作家聯盟》，頁21。
[39] 陳敬之：《中國文學的由舊到新》，頁5。

而先後展開的，因此是「在歷史進化與外來思想的雙重衝擊和影響下[40]」的結果，此非民國之社會文化的開放，對西方文學文化的引介，以及文學思想的革新而不能成行。

由演進的視野來觀察詩歌，也有一演進為何的判斷標準。陳敬之認為新詩前驅是清末的夏穗卿、譚嗣同等人所倡導的「詩界革命」，因為他們雖形式仍古，但內容上漸有反古之新聲。陳又引胡適的觀點認為要澈底革新詩的內容，必須從其形式的革新開始，故必打破舊體、自由創作。由此，陳氏以在 1918 年《新青年》刊載的新詩之倡為新詩運動的起點考察，較之時間上的分期探討，陳敬之認為不如採取分派之論，分為自由詩派、格律詩派和象徵詩派。這三個詩派的劃分其實並不新鮮，是學界較為普遍的看法，但陳敬之的視角在於，這詩歌的三派也有一個先後之別，存在變化演進的關係，是一種必然的趨勢。

第一個詩派是自由詩派。這一派別以胡適的新詩之倡起也以胡適為代表，由打破傳統規格韻律，採取自由、活鮮的形式表達各種新內容的新精神，「但開風氣不為師」，陳敬之指出，隨自由而來的「淺露、叫囂、枯竭與陳腐的弊病則仍在所不免」[41]，故此時形式雖革新、但過於隨意，因而內容無法與之協調而產生具有文學的美感。與這一觀點相應的是，陳敬之在這一階段注意到早期的詩歌創作者陸志韋，陸以心理學家和語言學家聞名，其新詩創作卻鮮為人知，陳敬之因此對其新詩試驗重形式而別有清淡的風味持以肯定態度。

自由詩派日漸衰微時，格律詩派應運而起。其理論以聞一多的「三美」為代表，而創作則以徐志摩最突出，吸收西洋格律詩的菁華，追求形式整齊音節鏗鏘並含蘊意境風格。陳敬之認為格律詩派的主張對詩界起啟迪作用[42]，賦予形式美正面的意義，以嚴肅態度對待創作而引導新詩由自由走向正常規範。但其缺陷也隨著形式的過於強調而逐漸顯露，因一味注意形式而忽略內容，格律詩派的佳作漸少而趨於沒落。

第三個應運而起的則是以李金髮為首的象徵詩派，吸收法國象徵詩派的特色，重主觀感覺、不同於格律詩過於僵化的形式，重視自然的節奏和

---

[40]　陳敬之：《中國文學的由舊到新》，頁 28。

[41]　陳敬之：《中國文學的由舊到新》，頁 35。

[42]　陳敬之：《「新月」及其重要作家》（台北：成文出版社，1980 年），頁 23-24。

音韻。但陳敬之也同時指出其弊病是過於隱晦難解，無法使大眾乃至一部分知識分子完全欣賞。

以上為截至 1928 年北伐成功為止的十年的階段性的考察，然而到抗戰期間，陳氏認為雖有少數基於個人自覺和對國家民族的熱愛而書寫的佳作，但大多數詩人已為中共所迷惑而變成所謂「工具詩人」，詩歌變質，新詩命運難以想像，作者對新詩的觀察也就此停滯。儘管如此，但陳敬之對新詩尤其是早期新詩的評價還是較為正面的：「新體詩的發展，其成果和造成極盛一時的局面，其他同時並起的新文體如散文、小說、戲劇顯然要瞠乎其後了。[43]」

2.小說

眾所周知，中國古代並沒有「小說」這一文體概念，而《莊子》中所謂「小說」一詞，則是與「大道」相對的瑣屑之詞。陳敬之所採用的「小說」內涵，指的是現代意義上的虛構故事。[44]以此角度陳氏分析了從神話傳說到筆記、傳奇、平話、明清小說的中國古代小說的發展流變，指出其中的發展規律是「由文言進到白話，由短篇進到長篇，由神怪進到人間，由簡體進到章回。」[45]而對清末開始新小說的論析則分為三個階段展開。

第一個是清末到辛亥革命時期。陳敬之說明這一時期是「舊小說的光榮結束，而同時也顯示了新小說的順利開展。」[46]此一時期小說繁盛的原因，陳敬之的論述理路分為兩個方面，一個是外部社會因素：「由於辛亥革命的大動盪，使得中國舊社會的每一個細胞，都起了新的反應，而小說當然也沒有例外。」[47]這說明陳敬之敏銳地注意到這一時期的社會環境對文學革新施加的影響。另一個是就當時的文學活動而言。一是梁啟超的〈論小說與群治之關係〉一文使知識分子深受影響，提高了小說地位，認識到其重要性。二是林紓等桐城派古文大家譯介的歐美小說，從形式、內容、描寫上給作家們以新的刺激。

---

[43]　陳敬之：《中國文學的由舊到新》，頁 33。
[44]　陳敬之：《中國文學的由舊到新》，頁 48。
[45]　陳敬之：《中國文學的由舊到新》，頁 169。
[46]　陳敬之：《中國文學的由舊到新》，頁 80。
[47]　陳敬之：《中國文學的由舊到新》，頁 80。

　　第二個時期是新文藝運動時期。陳氏認為這一時期的小說顯著表現在短篇之盛行。究其原因，是受新文藝思潮的影響。作者急切希望藉由短篇小說改編舊社會的病態，而不願曠日持久從事長篇創作；對讀者來說，也受新思潮洗禮，渴望在戰鬥性短篇中找尋刺激和發洩，也無暇欣賞長篇。這樣的趨向是由理論而起的。胡適發表在新青年上的〈論短篇小說〉，指出那時世界文學的趨勢是由長趨短，而陳敬之認為胡適的這種意見，對新文藝運動初期乃至今日的小說界都具有時代意義。

　　陳敬之認為第一個創作小說者是魯迅，魯迅後期的作品雖「減少了熱情，不為讀者所注意了[48]」，但他仍「不能不說是首先吸收了西洋小說的體式和技巧而為中國的短篇小說的奠基人[49]」。他對這一時期小說的評價及標準是：

> 短篇小說的故事結構也並不怎樣謹嚴，人物多半是預擬的，反正這些故事和人物，不過是作者們用來表現主題的符號罷了。祗要避免生硬的說教氣味，而能運用比較藝術的手法，做到讀者在不知不覺中感受或多或少的影響，就算是成功的作品了。[50]

　　第三個時期則被陳敬之視為新文學發展中的逆流時期。陳敬之將論述分為兩個部分，第一個是民國 10 年至民國 15 年北伐前夜的發展，主要表現在文學性社團的出現——「文學研究會」和「創造社」。此時期取得的成果為小說取材的擴大，體式上長短篇兼有，眾多優秀小說創作者出現。陳敬之的評價是：

> 中國新小說發展至此，不但在形式上、內容上、乃至技巧上，都已臻於「充實而有光輝」的境地，而且在表現上、在成就上，它更為新文藝運動造成了一個「一枝獨秀」局面。[51]

　　第二個時期則話鋒一轉，他認為自民國 16 年國共分裂後，在發展中出現逆流，提倡所謂「革命文學」，以魯迅為首的左翼作家將符合其標準

---

[48] 陳敬之：《中國文學的由舊到新》，頁 84。
[49] 陳敬之：《中國文學的由舊到新》，頁 84。
[50] 陳敬之：《中國文學的由舊到新》，頁 85。
[51] 陳敬之：《中國文學的由舊到新》，頁 87。

的以及左翼陣營中的所謂「普羅」小說大加吹捧而對其他小說加以鞭撻。抗戰之後共黨的政治滲透更加嚴重，小說公式化嚴重而並無置評必要，由此可見陳敬之對於政治意識型態滲透文學創作的態度。不過陳敬之也點出抗戰時期為批評者所忽略的在寫作技巧和表達內容上均屬佳作的四部長篇小說：徐訏的《風蕭蕭》、李輝英的《人間》、王平陵的《歸舟返舊京》、錢鍾書的《圍城》，但陳氏並沒有對其進行較為具體的評述。

　　至於 1949 年之後，文壇型態已由之前的「革命文學」進到「遵命文學」[52]，更何況大陸文藝工作者命運淒慘，則更不足談，陳敬之對於民國文學中小說的觀察至此便停滯。

3. 散文

　　古代的散文概念是相對駢文而言的，經幾千年的發展由舊轉新，陳敬之認為是時代要求和實際需要形成的必然趨勢。新散文的內涵並不同於舊散文，它是一種美文，是依據現代的文體分類與新詩歌、新小說、新戲劇並列的一種文體，是屬於純文學的範疇。其表達工具是語體而非文言。不同於古代散文過於寬泛的領域和分類，命題、取材、行文上可以囊括萬物，即「獨抒性靈，不拘格套。」這一點陳敬之與周作人在《中國新文學的源流》中的觀念相合，認為民國以來的新文藝運動，是明末文學革新運動的一股伏流。而新散文能得到發展的因素，包括歷史承接、西洋影響、本質優勢三個方面。

　　本質優勢在於雖然散文與其他三種文體並列，實際上是寫好其他文體的基礎，其他文體無不以散文為骨幹，它扮演一個全能角色，又是獨立的。這是散文發展不同於其他文體的天然優勢。陳敬之對散文的看重，或許是他另外寫了一本《早期新散文的重要作家》的原因，散文是四種文體中唯一一個單獨討論成書的。

　　陳敬之在散文方面與周作人相合的還有對分類的觀點。古人稱為「載道」和「言志」，今人稱為「說理」和「抒情」，其中陳氏較特別的一點在於，他不認為說理與抒情是截然分開對立的。由這樣的兩種分類而來的新散文，具有兩條發展道路，陳氏引周作人在《澤瀉集》中這段話來說明：

> 戈爾特堡批評藹利斯說，在他裏面有一個叛徒與一個隱士，這句話
> 說得最妙：並不是我援藹利斯以自重，我希望在我的趣味之文裏也
> 還有叛徒活著。[53]

　　而這條道路以周氏兄弟為代表，兄長魯迅是「說理」或「載道」的戰鬥性雜文的榜樣，「叛徒」一詞指向這種風格。而弟弟周作人則是「抒情」或「言志」的文章典型，周作人、林語堂等一派的「小品文」，也因而被歸為「隱士」一類。「叛徒」與「隱士」這兩個概念內涵其實反映了陳敬之對文學取向的論斷，同時也隱約含有知人論文、人如其文的思想[54]。實際上，在《早期新散文的重要作家》一書中，陳敬之廣泛運用這兩個概念去定位散文作家，如陳認為林語堂在《語絲》時期是「叛徒的精神多於隱士的風範[55]」，而到了《論語》、《人間世》、《宇宙風》時期則逆轉過來等等。

　　陳敬之對散文的評判標準則是「它必然是思想純正，感情豐富而又形式美化的一種總結晶，而不是以無聊為有趣，以罪惡為真理，以標語口號為藝術的東西。[56]」這影響到作者對周氏兄弟散文方面的評價，雖一個是「有閒階級的幫閒」，一個是「無產階級的幫兇」[57]，陳氏認為後者比前者更令人深惡痛絕。對應到「叛徒」、「隱士」之說，《早期新散文的重要作家》中收錄作家以「隱士型」居多，如周作人、俞平伯、林語堂、豐子愷等，戰鬥性散文則鮮少提及而多納入《30 年代文壇與左翼作家聯盟》討論，亦可見其個人對散文的取向。

4. 戲劇

　　陳敬之評價戲劇及戲劇運動的基本看法，除了對戲劇本身內容和形式的要求外，也有這樣的視角：「中國新戲劇運動之由理論真正進入實踐，

---

[53]　轉引自陳敬之：《中國文學的由舊到新》，頁 116。

[54]　陳敬之評周氏兄弟時，認為「魯迅熱而好強，作人冷而自棄，故文如其人，人亦如其文。」故一個成為「叛徒」一個成為「隱士」而分道揚鑣。見陳敬之：《中國文學的由舊到新》，頁 117。

[55]　陳敬之：《早期新散文的重要作家》（台北：成文出版社，1980 年），頁 108。

[56]　陳敬之：《中國文學的由舊到新》，頁 119。

[57]　陳敬之：《中國文學的由舊到新》，頁 118。

亦即它開始有著自覺的進步，並進而使之成為傳播思想，促進社會和改善認識的工具。[58]」故陳敬之不僅關注戲劇的理論，更強調由之而來的實踐。同時，強調文藝工作者的創作自覺和自主性，進化的思路依舊貫穿其中。另外，與其他三種文體稍顯不同的是，更強調戲劇的時代價值和社會功能性。

　　陳敬之對戲劇演進的觀察及評斷，也印證著他這樣的觀點。他將新戲劇的發展分為四個階段。第一個階段是五四之前的文明戲。陳敬之認為「文明戲」在形式和內容上與舊戲不同，更重要的是它所具有的進步觀念和時代意義不同以往：準備和表演文明戲本身，已是一種具有反抗精神的革命行為，同時，劇目上的求新求進，也是緊隨時代潮流而動。但文明戲到了後來，發生了變質：形式上較為隨意而不定；內容上良莠不齊；劇團人員成分混雜；劇團表演目的不一⋯⋯文明戲因而從此逐漸沒落。

　　第二階段是五四時期。文藝運動上，新戲劇運動（亦即話劇[59]運動）是文學革命在戲劇方面的展現，它將矛頭指向傳統平劇，認為其形式刻板公式化、內容已不符合現實而加以批判，但陳敬之提及宋春舫的「改良中國舊劇」主張，肯定平劇已較為成熟，而話劇的具體事實不足，認為此等「改良主義」較為中肯。

　　從胡適的〈建設的文學革命論〉認為須向西洋戲劇取經起，受易卜生影響的「問題劇」因而盛行，然而初期的戲劇理論多而實踐少，且多排演西洋戲劇，陳敬之認為尚未達到自覺狀態。而 1921 成立的「民眾戲劇社」則開始進入自覺狀態，一方面表現在其「戲劇協社」理論付諸實踐的努力，一方面也表現在「人藝戲劇專門學校」的創立在傳播和培養人才上的貢獻。這兩個階段的關注點主要在戲劇本身的發展及其自覺性。

　　第三階段是五四後到抗戰爆發前夕，陳敬之對戲劇的討論焦點有所轉移：

　　　　自民國 14 年（1925）至民國 16 年（1927）北伐前後，這幾年間，
　　　　由於南方的革命空氣激盪到戲劇界來，因而劇運的進展日益加速，
　　　　戲劇的功能也隨之日益提高⋯⋯許多革命劇團，表演了一些發揚民

---

[58] 陳敬之：《中國文學的由舊到新》，頁 198。
[59] 針對文明戲的缺陷而稱有固定劇本和台詞的為「話劇」。

族精神的革命戲劇，並和國民革命軍的北伐同其始終。其對國人有
裨於革命思想的闡揚與革命精神的技法，當可想見。[60]

爾後中國戲劇已成為一種全國性的運動，而且隨著日本的侵略加劇而
更成為激發全國軍民的重要手段。民間、政府、地方機關對戲劇活動和戲
劇教育的努力，都說明此一時期話劇的繁榮與劇運的昌盛。到了第四階段
抗戰爆發，戲劇的社會功能性更加強，「中國戲劇界抗敵協會」成立，戲
劇工作者集結於此一旗幟下，利用戲劇工作激勵人民與發動大眾。「此一
時期的黨政軍當局的倡導策劃與一般戲劇工作者的努力推行，因而使得它
對抗戰大業具有極大的貢獻。」[61]然而陳敬之也指出在抗戰後期，共產黨
開始單獨行動，利用戲劇為其統戰工具，「使那時的劇運以及一般的戲劇
工作者幾乎全部為共黨所掌握[62]」，而之後也就時局逆轉，新劇歸於沒落。
新戲劇因時代社會需要而蓬勃，但也因此而沒落。

五、陳敬之文學史觀中的「民國性」

20 世紀初的中國社會正處於由舊入新的激盪變革狀態。一方面，清王
朝的覆滅、民國憲政機制的確立，民國經濟、教育機制等的建立和發展；
另一方面，戰爭頻發、軍閥混戰的局面都使得社會呈現出不同於清代的面
貌。而這也與 1949 年之後的「共和國」，甚至與遷台后的「民國」社會
都有不同的呈現。在這樣大背景下誕生、成長起來的民國文學，同樣也表
現出不同於其他時期文學的獨特民國風貌。韓偉曾提到，「『民國性』是
民國歷史文化與民國文學得以展開的一個根本和基礎。研究民國文學離不
開民國歷史文化，民國文學是在民國歷史文化的場域中顯現的。我們只有
把握住了民國文學的『民國性』特質，才能真正叩啟民國文學研究的大門，
才能解蔽民國文學的發生與發展、民國作家的生存狀態、作品內涵，以及
民族主義文學思潮」[63]。

---

[60] 陳敬之：《中國文學的由舊到新》，頁 203。

[61] 陳敬之：《中國文學的由舊到新》，頁 213。

[62] 陳敬之：《中國文學的由舊到新》，頁 216。

[63] 韓偉：〈「民國性」：民國文學研究的應有內涵〉，《西北師大學報（社會科學版）》，
2014 年第 2 期，頁 16。

　　由前文介紹可知，陳敬之於 1911 年出生，1982 年在台灣逝世。觀其一生，可以說作為「民國」時代的見證者與參與者，陳敬之的人生深深受到那個時代的影響。張堂錡於〈「民國文學」研究的時空框架問題〉一文中提到：「文學的『民國性』一詞，作為在有關現代文學史思考架構下與『現代性』相對的一種概念，是文學的『民國機制』與『民國風範』交互運用、共同體現的一種獨特的民國文學精神內核、人文傳統與審美特徵，它既對民國文學產生直接間接的制約與影響，又同時在各種文學作品與藝術形式中被書寫、被彰顯、被證明」。[64]他進一步提出文學的「民國性」應該具有以下幾種特質：現代的、民主的、平民的、中國的。民國文學的「民國性」特質對陳敬之文學史觀的形成有一定的影響。反之，我們也可以從陳敬之的文學史觀中展現出「民國」風貌。本文參考張堂錡先生的觀點，試圖通過「現代的」、「民主的」、「平民的」這三個向度對陳敬之在其論著中所凸顯的「民國性」進行探討。

（一）「現代的」

　　對「民國性」的探討並不意味與「現代」相背離，形成截然相對的局面。相反，「民國性」中的「現代的」特質由於重在強調與清代之前社會的本質差異，而成為其關鍵點與立足點。「現代的」突顯文學「民國性」中的推翻、變革過去與超越過去的力量。其主要是從語言形式、內容、傳播媒介再到大學教育等各方面呈現當時一種全面現代的面貌，代表的是一種革新。

1. 語言形式：關注語言變革

　　語言的變革是社會在推進變革進程中很關鍵的一步。言文一致的「國語」不僅是創造「國語文學」──新文學的基礎，也是創制現代民族國家的重要基礎和條件。在陳敬之的新文學著述中，我們可以注意到他對於語言變革的關注。陳敬之在《新文學運動的阻力》中指出，如林紓、章士釗等守舊文人在三次「『文』『白』論爭」中都不得不面對白話成為主流的局面。新文學的發展帶來的白話變革已經到了根深蒂固、難以撼動的階

---

[64] 張堂錡：〈「民國文學」研究的時空框架問題〉，《中國現代文學》半年刊第 26 期，2014 年 12 月，頁 84。

段，「可以見出新文學運動的力量是順乎自然地日益加大，而反對的力量相反則漸趨式微」[65]。

在對於作家的介紹論述中，陳敬之同樣注意他們對於語言現代性的貢獻。在《中國新文學的誕生》中，對於吳敬恒所致力的國語運動，陳敬之認為稚老之於「國語運動」的貢獻「其偉績宏圖，真可謂無遠弗屆」[66]，「這與中國科學化運動是同一樣的重要。因為他們同是挽救中國危亡和導致中國富強的兩件重大工作」。而這也對後來台灣所推行的注音符號甚至南洋華僑的國語教育都有深遠影響。

2. 教育：關注作家、學者對於教育問題的貢獻

「現代的」特質還體現於對教育的重視和對青年一代的關心上。民國時期，許多留學海外的學者回國後，面對內憂外患的複雜社會局面和國內教育發展的落後，意識到「教育救國」的迫切性。因此，他們開始致力於對舊有教育制度的改革和新教育理念的樹立。陳敬之自身有教育工作的經歷，因此他在著述中，十分關注作家、學者對於教育問題的貢獻。對於蔡元培之於我國初期教育基礎的奠定與日後教育的發展的貢獻，陳敬之給予很高的評價。他認為蔡元培提出的教育方針「能兼顧到各方面，不若清末頭痛醫頭、腳痛醫腳之支離破碎者」[67]、「教育政策的確立，各級學制的改良，課程標準的修訂，教科書籍的編審，普通教育的推行，社會教育的開創，女子教育的提倡以及大學教育的推廣整頓……無不殫精竭慮，為劃時代之革新，作千百年之打算。一方面結束了滿清時代的舊教育，另一方面也為我國新教育奠定了穩固的基礎」[68]。在關於梅光迪的論述中，陳敬之評價他是「矢志教育忠愛國家」。他認為梅光迪「以注重通才教育、提倡人文主義為其職志，務使承學之士，皆能闊中肆外，篤實而有光輝」[69]。對於文人、學者們對於教育的貢獻，陳敬之在其文學史著述中都相當重視，並給予讚賞。由此可見，他對當時教育改革的關注。

---

[65] 陳敬之：《新文學運動的阻力》，頁 144。
[66] 陳敬之：《中國新文學的誕生》，頁 51。
[67] 陳敬之：《中國新文學的誕生》，頁 73。
[68] 陳敬之：《中國新文學的誕生》，頁 73。
[69] 陳敬之：《新文學運動的阻力》，頁 111。

3. 學術：關注文學學術的發展

　　陳敬之在新文學史著述中十分關注作家對於文學學術上的建樹。這一點在其他文學史著述中較少被提及。他注意到文學「現代的」的特性不僅僅表現在文學語言、形式、內容等方面，還體現在其學術上的轉變與突破。

　　在《中國新文學運動的前驅》中，對於王國維以西洋文學原理來批評舊文學的首創，陳敬之引吳文祺的話評價道：「我們即稱他為文學革命的先驅者，似乎也不是過分的誇大的尊稱吧」[70]。在陳敬之看來，「文學革命」不應只局限在文學語言、形式、內容上的革命，同時也要去關注學術領域的新突破。又如，他對於聞一多以弗洛伊德學說解釋詩經說：「這是聞一多的獨特研究，也是他於古人音韻訓詁之外在運用西洋近代社會科學的方法所獲得的一種精到而深入的研究結果」[71]。陳敬之認為，在中國語音發展中，正是由於劉復在北大設置的「中國語音樂律實驗室」，為中國語音學開創了一個新紀元。同時，陳敬之關注到蔡元培於學術上的貢獻：「他（蔡元培）對中西文化問題所採取的主張，厥有兩端，一是主張用客觀態度和科學方法整理中國固有文化；一是主張我國應選擇西方優良文化而吸收之，消化之……創造出一種適合時代需要的『新文化』」[72]。

（二）「民主的」

　　在考察「民國文學」特性時，我們必然會注意到民國憲政機制對於「民國文學」產生的重要影響。由 1912 年《中華民國臨時約法》的頒布，到封建復辟、地方分權勢力等負面影響，再到 1946 年的《中華民國憲法》最終確定，民國憲政建設走過一段曲折的道路。但也因為如此矛盾、複雜的環境，反而賦予作家較為廣闊的創作空間，給予文學發展更大的可能性。「民主的」這一特質，呈現的是當時的民主氛圍，它展現社會寬容的面向，無排他性的、精英與通俗、男性與女性、白話與文言等等的共融局面。

---

[70] 陳敬之：《中國新文學運動的前驅》，頁 212。
[71] 陳敬之，《「新月」及其重要作家》，頁 82。
[72] 陳敬之：《中國新文學的誕生》，頁 84。

1. 對社團流派的專書考察

　　陳敬之對於新文學著述體例的處理上體現「民主性」。在當時社會機制的保障下，民國時期的社團林立，流派眾多，眾聲喧嘩。無論是政壇、文壇還是學術界，都呈現百家爭鳴的局面。陳敬之關注到這一特性，並在新文學著述體例上側重於對當時各類團體和人物的研究。通過對於不同團體流派的介紹，還原中國現代文學史中的「民主」特性。而他對於每個作家所做的從私人軼事到文學、學術再到社會、政治等全面的介紹，也呈現出一種多元面向的時代特徵。

2. 對新舊文學的兼容並收

　　前文在論述「陳敬之的民國文學史觀」時對於舊文學並非全盤否定的態度，我們可以看到他對於白話與文言「民主」的詮釋。在《中國新文學的誕生》中，對於錢玄同提出的為打倒文言文而主張廢除中國文字的舉動，陳敬之認為這是一種「錯誤」。在陳敬之看來，「中國文字是中國文化的特徵，也是民族主義的基本因素，即國魂之所寄，中國之所以能成為大一統的規模者，由於文字之統一。由此可見中國文字在中國民族文化傳統上是如何的值得珍視」[73]。同時，陳敬之指出，嚴復由宗仰天演進化學說和追求完全西化轉變為強調採取「新舊兼容」、「中西並重」的折衷政策，「不更值得我們特別引為借鏡之資」[74]？在他看來，蔡元培任職北大校長時對於聘請老師所採取的「冶『新』、『舊』於一爐」的方式是「認識了雙方的真正價值」[75]。

　　關於陳敬之對於新舊文學的態度，我們或許可以藉由周錦於《新文學運動的阻力‧編後記》中提到「因為陳先生本身就是一位傳統的舊式文人」來理解。陳敬之幼年時習經史詩文，深知中國古典文學的價值。因而他認為舊文學不應該被全部滅絕，而應作為新文學的土壤，去加以提煉。這也是民國時代下所特有的現象，許多民國文人身上都有著與陳敬之相似的經歷和想法。他們處於新舊交替的時代，深受中國傳統文化的熏陶，又同時

---

[73] 陳敬之：《中國新文學的誕生》，頁 173-174。
[74] 陳敬之：《中國新文學運動的前驅》，頁 169。
[75] 陳敬之：《中國新文學的誕生》，頁 79。

接受西方自由、民主、科學思想的學習。或固守傳統，或揚新棄舊，或兼顧二者。立足於當下的時代，我們不得不敬佩以陳敬之為代表對新舊文學採取兼容態度的文人、學者的長遠眼光，以及他們對保留中國傳統文學、文化所做的貢獻。

（三）「平民的」

民國以來要求啟蒙與解放的思想潮流漸起，「民國文學」作為社會文化的一部分實際上呼應了這樣的需求，胡適、陳獨秀等人樹起「文學革命」大旗，要以「國民文學」取代「貴族文學」，周作人等提出「人的文學」，提出要以人道主義為本，書寫自然人性，其實都是在提倡文學應該面向廣大平民百姓，應該是「平民的」。同時，社會經濟型態的轉變、傳播媒介的興起與變革、教育的近現代化，也使文學有條件從殿堂走向平民。「平民的」特性在陳敬之的書寫中主要包括了兩個層面：

1.創作主體的擴大：對女性文學的關注

文學創作主體在過去集中精英知識分子，而這其中基本上是男性，雖也有女性作家，但能被留在文學史中的屈指可數。民國以來女作家數量激增，創作主體隨之擴大，不得不說是特有的現象。陳敬之專著一書《現代文學早期的女作家》，專門探討女性文藝，強調女性文藝與男性文藝並無優劣之分，女性也創造了優秀的文學作品，並給其他創作帶來靈感。陳敬之指出，女性文學在此時發展的原因，一為民國社會發展和內部需要：

> 由於中華民國的正式建立，一切既已「革故鼎新」，而接著又有了「新文學運動」和「新文化運動」的浪潮的相繼掀起……也是我國的新女性打破禮教的枷鎖、衝決家庭的羅網、並進而昂首挺胸、走向社會、爭取女權和提倡男女平等的時代。正以此故，所以這些新女性自然有許多痛苦的經驗和嶄新的情感與意見，需要發表，需要盡情一瀉為快。[76]

---

[76] 陳敬之：《現代文學早期的女作家》（台北：成文出版社，1980 年），頁 8。

　　二為媒介的提供。此時新出版的報刊給予作家尤其是女性作家以寫作和發表的平台，這是之前所無法實現的。

　　在此書中，陳敬之分別探討了陳衡哲、冰心、盧隱等女作家的生平及文藝創作，在女性文學的書寫中，尤其關注其文學風格的彰顯，如他認為盧隱「作風明快而大膽」，冰心「婉約而秀媚」，丁玲「氣勢磅礡」等[77]，以突出女性文學的獨特性。同時，陳敬之的觀察也未止步於早期，對他當時所處時代的女作家也有相當的評價，可見其對女性文藝的持續關注：

> 從今日自由中國的女作家來說，其人數之多，固為前所罕觀；而自其作品來說，無論在形式和內容上，或在質和量上，其所顯示的突飛猛進、一日千里之勢，則尤有非「五四時代」所可與之相提並論者。[78]

2. 文學內涵的擴展：對大眾文藝的討論

　　民國文學的「平民化」也表現在文學內涵有相當的擴展。文學不再是高高在上的陽春白雪，為精英知識分子所獨有；創作也開始不局限於帝王將相、才子佳人而是轉而關切平民百姓，迎合大眾口味。一般傳統的文學史書寫並不注意大眾文藝，只討論所謂的「純文學」。而生長在民國文化背景下的陳敬之，則將「俗文學」納入觀察範圍，可見其雅俗文學兼容並包的觀念。

　　在陳敬之的書寫中，雖並沒有關於大眾文學的專書，但是在《暢流》雜誌中，有專文探討程小青與偵探小說的[79]，有談鴛鴦蝴蝶派的張恨水、周瘦鵑的[80]，有寫通俗小說家包天笑的[81]，也有對於戲曲家袁寒雲、歐陽予

---

[77] 參見上註，頁 16-17、頁 164-165 等。

[78] 同上註，頁 10。

[79] 陳敬之：〈程小青與偵探小說〉，《暢流》61 卷 1 期，1980 年 2 月，頁 36-40。

[80] 陳敬之：〈張恨水〉，《暢流》40 卷 7 期，1960 年 11 月，頁 13-16。陳敬之：〈張恨水與章回小說（上）〉，《暢流》61 卷 3 期，1980 年 3 月，頁 16-18。陳敬之：〈張恨水與章回小說（下）〉，《暢流》61 卷 4 期，1980 年 4 月，頁 17-19。陳敬之：〈周瘦鵑（上）〉，《暢流》51 卷 2 期，1975 年 3 月，頁 11-14。陳敬之：〈周瘦鵑（下）〉，《暢流》51 卷 3 期，1975 年 3 月，頁 12-15。

[81] 陳敬之：〈包天笑與「留芳」記（上）〉，《暢流》61 卷 5 期，1980 年 4 月，頁 16-19。陳敬之：〈包天笑與「留芳」記（中）〉，《暢流》61 卷 6 期，1980 年 5 月，頁 15-18。陳敬之：〈包天笑與「留芳」記（下）〉，《暢流》61 卷 7 期，1980 年 5 月，頁 24-25。

情的關注[82]。可見陳敬之雖為文學研究者，其視野並不限定在所謂精英文學的框架內，對於大眾喜愛的文藝作品都有一定的深入探討，這與民國以來文藝的平民化思想是分不開的。

六、結語

　　陳敬之的研究著述是民國特定時代下的產物。當時正是新舊更替，中西碰撞、交融的時代，「現代」、「民主」、「平民」的時代特質被極力彰顯，這不同於過往的全新氣象對當時經濟生活、社會文化、人們的精神思想等都產生了重要影響。作為典型的民國文人，陳敬之的文學史觀正是對民國機制下文學「民國性」的有力印證。

　　需要指出的是，陳敬之所處的政治立場在一定程度上影響了他對於作家、作品評價的客觀性，使其看問題具有一定的意識型態。同時，由於他並非專業從事文學研究出身，其文學研究著述偏向概論介紹性質，一些比較主觀的論斷缺乏具體的論證，不得不說是他的文學史書寫上的缺憾。

　　但不可否認的是，陳敬之抱持著進化的文學史觀，同時也重視舊文學對於新文學的影響和價值，在吸收西方現代的文化思想的同時更能回到中國傳統的文學觀念中。在他的著述中，他以團體、人物為論述中心，對其進行較為全面的介紹：由生平、軼事到創作、思想再到學術成果、藝術成就、教育貢獻等都有涉及。這雖有未緊扣文學研究之嫌，但卻也為讀者呈現較為廣闊、生動的民國社會，體現出陳敬之的民國視野。陳敬之強調文學自身的發展與美感特性，同時也提出不能忽略文學的社會功能性。他對於女性作家、通俗文學等面向的關注正是對民國以來文學展開豐富表現與可能性的證明。因為有舊學養分與新式教育影響，陳敬之對於新文藝運動時期的劃分、革命文學的發展有著自己獨特的看法，對於民國文學有一個較為全面、縱深式的觀察和思考。

---

[82] 敬之：〈袁寒雲（上）〉，《暢流》43 卷 4 期，1971 年 4 月，頁 15-18。陳敬之：〈袁寒雲（下）〉，《暢流》43 卷 5 期（1971 年 4 月），頁 9-15。陳敬之：〈歐陽予倩（上）〉，《暢流》41 卷 4 期，1970 年 4 月，頁 9-12。陳敬之：〈歐陽予倩（下）〉，《暢流》41 卷 5 期，1970 年 4 月，頁 11-14。

主要參考文獻

一、專著

陳敬之：《中國新文學運動的前驅》，台北：成文出版社，1980 年。

陳敬之：《中國新文學的誕生》，台北：成文出版社，1980 年。

陳敬之：《新文學運動的阻力》，台北：成文出版社，1980 年。

陳敬之：《文學研究會與創造社》，台北：成文出版社，1980 年。

陳敬之：《早期新散文的重要作家》，台北：成文出版社，1980 年。

陳敬之：《「新月」及其重要作家》，台北：成文出版社，1980 年。

陳敬之：《30 年代文壇與左翼作家聯盟》，台北：成文出版社，1980 年。

陳敬之：《中國文學的由舊到新》，台北：成文出版社，1980 年。

陳敬之：《現代文學早期的女作家》，台北：成文出版社，1980 年。

陳敬之：《首創民族主義文藝的「南社」》，台北：成文出版社，1980 年。

王瑤：《中國新文學史稿（上冊）》，上海：文藝出版社，1982 年。

[美]周策縱著，陳永明等譯：《五四運動史》，長沙：岳麓書社，1999 年。

二、期刊文章

陳敬之：〈歐陽予情（上）〉，《暢流》41 卷 4 期，1970 年 4 月。

陳敬之：〈歐陽予情（下）〉，《暢流》41 卷 5 期，1970 年 4 月。

陳敬之：〈張恨水〉，《暢流》40 卷 7 期，1970 年 11 月。

陳敬之：〈袁寒雲（上）〉，《暢流》43 卷 4 期，1971 年 4 月。

陳敬之：〈袁寒雲（下）〉，《暢流》43 卷 5 期，1971 年 4 月。

陳敬之：〈周瘦鵑（上）〉，《暢流》51 卷 2 期，1975 年 3 月。

陳敬之：〈周瘦鵑（下）〉，《暢流》51 卷 3 期，1975 年 3 月。

陳敬之：〈張愛玲（上）〉，《暢流》52 卷 3 期，1975 年 9 月。

陳敬之：〈張愛玲（中）〉，《暢流》52 卷 4 期，1975 年 10 月。

陳敬之：〈張愛玲（下）〉，《暢流》52 卷 7 期，1975 年 11 月。

陳敬之：〈張愛玲（下）〉，《暢流》52 卷 9 期，1975 年 12 月。

陳敬之：〈張愛玲（下）〉，《暢流》52 卷 11 期，1976 年 1 月。

陳敬之：〈張愛玲（下完）〉，《暢流》52 卷 12 期，1976 年 2 月。

陳敬之：〈程小青與偵探小說〉，《暢流》61 卷 1 期，1980 年 2 月。

陳敬之：〈張恨水與章回小說（上）〉，《暢流》61 卷 3 期，1980 年 3 月。

陳敬之：〈張恨水與章回小說（下）〉，《暢流》61 卷 4 期，1980 年 4 月。

陳敬之：〈包天笑與「留芳」記（上）〉，《暢流》61 卷 5 期，1980 年 4 月

陳敬之：〈包天笑與「留芳」記（中）〉，《暢流》61 卷 6 期，1980 年 5 月

陳敬之：〈包天笑與「留芳」記（下）〉，《暢流》61 卷 7 期，1980 年 5 月。

〈陳敬之先生行狀〉，載於《藝文誌》第 206 期，1982 年 11 月。

韓偉：〈「民國性」：民國文學研究的應有內涵〉，《西北師大學報（社會科學版）》，2014 年第 2 期。

張堂錡：〈「民國文學」研究的時空框架問題〉，《中國現代文學》半年刊第 26 期，2014 年 12 月。

《民國文學與文化研究》稿約

一、本刊為設有專家外審制度之純學術性刊物，園地公開，長期徵稿，舉凡與民國文學相關的作家作品、文學社團、流派、現象、思潮、文化等研究均歡迎賜稿。常設欄目有「觀念交鋒」、「專題論文」、「一般論文」、「書評書論」、「圓桌座談」、「新銳園地」等。

二、來稿限用中文或英文發表，中文稿件以不超過 2 萬字為原則，英文稿件以不超過 A4 紙 30 頁為原則。稿件請以 word 檔橫排，撰稿格式參照本刊撰稿體例。

三、文章須未曾在其他正式刊物上發表。在大陸及海外刊物上發表除外。

四、一般論文來稿請附上：3 至 5 個「中文關鍵詞」、300 字左右「中文論文摘要」、200 字左右「作者簡介」、不超過 2 頁的「主要參考文獻」。特稿、書評、專訪、會議紀錄等則無須附上。

五、來稿請以 e-mail 寄送，無須紙本，並請註明服務機構、職稱、通訊地址、手機等，以便聯繫。

六、專題論文及一般論文來稿均送請同行專家學者進行匿名學術審查。三個月內未收到錄用通知可自行處理。文章一經刊出，文責自負。

七、通過審查之稿件，於刊登後將致贈當期刊物 1 冊，不另致酬。

八、來稿請寄：

116　臺北市文山區指南路 2 段 64 號政治大學中文系　張堂錡

E-mail：minguo1919@gmail.com

《民國文學與文化研究》撰稿體例

一、格式：由左至右橫式寫作，每段第一行前空二格。

二、標點符號：採用新式標號，惟書名、期刊名、報紙名、劇本名、學位論文改用《　》，文章篇名、詩篇名用〈　〉。在行文中，書名和篇名連用時，省略篇名號，如《胡適文存・文學改良芻議》。如以英文撰寫，書名請用斜體，篇名則用" "。

三、章節符號：各章節使用符號，依一、（一）、1、（1）……等順序表示。

四、引文：所有引文均須核對無誤。獨立引文時，每行低三格，上下不空行；正文內之引文加「　」；引文內別有引文則用『　』；引文之原文有誤時，應附加（原誤）；引文有節略而必須標明時，概以節略號六點……表示。

五、註釋：採隨頁註。註釋號碼用阿拉伯數字隨文標示，置於句尾標點符號後。註釋格式如下：

（一）首次徵引：

  1. 專著：作者：《書名》（出版地：出版者，年份），頁碼。

  2. 論文集：作者：〈論文名〉，收於編者：《書名》（出版地：出版者，年份），該文起訖頁碼。

  3. 期刊論文：作者：〈篇名〉，《期刊名》卷期（年月），頁碼。

  4. 學位論文：作者：《學位論文名》（出版地：出版者，年份），頁碼。

  5. 報紙文章：作者：〈篇名〉，《報紙名》版次（或副刊、專刊名稱），年月日。

（二）再次徵引：

  1. 再次徵引的註如不接續時：作者：書名或篇名，頁碼。

  2. 同出處連續出現在同頁時：同上註或同上註，頁碼。

（三）多次徵引：如論文中多次徵引同一本書之材料，可不必加註，而於引文下改用括號註明卷數、篇章名或章節等。

六、數字：

（一）萬位以下完整數字用阿拉伯數字，如 2300 人；萬位以上之整數
　　　則用國字，如三千五百萬人。

（二）不完整之餘數、約數用國字，如五百餘人。

（三）屆、次、項等用阿拉伯數字，如第 2 屆、3 項決議。

（四）世紀、年、月、日，包括中國歷代年號用阿拉伯數字，如 20 世
　　　紀、康熙 52 年、民國 93 年、西元 2004 年 6 月等。

（五）部、冊、卷、期等用阿拉伯數字。

七、參考文獻：

一般論文文末一律附加「主要參考文獻」，並以不超過 2 頁為原則。
特稿、書評、專訪和會議紀錄則無須附上。中文書目請依作者姓氏筆
劃為序，如有必要得以出版時間為序，英文則以字母為序，同時以專
著、期刊論文、會議論文集、學位論文之序編排。中文在先，外文在
後。出版時間統一以西元書寫。撰寫格式如下：

（一）作者：《書名》，出版者，出版時間。

（二）作者：〈篇名〉，《期刊名》卷期，出刊時間。

（三）作者：〈論文名〉，《書名》，出版者，出版時間。

（四）作者：《學位論文》，出版者，出版時間。

第四輯主題徵稿：
日記中的抗戰與文學

　　抗日戰爭這段歷史，既濃縮了中國多災多難，也見證了中華民國政府和民眾的不屈不撓，是中國受奴役掙扎於生死存亡的關鍵時刻，也是中國反侵略走向現代中國的輝煌時期。然而，有關抗戰歷史和文學的研究，卻遠遠不夠，各方對此都有所遮蔽或曲解，大陸甚至出現了極度誇張和歪曲的所謂「抗日神劇」。還原和揭示真實的抗戰無疑是學界的首要任務，文史互證會是非常不錯的一種思路。回到抗戰的歷史現場也許並不能完全做到，不過，最大限度的接近抗戰歷史和抗戰文學是我們應該努力的目標。因此，除了重新翻閱抗戰時期的原始報刊雜誌，各種檔案檔資料等，進而撫觸抗戰歷史和文學的點點滴滴，我們還可以有一個更好的切入點，那就是探究抗戰時期人們所記錄的日記。

　　從日記中發現抗戰與文學，也許未必都是在戰火紛飛中拼死抗爭的歷史，也許並非都是值得我們反覆賞玩的藝術珍品，但是，抗戰時期的日記，尤其是作家及文化人的日記，真實地記錄了其在抗戰時期的思想、個性和情懷，真真切切地揭示戰爭與人的遭遇之命題。

　　日記中的抗戰與文學，給研究者提供一個回到歷史現場的方式和途徑，兼顧歷史性與文學性，還原抗戰時期歷史情境下文學活動及人的遭遇，這定會帶來抗戰文學研究的新氣象。

截稿時間為：2017 年 4 月 15 日。

稿件請寄：minguo1919@gmail.com 或 tanchi101@gmail.com 張堂錡收。

第五輯主題徵稿：
胡適、1917 與民國文學

在民國文學發展史上，1917 年是一個值得永遠紀念的年代。一般論者多將這一年視為現代文學序幕揭開的起點，因為胡適在這一年的 1 月於《新青年》雜誌上發表了〈文學改良芻議〉一文，接著陳獨秀於 2 月號上發表〈文學革命論〉，兩人旗幟鮮明地呼喚文學革新，提倡白話文學，「八事」與「三大」有力地預示了一個嶄新時代的來臨。改良與革命，建設與推倒，形式與內容，現代與傳統，文言與白話，種種話題在 1917 年風起雲湧地被討論，錢玄同、劉半農、傅斯年、周氏兄弟紛紛投入了響應的行列，理論與創作大放異彩，新的知識系統與新的價值觀，寫下了「五四」新文學與新文化運動輝煌的篇章，奠定了現代文學史上難以超越的歷史巨峰。當 1920 年北洋政府教育部承認白話文為「國語」，並通令全國國民小學一、二年級採用的那一刻，就意味著這場前所未見的運動取得了徹底的勝利。

回顧現代文學的發生與發展，1917 年堪稱石破天驚，它所搭建的燦爛舞台，延續至今，足足百年。「1917」將和胡適、陳獨秀等新文學的先驅者同樣不朽。

歷史的機遇除了時間，更要有人物，毫無疑問，胡適是 1917 年的代表人物。1917 年 7 月，胡適自美歸國，任北京大學教授，開始他一生最初的輝煌。陳獨秀在〈文學革命論〉中說：「文學革命之氣運，醞釀已非一日，其首舉義旗之急先鋒，則為吾友胡適。」正是胡適，讓一場轟轟烈烈的新文學運動走向高潮。也正是胡適，點燃了文學革命之火。他的自由主義、白話主張、文學見解、文化理念，產生了巨大的影響，這影響不只在北大，更在全國；也不只在當時，更在以後。翻開中國現代文學史、思想史，胡適和 1917 年已經成為中國轉型與再造工程的重要指標。

值此「1917」百年之際，本刊特別策劃「胡適、1917 與民國文學」專題，相關子題有：

1. 胡適與民國文學

2. 1917 與民國文學

3. 1917 與 1912/1919 的參照對話

歡迎海內外學者對此議題有興趣者共同撰文探討，惠賜佳作。

截稿時間為：2017 年 10 月 15 日。

稿件請寄：minguo1919@gmail.com 或 tanchi101@gmail.com 張堂錡收。

編後記

　　11 月 12 日，紀念國父孫中山先生誕辰 150 周年的日子，政大的「民國歷史文化與文學研究中心」特別舉辦了一場「1949：民國文學、歷史、思想的交會與分流」圓桌座談，邀請幾位在現代文學、台灣文學、民國史與民國學術研究上卓有聲望的學者陳芳明、李瑞騰、周惠民、楊儒賓、陳國球，分別論述他們各自理解的「1949」，全文記錄刊載於本期。對孫中山而言，建立並發展中華民國是其畢生最大的志向與功績，但「1949」卻是民國在大陸消失的一年。他生前當然不會預想到，民國在大陸只存在了 38 年，同時，民國竟又在台灣延續至今，105 年。面對 1949，兩岸應該都會興起一種複雜難言的感受。這就是歷史，不以個人意志為轉移。只有誠實面帶歷史，我們才能真正看清歷史。不論從文學、歷史或思想的角度來談，都希望能勾勒出豐富民國的一些面向，為我們認識民國、討論民國提供更多元的觀點，更深刻的體會，與更準確的詮釋。

　　特別要提到楊儒賓教授的《1949 禮讚》一書，他提出了許多人心中共同的看法，也引來了許多人的誤解與批評。但他依然秉持一個知識分子的良知與對歷史真相的追求，寫出了這樣一部令人振聾發聵也令人感慨繫之的時代之作。正如他所言，民國不等於國民黨，民國縱有千般不是，但它在學術成就、自由主義思想的堅守、文化傳統的維護與發揚等方面，還是應該實事求是地給予「禮讚」。他的發言和他的書論，相信已經給當天台下滿場的研究生帶來一些新鮮的刺激和啟發。本期特別邀請政大中文系周志煌教授針對此書進行深入的書評，讀者可以參看。這場座談集中討論了民國史上的關鍵年代「1949」，未來我們還將陸續舉辦與民國文學相關的學術對談，長期而認真地經營「圓桌座談」這個欄目。

　　這一輯的文章不論是學術性還是可看性，都有很高的水準。一份新的刊物能有這樣紮實的學術成果呈現，實在足以令人欣慰。「觀念交鋒」的四篇文章，有周質平教授討論漢字繁簡帶來的問題與啟示，尤其對使用繁體字的台港及海外華人社會而言，本文的討論將可以帶來更多的思索；李瑞騰教授提出他對「民國文學」概念的見解與未來應該致力的方向，特別

是如何撰寫一部《民國文學史》，他中肯的意見是值得認真思考的；許俊雅教授將日治時期台灣詩人楊華與中國作家趙景深的詩作進行有趣的對讀，強調文學史評價的不易與謹慎的必要；周維東教授則將 1949 年以後的台灣文學與民國文學間的辯證關係做了持平的析論，對兩岸學界立場的異同有著超越意識型態的理解，確能在觀念上給人以新的激盪。

本輯的專題是「國民黨文藝政策與民國文學」，這是研究民國文學不能繞開的議題，國民黨的文藝政策從大陸時期延續到台灣，可以說影響並塑造民國文學至深且廣。本期邀請姜飛和封德屏兩人擔任策劃工作，在此表示由衷的謝意。專題共有 7 篇論文，分別由姜飛、封德屏、洪亮、牟澤雄、傅學敏、錢振綱、崔末順等人撰稿，這些論文或探討國民黨從南京政府時期、抗戰時期到 50 年代以後在台灣的反共文學、軍中文藝，或分析三民主義文藝政策與民族主義文藝運動的關係，或以任卓宣為例，探討在文藝政策下，如何面對左右翼立場轉變的現象。文藝政策有其必須的規範性與複雜性，民國的文藝政策尤其充滿對立與矛盾，這些論文儘管只能探討其中的部分面向，但各種不同角度的觀察與分析，仍然有其思路的開拓性與值得參考的學術價值。

一般論文方面，共有 5 篇論文，有宏觀性的議題討論，如張中良談民國文學歷史化的必要，王婉如分析 1930 年代上海知識分子的分化，妥佳寧從華語語系文學概念出發，探討蒙古族文學的獨特文化處境；有的則微觀聚焦於單一議題深入研究，如許維賢以默片演員鄭連捷和周清華「萬里尋妻」的故事為對象，探討大眾文化通俗劇表象底下被壓抑的聲音，又如張惠珍以文本分析追索林獻堂與民國之間曲折難言的心跡。這些論文有新的見解，也有新的史料分析，將可以為民國文學研究帶入更深刻的學術層次。

為鼓勵研究生投入民國文學的研究行列，自第 2 輯起推出「新銳園地」欄目，本輯刊登的是由政大、清大三位研究生探討陳敬之民國文學史觀的文章。陳敬之對新文學的研究著作甚豐，包括南社、新月、左聯及現代女作家的研究等，都具有一定的參考價值，然而他的學術成就卻長期被忽視。本文從民國文學的角度切入，描述其著述體例及特點，從時空分野、對新舊文學和革命文學的態度及關於文體的觀察等方面探討陳敬之的民國文學史觀，正如論者所言，陳敬之的文學史觀可說是對民國機制下文學「民國性」的有力印證。

　　在整理這些稿件的同時，中文系正喧鬧地舉辦一場關於漢代文學與思想的學術研討會。從大秦到大漢，從大唐到大清，歷史巨流到了民國，後來的人會如何看待和解釋「民國」這段歷史呢？現代與民主？割據與分裂？我們認為，透過文學與文化，或許能更為生動且真實地觸摸民國，看見民國，這正是我們何以要推動民國文學研究的初衷，也是民國文學的意義與價值之所在吧。

張堂錡　2016.11

展售門市：國家書店【松江門市】　　地址：台北市中山區松江路 209 號 1 樓

《中國現代文學》半年刊

訂購請洽展售門市

零售價格：每冊 300 元（掛號郵資外加 55 元）
全年訂閱：兩期 550 元（掛號郵資外加 110 元）

● 出版介紹

地址：台北市中山區松江路 209 號 1 樓　　電話：+886-2-2518-0207 ；傳真：+886-2-2518-0778

人文關懷、專業創新、國際視野

政大出版社
Chengchi University Press

秉持「人文關懷、專業創新、國際視野」的理念，政大出版社致力知識和教育理念的傳播與保存、思想的播種、提升教學素質以及知識應用，發揚優良的人文社會科學研究成果，提倡多元學科之間的對話，加強國內外學術交流，擴大學術研究成果對社會的影響力。

特別推薦

《病夫、黃禍與睡獅——「西方」視野的中國形象與近代中國國族論述想像》（增訂版）
楊瑞松 著
　　本書藉由釐清分梳百年來東西跨文化和跨語境互動過程的錯綜複雜關係，深入理解與分析中西文化百年來交會過程中，近代中國知識分子在面對強勢的西方文化價值，其愛憎交雜的糾纏心情；並剖析在公共集體記憶中，國族符號背後的複雜形成歷史，因而得以重新反思百年來「病夫」、「黃禍」和「睡獅」，持續作為近代國國族認同符號的深遠意涵。

《「九葉」詩人的詩學策略與歷史關聯（1937-1949）》
李章斌 著
　　本書以 1937-1949 年間中國最重要的現代詩群體之一——「九葉」詩人——為討論中心，論述了這一群體的形成原因與基本面貌，其對抒情詩體的變革，對自我與世界之緊張關係的表達，對「時間」與歷史意識的呈現和反思，以及對隱喻語言的創造性運用等五個方面。

《民國人物與檔案》
周惠民主編
　　近代以來，公部門林立，印刷技術又發達，資料快速增加。史料越是汗牛充棟，歷史研究者越是無法全面掌握資料，其所見果能因資料充分而益明？許多學者研究歷史時，處處講求證據，論述完全建立於文獻與檔案之上。甚至有一旦離開檔案便無法成文的窘況，與古代史學的遺意相去甚遠。與之相較，古人寫史不重檔案，講求「微言大義」，當更有垂範後世的功效。

《中國，從天下到民族國家》
王　柯　著
　　中國的多民族統一國家思想的根源，可以追溯到中國人對世界的原初認識，追溯到在這種認識之上的人類與自然神靈之間建立的契約關係，以及為了遵守這種契約關係而形成的關於人與人之間、個人‧共同體‧社會‧國家四者之間、文化與政治之間、權威與權力之間、民族屬性與文化屬性之間關係的認識。只有在這一宏觀認識的基礎上，才能夠正確掌握中國多民族統一國家的歷史脈絡，理解中國多民族統一國家思想在各個時代的發展演變，理解各時代的民族關係和各個政權處理民族問題政策的得失，並進而思考近代民族問題發生的原因，找到解構近代民族問題的鑰匙。

《現代中國的思想與人物》
劉季倫　著
　　本書從思想史的角度，討論所謂「天人三際」的課題。「天人」，天意與人事對舉，指涉歷史發展（所謂「天意」）與人類行動之間的關聯。「三際」，佛教語。即過去際、現在際、未來際。
　　本書即針對現代中國思想史上的一些人物，探討他們的奮鬥與歷史中各個時段的關係。

購買通路

元照網路書店：http://www.angle.com.tw
五南網路書店：http://www.wunanbooks.com.tw/default.aspx
國家網路書店：http://www.govbooks.com.tw
博客來：http://www.books.com.tw

秀威經典　　　　　　語言文學類　PG1740　新視野 29

民國文學與文化研究　第三輯

主　　編 / 李怡、張堂錡
責任編輯 / 辛秉學
圖文排版 / 楊家齊
封面設計 / 陳招財、王嵩賀
封面題字 / 唐翼明先生

出版策劃 / 秀威經典
發 行 人 / 宋政坤
法律顧問 / 毛國樑　律師
印製發行 / 秀威資訊科技股份有限公司
　　　　　114 台北市內湖區瑞光路 76 巷 65 號 1 樓
　　　　　電話：+886-2-2796-3638　傳真：+886-2-2796-1377
　　　　　http://www.showwe.com.tw
劃撥帳號 / 19563868　戶名：秀威資訊科技股份有限公司
　　　　　讀者服務信箱：service@showwe.com.tw
展售門市 / 國家書店（松江門市）
　　　　　104 台北市中山區松江路 209 號 1 樓
　　　　　電話：+886-2-2518-0207　傳真：+886-2-2518-0778
網路訂購 / 秀威網路書店：http://www.bodbooks.com.tw
　　　　　國家網路書店：http://www.govbooks.com.tw

2016 年 12 月　BOD 一版
定價：560 元
版權所有　翻印必究
本書如有缺頁、破損或裝訂錯誤，請寄回更換

國家圖書館出版品預行編目

民國文學與文化研究. 第三輯 / 李怡, 張堂錡主
編. -- 一版. -- 臺北市：秀威經典, 2016.12
　　面；　　公分. -- (新視野 ; 29)
BOD 版
ISBN 978-986-94071-4-4(平裝)

1. 中國當代文學　2. 文化研究　3. 文集

820.908　　　　　　　　　　105024564

讀者回函卡

感謝您購買本書，為提升服務品質，請填妥以下資料，將讀者回函卡直接寄回或傳真本公司，收到您的寶貴意見後，我們會收藏記錄及檢討，謝謝！如您需要了解本公司最新出版書目、購書優惠或企劃活動，歡迎您上網查詢或下載相關資料：http:// www.showwe.com.tw

您購買的書名：_____

出生日期：_____年_____月_____日

學歷：□高中 (含) 以下　　□大專　　□研究所 (含) 以上

職業：□製造業　□金融業　□資訊業　□軍警　□傳播業　□自由業
　　　□服務業　□公務員　□教職　　□學生　□家管　□其它_____

購書地點：□網路書店　□實體書店　□書展　□郵購　□贈閱　□其他

您從何得知本書的消息？

　□網路書店　□實體書店　□網路搜尋　□電子報　□書訊　□雜誌
　□傳播媒體　□親友推薦　□網站推薦　□部落格　□其他_____

您對本書的評價：（請填代號　1.非常滿意　2.滿意　3.尚可　4.再改進）

　封面設計____　版面編排____　內容____　文／譯筆____　價格____

讀完書後您覺得：

　□很有收穫　□有收穫　□收穫不多　□沒收穫

對我們的建議：_____

_____

_____

_____

11466
台北市內湖區瑞光路 76 巷 65 號 1 樓

秀威資訊科技股份有限公司 　　收

BOD 數位出版事業部

∙∙

（請沿線對折寄回，謝謝！）

姓　　名：＿＿＿＿＿＿＿＿＿＿　年齡：＿＿＿＿　性別：□女　□男

郵遞區號：□□□□□

地　　址：＿＿＿＿＿＿＿＿＿＿＿＿＿＿＿＿＿＿＿＿＿＿＿＿＿＿＿

聯絡電話：(日)＿＿＿＿＿＿＿＿＿＿　(夜)＿＿＿＿＿＿＿＿＿＿＿＿＿

E-mail：＿＿＿＿＿＿＿＿＿＿＿＿＿＿＿＿＿＿＿＿＿＿＿＿＿＿＿＿＿